붉은 봄

조선 왕실 연애 잔혹사

붉은 봄

· 원주희 지음 ·

마카롱

차례__

1. 첫 살인

먼 땅을 훑고 온 바람이 산을 맴돌다가 홀연히 떠났다. 바람이 남기고 간 차가운 여운에 나뭇가지에 매달려 있던 잎이 힘없이 떨어졌다. 땅에 떨어진 잎이 채 마르기도 전에 운혜와 태사혜가 가뿐히 밟고 지나간다. 운혜를 신은 여인은 조선의 금지옥엽 보명공주, 태사혜를 신은 사내는 부마도위 금성위錦城尉 김영건이다.

보명은 차츰 붉은 빛이 도는 하늘을 올려다보았다. 하늘도, 산속 오솔길도 호젓하고 쓸쓸했다.

"제가 서방님을 처음 본 것이 언제인지 아십니까?"

보명의 물음에 앞서 걷던 김영건이 무심한 어투로 답했다.

"친영*이 아니오?"

• 신랑이 신부의 집에 가서 신부를 직접 맞이하는 의식.

"아니요. 삼간택*이 있던 날, 통명전에 계신 모습을 보았답니다. 서 상궁을 졸라서 몰래 갔었지요."

"저런, 당돌하구려."

김영건은 돌아보지 않은 채 앞만 보며 걸었다.

"눈에 띄는 분이었답니다. 참말로 조용하고 깨끗한 인상이었어요."

보명의 시선이 남편의 뒷모습에서 먼 하늘로 옮겨갔다. 구름이 산등성이에 그림자를 드리우며 느리게 흐르고 있었다.

"궁을 나가면 하고 싶은 것이 많았답니다. 강릉 바다, 금강산, 요하遼河 건너 산해관이 보고 싶었어요. 연경 유리창과 지평선이 끝도 없이 이어진다는 초원도 궁금했지요. 첫날 밤 이불 속에서 그리 말했는데 기억나세요?"

김영건의 걸음이 눈에 띄게 느려졌다. 노을이 그의 넓은 어깨에 차곡차곡 쌓여갔다.

"그날 서방님이 말씀하셨어요. 이젠 사가의 법도를 따라야 한다고, 시부모와 지아비를 섬기는 것이 여인의 마땅한 도리라고. 서방님은 집 밖으로 나가는 것도 질색했지요."

그의 몸이 돌부리에 걸린 듯 휘청이다가 가까스로 중심을 잡았다.

"부인, 아까부터 몸이 좀…… 이상한데……. 왜 이러는지……."

술에 취한 듯 비틀거리는 뒷모습을 보며 보명이 말했다.

"서방님의 몸은 마음만큼이나 차가웠어요. 안겨 있으면 습하고 추운 동굴에 누운 것 같았죠. 동침을 거부하니 시어미가 달려오고 아이를 낳

• 임금, 왕자, 왕녀 등의 배우자가 될 사람을 세 번에 걸쳐 고르던 일. 또는 그 세 번째 간택.

지 않겠다고 하니 시아비가 방문을 부쉈지요."

담담하던 목소리에 차츰 노여움이 실렸다.

"나는 허울만 공주였을 뿐 새끼를 싸질러야 하는 암퇘지 취급을 받았어요."

위태롭게 버티던 몸이 마침내 무너졌다. 땅 위에 쓰러진 김영건이 눈을 까뒤집으며 가슴을 움켜쥐었다.

"부인……. 가슴이…… 가슴이……."

보명은 바닥을 뒹구는 사내를 내려다보았다. 싸늘하고 오만했던 표정이 고통으로 일그러지면서 개처럼 침을 흘리고 몸을 떨었다. 그 모양새가 산 채로 튀겨지는 물고기 같다고, 보명은 생각했다.

"개새끼."

얼굴에 대고 욕을 하니 달콤한 꿀이라도 맛본 것처럼 입안에 군침이 돌았다. 통쾌했다. 즐거웠다. 고통스러운 눈에 노기가 잠깐 어렸다 사라졌다. 분노보다 몸을 태우는 고통이 더 큰 듯했다. 남편은 평소에도 아픈 것을 무척이나 싫어했다.

"의빈儀賓*이라 첩을 들일 수도 없고 환장할 노릇이었지? 그래서 생각한 것이 씨받이야? 내 새끼도 아닌 걸 키우라고? 내가 왜? 난 네 암퇘지도, 종년도 아니야."

김영건의 팔이 허공을 휘저었다. 보명은 그의 손에서 딱 한 뼘 떨어진 곳에 서 있었다.

"사람을 불러……. 사람을……."

• 왕족이 아니면서 왕족과 결혼한 사람.

"네 부모와 학대할 때는 이런 날이 올 줄 몰랐겠지? 지금 네가 느끼는 고통, 나는 매일매일 느끼고 살았어. 직접 당해보니 어때?"

"살려…… 살려주시오, 부인……. 제발……."

보명은 입가에 미소를 머금은 채 하늘을 보았다. 서쪽 하늘의 붉은 빛이 진해지고 맨살에 닿는 바람이 싸늘했다. 곧 주위가 어두워질 것이다.

죽음을 지켜보는 것은 지루하지만 즐거웠다. 그는 내장과 체액을 쏟아내고 죽어가는 쥐새끼 같았다. 음습한 사내에게 어울리는 죽음이다.

"죽이는 게 이렇게 쉬운 건 줄 알았으면 더 일찍 할 걸 그랬어."

죽어가는 사내의 모습 너머로 옛 기억이 겹쳐졌다.

푸른 새벽.

적막한 우물.

발바닥에 닿는 차가운 돌의 감촉.

검은 물.

우물 위에 서 있던 그때를 기억한다. 아랫도리가 쑤시고 아파서 금방이라도 핏덩이가 쏟아질 것만 같았다. 발밑은 아득하고 하늘은 공허했다. 심장 한가운데에 팔뚝만 한 쇠못이 박힌 것만 같았다. 찬 바람이 불 때마다 쇠못이 박힌 자리가 쑤셨다.

혼인하면 다 끝날 줄 알았다.

숨은 쉬고 살 줄 알았다.

얼음 동굴 같은 사내 곁에서 산 지 몇 년 만에 몸과 마음이 너덜너덜해졌다. 시어미를 비롯한 시가 사람들에게 미친년 소리를 듣다 보니 진짜로 미친년이 되었다. 하지만 괜찮다. 금성위 김영건은 곧 죽을 테니까. 이제 나는 자유다.

보명은 두 눈 가득 하늘을 담으며 손을 뻗어 바람을 만지고 음미했다.

"이젠 당하고 살지 않아. 어떤 인생을 살지 내가 결정해."

가슴이 벅차고 눈시울이 뜨거워졌다. 하지만 오늘처럼 기쁜 날 울지 않을 것이다. 집에 돌아가면 아껴둔 백화주를 꺼내 마실 것이다. 해방과 첫 번째 복수를 기념하며.

기쁨에 취해 있는 동안 남편의 숨이 멎었다. 보명은 엎드린 그를 발로 걷어찼다. 한 번, 두 번, 연거푸 걷어차다가 씩씩거리며 시신을 뒤집었다. 부릅뜬 두 눈에 생기가 꺼져 있었다.

죽음의 온도는 차갑지 않았다. 시간이 흐를수록 주체할 수 없이 뜨거워져서 손끝과 발끝에 피가 돌고 단전에서부터 정수리까지 열기가 치솟았다. 다시 태어나는 기분이다. 새 인생과 복수를 생각하니 설레서 미칠 것만 같다.

김영건은 자신이 쏟아낸 토사물에 얼굴을 박고 죽었다. 보명은 손톱이 빠지고 피가 맺힌 사내의 손을 가볍게 밟고 지나갔다.

먼 산, 한 줌 빛이 남은 자리에 핏빛처럼 붉은 단풍나무가 서 있었다. 황홀한 빛깔이었다.

2. 포식자

놈은 포식자다.

눈이 오고 세상이 얼어갈 때 놈은 세상에 나온다. 놈은 먹잇감을 끌고 가 가차 없이 쾌락을 취한다. 그리고 참혹하게 망가뜨린 사체를 서낭당에 전시한다. 세상에 보여주고 싶어서 안달이 난 것처럼.

세상은 그를 서낭당 살인자라고 부른다.

경강이 얼고 눈이 내렸다. 낡은 무명옷을 입은 이자윤李滋潤은 성문 밖을 돌아다녔다. 청파와 토정, 동호와 금호에 있는 대장간을 찾아내 야장冶匠•을 만났다.

"아재, 겨울마다 찾아오는 떠돌이 딱쇠를 본 적이 있소?"

"일감 없을 때 찾아오는 놈들이 한둘이여?"

• 대장일을 하는 기술직 노동자.

12

"덩치가 좋고 힘이 장사요."

"쇠 만지는 놈치고 안 그런 놈이 있나?"

"고되고 힘든 일만 도맡아 할 것이오. 사람 적은 곳이면 더 좋고."

풀무질하던 노인이 한참을 생각하다가 말했다.

"그런 딱쇠가 하나 있긴 하지. 아랫녘 대장간에서 일하다가 겨울마다 와서 메질을 하는데 힘이 장사라서 두 사람은 몫은 한다던가. 근데 사람 몰골이 아니라 삯도 조금 주고 부려먹는다고 했어."

"사람 몰골이 아니라니요?"

"문둥병 걸린 꼽추라대?"

"지금 어디서 일하는데요?"

"용구가 알 텐데…… 기다려봐. 근데 처음 보는 얼굴인데 사내가 곱상하게도 생겼구먼. 꼽추는 찾아서 뭐 하게?"

자윤은 대장간을 돌면서 같은 질문을 던졌고 비슷한 답변을 받았다.

흉물스러운 꼽추.

"생긴 게 꼭 문둥이 같더라니까? 동네 애들이 그놈만 보면 슬금슬금 피했어. 사람들이 하도 싫어하니까 헝겊으로 얼굴을 칭칭 동여매고 다녔지. 등이 굽었지만 삵처럼 작고 날렵했어."

놈은 농사일로 바쁜 시기엔 이 마을 저 마을로 떠돌며 일하다가 겨울이 오면 날품을 팔러 왔다. 악취가 나고 생김새가 끔찍하긴 했지만 손재주가 좋아서 대장간에서 앞다퉈 데려갔다.

놈의 이름은 막손이었다.

막손이 사는 곳을 찾는 것은 어렵지 않았다. 그는 거지들이 모여 사는 토굴에서 살고 있었다.

이른 아침, 한 사람이 겨우 눕는 토굴에서 썩은 멍석을 들추고 사람이 나왔다. 한겨울에 얇은 누더기 차림. 얼굴은 더러운 천으로 친친 감았는데 눈만은 형형했다.

막손이 나오자 거지들이 슬금슬금 피하며 제각기 사는 토굴로 숨어들어갔다. 막손은 익숙한 듯 하품을 쩍쩍하며 대장간으로 향했다.

그는 대장간에서도 힘쓰는 허드렛일을 주로 했다. 자르고 불에 달군 쇠에 묵직한 메를 수백 번씩 내리쳤다. 말이 없으면서 눈치가 빠른 자였다. 일꾼들이 불 앞에 모여 앉아 밥을 먹을 때 막손은 문밖 찬 바닥에 앉아서 허겁지겁 주먹밥을 먹었다.

막손은 해가 지고 나서야 터덜터덜 토굴로 돌아왔다. 개천에서 손과 얼굴을 씻고 오줌을 눈 뒤 토굴로 들어가 해가 뜰 때까지 잠을 잤다.

자윤은 막손의 뒤를 쫓으며 모든 걸 관찰했다. 손, 팔 모양, 어깨와 등, 다리와 걸음걸이. 막손은 부러 느리게 걷고 위축된 듯 몸을 웅크리고 주위를 두리번거렸다. 누군가가 침을 뱉고 돌이라도 던지면 머리를 감싸고 뒤뚱거리며 도망쳤다. 하지만 겁을 먹어서가 아니라 진짜 모습을 가리기 위한 시늉처럼 보였다.

놈이 서낭당 살인자일까?

서낭당 살인자는 2년 동안 양민 다섯을 살해했다. 사내 둘에 여인 셋. 놈을 서낭당 살인자라고 부르는 이유는 서낭나무에 사체를 빨랫감처럼 널어놓았기 때문이다.

첫 희생자는 여인이었다. 놈은 여인을 오랫동안 감금한 상태에서 고문했다. 뼈를 부수고 방치했다가 다시 뼈를 부수는 짓을 반복했다. 살인자는 둔기를 좋아했다. 범행 도구는 많아야 두어 개. 가장 애용하는 것은 중간 정도 크기의 쇠메다.

놈은 그 쇠메로 피해자의 손가락과 발가락 마디마디, 넓적다리부터 머리뼈까지 잘게 조각내고 부쉈다. 마구 짓이기고 고문한 것처럼 보이지만 놈은 어느 부위를, 얼마만큼의 힘으로 때려야 하는지 정확하게 알고 있었다. 첫 희생자부터 마지막 희생자까지 노련한 수법을 유지한 걸 보면 더 많은 이를 죽였을 것이다.

쫓은 지 엿새가 지나도록 막손은 대장간과 토굴만을 오갔다. 범인이라면 작업장이 따로 있을 것이다. 자윤은 참을성 있게 그를 관찰했다.

보름달이 뜬 밤이었다. 막손이 토굴에 들어간 뒤 인기척이 없었다. 동호에 잡아놓은 주막으로 돌아가려는 때였다. 썩은 멍석을 들추고 막손이 나왔다.

자윤은 소리 없이 막손을 따라갔다. 놈은 인가를 벗어나 산기슭으로 향했다. 걸음이 어찌나 빠른지 따라잡기가 만만치 않았다. 달빛에 드러난 희끄무레한 사람 형체를 놓쳤다고 생각할 때쯤이었다. 둔탁한 뭔가가 머리를 내리쳤고 자윤은 의식을 잃었다.

자윤은 지독한 두통을 느끼며 정신을 차렸다. 주위를 보니 피비린내와 악취가 가득한 창고 안이었다. 시끄러운 새소리와 함께 창틈으로 푸른 빛이 새어 들어오고 있었다.

자윤은 신음을 흘리며 몸을 움직여보았다. 앉은 채로 기둥에 두 팔이 묶였고 다리엔 족쇄가 채워져 있다. 뒷머리가 찢어졌는지 목덜미가 축축했다. 그의 시선이 반대쪽 벽으로 향했다. 검은 피와 오물로 얼룩진 흙바닥에 쇠메와 끌 같은 것이 굴러다니고 있었다.

여기가 놈의 작업장이구나.

날이 밝으면서 살인의 흔적이 뚜렷이 드러났다. 흥건한 핏자국, 불을 피우기 위한 장작, 거적, 나무통에 담긴 물, 먹다가 남긴 음식물이 보였다.

그때 문밖에서 인기척이 났다. 밭은기침 소리와 함께 문이 열리고 몸이 구부정한 막손이 느릿한 걸음으로 들어왔다.

놈은 연장이 있는 곳으로 곧장 걸어갔다. 그리고 마음에 드는 연장을 고르는 듯 한참 뜸을 들였다. 비뚤어진 어깨, 몸집에 비해 긴 팔, 두툼한 팔 근육. 걷어 올린 소매 아래로 드러난 피부가 바위처럼 거칠고 단단했다.

"파석꾼이었나?"

놈이 흘끗 돌아보았다. 헝겊 사이로 드러난 눈매가 날카로웠다.

"무엇을 보고 그리 생각했지?"

"뼈를 부수는 방식, 오른쪽만 발달한 팔 근육. 대장장이 노릇을 한 건 몇 년 안 됐고, 그전엔 광산에서 일했겠군."

"흐흐, 어디 놈이냐? 포도청? 의금부?"

막손이 바위 깰 때나 쓰는 육중한 쇠메를 질질 끌며 걸어왔다. 저것에 머리를 맞았다간 그대로 즉사다.

"겁먹지 마라. 처음엔 살살하니까."

앞에 선 막손이 얼굴을 감싼 헝겊을 풀었다. 머리통은 혹으로 울퉁불퉁하고 눈은 툭 불거져 튀어나왔으며 피부가 검었다. 인간이라 할 수 있는 몰골이 아니었다.

"우습지 않아? 너와 내가 같은 인간이라는 게? 나는 똥통에서 태어난 놈 같고 너는 꽃과 비단을 휘감고 태어난 거 같구나. 곱다."

16

꼽추가 비릿한 미소를 지으며 자윤의 얼굴 쪽으로 손을 뻗었다. 놈의 손이 닿기 전에 자윤이 물었다.

"이름이 뭐지?"

말라비틀어진 나뭇가지 같은 손가락이 자윤의 얼굴 언저리에서 멈췄다.

"막손."

"이유가 뭔가? 살인을 시작한 이유."

놈이 손을 거두고 한 걸음 물러났다.

"여기 묶이면 다들 살려달라 애원하고 오줌을 질질 싸는데……. 겁이 없구나. 암만 봐도 나랏밥 축내는 샌님은 아닌데……."

"내 물음에 답하면 네가 궁금해하는 것을 주지."

놈은 지금 상당히 즐거워하고 있다. 자기 업적을 떠벌리고 싶어서 좀이 쑤신 모양이다. 막손이 맞은편에 풀썩 주저앉았다.

"평생을 좁은 굴에서 개처럼 엎드려 돌멩이만 깼지. 사는 게 지긋지긋해서 주인 놈의 머리를 깨고 도망쳤어. 근데 그때 느낀 손맛이 영 안 잊히는 게야. 팔을 타고 올라오는 후련하고 짜릿한 그 맛. 그 맛 때문에 멈출 수가 없더란 말이지. 자, 이제 네 정체를 말해봐. 뭐 하는 놈이냐?"

"수안군. 선왕의 서자다."

"꼴에 왕실 찌끄레기였구먼. 그런 자가 나를 왜 찾아다녀?"

"내 차례다. 몇이나 죽였지?"

놈이 어깨를 으쓱하며 누런 이를 드러내고 웃었다.

"그걸 어떻게 다 기억해?"

"아니야. 너는 다 기억하고 있다."

막손이 썩은 이를 드러내며 웃었다.

"흐흐흐…… 마흔둘. 사내가 열, 계집이 나머지. 애새끼들은 안 죽였어. 걔들은 너무 금방 죽어버리니까. 이 손에 양반, 쌍놈 할 것 없이 죽어 나갔단 말씀이야. 병신이니 괴물이니 침 뱉고 욕하던 놈들이 마지막엔 살려달라 똥오줌을 지리며 애원했단 말씀이지. 자, 이젠 네가 말해봐. 귀하신 몸이 날 찾은 이유는?"

"난 살인자를 잡는다."

"서낭당 살인자를 잡으러 오셨다? 왕실 찌끄레기가? 흐음, 별일이구먼."

"주로 쇠메를 이용하나?"

"쇠메도 쓰고 끌도 쓰고. 살려달라 울고불고 매달리는 놈일수록 연장을 여러 개 쓰지. 그런 놈이 재밌거든. 너는 왜 살인자 따위를 잡으러 다니는 거지? 나라면 계집들 끼고 술이나 퍼먹을 텐데."

날이 완전히 밝았다. 헐거운 판자 틈새로 들어오는 빛이 달라졌다. 텅 빈 눈으로 쏟아져 들어오는 빛줄기를 보던 자윤이 중얼거렸다.

"살인자가 날 키웠다. 조영신, 내시였다."

어째서 두려워하지 않을까. 엉뚱한 이야기를 늘어놓는 꿍꿍이가 무엇일까. 막손은 흥미를 갖고 사내의 이야기를 들었다.

"그자는 예기銳器를 좋아했다. 날이 짧고 가늘고 손잡이가 두껍고 무거웠지. 그 칼에 여덟 명이 죽었다."

막손은 속으로 감탄했다. 깨끗한 살결에 붓으로 그린 듯한 눈썹과 눈매가 아름다웠다. 얼굴에 난 털 한 올 한 올마저 신의 정성이 들어간 것만 같았다. 이런 사내와 자신이 하늘 아래 같은 생명이라니, 신의 지독한 장난 같았다.

"궁궐에서 그렇게나 많이 죽였다고? 시체는 어찌하고?"

"불을 질렀다."

"호오…… 불을?"

"전각에 불을 질러 타 죽은 것으로 꾸몄다. 어린 궁녀 몇은 후원 땅에 묻었고."

"그자도 나처럼 살인을 어지간히 좋아했구먼."

"놈은 날 자기와 똑같은 살인자로 만들려고 했다. 괴물에게서 살아남으려면 괴물이 되라고 했지."

자윤을 보는 시커멓고 주름진 얼굴에 미소가 지나갔다.

"어쩐지…… 보통 눈깔이 아니더라니. 겉으론 살인범을 쫓는 척하면서 뒤에선 죽인 거야? 흐흐흐, 넌 몇이나 죽였냐?"

"너보다 적어. 나는 다섯."

"흐흐흐, 어떤 연장을 쓰는데?"

"내 스승이 쓰던 칼을 쓴다. 날이 짧고 예리하고 손잡이가 무거운."

"어떤 식으로 죽여? 계집을 취하나? 아니면 사내? 나처럼 죽이는 걸 즐기나?"

몸이 달아오른 막손이 입맛을 다시며 물었다.

"스승에게 배운 그대로 한다. 살려달라고 애원하는 걸 들으며 상처를 내. 그리고 피가 흐르는 걸 지켜보지."

"그래, 울고불고 애원해야 즐겁지."

"피가 바닥을 적시며 천천히 죽어가는 것을 지켜봐. 그 모습을 보고 있으면……."

막손이 말을 끊고 중얼거렸다.

"내가 왕이 된 것 같지."

"맞아, 그래."

두 사내는 입을 다물고 서로를 보았다. 이자는 날 끔찍한 문둥이 꼽추가 아니라 서낭당 살인자로만 보고 있어. 막손은 어깨를 펴고 의기양양하게 자윤을 응시했다.

"그래서 그 스승이라는 자는 어떻게 됐지?"

"내시부에 붙잡혀 죽었다. 내가 흔적을 남겨서."

"흐흐, 키우던 개에게 잡아먹혔구먼. 그래도 억울하진 않겠네. 대가 끊기진 않았으니."

막손이 쇠메를 들고 자리에서 일어났다.

"오래간만에 재미난 이야기를 들었다. 이야기 값으로 다른 놈들보단 덜 아프게 죽여주지."

"아쉽군."

막손이 쇠메를 들어 올리다가 말고 물었다.

"뭐가?"

"합이 잘 맞을 거 같았거든. 너와 나. 둘 다 같은 인간이니까."

"너와 내가 같다고?"

"우리 둘 다 살인 자체를 즐기지. 난 아직 부족해. 네게 배울 게 있을 거라고 생각했다."

"흐흐, 내게 살인을 배운다고? 살아보려고 천것에게 아첨하는 것이냐?"

"살인자에게 귀천이 있던가. 다 똑같은 괴물 아닌가."

다 똑같은 괴물. 막손이 태어나서 들어본 가장 달콤한 말이었다. 막손은 인간을 믿지 않지만 이자가 어찌 말하는지 들어보고 싶어졌다.

"그래서 어쩌자고?"

"우리가 함께라면 더 재밌을 거다. 날품 팔러 떠돌아다니지 않아도 된다. 1년 내내 할 수 있어. 네가 하고 싶은 짓."

막손의 눈빛이 형형하게 빛나기 시작했다.

"네가 실컷 가지고 놀다가 넘겨주면 돼. 마지막은 내가 처리하게 해준다면 사례를 두둑하게 하지. 나도 왕이 되어보아야지."

상상만 해도 짜릿함에 몸이 근지럽고 팔뚝에 힘이 들어갔다.

그럴 수만 있다면! 그렇게만 된다면 이따위 추물로 태어난 걸 저주하지 않게 될지도 모른다!

"반반한 얼굴에 사람을 혹하게 만드는 혓바닥을 가지고 있구먼. 살려면 무슨 말을 못 해? 내가 그따위 말에 넘어갈 거 같아?"

"날 믿지 못하는 게 당연하다. 어떻게 증명해야 날 믿겠나."

막손은 고민하고 또 고민했다. 그러다가 결심한 듯 말했다.

"밖에 나가서 아무나 하나 잡아 오지. 네가 말한 그대로 처리한다면 믿어주마."

"좋아, 그렇게 하지. 그런데 문제가 하나 있어."

"문제?"

"내 연장. 스승님이 물려준 그 칼이 있어야만 해. 솔내골 내 사저로 가서 수안군 대감의 칼을 달라고 해. 행랑아범이 내어줄 것이다."

막손은 여전히 미심쩍다는 표정을 지었다.

"네가 널 속일 요량이면 묶인 것부터 풀어달라고 하겠지."

"그래, 알았어. 그렇게 하지."

"으으으윽……."

자윤은 몸을 움직이다가 고통스러운 신음을 뱉었다.

"왜 그래?"

"결박당한 손목이 아파서 죽을 지경이다. 밧줄을 느슨하게 묶어줄 순 없나? 족쇄를 채웠으니 도망 못 갈 것이 아닌가."

키는 크지만 몸이 낭창한 것이 무예를 단련한 몸으로 보이진 않는다. 귀한 왕실 책상물림이 짐승처럼 힘센 딱쇠를 당해낼 재간이 있겠는가. 게다가 다리까지 묶였는데.

막손이 망설이다가 칼을 가져와 손목을 묶은 밧줄을 끊었다.

"기다려. 서둘러 다녀올 터이니."

막손이 막 일어설 때였다. 잽싸게 밧줄을 푼 자윤이 일어나 뒤에서 달려들었다. 자윤은 밧줄로 놈의 목을 감고 있는 힘껏 잡아당겼다.

"네놈이…… 켁켁……."

막손이 바닥에 쓰러지면서 격렬한 몸싸움이 이어졌다. 막손은 필사적으로 바닥을 기어갔다. 손에 망치만 있으면, 망치만 들어오면 된다. 정신없이 두 팔을 휘젓다가 손끝에 망치 자루가 잡혔다. 막손은 망치를 잡고 힘껏 휘둘렀다.

퍽!

붉은 핏방울이 나무 기둥과 벽으로 튀었다. 막손은 목을 조르는 밧줄이 느슨해진 틈을 타고 달려들어 망치를 휘둘렀다.

아침 숲은 새소리로 가득했다. 겨울이 물러가고 봄이 오면서 따스한 빛이 구석진 응달의 쌓인 눈을 녹였다. 숲 깊은 곳에 지은 허름한 창고에서 고라니의 울음 같은 비명이 터져 나왔다. 창고 옆 밤나무 나뭇가지에 무리 지어 있던 새들이 놀라 하늘로 날아갔다.

창고 안은 고통스러운 비명과 신음으로 가득했다.

"으허어어어억! 살려줘!"

막손을 아래에 깔고 앉은 자윤은 망치를 고쳐 쥐었다. 코가 부러지고 얼굴이 온통 피범벅이 된 막손이 가쁜 숨을 몰아쉬었다. 자윤의 몰골도 그와 비슷했다.

"같이 왕이 되자며! 내가 널 왕으로 만들어줄게!"

무릎으로 막손의 목을 누른 채 자윤이 말했다.

"나는 왕 같은 거 필요 없다."

자윤은 표정 변화 없이 차분했다. 찢어진 이마에서 흘러내린 피가 눈 주변과 목덜미를 적셨다.

"날 속인 거지! 넌 살인자가 아니야! 그럴 배짱이 없는 놈이라고!"

"아니야, 나는 살인자야."

"개새끼! 날 속이려고 거짓말한 거잖아!"

막손의 거친 숨이 잦아들고 그의 얼굴에 희미한 공포가 스쳤다. 자윤이 든 망치가 막손의 얼굴에 꽂혔다.

반 시진이 지나 창고 문이 열렸다. 피를 뒤집어쓴 자윤이 비틀거리며 창고 밖으로 나왔다. 사방이 나무로 빽빽하게 들어찬 깊은 숲 한가운데였다. 자윤은 다리를 절며 산 아래로 내려갔다.

3. 내 이름은 소봉이

겨울은 길고 봄은 빠르게 온다. 겨우내 얼었다가 포슬포슬해진 흙 위로 연둣빛 새싹이 돋아나는가 싶더니 대지는 순식간에 초록이 되었다. 따스한 햇볕 아래 물기를 머금은 꽃봉오리가 금방이라도 터질 듯이 부풀었다. 세상은 하루가 다르게 화사해졌다.

판서동 장 첨정僉正 집 후원에도 꽃 잔치가 벌어졌다. 연못가 돌 틈 사이사이엔 솜털이 보송보송한 노루귀가 고개를 들고, 돌담 아래엔 노란 앵초와 제비꽃이 자리를 잡았다. 별당 가까이엔 진달래와 개나리가 피어 고운 색을 뽐내고 섬돌 아래에 핀 민들레가 나른한 햇볕을 쬐었다.

"내 곁으로 오시오, 부인."

후원 별당에서 덤덤한 목소리가 흘러나왔다. 섬돌 위로 애벌레 하나가 꼬물꼬물 기어가는 동안 꽃신 옆에 나른하게 누워 있던 고양이가 길게 하품을 했다. 고양이의 하품만큼이나 졸린 음성이 문지방을 넘었다.

"부끄러워 말고 이리 오래도."

"이러시면 안 돼요. 저는 정절을 지킬 것이어요."

남녀가 옥신각신하는 소리지만 목소리는 한 사람의 것. 게다가 지루해서 억지로 짜낸 말투다.

"정절? 무슨 정절? 이미 죽어 백골이 된 서방을 위한 정절? 꽃다운 나이에 그깟 정절이 무에 대수라고."

"안 돼요. 놓으셔요."

고양이가 또다시 하품을 했다. 동시에 방 안에서도 긴 하품 소리가 났다.

"하아아암! 과부 윤 씨는 저고리 앞섶을 쥐고 끝내 저항하였으나 김 선비의 손길에 그만 굴복하고 말았다. 김 선비의 손길이 윤 씨의 치마폭으로 들어오더니 단숨에 속곳을 벗기고 다리 사이로 손을 넣었다. 과부의 입에서 달뜬 신음이 흘러나왔다."

"그만!"

소봉의 신경질적인 목소리에 졸린 얼굴로 책을 읽던 계집아이가 고개를 들었다.

"글 읽으면서 하품을 몇 번이나 하는 거야? 도무지 집중할 수가 없잖아! 어디 가서 책비冊婢라는 말은 꺼내지도 마. 주인공이 일당백으로 싸울 때도 싱겁더니 정분날 때도 맹물이면 어떡해? 에잇, 재미없어."

옆에서 묵묵히 들으며 바느질을 하던 유모가 말했다.

"개금이 저것이 다섯 권을 내리읽으니 힘들어서 그러지요. 그리 재미없으면 전기수傳奇叟라도 불러올까요?"

"됐어. 그만 들을래. 《절륜미남사건해결기絕倫美男事件解決記》 6권은 언제 나오는 거야? 그저 그런 연애소설도 이젠 지겨워."

소봉이 보료 위에 누워 팔다리를 활짝 벌리고 한숨을 내쉬었다. 유모
가 그 모습을 딱하게 볼 때였다.

"아…… 나도 서방질하고 싶다."

"오메! 아기씨!"

유모가 아무도 없는 후원을 내다보며 펄쩍 뛰었지만 소봉은 눈 하나
깜짝하지 않았다.

"나도 사내가 저고리 고름 좀 풀어줬으면."

"아이고, 못 하는 말이 없네요."

"치마를 훌렁 까고 속바지 좀 벗겨줬으면."

"마님이 들으시면 경을 칠 것이어요. 개금아, 나가서 문밖에 누가 있
나 보아라."

장지문 밖을 슬쩍 본 개금이 무심히 대꾸했다.

"섬돌엔 괭이밖에 없는데."

"거참, 나가서 지키고 있으래도!"

거듭된 채근에 개금이 쿵 소리를 내며 일어나 나갔다. 소봉은 보료 위
를 이리저리 뒹굴며 한숨을 거듭 쉬었다.

"나도 이야기책처럼 홀딱 벗고 밤낮으로 통정해봤으면. 유모는 알지?
사내 품에 안기면 어때? 어떤 기분이야?"

유모가 반쯤 포기한 얼굴로 손에 든 바늘을 고쳐 쥐었다.

"꽃분이 애비 허리 부러진 지가 언젠데요. 기억도 안 나요."

• 이야기책을 전문적으로 읽어주는 사람.

"말해줘. 좋아?"

"뭐, 좋지요."

"얼마나 좋아?"

"몸이 노골노골하고……."

"노골노골?"

"아랫도리가 간질간질한 것이……."

"간질간질?"

"아프면서도 좋고, 죽을 것 같으면서도 살 것 같은 기분?"

소봉이 입을 비쭉거리며 말했다.

"지금 내가 아무것도 모른다고 놀리는 거야? 그리 흐리터분하게 말하면 어찌 알아?"

"알아 뭐 하시게요? 수절하는 과부 신세인데."

"과부면 궁금하지도 않은 줄 알아? 나도 해보고 싶다고. 절륜미남 같은 사내만 있으면 당장 속곳 벗고 덤빌 텐데."

"봄이 오니 또 싱숭생숭하신 게지요? 이야기책 그만 보고 수틀을 잡아보셔요. 거문고나 비파를 켜보든가."

"다 귀찮아. 지겨워."

"그러면 뭐 하면서 놀아드릴까?"

"됐어, 나갈래. 단미가 어찌 돌아가나 보고 새로 들어온 춘화가 있나 봐야겠어."

"나갔다 온 지 며칠이나 됐다고 또 나가요? 단미야 꽃분이가 알아서 할 테고 춘화 따위 들여다봤자 마음만 심란하지. 그러지 말고 나랑 놉시다."

"답답해서 미치겠단 말이야. 개금이만 데리고 갈 거야."

"아이고, 마님이 아시면……."

"해지기 전에 다녀오면 되잖아. 걱정하지 마. 이번엔 절대로 다른 곳으로 안 새고 볼일만 보고 올 테니까."

소봉은 저번에도 이 말을 하고 나갔다가 날이 어두워진 후에야 들어왔다. 개구멍으로 기어 들어오다가 어머니에게 딱 걸려서 회초리를 맞을 뻔했지만 언제나 그랬듯 아버지가 말려주었다.

소봉은 한참을 고심하다가 구름과 꽃무늬가 들어간 연노랑 치마에 연한 물색 저고리를 골라 입었다. 거기에 다홍색 운혜를 신으니 봄 그 자체인 것만 같았다. 옷차림만 봄이 아니었다. 봄 햇살처럼 화사한 얼굴에 진달래 꽃잎 같은 뺨, 바둑알처럼 까맣고 반질반질한 눈동자와 붉고 도톰한 입술. 소봉의 얼굴에도 꽃이 흐드러지게 피어 있었다. 소봉昭丰, 밝고 어여쁘다는 이름 그대로다.

무엇 하나 곱지 않은 것이 없는 이목구비지만 가장 도드라지는 건 눈이다. 감정에 따라 다양하게 빛나는 눈빛엔 사랑스러움과 호기심이 가득했다. 어쩌다 소봉의 얼굴을 본 사내들은 넋을 놓고 고운 얼굴을 보거나 몰래 흠모했다. 춘정을 이기지 못한 젊은 선비가 뒤를 쫓아온 적도 있었으나 옆에 버티고 선 건장한 사내를 보고는 고개를 떨어뜨리며 돌아갔다. 물론 그가 본 자는 남장한 개금이었다. 소봉은 덩치만큼은 장군감인 개금 덕분에 마음껏 저잣거리를 누비고 밤길을 쏘다닐 수 있었다.

소봉은 유모의 만류에도 아랑곳하지 않고 개금을 데리고 집을 나섰다. 담장 밖 세상은 언제나 그랬듯 상쾌하고 활기찼다.

"아…… 오늘따라 날이 좋구나. 봄이야."

집에서 보는 하늘과 밖에서 보는 하늘이 이토록 다르다니, 이제 막 시작된 봄이라 사방에서 꽃향내가 나고 얼굴에 떨어지는 빛이 따스했다.

"날이야 뭐, 맨날 똑같지요."

남장한 게 언짢은 개금은 툴툴거리며 소봉의 뒤를 따랐다. 입이 댓 발은 나왔지만 떡과 엿을 사주면 금세 풀리는 아이다.

소봉은 미소를 지으며 달콤한 바깥 공기를 들이마셨다. 소봉이 사는 마을은 대대로 판서들이 많이 살았다 하여 이름 붙은 판서동이었다. 운영하는 전포와 단골 세책방이 있는 배오개 시장으로 가려면 부지런히 걸어야 한다. 소봉은 개금과 함께 햇빛이 하얗게 쏟아지는 길을 나풀거리며 걸었다.

시장과 가까워질수록 사람이 늘고 소봉도 들뜨기 시작했다. 어디서 농땡이라도 쳤는지 뒤늦게 채소를 실어 오는 소달구지, 지게꾼을 앞세우고 바삐 걷는 어느 집 마님, 길 한복판에서 비석 치기를 하는 아이들, 땔감을 힘겹게 짊어진 노인.

소봉은 시장에서 나는 냄새가 좋았다. 먼지 냄새, 생선 비린내, 소똥과 말똥 냄새, 사람 땀 냄새, 풀 냄새, 음식 냄새, 과일 냄새. 세상의 온갖 것이 섞인 고약한 냄새를 맡고 있으면 신이 났다. 사람을 가만히 놔두지 않는 냄새다. 무언가를 열심히 해야 할 것 같은 냄새다. 소봉은 시끌벅적한 소리와 요란한 냄새 속으로 기꺼이 뛰어들었다.

시장에서 제일 먼저 한 일은 엿장수를 찾는 것이다. 개금은 지금 당장 뭐라도 먹지 않으면 쓰러질 것처럼 인상을 찌푸리고 있었다. 찬모는 계집종이 황소처럼 먹어댄다고 노상 잔소리를 하지만 타고나기를 식탐이 많은 걸 어쩌겠는가. 매일 끌고 다녀도 먹을 것만 입에 넣어주면 아무 말 안

하니 기특한 아이다.

소봉은 엿장수에게 콩엿, 쌀엿을 사서 개금의 입에 물려주었다. 엿장수 옆엔 얼굴에 주름이 가득한 노파가 김이 모락모락 올라오는 떡시루에서 백설기를 꺼내고 있었다. 그 옆에는 손녀로 보이는 어린 계집아이가 콩고물이 잔뜩 묻은 인절미를 싸서 손님에게 건넸다.

"와, 그 떡 참 맛나겠다. 개금아, 우리 인절미도 먹을까?"

개금이 엿을 입에 물고 씩 웃었다. 소봉은 주머니에서 2전錢을 꺼내 계집아이에게 주었다. 햇빛에 얼굴이 그을린 계집아이가 씩 웃으며 돈을 받고 인절미를 싸주었다.

소봉은 개금과 인절미를 나눠 먹으며 길을 걸었다. 시장에 자주 오다 보니 눈에 익은 얼굴이 종종 보인다. 곰방대를 손에서 내려놓지 않는 솥 장수, 키가 크고 얼굴이 얽은 돗자리 장수, 장사가 안되는지 시무룩한 건어물 장수, 생선이 잘 팔려 신난 어물전 장수. 그들은 소봉이 지나자 눈으로 아는 체하거나 물건을 사라고 말을 붙였다. 채소전, 곡물전을 지나 명주전 골목에 들어서니 점포 주인들이 하나둘씩 뛰어나왔다.

"아씨, 아씨! 빛깔이 이게 나아요? 아니면 이게 나아요?"

저마다 옷감을 들고나와 소봉의 얼굴 앞에 내밀었다. 소봉은 마티 포목점 주인이 내미는 비단을 쓱 보고 오른쪽 팔에 걸린 것을 가리켰다.

"염색이 이게 나아."

"고마워요, 아씨."

신난 주인이 점포 안으로 뛰어 들어가자 청계 포목점 주인이 앞을 가로막았다.

"단미 아씨, 이 생고사生庫紗* 좀 봐줘요."

옷감을 만져보던 소봉이 말했다.

"요즘 기생은 이렇게 두껍게 짠 생고사는 안 입어. 야들야들 잠자리 날개 같은 걸 좋아한다니깐."

"아이고, 그럼 바꿔와야겠네. 고마워요, 아씨!"

주인은 손을 흔들며 허둥지둥 가게 안으로 뛰어 들어갔다. 포목점 주인들은 소봉만 보면 옷감을 들고 와서 어떤지 품평해달라고 졸라댔다. 집안 대대로 큰 포목점을 운영한 터라 최상급 비단을 수도 없이 보고 만져본 소봉이다. 그녀가 괜찮다는 물건은 재고가 남는 법이 없었다. 포목점만이 아니었다. 장신구, 화장품을 모아 파는 박물전을 지날라치면 이게 잘 나갈지, 저게 잘 나갈지 봐달라고 졸랐다.

두 사람은 시장에 온 지 한참이 지나서야 첫 번째 목적지인 세책가 거리에 들어섰다. 소봉이 거래하는 영춘 책방은 가장 구석진 곳에 있었는데 책이 깨끗하고 못 구하는 책이 없어서 단골이 되었다. 겉보기엔 보통 세책방 같으나 등 굽은 점원이 안내해주는 안으로 들어가면 넓고 호화롭게 꾸며놓은 내실이 나온다. 이른바 특별 고객을 위한 방이다.

소봉이 의자에 앉은 지 얼마 안 되어 키가 작고 몸집이 호리호리한 오씨가 나타났다.

"어서 오셔요, 아씨. 다녀간 지 얼마 안 되었는데 또 오셨네요, 허험."

얼굴에 난처한 기색이 역력한 것이 구해놓겠다 호언장담한 춘화를 구하지 못한 모양이다.

"뭐야, 못 구했어?"

• 생명주 실로 짠 비단의 일종.

오 씨가 흠칫 놀라며 손사래를 쳤다.

"아니, 못 구한 게 아니라……. 요즘 단속이 워낙 심해서. 그 그림이 어디 세상에 드러내놓고 볼 수 있는 게 아니잖아요? 사람들이 몰래 숨겨놓고 보는데, 이걸 너무 숨겨놓은 거야. 자기만 보고 안 내놔. 그러니 새로운 걸 구할 수가 있나."

몸을 배배 꼬며 사설을 늘어놓는 사내에게 소봉이 앙칼지게 쏘아붙였다.

"시끄럽고. 그래서 못 구했다는 거야?"

오 씨가 두 손을 가지런히 모으고 고개를 숙였다.

"예."

"구해준다며? 정말 이러기야?"

"아이고 아씨, 소인 좀 봐주십시오. 아씨가 춘화라는 춘화는 다 보고 애정 소설이라는 소설은 다 본 통에 이제는 댈 것이 없습니다요. 아씨는 잠도 없습니까? 맨날 이야기책만 읽냐고요. 보면 노상 쏘다니시는 거 같은데 언제 보는지……."

"흥! 능력 없는 자기를 탓해야지 왜 손님 탓을 해?"

"아이, 제 사정도 봐달라는 거지요. 이 바닥에서 아씨를 감당할 책쾌는 저밖에 없지 않습니까? 조금만 기다려주시면 근사한 춘화를 대령합지요. 그 대신《절륜미남사건해결기》가……."

소봉의 눈이 반짝거리기 시작했다.

"새 책 나왔어? 그걸 왜 이제 말해?"

"성질부터 내지 말고 내 말 좀 들어봐요. 좌포청에 있는 동생 놈이 그러는데, 얼마 전에 죄인 하나가 잡혀 왔답니다. 서낭당 살인자요."

"겨울마다 사람을 죽인다는 서낭당 살인자가?"

"아주 곤죽이 돼서 잡혀 왔답니다. 좌포청에서 쉬쉬하긴 하는데 아무래도 절륜미남이 잡아 온 것 같답니다."

"진짜? 그렇다면?"

"머지않아《절륜미남사건해결기》6권이 나온다는 이야기지요!"

"꺄아아아!"

소봉은 오 씨의 소매를 붙잡고 펄쩍펄쩍 뛰었다. 좋아서 흥분하던 소봉이 돌연 표정을 바꾸고 물었다.

"그래서 절륜미남이 누구래? 만나게 해주면 백 냥 준다고 했잖아."

"종친이라는 이야기가 도는데, 책방 장사치가 무슨 연줄이 있다고 왕손을 단미 아씨 앞에 데려와요? 그리고 아씨 같은 부인네가 한둘인지 아십니까?"

"조선 팔도에 모르는 자가 없는 마당발이라며!"

"마당발, 문어발, 지네 발이라도 왕손은 어렵지요. 그냥 이야기책으로 즐겨요. 그런 사내 만나면 안 그래도 센 팔자가……."

한바탕 잔소리를 늘어놓으려던 오 씨는 점점 살쾡이 눈이 되어가는 소봉을 보고 입을 다물었다.

"암튼! 새 책 나오는 대로 한 권 빼놨다가 아씨께 드립지요. 책방 단골손님이신데 그 정도는 해드려야지."

"칫! 저번에도 그리 말해놓고 보름이나 걸렸잖아."

"아이고, 이번엔 아닙니다. 제 아들놈을 걸고 맹세합죠. 필사하자마자 댁으로 보내드리겠습니다."

"뭐, 그렇담 오늘은 그냥 가도록 하지. 한 번 더 약속을 어겼다간 옆집으로 갈 테니 알아서 해."

"암요, 암요."

소봉이 의자에서 일어나자 오 씨의 얼굴이 환해졌다. 내실을 나서다 말고 소봉이 그를 째려보았다.

"오 씨 집에 딸만 여섯인 거 알고 있거든? 어디서 없는 아들을 팔아?"

오 씨가 멋쩍은 얼굴로 뒤통수를 긁적였다.

"헤헤, 그건 또 어찌 아셨대?"

"자네 안사람이 딸내미 혼인한다고 단미에서 비녀랑 노리개를 사 갔거든."

"아이고, 그랬군요. 어쩐지 돈이 많이 든다 싶더라니. 이 여편네가 주제를 알아야지. 쓸데없이 사치는……."

소봉은 얼굴이 붉으락푸르락해지는 오 씨를 뒤로하고 세책방을 나왔다. 다음에 갈 곳은 한양에 사는 부녀자, 기생 할 것 없이 환장하고 달려드는 곳이다. 소봉은 콧노래를 흥얼거리며 분전 골목에서 가장 큰 박물전으로 향했다.

박물전 이름은 단미. 사랑스러운 여인이라는 뜻으로 소봉이 지었다. 단미에선 여인이 몸을 꾸미는 모든 것을 판다. 비녀, 노리개, 뒤꽂이, 가락지부터 저고리와 치마, 버선까지 지어주었다. 처음엔 두 개의 공방에서 시작해 이제는 열아홉 개의 공방과 침방에서 단미 물건을 만들었다. 하나하나 소봉이 직접 그리고 색을 정한 것들이다.

처음부터 장사가 잘된 건 아니다. 품질 좋은 보석을 사용하고 세공에 공을 많이 들여서 단가가 높았다. 반가의 부인이 쓰기엔 지나치게 화려하기도 했다. 소봉은 자신이 만든 장신구를 꽂고 기루 골목을 다니거나 기생의 꽃놀이를 따라갔다. 그때부터 기생 손님이 하나둘 늘더니 기방을 휩쓸고 난 뒤에 반가의 마님들까지 단미 문지방을 넘었다.

단미는 연 지 4년 만에 버선목에 단미라고 수만 놓아도 값이 서너 배는 뛸 정도로 성장했다. 이 정도까지 할 수 있었던 건 꽃분의 역할이 컸다. 소봉이 옷과 장신구를 만들면 꽃분이 손님을 응대하고 점포를 운영했다. 꽃분은 침방과 공방을 오가며 잡다한 일을 도맡았고 회계까지 척척 해냈다.

덕분에 아버지 장 첨정에게 빌린 돈을 모두 갚고 침구와 선비 옷을 지어 파는 점포 두 개를 더 냈다. 소봉은 단미에서 나온 이익금을 동업자들과 공평하게 나눴다. 꽃분은 평생 소원했던 대로 자신과 어미를 속량하고 양인이 되었다. 노비 문서를 얻던 날, 모녀는 눈물을 펑펑 흘렸다.

단미는 인근 점포 중에 드물게 다락집으로, 외관과 실내가 고급스럽고 우아했다. 접객하는 점원만 다섯. 모두 단미의 옷과 패물을 걸친 아름다운 처녀들이다. 단미에 들어선 소봉은 점포 분위기가 뒤숭숭한 걸보고 무슨 일이 생겼음을 직감했다. 점원 하나가 소봉을 보자마자 반색하더니 위층으로 데려갔다. 그곳엔 꽃분이 책상 앞에 앉아서 머리를 싸매고 있었다.

"왜? 무슨 일인데?"

꽃분은 얼굴을 보자마자 한숨부터 쉬었다.

"우리 문 닫게 생겼다."

"뭔 소리야?"

"며칠 전 화양궁에서 대삼작노리개에 비녀 두 개를 주문했잖아. 아까 중궁전 상궁이 오더니 다 쓸어갔어."

"화양궁 것은 따로 빼놓지 않았어? 중궁전에 올릴 건 내일 와서 가져가기로 했잖아?"

"기별도 없이 갑자기 들이닥치더라고. 곧 화양궁 진연이 있잖아. 화양궁에서 이것저것 사들인 걸 안 거야. 부제조상궁이 직접 와서 가진 거 다 내놓으라는데 어떻게 숨겨? 나중에 들켰다가 무슨 경을 치려고."

다른 곳도 아니고 화양궁인데, 이제 망했다.

단미가 명성을 얻게 된 이유 중 하나는 안목이 탁월하다는 보명공주가 거래하기 때문이다. 도성에선 보명공주가 몸에 걸친 건 뭐든 화제가 되고 유행했다. 화양궁과 거래한 지 며칠 되지도 않아 종친부 여인은 물론 궁궐 비빈까지 물건을 보자며 연통을 넣었다. 중궁전과 화양궁의 사이가 좋지 않은 것은 어쩌면 당연했다. 세인의 관심이 공주에게만 쏠려 있으니 콧대 높은 중전의 심기가 편하겠는가.

"자기 패물을 중궁전에 준 걸 알아봐. 공주가 가만히 있겠어? 이러나저러나 우리는 망했어."

꽃분이 땅이 꺼지도록 한숨을 쉬었다.

"내일이 납품일이지? 연재는 어딨어?"

"두모포 공방. 연재는 왜? 설마 연재보고 만들라고?"

"우리 연재는 집중하면 하룻밤에 서너 개도 만들잖아"

"그건 내킬 때나 하는 거지. 요즘은 측시기測時機에 빠져 있단 말이야."

"동무들 목숨이 간당간당한 판인데 연재가 그냥 두고 보겠어? 가보자. 가서 애원해야지."

소봉은 꽃분과 함께 화첩을 챙겨서 두모포로 말을 몰았다. 성문이 닫히기 전에 가까스로 빠져나가 공방에 당도했을 땐 벌써 날이 저물었다.

36

"어? 꽃분이랑 소봉이다."

인기척을 듣고 연재가 고개를 들었다. 그는 얼마 전 일본에서 사 온 측시기를 분해했다가 다시 조립하는 중이었다. 멀쩡한 걸 왜 뜯었다가 다시 만드는지 이해할 수 없지만, 그것이 연재의 취미이자 일이었다.

"연재야, 내일 급한 일이 있어. 이것 좀 만들어줄래?"

마음이 급한 소봉은 연재의 코앞에 화첩을 펼쳐 보았다. 연재는 화첩에 그린 노리개와 비녀를 흘끔 보더니 다시 측시기 부품으로 고개를 돌렸다.

"비녀 만드는 건 재미 없다."

연재는 흥미 없는 건 아무리 애원해도 하지 않았다. 애가 탄 소봉이 그림을 코앞까지 디밀고 설명했다.

"이건 평범한 비녀가 아니야. 섬세해서 손이 많이 가는 거라고. 여기 대삼작노리개는 금, 은, 옥, 자마노, 산호, 비취, 진주가 들어가. 모양이 예쁘고 화려하지 않니? 여기 두 개의 나비는 진주와 옥으로 장식하고 자마노엔 연꽃을 새길 거야. 산호는 길게 뻗어나가는 것으로 써야 해. 여기 금패호박비녀는 호박, 금, 옥으로 장식하고 적산호 비녀엔 적산호, 은, 밀화를 쓸 거야."

그림을 보지도 않고 연재가 말했다.

"여기 자마노랑 진주 없다. 다른 거 쓰면 안 예쁘다."

"사람 시켜서 가져오면 돼."

"산호는 약해서 잘 부러진다. 오래 걸린다."

"넌 솜씨가 좋잖아. 제발 도와줘. 내일까지 못 하면 나랑 꽃분이 죽는다."

그제야 연재가 고개를 돌렸다.

"죽어?"

"응. 큰일 나. 우리 살려줘 연재야."

연재는 그제야 부품을 놓고 그림을 들여다보았다.

이제 살았다. 아이고, 배연재, 요 이쁜 것!

입이 함지박만 해진 소봉이 그의 목을 끌어안고 펄쩍펄쩍 뛰었다.

단미에는 동업자 하나가 더 있다. 배연재, 아홉 살 때부터 함께한 소꿉친구다. 연재의 아버지는 자기 아들을 바보 취급하고 괴물 보듯 하지만 연재는 세상 누구보다 똑똑하다. 많은 이가 청국에서 들어온 측시기의 원리를 밝혀내지 못할 때 연재는 분해하고 연구해서 새롭게 만들어냈다. 그만의 기술로 측시기를 만들었을 뿐 아니라 독특한 모양에 보석까지 더해 세상 어디에도 없는 작품을 내놓았다.

단미에서 신기하고 아름다운 측시기를 판다는 소문이 나면서 도성 내 이름난 고관대작, 지방의 부호가 앞다퉈 주문을 넣었다. 워낙 고가의 물건이라 팔면 제법 쏠쏠했다. 단미의 매상 중 상당수는 연재가 올려주는 것이었다. 물론 수익은 셋이서 나눠 가졌다.

연재가 원석을 세공하는 동안 야장이 주물을 뜨고 소봉과 꽃분이 노리개 매듭과 술을 만들었다. 일은 밤을 꼬박 새우고 다음 날 정오가 되었을 때야 끝났다. 단미로 돌아온 소봉은 한지와 비단으로 물건을 싸서 화양궁에 보냈다. 오랜만에 연재가 솜씨를 발휘한 덕에 중궁전에 들어간 것보다 아름답게 만들어졌다. 그렇게 단미는 큰 고비를 넘겼다.

안 그래도 밖으로만 도는 여식이 신경 쓰이는데 외박까지 했으니 판서 동 집에선 난리가 났다. 소봉은 어머께 꾸중을 듣고 반 시진 동안이나 벌을 섰다. 소봉이 박물전을 하고 싶다고 했을 때 어머니는 반가의 부인이 돈을 버는 건 말도 안 되는 일이라고 반대했다.

"우리 집안이 돈이 없는 것도 아니고 너까지 나서서 벌 필요는 없다. 아비와 어미가 죽으면 오라버니들이 살펴줄 것인데 왜 사서 고생이야?"

또 그 소리. 소봉은 듣기 싫어서 얼굴을 찌푸렸다.

"자기 앞가림은 스스로 해야지, 왜 다른 사람 손에 맡겨요?"

"다른 사람이라니? 네 오라비야. 같은 피붙이니 거둬주는 것이 맞지. 네가 남편이 있니, 자식이 있니? 죽으면 장사는 누가 지내고 제사는 누가 지내? 네 큰 오라버니와 조카 몫이 아니겠니? 아무도 네게 눈치 주지 않으니까 돈 벌려고 애쓸 필요 없다."

소봉은 속에서 뜨거운 것이 치미는 것을 억누르고 침착하게 말했다.

"어머니께서 뭘 걱정하시는지 알아요. 그런데 나는요, 불쌍한 사람 취급받는 것이 싫어요. 남편과 자식이 없다고 인생이 끝난 게 아니잖아. 내 힘으로 돈 벌고 즐겁게 살고 싶어요. 죽어서 누가 내 제삿밥을 차려줄지, 어디에 묻힐지 같은 건 관심 없다고요."

"네가 철이 없어서 그래. 여자가 혼자 살면 남들이 얼마나 처량하게 보는 줄 아니? 주위에선 널 밖으로 내돌린다고 걱정이 많다. 그러다 망측한 소문이라도 나면 어쩌니? 나라면 장사 같은 거 안 시켰다. 네 아버지는 무슨 생각인지……. 그러지 말고 양자라도 들여 키워보는 것이 어떠니? 집에 들어앉아 아이를 키우면 덜 적적할 것이야."

어머니는 소봉이 뭘 원하고 어떻게 살고 싶은지보다 주위의 시선을 더 걱정했다. 소봉은 가련한 과부, 집안의 천덕꾸러기 취급받는 것이 죽기보다 싫었다. 그냥 남편이 일찍 죽은 것뿐이다. 인생이 끝난 게 아니다.

소봉은 말싸움이 싫어서 입을 다물고 별당으로 건너왔다. 밤을 새운 탓인지 초저녁에 잠들어 다음 날 해가 중천에 걸리도록 일어나지 못했다. 코까지 드르렁드르렁 골며 달게 잘 때였다. 개금이 헐레벌떡 뛰어 들어와 어깨를 흔들었다.

"아씨, 일어나 보셔요. 화양궁에서 전갈이 왔어요."

소봉은 졸린 눈을 비비며 개금이 주는 서신을 펼쳤다.

공주 자가께서 이번에 받으신 장신구를 무척이나 흡족해하십니다. 같이 차를 즐기자고 하시니 화양궁으로 와주셨으면 합니다.

소봉은 서신을 내던지며 비명을 질렀다.

"어머나! 이게 꿈이야, 생시야! 공주 자가가 날 부른다고?"

소봉은 어머니에게 알리지도 않은 채 개금을 보내 날을 잡았다. 화양궁 구경을 할 수 있다니! 그 별천지를 볼 생각에 한시도 진정이 되지 않았다.

조선 최고의 미녀라는 보명공주는 얼마나 아름다울까? 남편을 잡아먹었다는 소문이 사실일까? 아니야, 그건 미모와 재력을 시기한 사람들이 낸 헛소문일 거야.

소봉은 손가락으로 날을 세며 공주를 만나기를 고대했다.

* * *

도성 안은 이제 궁궐 후원을 빼면 녹지라고 불릴 만한 곳이 몇 없었다. 북쪽 백악산과 인왕산, 남쪽의 목멱산을 사이에 둔 성곽 안에는 초가집과 기와집이 처마가 닿을 만큼 빽빽하게 들어차 비좁았다. 그런데도 사람들은 끊임없이 도성 안으로 밀려들었다.

도성 안으로 들어오지 못한 백성은 도성을 둘러싼 산허리를 개간하거나 성곽 바로 아래에 터전을 잡아 살았다. 성곽을 사이에 두고 움막집이 번성했다. 그들 대부분은 품팔이로 하루하루 연명하며 살아가는 빈민이다.

손바닥만 한 땅뙈기만 생겨도 집을 지어 살려고 아득바득하는 마당에 눈길을 끄는 곳이 있었다. 청계천 남쪽 광희문 근방에 우뚝 들어선 화양궁이다. 선왕이 딸을 위해 궁을 지을 때 민가 백여 채를 헐어낸 건 이제 새로울 것도 없는 이야기다. 주변에 반듯한 기와집이 초라한 움막으로 보일 만큼 화양궁은 웅장하고 화려했다.

고고한 솟을대문, 가볍게 날아오를 듯한 처마, 예사롭지 않은 지붕선, 반질반질한 담벼락과 우거진 나무, 밖에서 보이는 건 담벼락 너머 처마와 지붕뿐인데도 백성들은 그 안에 고대광실이 있음을 알았다.

"임금님이 사시는 궁궐보다 화려하다네. 나라님은 백성 눈치라도 보지. 과부 공주가 눈치 볼 게 무에 있어? 아주 사치스럽기가 이를 데 없다는구먼."

"연못을 파고 배를 띄우고 논다니 얼마나 넓기에 그러는 걸까?"

"과부 혼자 사는 집에 식객 수십 명이 방구들에 모여 앉아 공주 얼굴 한번 보겠다고 목을 빼고 있다지 뭔가. 사내가 불알 달고 태어나서 그게 할 짓이야?"

"공주 눈에 들면 조정에 출사까지 할 수 있는데, 낄 수 있다면 나라도 끼고 싶구먼."

"아방궁도 울고 갈 고대 광하에 온갖 미희가 가득하다니, 구경 한번 해보고 죽고 싶네그려."

사람들의 선망과 시기, 질투의 대상이 되는 화양궁 안으로 사치스러운 가마 하나가 들어갔다. 가마 속에는 소봉이 앉아 있었다.

"아씨, 다 왔습니다."

개금이 가마 문을 열자 기대감에 가득 찬 소봉이 얼굴을 빼꼼 내밀었다. 기대를 훨씬 넘어서는 풍경에 소봉의 눈동자가 바쁘게 움직였다. 대문을 넘어서면 마당과 사랑채가 있는 여느 집과 달랐다. 숨통이 확 트일만큼 넓은 정원, 잘 가꾼 나무와 꽃. 눈길이 닿는 곳마다 한 폭의 산수화 같았다.

"공주 자가께서 안채에서 기다리십니다. 가시지요."

풍경에 취해 멍하니 서 있자 옷차림이 단정한 노인이 소봉을 이끌었다. 중문을 지나자 또 다른 별세계가 펼쳐졌다. 바깥 정원이 시원시원하고 수려하다면 안쪽 정원은 아기자기하고 부드러운 느낌이 물씬 났다.

"이곳이 안채입니다."

몇 개의 건물을 지나자 마침내 안주인이 머무는 곳이 나왔다. 다른 곳과 달리 수수하고 담백한 느낌이 나는 곳이다. 안채 섬돌을 오르니 예쁘장한 계집아이가 소봉을 안내했다. 복도를 걸어 깊숙한 곳으로 들어간 후에야 방문 하나가 열렸다.

"안에 계십니다. 들어가셔요."

소봉은 드디어 보명공주를 본다는 생각에 숨을 꼴깍 삼켰다. 실내는 사람 얼굴을 겨우 확인할 수 있을 정도로만 밝았다. 창마다 비단 휘장을 내려 빛을 가리고 가장 안쪽의 들창만 열려 있었다. 열린 들창에서 봄빛이 한가득 쏟아져 들어와 안을 비췄다. 향을 태우는지 독특한 냄새와 옅은 연기가 공기 중에 희미하게 떠다녔다. 붉은 모란이 가득 핀 병풍 앞에 한 여인이 비스듬하게 누워 있고 앳된 아이가 다리를 주무르고 있었다.

"기다리고 있었어요. 예는 갖출 필요 없으니 이리 가까이 앉아요."

넓은 방 안에 울리는 공주의 목소리는 우아하면서도 차분했다. 긴장한 소봉은 가볍게 심호흡을 하며 안쪽으로 걸어갔다. 어디에선가 나타난 아이가 방석을 가져왔다. 소봉은 방석에 앉으면서 나른한 표정으로 자신을 바라보는 이를 보았다.

"어머나, 예뻐라. 소문대로군요."

소봉은 소문과 너무 다른 공주의 첫인상에 놀랐다. 보명공주는 이슬을 머금은 수련인 듯 은은하고 청초했다. 화장기 없는 얼굴에 삼단 같은 머리를 풀어 왼쪽 어깨에 내려뜨리고 속이 비치는 생고사 저고리에 연녹색 치마를 입었다.

이렇게 우아하고 맑은 분이라니. 사내 인생을 망치는 경국지색이니, 희대의 요부니 하는 소린 모두 엉터리였어.

소봉의 얼굴을 가깝게 들여다보던 공주가 속삭였다.

"그리 예쁘게 보니 여자인 내 마음이 설렐 지경이네요."

공주가 설핏 웃으며 한쪽 손을 들었다. 그러자 다리를 주무르던 아이가 일어나 나가고 공주가 자세를 고쳐 앉았다. 소봉은 그제야 정신을 차리고 예의를 갖췄다.

"인사가 늦어 황송합니다. 아름다우셔서 넋을 놓고 보았네요. 공주 자가, 저는 장소봉이라고 합니다."

"목소리도 예쁘고. 단미 주인이 이토록 어리고 귀여운 부인이었다니, 놀랐어요."

남녀불문 한번 보면 헤어나올 수 없는 미인이라는 소문만은 사실이었다. 사람을 깊이 들여다보는 눈빛에 괜스레 얼굴이 빨개지면서 설레었다.

"과찬이세요. 황송해서 몸 둘 바를 모르겠습니다."

보명공주가 소리 내어 웃었다. 그녀는 대화 도중에 손에 든 청록색 옥구슬을 쉴새 없이 만지작거리며 가지고 놀았다. 손가락 사이로 능숙하게 돌리며 노는 모습이 이색적이라 소봉의 눈이 보명공주의 얼굴과 옥구슬 사이를 바쁘게 오갔다. 소소하게 안부를 나누는데 계집아이들이 찻상을 들여왔다.

"들어요. 먼 곳에서 온 귀한 차랍니다."

달콤한 걸 좋아하는 소봉에겐 너무 쓴 차였지만 감동한 표정으로 두 번이나 연거푸 마셨다. 소봉은 진심으로 공주에게 잘 보이고 싶었다.

"아직 어린데 사람의 취향을 잘 파악하더군요. 부인이 만들어준 건 전부 마음에 들어요."

"감사합니다."

"중궁전에서 모두 가져가는 바람에 곤란했을 텐데."

낮게 내리깐 시선에서 언짢음과 짜증이 살짝 비쳤다. 중궁전과 사이가 안 좋다는 소문이 사실이었나보다.

"곤란한 게 뭐예요, 목이 떨어지는 줄 알고 십년감수했는걸요. 밤새 뛰어다니고 만드느라 모두가 고생했지요."

"하하. 목이 떨어지다니, 내가 그리 매정한 사람은 아니에요. 덕분에 예쁜 걸 만들어내는 이가 누군지 호기심이 일었으니 잘된 일이네요. 근데 어쩌다 반가의 부인이 장사에 나섰나요?"

"과부가 할 게 있어야지요. 서방이 있나 자식이 있나. 심심해 죽겠는데 부모님은 얌전히 있으라고만 하고. 사람이 어떻게 아무것도 안 하고 살아요? 방 안에만 있으면 그게 시체지 사람인가요?"

앗! 어머니가 말조심하랬는데. 소봉은 너무 제멋대로 떠든 것 같아 황급히 입을 다물었다. 그런 그녀를 빤히 보던 공주가 깔깔깔 웃음을 터트렸다.

"괜찮으니 계속해요. 늘 두통에 시달리는데 부인 이야기를 듣고 있자니 머리가 개운하네요. 생기가 있어서 마음에 들어요. 가까이 두었으면 하는데, 자주 와주겠어요?"

소봉이 아무 말 못 하자 공주가 물었다.

"왜요? 싫어요?"

"진짜 제가 마음에 드세요?"

"마음에 들다 뿐이에요? 어찌나 귀여운지, 반했어요."

"꺄아아아! 신나요! 아이, 좋아!"

호들갑 떨며 좋아하는 모습을 보고 공주가 웃음을 다시 터트렸다.

"저기……. 언니라고 불러도 돼요?"

살짝 놀란 듯 눈썹을 치뜬 공주가 흐뭇하게 웃으며 고개를 끄덕였다.

"물론이지, 동생이 생겨서 기쁘구나."

도성에서 가장 유명한 과부와 도성에서 가장 명랑한 과부가 만났다. 공주는 첫눈에 알았다. 두 사람이 무척이나 비슷한 기질이라는 것을. 잘만 키우면 쓸 만한 물건이 될 거라고, 보명은 생각했다.

4. 흉사

 시신은 배오개 고개 초입에서 발견되었다. 성문이 열리자마자 더덕과 우엉을 지게에 지고 들어오던 장사꾼이 흉측한 몰골을 발견하고 관아에 알렸다. 시신은 알몸 상태였고 사지가 대大자로 벌려 있었으며 상투가 잘렸다.

 시신 근처에서 잘린 상투와 훼손되지 않은 비단옷, 갓, 가죽신 등이 발견되었다. 핏자국은 없었다. 아마도 다른 곳에서 살해된 뒤에 옮긴 것으로 추측된다.

 "세상에, 왕가의 인척이 그리 끔찍한 일을 당할 줄 누가 알았겠나!"

 종부시宗簿寺* 도제조都提調 영평군은 초조한 표정으로 옆을 흘끔거렸다. 수안군은 아직 잠이 덜 깬 모양인지 졸린 얼굴로 눈을 비비고 있었

---

* 종친 간의 친목을 꾀하고 비위를 규찰하는 임무를 관장하기 위해 설치한 관서. 그 밖에 왕자·왕녀의 혼례 때는 이를 갖춰 준비하는 일도 주관하였다.

다. 영평군이 좀 더 흥분한 목소리로 과장되게 고개를 저으며 말했다.

"어찌 사람이 사람을 그토록 참혹하게 죽일 수 있단 말인가! 사대부를, 그것도 중전의 오라비를 말이야!"

"건너뛰고, 본론부터 말씀하시지요."

영평군은 누가 듣기라도 하듯 목소리를 깔고 속삭였다.

"엊그제 승정원으로 익명서가 들어왔네."

그제야 수안군이 고개를 들었다. 서낭당 살인자를 잡는 과정에서 다쳐서 몸져누웠다더니 얼굴이 야위고 푸석했다.

"거기에 세상이 발칵 뒤집힐 이야기가 쓰여 있었네. 뭔지 아나?"

사람이 대꾸가 있어야 말할 맛이 나는 법인데. 이런, 쯧.

영평군은 언짢음을 누르고 천천히 힘주어 말했다.

"화양궁 보명공주가 송준길을 죽였다고 쓰여 있었다네."

수안군은 놀라는 기색 없이 빤히 보기만 했다.

"자넨 놀랍지도 않은가? 공주가 송준길을 참혹하게 죽였다는 익명서가 어전에 올라갔단 말일세."

"어찌 익명서가 어전에까지 올라갔답니까?"

"함경도에서 보낸 장계˙ 틈에 있었다지 뭔가. 누군가가 슬쩍 끼워 넣은 게지. 누구 소행인지 찾고는 있다는데 밝히기 힘들 걸세."

"익명서 따위를 어찌 믿습니까? 중궁전과 화양궁의 사이가 나쁘다는 건 누구나 아는 이야기인걸요. 괜한 모함이겠지요."

"악의적인 모함으로 보기엔 정황이 구체적이야."

• 왕명을 받아 지방에 나가 있는 신하가 왕에게 업무 보고 하던 일, 또는 그 문서.

그가 집중하는 것이 느껴져서 영평군은 내심 안심했다.

"송준길은 죽기 전날 화양궁에서 열리는 생일 진연에 갔네. 그곳엔 중전도 계셨지. 그날 저녁 배오개 색주가 골목에서 송준길을 본 자가 있네. 그곳에 누가 있었는지 아나? 보명일세."

"보명이 색주가에 갔다고요?"

"정체가 밝혀지지 않은 어떤 자가 기방에서 난동을 부렸는데 보명이 와서 술값을 치르고 갔다는군. 그들 뒤를 송준길이 따라갔다는 거야."

"이상하군요. 목격자는 보명의 얼굴을 어찌 알았답니까?"

"구경꾼 틈에 장악원 여악이 있었다네. 화양궁에 몇 번 불려갔던 모양이야. 순라군이 적은 일지에 보명공주를 언급한 기록이 있어. 송준길의 행적은 색주가를 끝으로 발견되지 않았네."

"한 장소에 있었다고 해서 범인이 되는 건 아닙니다."

"그래, 자네 말이 맞아. 하지만 보명이 왜 거기에 있었겠나? 직제학은 왜 집과 반대 방향인 곳에 나타났을까? 평소 그런 곳에 드나드는 자가 아니었네. 진연 때 중전과 공주의 분위기가 심상치 않았다는 이야기도 있어. 싸우지 않았다 뿐이지 냉랭했다는군."

"그거 가지고는 안 됩니다. 구체적인 물증이 없어요."

"내가 익명서 일부를 필사해 가지고 왔네. 이것 좀 보게."

이자윤은 영평군이 건네는 서신을 받아 펼쳤다. 급히 적어온 모양인지 필체가 엉망이라 겨우 읽을 수 있었다.

보명공주는 연회가 벌어짐에도 화양궁을 나와 색주가에서 신원 미상의 사내를 만났사옵니다. 같은 장소에 있던 기생과 순라군이 이를 보았으며 그날의 순라군 일지를 확인하시면 될 것이옵니다.

같은 시각 홍문관弘文館* 직제학 송준길이 그곳에 있었고 다음 날 싸늘한 시신으로 발견되었으니 이것을 어찌 단순한 우연으로만 보겠사옵니까. 아무리 존귀한 왕실의 자손이라고 하나 조사해야 함이 마땅하옵니다.

익명으로 간할 수밖에 없는 무도한 소신이 충심으로 아룁니다. 특정인이 자꾸만 삿된 항설에 오르내리는 것은 그만한 이유가 있을 것이옵니다. 보명공주가 수상한 죽음과 연관된 것은 이번만이 아니옵니다. 건강하던 금성위가 하루아침에 요절한 것을 두고 그 부모 형제는 아직도 애통하게 여기며 사건의 전말이 밝혀지기를 고대하고 있사옵니다.

금성위의 수상한 죽음, 송준길의 끔찍한 변사를 제외하더라도 보명공주의 행실은 과히 불경하기가 이를 데 없사옵니다. 기근으로 백성이 굶주리는 때에 사치가 도를 넘고 화양궁으로 남녀를 불러들여 희락회希樂會라는 난잡한 모임을 연다고 하옵니다. 일국의 공주가 방탕한 모임의 회주會主라니, 부끄럽고 참담하여 입에 담을 수조차 없사옵니다. 부디 성상께서 이를 바로잡아 들끓는 민심을 달래고 나라의 기강을 바로 세우심이 옳을 줄 아뢰옵니다.

자윤은 익명서를 다 읽고 나서 묵묵히 접어 영평군에게 내밀었다. 그는 서신을 받지 않고 말했다.

"외척이 죽어서 이 난리가 난 게 아닐세. 홍문관 직제학이야. 성상의 눈과 귀가 되어주는 언관言官이 비명에 간 것일세. 이를 두고 벌써 삼사三司** 가 들썩이고 있어. 머지않아 상소가 빗발칠 것이고 삼사 전 관원이 대궐 앞에 모이면 사태는 걷잡을 수 없을 것일세."

• 조선 시대에 궁중의 경서와 문서를 관리하고 왕의 자문에 응하는 일을 맡아보던 관청.
• 사헌부, 사간원, 홍문관의 총칭.

"서둘러 조사를 시작하면 될 것이 아닙니까?"

"자네 말이 맞아. 사건이 사건이니만큼 형조와 사헌부, 한성부까지 나서서 조사할 것이네. 하지만 상대는 공주야. 전하의 근심이 여간 크신 게 아니네. 혈육을 죄인처럼 다룰 수는 없지 않은가? 그래서 따로 종부시에서 내사하라 명하셨네. 자네가 이 사건을 맡도록 하게."

수안군이 그럴 줄 알았다는 듯 얼굴을 찌푸렸다.

"왜 접니까? 종부시에 속한 종친이 많은데요."

"그야 자네가 똑똑하고 침착하며……. 살인 사건이라면 사족을……."

그가 눈을 가늘게 뜨자 영평군이 심상한 표정으로 말했다.

"천하에 무도한 자를 잡는 데 열정적이기 때문에……."

"싫습니다."

"어허…… 말도 끝내지 않았는데 거절하다니. 주상전하의 명일세. 전하의 육친으로 종사에 보탬이 되는 게 마땅하지 않은가."

"왕실 일엔 말려들기 싫습니다."

"왕명일세! 왕명을 거역하면 어찌 될지 잘 알지 않은가."

"귀양을 가라면 가겠습니다. 안 그래도 피곤한데 벽지에 처박혀 책이나 보며 쉬지요."

"이런 고집불통 같으니. 명색이 종친인데 이 꼴이 뭔가. 집은 다 낡아서 금방이라도 쓰러질 것 같고 아직 장가도 못 가지 않았는가. 이번 일만 잘 해결하면 그럴듯한 궁방도 받고 혼인까지 시켜줄지도 모르는데 왜 미련을 떨어?"

"전 이 집이 좋습니다. 혼인할 생각은 없고요."

가진 거라곤 반반한 얼굴밖에 없는 주제에 왜 이리 뻣뻣한가. 영평군은 잘난 머리통을 한 대 쥐어박고 싶은 걸 애써 참았다. 무슨 일이 있어도 수안군에게 내사를 맡기라는 왕명이 있었으니 설득해야 한다. 그는 결국 마지막 방법을 쓰기로 했다.

"이 일로…… 보명이 죽을 수도 있네."

수안군이 미간을 찡그리며 말했다.

"그럴 리가요. 보명은 전하께서 누구보다 아끼는 누이가 아닙니까. 보명의 버르장머리를 그 지경으로 망쳐놓은 것이 그분인걸요."

"이 일로 송인이 가만히 있을 거 같은가? 공주만 다치는 것이 아니야. 전하의 힘도 약해져. 파벌 싸움에 숨도 크게 못 쉬고 계시는데, 이러다간 송인의 꼭두각시가 된단 말일세. 종부시에서 자네를 두고 험한 말이 오갈 때마다 전하께서 막아주셨네. 이번 기회에 은혜에 보답할 겸, 공도 세울 겸 나서보게. 궐에 있을 때 보명과 곧잘 어울렸다면서. 같이 자란 정이 있을 것이니 도와주게."

한참을 생각하던 수안군 무겁게 입을 열었다.

"보명의 무죄를 입증하라는 겁니까, 아니면 유죄를 무죄로 만들라는 겁니까?"

"자네 성정을 알지. 거짓을 꾸미는 짓은 죽었다 깨어나도 못할 사람이지 않은가. 진실을 알아 오게."

"보명이 덫에 빠졌다고 보십니까?"

"버르장머리 없는 망종이긴 하지만 사람을 죽일 정도로 독한 아이는 아니야. 모함을 받은 게 분명하네. 수안군 자네가 가서 도와줘."

"보명이 죽인 게 맞으면요?"

"죄를 줄일 수 있는 물증이라도 거둬오게. 같은 종실끼리라도 살펴줘야지.”

“확답은 드리지 않겠습니다. 시신을 본 연후에 결정하지요.”

안 한다고 고집을 피우지 않으니 우선은 마음이 놓인다. 영평군은 한시름을 놓으면서도 시신을 본 후에 결정한다는 것이 괴이하게 들렸다. 살인 사건을 즐긴다는 소문이 사실인가. 왕의 자식은 그저 있는 듯 없는 듯 조용히 살아야 하거늘.

영평군은 착잡한 심정으로 솔내골 작은 기와집을 나섰다. 날이 희부옇게 밝아오고 있었다.

* * *

수안군 이자윤이 번화한 육조 거리에 나타나자 많은 시선이 쏠렸다. 누구라도 한번 보면 시선이 붙잡히고 마는 미모였다. 흑립에 도포를 걸치지 않았다면 여인인지 사내인지 분간이 가지 않을 만큼 선이 고운 얼굴이었다.

자윤이 탄 말이 지날 때마다 주위 공기가 낮게 술렁였다. 아는 자는 아는 대로, 모르는 자는 모르는 대로 신기한 표정으로 올려다보고 자기들끼리 수군거렸다. 자윤은 사람들의 시선이 익숙한 듯 무심하게 말을 몰았다.

호조와 이조 중간에 있는 한성부 문을 넘었을 때였다. 기다리고 있었던 듯 의금부 도사都事 강용주가 나타났다. 그는 도사가 된 지 얼마 안 된 풋내기로 자윤과는 두어 번 눈인사만 했을 뿐 대면해서 말을 나누기는 처음이다. 그의 등장에 자윤은 속으로 헛웃음을 터트렸다.

중요한 일에 이런 풋내기를 붙여주다니, 사건을 조사하라는 건지 흉내만 내라는 건지.

영의정 송영묵의 아들이자 중전의 오라비가 끔찍하게 죽었다. 이 사건을 조사하는데 형조와 사헌부, 한성부가 나섰다. 익명서도, 종부시가 공주를 내사하는 것도 비밀이며 대외적으로는 수안군 개인이 송준길 변사 사건에 흥미가 있는 것으로 말을 맞췄다.

따로 사람을 붙여준다기에 사헌부 지평持平* 정도는 내어줄 줄 알았는데 의금부 말단 도사라니. 전하의 본심대로라면 대사헌을 붙여도 시원치 않았을 테지만 도사에 그쳤다는 건 그만큼 송인과 홍인의 눈치를 본다는 뜻이리라. 아무리 그래도 누이의 안위가 달린 일인 것을. 자윤은 별다른 내색 없이 인사를 나눴다.

"이틀 전에 망자가 죽은 곳을 발견했습니다. 보시겠습니까?"

"그곳이 어디요?"

"시장 안에 있는 면포전 창고입니다."

"시신 먼저 본 후에 가도록 하지요. 지금쯤이면 유족들이 시신을 내어달라 성화일 텐데."

"안 그래도 그 집 종복들이 새벽부터 몰려와서 난리 치는 것을 간신히 돌려보낸 참입니다. 군대감께서 보신 후에 입안立案**을 내어줄 것입니다."

영상領相의 대단한 권세를 볼 때 풋내기치고는 패기 있는 행동이다. 보

• 사헌부의 정오품 관직. 감찰 업무를 담당.

•• 청원에 대한 관청의 인가 또는 인증하는 문서. 형조에서는 접수된 첫 번째와 두 번째 검안서를 대조하여 내용이 일치할 때, 입안을 발급하고 매장을 허가한다.

기엔 샌님처럼 생겼는데 제법 강단이 있는 모양이다.

"시신은 검험소에서 안치소로 옮겼습니다. 같이 가시지요."

강 도사가 씩씩하게 앞장서고 자윤이 따라갔다. 가면서 풋내기가 쉬지 않고 떠들었다.

"종부시에서 사람이 온다고 했을 때 수안군 대감이실 줄 알았습니다. 대감께서 괴이하고 어려운 것만 선호하신다는 건 삼법사三法司* 사람이면 다 아니까요. 이런 사건 즐기시죠?"

"사소한 관심일 뿐, 즐기는 건 아니오."

"평범한 자라면 살인자만 봐도 오줌을 지리며 도망갈 텐데 사소한 관심이라니요. 얼마 전엔 서낭당 살인자를 직접 잡기까지 하셨잖아요. 그 일은 아직도 의금부에서 회자 중입니다. 어찌하셨기에 놈이 결박을 푼 겁니까? 다들 머리를 쥐어짜 보아도 답을 못 찾고 있습니다. 놈이 형 집행 전에 대감을 만나게 해달라고 난리를 피웠다는 것은 들으셨습니까?"

사내자식이 왜 이리 수다스러운 거야? 듣기 불쾌하군.

자윤은 성가셔서 묵묵히 걷기만 했다. 눈치 빠른 강 도사가 화제를 바꿨다.

"이번 사건, 삼법사가 매달리긴 하지만 쉽지 않을 겁니다. 열심히 도울 테니 진범을 꼭 잡아주십시오. 대감께서 먼저 잡으셔야 저와 밑에 있는 부하 놈들 출셋길이 열립니다."

"나랑 엮이면 출세는커녕 목숨 부지하기도 힘들 거요."

"하하, 무슨 그런 말씀을. 군대감 덕분에 공을 세워 높은 자리로 옮겨

---

* 조선 시대 법을 다루는 기관으로 일반적으로 형조, 한성부, 사헌부를 가리킨다.

간 이가 한두 명이 아닌걸요."

"너무 들뜨진 마시오. 사건을 맡을지 결정하지 않았으니."

"시신을 보면 다를지도 모릅니다."

"특별한 것이라도 있소?"

"아주 고약합니다. 깊은 원한이 있는 게 분명해요."

"원한이라……."

안치소에 다다르자 강 도사가 소매 속에서 냄새를 가릴 천을 꺼내 내밀었다. 자윤은 그를 지나쳐 문을 열고 안으로 성큼 들어섰다. 명색이 한성부 안치소지만 응달에 지은 허름한 창고일 뿐, 안은 서늘하고 낮에도 어두웠다.

시신은 이미 복검覆檢*까지 마쳤는데 초검은 발견된 곳에서, 복검은 한성부 검험소에서 이루어졌다. 검험檢驗**은 보통 복검까지 이루어지고 초검과 복검에서 이견이 있을 때 삼검三檢까지 간다.

자윤은 익숙한 걸음으로 한쪽에 있는 탁자로 가 초를 켰다. 지금껏 수십 번 드나든 곳이라서 어디에 무엇이 있는지 훤히 알고 있었다. 그동안 강용주는 초검과 복검 시장屍帳***이 합해진 검안서를 안고 수안군이 하는 양을 흥미롭게 지켜보았다.

촛불을 켜자 어두컴컴한 실내가 조금 밝아졌다. 안엔 두 구의 시신이 있었다. 자윤이 한쪽으로 다가가 천을 들추자 며칠 동안 한양을 시끄럽게 한 사체가 모습을 드러냈다. 자윤은 탁자에 있는 대나무 자를 꺼내 들

---

* 한 시체를 두 번째 검증하던 일.
** 범죄로 인해 사람이 죽었을 때 사인을 밝혀내기 위해 담당 관원이 시체를 검시하고 검안서를 작성하던 일.
*** 시체를 검안한 증명서.

고 시신을 관찰하기 시작했다.

키는 5척 6치* 정도. 상투가 잘리고 안구가 적출되었다. 머리 뒤쪽에 둔기로 맞은 상처가 있다. 이 정도 일격이면 그대로 실신했을 것이다.

하반신에 암갈색 시반屍斑. 발목에 묶인 자국이 뚜렷하다. 무릎에 쓸리고 긁힌 자국. 오른쪽 허벅지에 양날 예기로 벤 상처가 두 개, 뭉툭한 둔기에 찢어진 상처가 하나. 왼쪽 허벅지에 한쪽 날 자창刺創이 두 개.

놈은 베고 찢고 쑤셨다. 굳이 여러 무기를 골라가며 쓸 이유가 있었을까.

자윤은 상처를 벌리고 안을 들여다보았다.

상처가 두서없고 표피가 심하게 벌어졌다. 오른쪽 허벅지는 일부러 헤집은 다음 비틀어 뽑았다. 상당한 힘이 가해졌고 고통이 컸을 것이다. 부위로 보아 목숨을 빼앗으려고 낸 상처가 아니다.

영의정의 아들이 고문이라…….

범인은 완력이 세고 살인에 익숙하다. 힘의 완급 조절이 탁월하고 감정이 철저히 빠져 있다. 인상적인 솜씨다.

자윤은 잔뜩 몰두한 표정으로 상반신을 보았다.

손목에 묶인 자국이 있다. 오른쪽 어깨가 탈구된 각도로 보아 뒤로 묶여 있었다. 몸통은 깨끗한 편이나 복부가 팽창되어 있다. 시신이 부패하면서 복부가 부풀어 오르지만 눌러보니 일반적인 팽창이 아니다.

목에도 밧줄에 묶였다가 쓸린 자국이 낭자하다. 묶인 채로 몸부림을

• 조선 시대 척관법 길이의 기준은 척尺이 기준이며 자로도 읽는다. 1尺자는 30.3cm이며 그 10분의 일을 1치(촌)라고 말하며 3.03cm이다. 그 10분의 1을 1푼이라 말하고 1푼의 길이는 0.3cm이다. 그 10분의 1을 1모라 하고 1모의 길이는 0.03cm이다.

치다가 난 상처다. 입술이 온통 찢어져 있다. 어금니를 빼고 모두 부러져 있다. 혀에 생긴 상처로 보아 둔기로 속을 헤집은 흔적이 있다. 목 안쪽에는 아직도 음식물이 남아 있다. 음식을 강제로 먹였다면 복부의 팽창이 설명된다.

자윤은 시신을 두어 걸음 떨어져서 보았다.

이 사체엔 모순이 많다. 하체의 상처는 아는 것을 말하라는 의도가 분명한데, 왜 음식을 꾸역꾸역 먹었을까. 음식을 이 정도로 먹이는 행위는 체벌, 침묵을 암시한다. 얼굴에 나타난 울혈, 색전으로 보아 기도 폐쇄로 인한 질식사로 보인다.

왜 눈을 뽑았을까?

그는 눈이 있었던 자리를 자세히 들여다보다가 물었다.

"안구는 발견됐소?"

자윤의 질문에 멍하니 있던 강 도사가 흠칫 놀라며 대답했다.

"아니요, 찾지 못했습니다."

왜 시신의 눈을 가져갔을까? 상투는 왜 잘랐을까?

시신을 보면서 제일 먼저 해야 하는 일은 살인의 목적을 읽는 것이다. 고문도 살인의 목적이 될 수 있다. 이자는 여러 가지 도구로 고통을 극대화하고 뚜렷한 흔적을 남겼다. 상처가 두서없이 산만한 듯 보이지만 각각의 무기가 낼 수 있는 최대치의 상처를 입힌 후 다음으로 옮겨갔다. 고통이 목적이라면 더 많은 상처를 냈어야 했다. 그런데 이자는 아니다.

눈을 가져가고 상투를 자르는 건 이자가 할 법한 행동이 아니야. 왜 시신을 전시했을까?

여기에서 살인의 목적이 드러난다. 범인은 과정보다는 결과를 더 중요하게 생각했다. 죽여서 모든 이들에게 보이는 것. 범인은 시신이 발견되는 걸 두려워하지 않았다. 오히려 자랑거리로 여겼음이 분명하다. 사람들이 다니는 길로 시신을 옮기고 사지를 벌려놓고 상투를 잘랐다. 지극히 모욕적으로 시신을 전시했다. 범인은 죽은 자와 이 죽음의 의미를 알고 있을 자를 희롱하고 비웃었다.

살인을 한 자는 도구일 뿐이야. 뒤에 사주한 자가 있어.

곰곰이 생각하던 중에 안치소 한쪽에 있는 다른 시신이 눈에 들어왔다. 더러운 천에 덮여 있어도 육중한 덩치가 가늠되는 사람이었다.

"옆에 시신은 언제 들어왔소?"

"어제 흥덕동천에서 발견됐습니다. 아직 신원은 못 찾았고요. 천한 자라고 검험도 않고 저리 방치 중입니다. 근데 저자는 왜요?"

자윤이 맞은편으로 가서 시신을 덮은 천을 걷어냈다.

덩치가 무척이나 큰 사내였다. 몸 전체에 근육이 잘 발달되어 있었는데 특히 어깨와 팔이 두껍고 온통 흉터투성이였다.

몸은 전체적으로 깨끗하고 상처는 목의 자상뿐이다. 자상은 깊으면서 깔끔하다. 상처의 길이는 3촌, 깊이는 2촌 3푼. 왼쪽에 처음 칼을 댄 부위와 날을 거둔 부위의 깊이가 똑같다. 왼손잡이에 솜씨 좋은 칼잡이다. 방심하다 당한 모양인지 몸에 방어흔이 보이지 않는다.

자윤은 사내의 손을 살폈다. 옹이가 박힌 투박하고 거친 손. 손날에 굳은살이 나무껍질처럼 두껍다. 오른손을 살펴보니 손바닥에 물집이 잡혔고 중지 손톱이 부러져 있다. 깨진 지 얼마 안 됐는지 끝이 날카롭게 갈라졌다. 그리고 얇은 예기에 베인 흔적이 곳곳에 보였다.

"백정의 손이군. 이자 짓이오."

"예에에?! 그게 무슨 말씀이십니까? 이자가 범인이라고요?"

자윤은 놀라는 강용주가 한심했다. 비슷한 시기에 시신이 들어왔다. 두 사건을 연관 지어 보는 건 기본 중에서 기본이다. 이런 풋내기를 데리고 사건을 조사하라니, 있느니만 못한 자가 아닌가.

"홍덕동천이면 광례교와 가깝군. 그쪽 현방懸房˙을 뒤져보시오."

"정말로 이자가 범인이라 확신하십니까? 무엇을 보고요?"

강용주는 도저히 믿지 못하겠다는 얼굴로 죽은 자의 얼굴과 몸을 훑어보았다.

"평소에 자주 쓰는 연장이 있을 테니 가져와 시신에 난 상처와 비교하시오. 살인을 사주한 자에게 죽임을 당했을 거요. 최근에 누구를 만나고, 어느 집에 고기를 댔는지 알아보시오."

자윤은 자기 할 말만 하고 어두침침한 건물을 빠져나갔다. 그 뒤를 강도사가 다급하게 따라왔다.

"자, 잠시만요. 무엇을 보고 범인이라 확신하십니까?"

"백정의 손에 근래에 난 잔 상처가 있소. 칼 쓰는 데 이력이 났을 텐데 왜 상처가 났겠소?"

"글쎄요."

"송준길은 그리 작은 키가 아니오. 기둥에 묶인 채로 고문을 당했고 그대로 안구 적출까지 이어졌을 거요. 흙바닥에서 짐승을 잡는 백정에겐 익숙하지 않은 자세지. 키가 큰 자라고 해도 높이가 있어서 칼 쓰는 게 쉽지 않았을 거요. 그래서 손에 상처가 난 거요."

• 소를 잡아 팔고 사는 방. 푸줏간. 도성 안팎에 23곳이 있었다.

"다른 동물을 잡다가 났을 수도 있잖아요."

"직제학의 눈에 끝이 짧고 휜 곡도로 파낸 흔적이 있소. 그런 곡도는 뼈와 가까운 살을 발라낼 때나 긁어낼 때 쓰는 거요. 백정의 검지에 비슷한 흉터가 있소."

"세상에, 상처만 보아도 어떤 무기로 낸 건지 알 수 있으십니까?"

입을 헤 벌리고 감탄하는 강 도사를 한심하게 보던 자윤이 그가 품에 안고 있는 서책을 가리켰다.

"품에 있는 게 검안서요?"

멍하니 있던 강 도사가 정신을 차리고 서책을 내밀었다.

"아직 사본을 만들어두지 않아서 다시 주셔야 합니다. 필사본은 곧 댁으로 보내드리겠습니다."

바람을 따라 안개가 물러가고 구름이 걷히면서 한성부 마당에 햇빛이 비쳤다. 자윤은 따뜻한 빛이 목덜미에 닿는 걸 느끼며 두툼한 검안서를 빠르게 눈으로 훑었었다.

검안서 서두는 초초初招[*]로 시작됐다. 피살자를 최초 목격한 자의 증언과 근친을 불러 조사한 원한의 유무, 생존 시의 상처, 죽기 전날의 행적이 기록되어 있었다.

무오년 2월 18일戊午年二月一八日

송준길, 홍문관에 등청하지 않고 진시辰時[**]**에 하인 억근과 막동을 데리고 나감.**

신시申時[***]**화양궁 보명공주의 연회에 참석.**

• 1차로 하는 심문 조사.
•• 07시~09시 ••• 15시~17시

중전을 비롯한 종친과 함께했고 유시酉時*에 화양궁을 나섬.

이후 배오개 근처 색주가에 있는 것을 구사丘史**향복이 목격함.

무오년 2월 19일戊午年二月一九日

묘시卯時*** **배오개 고개 초입에서 시신으로 발견.**

따르던 하인 억근과 막동 실종.

무오년 2월 20일戊午年二月二十日

송준길의 처남 황극균이 신원 확인.

초초 다음은 초검이다. 초검 기록을 읽고 복검과 비교하며 읽어보았지만 특별한 이견은 없었다. 수결手決****을 보니 의생과 율생, 검시관 다 안면이 있는 자들이다. 중요한 사건이니 일 처리가 빠르고 꼼꼼한 자들로 선별했다.

별다른 내용이 없어 살인이 벌어진 면포전 창고 기록으로 넘어갔다. 기록을 위해 동행한 서리가 꼼꼼한 자인지 창고 안 상황을 그림으로 남겨놓았다. 자윤은 피 웅덩이가 된 창고 안을 가만히 응시했다.

텅 빈 창고 가운데에 세운 기둥 주위로 피가 흥건했다. 뒤쪽엔 피 얼룩이 있는 탁자, 앞쪽엔 의자가 놓여 있었다.

기둥에 알몸 상태의 송준길을 묶고 목을 고정했다. 입에 음식물을 억지로 밀어 넣고 허벅지를 베며 고문했다. 안구를 적출 한 후 한동안 시신을 내버려 두었을 것이다.

왜 굳이 힘겹게 시신을 옮겼을까. 시장엔 순라군이 수시로 다니며 도

• 17시~19시.
•• 조선 시대에, 임금이 종친과 공신에게 말구종으로 준 관노비.
••• 05시~07시.
•••• 예전에, 자기의 성명이나 직함 아래에 도장 대신에 자필로 글자를 직접 쓰던 일. 또는 그 글자.

둑과 화재를 단속한다. 발견될 위험이 너무나도 크다. 그냥 두었어도 어차피 시신은 발견된다.

더 많은 사람이 보고 소문이 퍼지길 바란 거야.

위험을 무릅쓰고 시신을 옮겼고 아무도 본 자가 없다. 한두 명이 할 수 있는 것이 아니다. 나르고 망을 보려면 적어도 넷 이상. 치밀하게 준비했고 많은 의도를 담고 있다. 누구에게, 무엇을 경고하기 위함인가.

자윤은 검안서를 강 도사에게 건넨 후 한성부를 나왔다.

"어떠십니까? 사건에 흥미가 생기셨어요?"

"좀 더 봐야겠소. 우선은 면포전 창고부터."

자윤이 앞장서자 강 도사가 부랴부랴 따라나섰다. 말을 타고 육조 거리를 지나는 두 사람을 보고 멀리 서 있던 세 아이가 움직였다. 몸집이 작은 계집아이 둘과 덩치 큰 사내아이였다. 아이들은 달리는 말을 따라잡으려고 지름길을 골라 골목 구석구석 누볐다. 자윤은 그들의 움직임을 눈치챘지만 별다른 반응을 보이지 않았고, 강 도사는 까맣게 모르고 있었다.

두 사내가 배오개에 다다랐을 즈음, 칠패 시장에 있는 각다귀 상단에 그들의 위치가 알려졌다. 쪽지를 받아든 앳된 얼굴의 여자아이가 건물 안쪽에 있는 서고로 향했다. 천장이 높고 넓은 서재엔 10여 개의 높은 책장이 있었다. 구석에 있는 탁자에서 아이들이 글을 쓰는 동안 몇몇은 사다리에 올라가 풀을 먹여 돌돌 만 공상지供上紙*를 꺼내거나 제자리에 가져다 놨다.

책장 앞에 선 여자아이가 수십 개의 두루마리 속에서 하나를 꺼내 오

• 지방에서 왕실에 상납하던 종이.

늘의 행적을 언문으로 남겼다. 물건은 있던 자리로 돌아가지 않고 행수
의 탁자로 옮겨졌다. 두루마리 겉엔 절륜미남이라고 쓰여 있었다.

5. 마주치다

소봉은 공주의 부름을 받고 화양궁에 들어왔다. 무슨 일이 있었는지 화양궁 공기가 뒤숭숭했다. 안채를 가로지르는데 여종들의 얼굴이 온통 피멍으로 가득했다. 몇몇 종복은 다리를 절고 팔을 못 쓰는 자도 있었다. 무슨 일이 일어난 게 분명했다.

안채 내실에 들어가니 보명공주가 목침에 기대 책을 보고 있었다.

"어머, 소봉이 왔구나. 어서 오렴."

몸을 일으키며 웃는 모습이 월궁항아˙ 같아서 소봉의 입이 헤 벌어졌다.

"언니는 언제 보아도 아름다우시네요."

"얘는…… 보자마자 아첨이니?"

• 달나라에 사는 선녀라는 뜻으로 매우 아름다운 여자를 비유적으로 표현한다.

"아첨은요, 전 그런 거 못 해요. 눈에 보이는 대로 말하고 생각나는 대로 움직이는 사람인걸요."

공주가 눈을 곱게 흘기며 옆에 가까이 앉으라는 손짓을 했다. 소봉은 그녀 곁에 다가앉았다.

"소봉아, 오늘은 특별히 청이 있는데 들어줄래?"

"무슨 청이요?"

"네가 희락회에 들어오면 좋겠어."

희락회! 조선의 고관대작, 권세가 부인들만이 모여서 논다는 그 희락회?!

소봉은 좋아서 비명을 지를 뻔했다.

"가문도 신분도 볼품없는 제가요?"

"무슨 소리야? 한양에서 으뜸가는 박물전 주인에 부유한 역관譯官˙의 여식인 것을. 희락회에 들어올 자격이 충분하단다."

"언니가 그리 말씀하신다면 기꺼이 함께하겠어요."

"오늘은 이곳에서 자고 가렴. 밤에 재미있는 연회가 열린단다."

소봉은 흥분을 억누를 수가 없었다.

"이럴 줄 알았으면 더 예쁘게 차려입고 올 걸 그랬어요."

"괜찮아. 내 옷과 장신구를 빌려줄게."

두 사람이 느긋하게 차를 마실 때였다. 문밖에서 서 상궁의 목소리가 들렸다.

"수안군 대감께서 오셨습니다. 사랑채로 모실까요?"

˙ 통역을 맡아보는 관리. 업무상 해외를 오가며 장사를 병행해 부자가 되는 경우가 많았다.

"어, 수안군 오라버니가? 이리로 모셔와."

공주의 얼굴이 대번에 밝아지는 걸 보고 소봉이 물었다.

"어떤 분이기에 그리 반가워하셔요?"

"아버지에게 다섯 후궁이 있었다고 했지? 그중 숙원 정씨가 낳은 아들이야. 어릴 때 오라버니라고 부르며 자주 놀곤 했어. 흥미로운 분이야."

"흥미로운 분이라면?"

"사내라면 권력이나 돈, 그것도 아니면 여자에 목을 매지? 한데 오라버니는 어느 것도 아니야."

"사내가 그것 말고 좋아할 게 무에 있어요?"

"네가 알아봐. 오늘 연회에 참가할 테니."

공주의 얼굴에 진심으로 기쁜 미소가 떠올랐다. 가까이 지내면서 사내 이야기에 이렇듯 눈을 빛낸 건 처음이다. 소봉은 호기심이 동해 수안군을 기다렸다. 곧 문밖에서 인기척이 나더니 서 상궁이 아뢰었다.

"군대감께서 오셨습니다."

"안으로 모셔라."

아무리 혈연 간이라도 사내를 내실까지? 역시 공주님은 대담하셔.

소봉은 기대에 차서 흥미롭다는 사내를 기다렸다. 상당한 시간을 지체한 후 방문이 열렸다. 문 앞에 선 사내의 얼굴을 본 순간, 소봉의 입술이 벌어졌다.

뭐, 뭐야! 사내가 왜 저리 예뻐?

수안군의 눈, 코, 입은 얼음을 섬세하게 깎은 것처럼 아름다우면서도 차가웠다. 작은 얼굴과 갸름한 턱, 긴 목으로 이어지는 선이 흔히 보는 훤칠함이 아니라 미녀와 미남이 혼재한 미형美形이었다.

소봉이 흥분한 표정을 감추지 못하는 동안 수안군은 문지방을 넘지 않고 제자리에 서서 방 안을 응시했다.

"어서 오셔요, 수안군 오라버니."

"손님이 계셨군요."

그는 소봉에게 눈길도 주지 않은 채 무뚝뚝하게 말했다. 아름다운 외모 다음으로 인상적인 건 목소리였다. 차분하면서도 그윽한 저음이 귀에 착 감겼다.

아…… 목소리마저 녹는구나. 내가 보는 게 정녕 사람이야?

생업이 옷 짓는 일이라 미모 다음으로 옷차림이 눈에 들어왔다. 담담한 빛깔의 사단능주紗緞綾紬로 지은 도포가 참으로 우아했다. 옆선과 휘어지는 곡선이 맵시 있고 붉은 술띠 끝엔 자수정을 달아 장식했다. 갓을 장식한 새 모양의 옥로, 마노 구슬을 단 갓끈이 분위기에 맞게 깨끗하고 고상하다. 딱 봐도 상의원尙衣院 침선비 솜씨다. 생김새만 아름다운 것이 아니라 옷도 잘 입으니 그야말로 완벽하다.

"오라버니, 그리 서 있지 말고 들어와 앉으셔요. 이쪽은 제가 아끼는 동무랍니다."

수안군은 문 앞에서 꼼짝도 하지 않았다.

"나중에 뵙지요."

"그러지 말고 들어오셔요."

"사랑채에서 기다리겠습니다."

얼굴은 신선처럼 아름답지만 눈매와 말투가 온기 없이 싸늘했다. 그가 가고 난 후 공주가 미소를 지으며 말했다.

"내실에 들어오면 누가 잡아먹나? 저리 무뚝뚝하니 저 나이 먹도록 혼인도 못 했지."

"혼인을 안 하셨다고요?"

"여자에게 관심이 없어. 세상사는 즐거움 중 하나가 남녀의 정인데 왜 독수공방하나 몰라. 소봉아, 그래서 말인데……."

공주가 몸을 앞으로 숙이며 은근한 눈빛을 보였다. 그녀의 머리에 꽂은 장식과 홍옥이 부딪히며 경쾌한 소리를 냈다.

"소봉아, 네가 저 사내를 흔들어보지 않을래?"

"제, 제가요?"

"홀로 수절하려면 얼마나 외롭니? 같이 외로운 처지에 몸과 마음을 나누면 서로 즐거울 거야. 네가 오늘 밤 저 꼿꼿한 사내를 쓰러뜨려 봐. 차가움을 불로 녹여봐."

차가움을 불로? 저 아름다운 사람을 내 것으로 만든다고?

소봉의 가슴이 순식간에 뜨거워졌다.

"제가 할 수 있을까요? 여자에게 관심이 없다면서요."

"넌 누구보다 어여쁘고 귀엽잖아. 너라면 할 수 있어. 만약 저 사내를 쓰러뜨린다면 소원 하나를 들어주마. 해보겠니?"

수락이고 자시고 할 때가 아니다. 이쪽에서 매달릴 판인데 직접 제안해주니 어깨춤이 절로 난다.

"해보겠어요, 언니."

소봉의 결연한 대답에 공주가 미소를 지었다.

"즐거운 밤이 되겠구나."

이게 꿈이야, 생시야. 소봉은 꿈을 꾸는 듯했다.

아…… 참으로 외롭고 지루한 나날이었지. 사내 손도 못 잡고 늙어 죽을 줄 알았는데 이게 웬 떡이래? 기회가 왔을 때 알뜰하고 야무지게 잡아채야지. 저 잘난 사내 품에 폴짝 뛰어들어서 그동안 상상만 해온 것을 모조리 해볼 거야.

여근곡에서 목욕하고 탑을 돌며 치성을 드린 효험이 드디어 나타나는 것인가. 들인 정성에 비해 과분한 미남이다. 소봉은 절에 공양미를 더 올려야겠다 생각하며 침을 꿀꺽 삼켰다.

자윤은 사치스러운 화양궁과 사랑방마다 들어앉은 문객이 언짢았다. 벼슬아치에 기생하는 장사치, 지방에서 올라와 한 자리 건져보려는 토호土豪, 권력의 냄새를 귀신같이 맡고 모여든 젊은 승냥이들.

보명의 기질이라면 그들을 쉽게 다루고 이용할 수 있을 것이다. 화양궁 세력은 조정에서 이미 기반을 넓혀가고 있었다. 하지만 아직까진 송인과 홍인이 조정을 휘어잡고 있다. 그들은 새로이 부상하는 화양궁을 그냥 두지 않을 것이다. 보명이 누명을 쓴 거라면?

"어쩐 일이야? 부를 땐 꿈쩍도 안 하더니?"

인기척도 없이 방문을 열고 보명이 들어왔다. 두 살 많은 오라비인데도 보명은 어릴 때부터 말을 놓고 동무처럼 대했다.

"너 때문에 대전에 근심이 많다. 알고 있느냐?"

"뭐야, 그 일로 온 거야? 난 또 내가 보고 싶어서 온 줄 알았네."

맞은편에 앉은 보명이 우아한 몸짓으로 머리와 옷고름을 매만졌다. 표정이 아무 일도 없다는 듯 말짱하다. 화양궁 인맥이라면 어전에 들어간 투서와 내용을 훤히 꿰고 있을 것이다. 그런데도 이리 태평이라니. 에둘러 말하는 건 질색이다. 자윤은 바로 본론을 꺼냈다.

"직제학, 네 짓이냐?"

"아니."

눈을 똑바로 맞추며 보는 보명의 눈동자가 차가우면서도 기이하게 반짝였다. 이 상황이 즐거운 건가? 겁에 질려 있거나 걱정돼 안절부절못하는 걸 기대한 건 아니지만 흥미로워하는 걸 보니 어이가 없다.

"내가 범인이라고 생각해?"

보명이 오른손에 든 옥구슬을 만지작거리며 말했다. 자윤이 시선이 옥구슬에 꽂혔다. 어릴 때 저 구슬을 본 기억이 있다. 늘 주머니에 넣고 다니며 품에서 뗀 적이 없었다. 부왕이 준 귀한 야명주라고 조 내관이 말했었다.

"아니라는 확증도 없다."

"예전엔 안 그랬는데, 잔인하네."

문밖에서 인기척이 나고 서 상궁이 찻상을 들여왔다. 자윤은 조용히 향을 음미해가며 햇차를 마셨다. 잔을 비우자 보명이 말했다.

"이 사건, 맡을 거야?"

"생각 중이다."

"누이가 누명을 썼는데 나서지는 못할망정 생각 중이라고?"

보명이 매혹적으로 눈을 흘겼다.

"골치 아픈 일에 휘말리기 싫다. 흥미도 안 생기고."

"전부터 궁금했는데, 사건을 고르는 기준이 뭐야? 한번 찍은 사건은 모조리 해결해버린다면서? 쉬운 사건만 골라서 하는가 싶었는데, 그건 아닌 거 같고. 도무지 종잡을 수가 없단 말이지."

"쾌락."

"쾌락?"

"살인에서 쾌락을 찾는 범인만 쫓는다. 그게 내 기준이다."

"이번 사건은 아니야?"

자윤은 대답하지 않았다.

"내키지 않는 건 아무리 협박해도 안 맡는다며? 그럼 내가 흥미로운 걸 줄게."

자윤은 고개를 들고 공주를 보았다. 내내 감정을 감추던 눈이 활을 쏘기 직전 사냥꾼의 눈으로 바뀌었다. 급소를 노려 단번에 숨통을 끊을지, 다리를 맞춰 움직이지 못하게 할지 고민하는 것처럼 예리하고 섬뜩한 광휘였다.

"직제학을 죽인 범인을 잡으면 그 서책을 줄게."

"서책?"

"16년 전 취요헌翠耀軒에서 나온《정화록淨化錄》."

침착하던 자윤의 눈빛이 단번에 요동쳤다. 미간에 서리는 노기를 보고 보명이 웃음을 터트렸다.

"와…… 이렇게 놀랄 줄 몰랐네."

"네가 그걸 가지고 있다고? 못 믿겠다."

"그 책 진짜 흥미롭더라고. 처음에 이렇게 시작하던가? '나는 오늘 처음으로 괴물을 죽였다. 내 소중한 것을 헤치려고 한 그것의 목을 매달아 들보에 묶었다. 후회하지 않는다.' 어때?"

뻣뻣해지는 자윤의 표정을 본 보명이 장기에서 이긴 것처럼 만족한 표정을 지었다.

"어떻게 손에 넣었지?"

"시간은 많아. 서서히 가르쳐줄게."

다시는 뵙지 못할 거 같습니다. 《정화록》을 남겼으니 꼭 봐주십시오.

조 내관이 끌려가기 전에 남긴 쪽지를 보고 취요헌을 이 잡듯이 뒤졌지만 끝내 나오지 않았다. 그토록 찾아 헤맨 《정화록》을 보명이 가지고 있다니. 자윤은 혼란을 침착함으로 가리며 물었다.

"범인으로 짐작 가는 사람은?"

"내가 죽었다고 투서를 넣은 자지. 희락회와 회주를 아는 사람은 그리 많지 않으니까 회원 중 하나일 거야. 가까운 사람이 제일 의심스러운 법이잖아? 오늘 밤 모임이 있으니 와서 살펴봐."

"날 보면 경계할 텐데."

"오라버니도 즐기러 온 거라고 둘러대면 돼. 여인 하나가 다가오거든 적당히 받아주어. 마음을 주면 더 좋고."

"여인이라…… 싫다."

"좋은 시절을 그리 방치하는 건 죄악이야. 인생의 즐거움을 모르고 죽는 게 아깝지 않아?"

"인생의 즐거움을 남녀의 교접에서 찾을 필요는 없지."

"내가 경험해보건대 남녀의 교접 말고 더 큰 즐거움은 세상에 없더라. 책에만 파묻혀 살지 말고 어울려봐. 혹시 알아? 혼인이라도 하고 싶어질지."

보명이 웃음을 흘리며 방을 나갔다. 자윤은 닫힌 문을 무섭게 노려보았다.

《정화록》.

난데없이 나타난 복병에게 가슴팍을 세게 걷어차인 기분이다.

나는 오늘 처음으로 괴물을 죽였다.

내 소중한 것을 헤치려고 한 그것의 목을 매달아 들보에 묶었다.

후회하지 않는다.

"조영신……."

자윤은 고통으로 욱신거리는 가슴팍을 손바닥으로 누르며 중얼거렸다. 세월이 아무리 지나도 아픈 이름이었다.

서 상궁이 사랑방으로 들어왔다. 언제나처럼 속을 알 수 없는 표정으로 단정하게 자리에 앉았다. 그녀는 한 치의 틈도 없는 장벽 같았다.

"물어볼 것이 있어서 불렀네."

"하문하십시오."

그녀가 시선을 떨어뜨린 채 담담하게 대답했다. 눈을 보지 않는 것은 오랫동안 상전을 모신 아랫사람의 익숙한 태도다. 서 상궁은 보명을 가장 가까이서 오래 보필한 사람이다.

"연회에 직제학이 왔었다는데 누구와 있었는지 궁금하네."

"동쪽 사랑채에 영의정 대감과 함께 계셨습니다. 그 자리엔 좌의정 대감과 동부승지께서도 계셨습니다."

좌의정이면 홍만회, 대비의 동생이고 동부승지는 홍인 쪽 사람이다. 붕당 거두의 모임이라. 거기다 홍문관과 승정원에 있는 오른팔까지. 흥미롭다.

"시중을 든 기생은?"

"없었습니다."

"상엔 무엇이 올라갔나?"

"생복과 전복숙, 완자탕, 족편, 생선전유어, 불고기내장찜, 열구자탕, 새끼돼지찜이 올라가고 갈비, 만두, 인삼정과 백병, 산병, 환병 떡 세 종류와 오방색 다식, 화채가 올라갔습니다."

" 식전방장食前方丈●이군. 술은 몇 병이나 들어갔지?"

"백화주 한 병인 걸로 기억합니다."

"사내 넷이서 한 병이라. 자네가 직접 챙겼나?"

서 상궁이 시선을 잠깐 들었다가 내렸다.

"예, 그렇습니다."

"들은 이야기는 없나? 문장이 이어지지 않아도 되네."

"이야기는 듣지 못했습니다."

"자리가 파한 건 언제인가."

"유시쯤입니다."

"보명이 색주가에 간 건 그 이후겠군."

서 상궁이 고개를 들었다. 표정에 언짢음이 드러났다. 드문 일이다.

"무슨 일로 그곳에 갔나."

"모르는 일입니다."

"누구와 함께 갔나?"

"알지 못합니다."

"보명이 색주가에서 만났다는 사내는 누구인가?"

"모릅니다."

"솔직하게 이야기하는 게 보명을 돕는 걸세."

● 사방四方 열 자의 상에 잘 차린 음식이란 뜻으로, 호화롭게 많이 차린 음식을 이르는 말.

서 상궁의 눈동자가 미세하게 흔들렸다. 침착함으로 가리긴 했지만 작은 동요가 일고 있었다.

"이번엔 아무리 왕실이라도 보명을 감싸주지 못할 거야."

지금 모습 위에 도망 나온 보명을 데리고 가려고 취요헌 마당에 서 있던 젊은 서 상궁의 모습이 겹쳐 보였다. 그 긴 세월 동안 옆에서 돌봤으면 어미의 심정일 것이다. 잠시 망설이던 그녀가 돌아앉아 종이쪽지를 꺼내 찻상 위에 올려놓았다. 자윤은 그것을 펴보았다.

정사년 12월 7일丁巳年十二月七日

화양궁 안채에서 목이 뽑혀 죽은 금사작 여섯 마리 발견.

정사년 12월 13일丁巳年十二月十三日

화양궁에 있는 악기의 줄이 모두 끊어짐.

무오년 1월 5일戊午年一月五日

후원에서 죽은 사슴의 몸통 발견.

우물에서 사슴 목 발견.

무오년 2월 20일戊午年二月二十一日

서쪽 사랑방 내실이 피 칠갑이 됨.

마지막 사건은 바로 어제가 아닌가. 누가 보명을 위협하는 거지?

"제가 전할 수 있는 것은 이것뿐입니다. 변사 사건은 공주 자가께서 하신 일이 아닙니다. 부디 지켜주십시오."

자윤이 쪽지를 들여다보는 동안 서 상궁이 방을 나갔다.

금사작. 악기 줄. 사슴. 피 칠갑이 된 방

금사작. 악기 줄. 사슴. 피 칠갑이 된 방

쪽지 속에서 피비린내가 진동했다.

누가 보명을 협박하는가. 정녕 누명인가.

어둠이 내리자 화양궁 안을 오가는 움직임이 부산해졌다. 정원 나무와 처마마다 보름달 같은 등이 걸리고 앳된 계집아이가 화단의 꽃을 꺾어 연회장에 있는 돌연못에 꽃을 띄웠다. 악공이 악기를 조율하는 소리와 기생의 웃음소리가 사랑채 안쪽에서 흘러나왔다. 찬방에선 음식 준비가 한창이고 여종들은 공주와 소봉의 몸치장을 도왔다.

연회장으로 쓰는 희락당希樂堂은 이곳이 조선인가 싶을 정도로 크고 화려했다. 여덟 개의 기둥에 천장은 높고 가운데엔 원형 단상이 있었다.

보명공주가 희락당에 들어서자 안에 있던 10여 명의 남녀가 의자에서 일어나 반겼다. 보명은 이런 상황이 익숙한 듯 자연스러운 몸짓으로 단상에 올랐다. 경외하는 시선이 그녀에게로 모였다.

"오늘은 희락회에 새로 온 분들을 소개하지요. 저쪽에 계신 수안군 대감은 학식과 인품이 뛰어나고 다채로운 호기심을 가진 분이랍니다. 보다시피 빼어난 외모를 지닌 미남자고요."

모두의 시선이 구석진 벽으로 향했다. 수안군은 족자 속 그림처럼 벽에 기대서서 꿈쩍도 하지 않았다. 사내들은 새로운 정적을 경계하고 여인들은 한껏 기대감에 차서 잘생긴 얼굴을 흘끔거렸다.

"제 옆에 계신 아름다운 분은 장씨 부인입니다. 여기에선 나이가 가장 어린 분이군요. 몇몇 분은 벌써 마음을 뺏긴 모양이네요. 오늘 밤 누가 부인의 곁을 차지할지 기대됩니다. 그럼 소개가 끝났으니 곡을 청해 들을까요?"

공주가 손짓하자 곁문에서 기다리던 가객과 악사가 들어왔다. 가객은 푸른색 도포에 점잖은 얼굴을 한 노인으로 왕실과 종친의 연회만 드나드는 예인이었다. 한쪽에 자리를 잡은 악사가 연주를 시작하자 청아한 〈매화사〉가 울려 퍼졌다. 몇몇이 노래에 귀를 기울이고 자기들끼리 속삭이는 동안 사내 몇이 다가와 공주의 아름다움을 칭송했다.

소봉은 공주 곁에 머물면서 멀찍이 선 수안군을 훔쳐보았다. 그는 한껏 지루한 표정으로 연회장을 응시하고 있었다.

저분은 왜 꾸어다 놓은 보릿자루처럼 있지? 먼저 와서 말을 걸어주면 좋으련만.

노래를 듣는 척하며 기다렸지만 도무지 올 기미가 없다. 오라는 이는 안 오고 관심 없는 놈팡이만 자꾸 지분거려 슬슬 짜증이 났다. 가객의 두 번째 곡이 끝나자 참다못한 소봉이 먼저 다가갔다.

수안군은 다가서는 사람을 보지 않고 무표정한 얼굴로 서 있었다. 가까이서 보니 서늘한 표정마저도 멋있어서 속마음이 저절로 튀어나왔다.

"와아아…… 잘생기셨네요."

첫 말이 너무 경박했나? 하지만 진심인걸.

살짝 후회하는 동안 수안군이 허공을 보며 중얼거렸다.

"그쪽도 추하진 않소."

오호! 내 얼굴을 보긴 했구나?

소봉이 만족한 얼굴로 해죽 웃었다.

"무엇을 보고 계셨어요?"

"수컷과 암컷의 요란한 짝짓기."

뭐? 수컷? 암컷? 희락회 사람을 두고 하는 말이야?

겉으론 그럴싸하게 보이는데 입을 여니 홀딱 깬다. 하지만 잘생겼고 목소리가 근사하니 우선은 참고 넘어가기로 한다.

"세상에 이런 곳이 다 있었네요. 신기해요."

"처음 왔나 본데 빨리 떠나는 게 좋을 거요."

"왜요?"

"위험한 곳이오."

"무엇이 위험해요?"

수안군이 사람들을 가리키며 말했다.

"쾌락에 중독된 인간. 저들도 처음 왔을 땐 신기했을 거요. 금기를 깨는 것이 짜릿했겠지. 육체에 취하고 우월감에 취하다 보면 정신은 마비되고 옳고 그름을 구별하는 게 귀찮아지오. 그러면서 괴물이 되는 거지."

얼떨떨한 얼굴로 이야기를 듣던 소봉이 되물었다.

"그리 위험한 곳엔 왜 오셨어요?"

그의 시선이 처음으로 소봉의 얼굴 위로 내려왔다. 네까짓 게 참으로 무엄하구나, 혹은 귀찮아 꺼져, 대충 이런 표정이다.

"사는 것이 심심해서 왔소."

"저도 그런걸요."

한껏 깔보는 시선으로 사람을 내려다보던 수안군이 다른 쪽으로 시선을 돌렸다.

"나와는 소득이 없을 테니 시간 허비 말고 딴 사내를 찾아보시오."

"제가 싫으세요?"

"싫지도 좋지도 않소."

말할 때마다 정나미가 뚝뚝 떨어지게 하는 것도 재주라면 재주다. 그냥 얼굴만 잘난 사내였다. 진짜 인연을 만나면 하품을 해도 흥미진진하고 뒷간 이야기도 향기롭다고 했다. 시간 가는 줄 모르게 이야기가 재미지면 만리장성이 코앞이라는데, 이쪽은 재미는커녕 몹시 재수 없다.

잘생기긴 했지만 좀 괴팍해 보여. 역시 얼굴만 보고 들이대는 건 옳지 못한 걸까?

소봉은 좀 더 말을 걸어보려다 포기하고 공주에게로 돌아갔다. 값비싼 장신구로 치장한 사내와 이야기를 나누던 공주가 수안군 쪽을 흘끔 보고 속삭였다.

"어때? 쓰러뜨릴 수 있겠어?"

"잘생긴 거 빼곤 다 이상해요. 이곳은 위험하니까 도망치래요. 그러면서 자긴 왜 왔대? 웃겨."

공주가 웃음을 크게 터트렸다. 그 바람에 주위에 있던 사내들이 덩달아 호탕하게 웃어젖혔다. 가까스로 웃음을 멈추고 공주가 말했다.

"괴짜가 아니었으면 벌써 딴 계집이 채어갔을 거야. 밤은 길어. 시간을 두고 천천히 살펴보렴."

소봉은 다시 한번 구석에 선 왕자를 보았다. 딱 봐도 군계일학이긴 하다. 희락회 사내들과 비교하면 같은 인간인가 싶을 정도로 차이가 크다. 어떤 자는 옷차림은 호화로우나 작고 땅딸막하여 볼품없고 어떤 자는 몸이 투실투실하여 흉하고 어떤 자는 키만 크고 비쩍 말라 옷맵시가 안 났다. 근데 수안군은 구석에 구겨져 있어도 신선이요, 이상한 소릴 늘어놓아도 미남이니 환장할 노릇이다.

젠장, 사내가 궁하면 눈이라도 낮든가. 간만에 눈이 확 뜨이는 미남을 만났는데 성격이 저 모양이라니.

아쉬운 마음에 입맛만 다시고 있을 때였다. 수다 떠는 무리에서 수안군 이야기가 들렸다.

"수안군이 여긴 웬일이래요? 이런 곳에 올 분이 아닌데."

소봉은 슬금슬금 그들 곁으로 다가갔다.

"혹시…… 그것 때문에 온 게 아닐까요?"

"그거라면? 에이, 설마……."

그거? 그게 뭔데?

소봉은 슬쩍 그들 사이로 껴들었다. 부인 하나가 주위 눈치를 보며 말
했다.

"저분이 이런 자리에 그냥 올 분이세요? 분명 살인 사건 때문에 온 거
예요."

웬 살인 사건?

소봉은 숨을 꼴깍 삼키고 잠자코 이야기를 들었다.

"나도 그 이야기 들었어요. 직제학의 눈깔, 아니 안구를 빼갔다면서
요?"

"으악! 끔찍해요!"

"그럼 범인을 잡으러 온 건가요? 희락회 안에 범인이? 설마……."

"말도 안 돼. 우리 모임에 그런 악인이 있을 리가 없잖아요."

더는 참지 못하고 소봉이 질문을 던졌다.

"수안군이 범인을 잡는다니요?"

뜬금없이 끼어든 소봉을 어리둥절하게 보던 부인들이 상기된 얼굴로
속삭였다.

"몇 해 전 용산강 토막 살해 사건이 있었잖아요? 그걸 저분이 해결했
대요. 돈 많은 상인이 첩으로 들인 계집 여섯을 죽였다나 뭐라나. 암튼

80

나라에서도 잡지 못한 범인을 저분 혼자서 잡았대요. 대단하지 않아요?"

"오늘 보고 기절하는 줄 알았잖아요. 소설에서 본 절륜미남을 여기에서 만나다니, 전 지금 죽어도 여한이 없어요."

한 부인이 뺨이 붉어진 채로 아이처럼 폴짝폴짝 뛰었다.

뭐? 수안군이 절륜미남이라고?

소봉은 놀라서 입을 쩍 벌렸다. 어찌나 놀랐는지 머리가 띵할 지경이다. 그동안 그렇게 찾아 헤매던 절륜미남이 코앞에 있었는데 알아보지 못하다니!

처음 들었을 땐 '절륜미남'이라는 단어를 듣고 피식 웃었다. 싸구려 연애소설도 아니고 절륜미남이 뭐야? 인간의 한계를 넘어선 신선계 미모인가? 경국지색도 거짓말이라고 할 판에 무슨…….

하지만 이야기책을 통해 그의 활약상을 읽으면서 마음이 바뀌었다. 끔찍한 살인을 일삼는 연살(연쇄살인)범을 잡는 아름다운 미남! 이야기책과 미남에 환장하는 소봉은 《절륜미남사건해결기》에 푹 빠져버렸다.

"소설은 소설일 뿐이고 실제 성격은 괴팍하다고 하던데요? 생모가 병으로 일찍 죽는 바람에 사가에 나와 홀로 살았는데, 그래선지 성격이 비뚤어졌대요. 매일 이상한 책만 보고 관아에 드나들며 시신 보는 걸 즐긴대요."

잠깐만 그건 무슨 소리야? 우리 절륜 오빠는 그런 사람이 아니라고! 억울하게 살해당한 영혼을 위로하기 위해 범인을 쫓는 의인이라고!

"예전에 왼쪽 손목 사건 있었잖아요? 처녀를 죽이고 왼쪽 손목만 가져간 끔찍한 사건! 그 사건 범인을 수안군이 잡았대요. 근데, 놀라지들 말아요? 범인이 처녀를 죽일 때 쓴 그 칼을! 수안군이 가져갔대요."

"꺄아악! 끔찍해!"

눈을 무섭게 치켜뜬 부인이 말을 똑똑 끊어가며 기괴함을 강조하자 여인들이 얼굴을 감싸며 비명을 질렀다. 모두가 진저리를 칠 때 소봉만은 호기심 가득한 눈빛으로 경청했다.

"에그, 망측해라. 그 흉한 것을 왜요?"

"모르지요. 그 속을 누가 알겠어요? 그 일로 있던 혼담이 쑥 들어갔대요. 누가 그런 이에게 딸을 주겠어요? 소문에는 사내와 정을 통한다는 이야기도 있고, 고자라도 이야기도 있고, 대낮에 시장 골목에서 양물을 내놓는 변태라는 이야기도……."

그때였다. 멀리 있던 보명공주가 다가오자 모두가 입을 다물었다. 다들 아무 일 없었던 것처럼 잽싸게 흩어지고 소봉 혼자만 남았다.

"무슨 이야기를 그리 신나게 듣고 있었어?"

소봉이 멍한 표정으로 중얼거렸다.

"언니, 저 사람이에요! 제가 찾던 사람!"

부인네들이 단단히 오해하고 있는 게 분명하다. 절륜미남은 망측한 변태가 아니다. 그는 힘없는 백성을 죽이는 살인범을 쫓고 진실을 탐구하는 학자이자 선비다. 소설의 절반이 허구라 해도 그가 살아온 삶의 궤적은 분명히 현실이다.

수안군의 진짜 모습을 알고 싶어! 저 사람이 궁금해!

소봉이 수안군에게로 가려고 할 때였다. 그가 벽에서 등을 떼더니 슬그머니 연회장을 빠져나갔다.

앗! 절륜미남! 어디 가시는 거예요?

황급히 따라나섰지만 복도는 벌써 텅 비어 있었다. 소봉은 주위를 두리번거리다가 인기척이 나는 쪽으로 급히 걸어갔다. 막 복도 모퉁이를 도는데 커다란 가슴팍이 달려들었다.

"아이코, 죄송해요."

소봉은 낯선 이의 가슴팍을 이마로 들이받고 황급히 물러났다. 잠깐 수안군일까 기대했지만 연회장에서 본 젊은 사내가 눈물을 질금거리고 있었다.

"부인께 흉한 꼴을 보였습니다. 부끄럽습니다."

황급히 자리를 피하려는 사내를 따라가며 소봉이 물었다.

"저기, 슬픈 일이 있으신가요?"

"별일 아닙니다."

생김새가 곱상하고 귀여운 게 집에서 키우는 삽살개 몽룡이랑 닮았다. 몽룡이랑 닮은 사람이 우는데 그냥 지나칠 수 없다. 소봉은 부끄러움에 도망치는 사내의 옷자락을 붙들었다.

"무슨 일인데 그러셔요? 저한테 말해보셔요. 혹시 알아요? 도움이 될지?"

사내가 소매로 눈물을 훔치며 말했다.

"공주 자가께서 저와 눈을 안 마주치십니다. 겨우 마음을 열어주시나 했는데, 제가 싫어지신 모양이에요. 저는…… 그분 없이는……."

코를 훌쩍거리며 말을 이어가던 사내가 갑자기 통곡하기 시작했다.

얘 뭐야? 뭐 그런 거로 짜고 있어?

낯선 여자 앞에서 펑펑 우는 사내는 처음 본다. 소봉은 웃기기도 하고 짠하기도 하여 어깨를 토닥여주었다.

"너무 상심하지 마세요. 그럴 수도 있지요, 뭐."

"윤목 놀이할 때는 늘 옆자리를 주셨는데 오늘은 다른 사람이 앉았습니다. 저는 끝입니다. 살고 싶지 않습니다."

이런, 쯧쯧. 완전 숙맥이네.

소봉이 미소를 머금고 말했다.

"기운 내요. 세상에 여자는 많아요."

"제겐 오직 그분뿐입니다. 다른 사람은 상상도 할 수 없어요."

수안군보다는 못하지만 생김새가 순하고 부드럽게 생긴 미남이다. 하룻밤에 미남을 둘이나 보다니! 소봉이 장난치듯 가볍게 말했다.

"에이, 거짓말."

사내가 눈물을 닦으며 말했다.

"거짓말 아닙니다."

"공주님 없이는 살 수 없다면서요. 그런데 왜 이러고 있어요? 가서 화를 내든 매달리든 해야지."

"하지만…… 부끄러운데요."

"그럼 절실하지 않은 거네요. 사랑한다면 온 힘을 다해서 노력해야죠. 나 같으면 여기서 울고 있지 않을 거예요. 가서 좋아한다고 고백하지."

"그, 그래야 할까요?"

사내가 큰 눈을 끔뻑끔뻑하고 쳐다보았다.

"되든 안 되든 끝까지 해봐야죠. 그게 진심 아니겠어요?"

"맞아요. 진심이라면 여기서 포기하면 안 되죠. 용기를 내보겠습니다. 고맙습니다, 부인."

사내는 서둘러 젖은 얼굴을 수습하고 꾸벅 인사를 했다. 미소를 지으며 돌아서는데 그가 다시 머리가 땅에 닿도록 허리를 숙였다.

"부인은 제 은인이십니다! 앞으로 잘 부탁드립니다!"

"아니, 뭐…… 은인까지야."

신이 나서 달려가는 사내를 보다가 문득 정신이 났다.

아이고, 내가 이러고 있을 때가 아니지. 울보 때문에 절륜미남을 놓쳤 잖아.

부랴부랴 찾으러 가는데 복도 끝에 서 있는 수안군이 보였다. 그는 벽에 걸린 그림을 보는 것도 같고 소봉을 기다린 것도 같았다. 옳다구나 하고 다가가는데 수안군이 이쪽은 보지도 않고 말했다.

"그런 것을 두고 헛된 희망이라고 하는 거요."

"무슨 말씀이신지?"

"보명의 취미 중에 하나지. 사람의 마음을 갖고 노는 것. 저 애송이는 몇 달이고 실컷 휘둘리다가 나가떨어질 거요. 결국 목을 매달거나 상사병을 앓다 말라 죽겠지."

"괜한 악담을 하시네요. 그러면 못써요."

"사실을 말한 것뿐이오."

"공주님은 그럴 분이 아니에요."

"아직 보명에 대해 잘 모르는군. 마음을 갖고 노는 건 사내뿐이 아니니 조심하시오."

소봉은 간다는 말도 없이 홱 돌아서는 뒤통수를 째려보았다.

대화할 땐 상대방을 봐야지 어딜 보고 이야기하는 거야? 왜 사람을 무시해? 왕자면 다야? 절륜미남이면 다냐고? 근데 은근 차가운 매력이 있네.

소봉은 그가 사라진 쪽으로 달려갔다. 그는 어느새 정원을 가로질러

연못에 가 있었다. 역시 남다른 다리 길이다. 서늘한 시선으로 위에서 내려다볼 땐 어찌나 관능적인지 감탄이 절로 나왔다. 망할 입만 어떻게 한다면 완벽할 텐데.

멀리 음악 소리가 들리고 연못가 나무엔 박처럼 크고 둥근 등이 걸려 있어 주위가 환했다. 바람이 불어와 나뭇가지를 흔들고 목덜미를 부드럽게 쓸었다. 공기 중엔 물 냄새와 함께 꽃향기가 섞여 있었다. 남녀가 정분나기 딱 좋은 밤이다.

"왜 자꾸 따라오는 거요?"

모른 척 앞서 걷던 수안군이 갑자기 멈추고 말을 걸었다. 이번엔 얼굴을 똑바로 보았다.

"멋진 옷맵시를 감상하고 있었어요. 얼굴도 잘생기고 옷맵시도 좋으시네요."

"하나같이 그놈의 얼굴 타령."

"뒤태도 멋지고 앞태도 멋지세요."

"뻔뻔하군. 그 말 하려고 따라온 거요?"

"네, 꼬시려고 따라왔어요."

"꼬셔?"

커다란 눈이 무섭게 빛났다. 놀란 건지 화를 내는 건지 모르겠다. 아니 둘 다인가? 소봉은 허리를 곧추세우고 당당히 시선을 받아냈다.

"네. 꼬실 거예요."

"지아비 있는 부인이 대놓고 사통하자는 게요?"

으악! 중요한 걸 이야기 안 하고 있었네. 맙소사!

소봉은 얼굴을 찌푸리다가 헛기침을 하고 도도한 표정을 지었다.

"저는 과부예요. 아까 제 소개를 들으셨는지 모르겠는데 한양 최고의 박물전을 운영하는 장소봉이라고 합니다."

"과부?"

"혼례를 치르기도 전에 남편이 죽어서 과부가 됐어요. 아직 혼인을 안 하셨다던데 정인이 있으신가요?"

수안군이 어이없다는 듯 콧방귀를 뀌었다.

"없소."

"전 어때요?"

"과부면 대놓고 들이대도 괜찮은 거요?"

"그게 죄인가요?"

"조선 땅에선 죄요."

"사람이 사람을 좋아하는 게 왜 죄예요?"

"나라 법도가 그렇소."

"그딴 거 안 무서워요. 밤마다 독수공방하는 게 무섭지."

가버릴 줄 알았던 수안군이 가만히 서서 내려다보았다.

"맹랑하군."

"솔직한 거죠."

"발칙하군."

"……제 남편은 혼인날 낙마 사고로 죽었어요. 전 남편 얼굴도 모르는 까막과부가 됐고요. 그때 나이 겨우 열일곱이었는데 세상은 죽은 사람처럼 엎드려 살라고 했어요. 혼인도 하지 말고 아이도 낳지 말고 연애도 하면 안 된대요. 사람답게 살고자 하는 사람이 나쁠까요? 사람이 사람답게 사는 게 죄라고 하는 세상이 나쁠까요?"

수안군의 눈썹을 치켜떴다. 멸시에 가까웠던 눈빛이 한층 누그러졌다. 하지만 입술에서 새어 나온 말은 여전히 쌀쌀맞았다.

"벌써 보명에게 물든 거요? 앞으로 친하게 지내지 마시오. 신세 망치기 딱 좋은 생각을 가졌군."

"수안군도 그저 그런 조선 사내인가요?"

소봉의 단단한 시선을 받은 수안군이 눈을 가늘게 뜨고 쳐다보았다.

"고루하고 시시한 생각에 젖어 여인을 무시하는 그런 부류냐고요."

"난 모든 인간을 혐오하오."

"서책과 시신에 파묻혀 사는 책상 퇴물인가요? 절륜미남이라고 추켜세워주니 조선의 영웅 같아요?"

이 정도 말이면 화를 낼 법도 한데 수안군은 얼굴색 하나 변하지 않고 눈을 맞췄다.

"책상 퇴물인지는 모르겠고 영웅 놀이하고 싶은 생각 따윈 추호도 없소."

"듣자 하니 권력, 돈, 여자에게 관심이 없다는데 그럼 무슨 낙으로 살아요?"

"사는 게 꼭 재밌을 필요는 없소."

"태어났으니 어쩔 수 없이 산다, 뭐 그런 거예요? 한 번뿐인 인생을 왜 그렇게 낭비해요? 그러지 말고 나랑 연애해요. 봄에는 꽃놀이 가고 여름엔 바다에 가고 가을엔 산에 오르고 겨울엔 눈 내리는 걸 봐요. 상상만 해도 괜찮은 인생 아니에요?"

"백일몽이 상당히 구체적이군. 그 공상에서 난 빼주시오. 그럼 이만."

소봉이 가려는 그의 앞을 가로막았다.

"진짜 싫어요? 왜요? 내가 마음에 안 들어요? 키가 작아요? 얼굴이 못 났어요?"

고개를 반짝 들고 다가서자 수안군이 오만상을 찡그리며 뒷걸음쳤다. 소봉은 까치걸음으로 종종 따라가며 미소를 지었다.

"솔직히 말해봐요. 예쁘죠? 귀엽죠?"

"난 얼굴 반반한 여인이 싫소."

"왜요?"

"자기가 잘난 줄 알면 안하무인으로 구니까. 부인처럼."

"에이, 그래도 예쁘잖아요. 소설에서 보면 사내들은 가슴이 큰 여자를 좋아한대요. 저는 가슴도 커요."

소봉이 진지한 얼굴로 가슴에 두 손을 얹자 그의 하얗고 매끈한 얼굴이 붉게 물들었다.

"할 말이 없군."

"혹시 작은 쪽이 취향이세요? 또 무슨 취향이에요? 말만 하세요. 맞춰드릴 테니까."

목까지 시뻘게진 수안군이 벌레라도 본 것처럼 진저리를 치며 멀찍이 떨어졌다.

"도대체 무슨 소릴 하는 거요? 나는 부인처럼 눈치 없이 치근덕거리고 머리 빈 여인을 혐오하오. 포기하고 딴 사내를 찾아보시오."

수안군은 잡힐까 봐 겁이라도 나는지 도망치듯 자리를 떠났다. 그 야멸찬 뒷모습을 보고 소봉이 소리쳤다.

"괴팍하고 못된 말만 골라서 하네. 나도 네가 싫어. 싫다고!"

소봉은 분을 참지 못해 씩씩거리며 연회장 쪽으로 걸어갔다.

"내가 이 정도까지 했는데 꿈쩍도 안 해? 절륜미남, 그딴 거 다 필요 없어. 성격 좋고 평범한 사내가 최고야. 이제부터는 성격만 본다. 꼭 성격만 볼 거야."

걸어가다 생각하니 더욱 짜증이 치밀었다. 심하게 치근덕거린 건 인정하지만 머리가 비었다니! 비록 여자라서 정식으로 배우지 못했어도 똑똑하다고 야무지다는 소리는 한결같이 듣고 살았는데! 그런데 머리가 텅텅 비었다니!

"망할 왕자 놈! 나에 대해 얼마나 안다고 함부로 지껄여?"

남녀가 정분나기 딱 좋은 밤은 개뿔, 쌀쌀맞은 사내에게 무안만 당하고 차였다. 서방은 얼굴도 보기 전에 말에서 떨어져 죽고, 남들 다 하는 연애 한번 못 해봤다. 팔자 좋은 년은 넘어져도 가지밭이라던데, 무슨 놈의 팔자가 이리도 박복한가?

평소엔 질색하던 신세 한탄이 절로 나오는 밤이다. 소봉은 분을 이기지 못하고 발을 쾅쾅 구르며 연회장으로 향했다.

6. 합방

"정말로 구역질이 나는군."

멀리 들리는 가야금 선율과 왁자한 웃음소리를 듣고 자윤이 중얼거렸다. 가까이 알던 사람이, 그것도 중전의 혈육이 끔찍하게 죽었는데 연회는 시종일관 화기애애했다. 도무지 이해할 수 없는 족속들이다.

자윤은 화양궁 서재에 빼곡히 들어찬 장서를 들추며 연회에 참석한 인물을 떠올렸다. 대사헌의 셋째아들은 계집질만 일삼는 파락호라 했다. 성질이 유약하여 살인을 공모할 주제는 못 된다. 최씨 부인에게 푹 빠져 얼간이처럼 구는 부호군도 열외. 여인과 눈만 마주쳐도 추파를 던지는 황 참의 또한 열외. 눈물범벅이 되어 보명에게 목을 매는 애송이는? 질투심은 훌륭한 살인 동기니 용의선상에 올려야 한다. 낯이 익은데, 어디서 봤더라.

연회에 온 자들은 기방이나 전전하는 부유한 한량뿐, 보명과 송준길에게 원한을 품은 자는 없어 보인다.

누가 익명서를 보냈을까? 이들 속에 있을까? 금성위와 관련한 의혹, 희락회와 회주는 소문으로 들었다고 치자. 그날 밤 보명의 행적, 목격자, 순라군 일지까지 알기란 쉽지 않다. 더욱이 지방에서 올라온 장계에 익명서를 끼워 넣을 수 있는 자라면 세가 만만치 않을 것이다. 중전 쪽 사람인가. 보명과 중전의 사이가 안 좋은 건 널리 알려진 이야기다.

보명은 왜 투서를 넣은 자가 희락회 안에 있다고 생각할까.

사체와 살해 현장을 보면 대충 감이 오기 마련인데 이 사건은 보여야 할 게 보이지 않는다. 송준길과 면포전 창고, 배오개 고갯길 사이의 연관성이 없다. 방식은 모순되고 쓸데없이 잔인하며 작위적이다. 투서를 쓴 자는 찾기 힘들 것이다. 감히 왕의 누이를 살인자로 지목해놓고 신분이 밝혀지도록 뒀을 리 없다. 삼법사 전체가 나서도 소득이 없을 것이다. 역시 보명의 주위를 맴돌며 수상한 자를 찾는 것이 빠를까.

생각에 잠긴 채 눈으로 서적들을 훑을 때였다. 서재 밖에서 인기척이 났다.

"공주 자가께서 찾으십니다."

여인의 목소리였다. 복도로 나가자 푸른색 철릭을 걸치고 머리를 하나로 묶어 늘어뜨린 여인이 서 있었다. 보명을 가까이서 호위하는 자라 했는데, 이름이…… 수리개던가.

"공주 자가께서 궁이 넓어 길을 잃으신 모양이니 모셔오라 하셨습니다."

할 말을 전한 수리개가 앞서 걸었다. 북쪽 지방 억양에 목에는 문신을 지운 듯한 흉터가 있었다. 국경 인근에 청과 조선을 오가는 자객단이 있다고 들었다. 그들은 모두 여인이고 목에는 문신이 있다고 했다.

무영無影에 있던 살수인가. 칼을 찬 방향으로 보아 왼손잡이다. 죽은 백정도 왼손잡이에게 죽임을 당했다. 보명이 범인이라면 직접 실행에 옮겼을 리는 없을 터. 자윤은 수리개도 용의선상에 올렸다.

다시 연회장으로 돌아갔을 때였다. 그가 온 것을 눈으로 확인한 보명이 모인 사람들을 향해 큰 소리로 말했다.

"이제 신참례를 해야지요? 두 분은 앞으로 나오세요."

보명의 말에 아까 본 과부가 앞으로 걸어 나왔다. 이렇게 번거로운 일까지 벌일 줄이야. 낯을 구긴 자윤은 어쩔 수 없이 앞으로 나갔다.

"이 세 개의 단지 안에는 사람의 이름과 장소, 할 것이 각각 있습니다. 두 분은 각각 한 장의 종이를 뽑아주세요. 마지막 한 장은 제가 뽑습니다. 참고로 안에 쓴 것들은 이 자리에 모인 분들이 써주셨답니다. 부인부터 해주시지요."

그녀가 첫 번째 단지에서 종이를 꺼내 공주에게 주었다. 종이를 펴보고 보명이 소리쳤다.

"첫 번째는 수안군!"

모두가 손뼉을 치며 웃음을 터트렸다. 당황한 이는 두 사람뿐이다. 자윤이 두 번째 단지에서 종이를 꺼냈다.

"두 번째는 별채!"

보명이 세 번째 단지에서 종이를 꺼내자마자 과부가 먼저 펼쳐보았다. 당황한 얼굴을 보고 보명이 얼른 뺏어 읽었다.

"세 번째는……. 이런, 짓궂은 분들 같으니……. 세 번째는 정사情事입니다."

모두가 손뼉을 치며 웃는 동안 과부가 울상을 지으며 이쪽은 보았다. 자윤도 할 말을 잃었다.

"신참을 골리려고 일부러 못된 것만 써넣으셨네. 이를 어쩌나. 희락회 신참례를 우스이 어겼다간 더 큰 벌칙을 받는답니다. 모두와 한 약조이니 꼭 지키세요."

모두가 한바탕 소리 내어 웃을 때 그는 보명을 죽일 듯이 노려보았다.

"그럼 두 분은 이만 별채로 가세요. 좋은 밤 보내시길."

계집종 둘이 와서 멍하게 선 과부를 데리고 나갔다. 곧 종복이 다가와 허리를 조아리며 말했다.

"군대감 나으리 별채로 가시지요."

수안군은 짜증을 내며 연회장을 박차고 나갔다. 그 뒷모습을 보며 보명이 싱긋 웃었다.

나는 부인처럼 눈치 없이 치근덕거리고 머리 빈 여인을 혐오하오.

"내가 어때서! 예쁘지, 똑똑하지, 돈 많지! 빠지는 게 없는데!"

소봉이 몸부림치자 사방으로 물이 튀었다.

"왜 수안군이야? 재수 없는 인간과는 한 시도 같이 있기 싫어! 앗 차가워! 물이 너무 차잖아!"

심드렁한 얼굴로 목욕물을 붓던 개금이 말했다.

"언제는 사내랑 정분나는 게 소원이라면서요. 멍석 깔아주니까 웬 앙탈이어요?"

"네가 수안군이랑 얘길 안 해봐서 그래! 말끝마다 퉁명스럽고 못됐다고."

"얼굴이 그리 잘났다면서요? 사내 낯짝에 환장하시면서 왜 마다하세요?"

나는 좋은데 그쪽이 싫다잖아!

소봉은 속말을 하지 못하고 짜증만 버럭버럭 냈다.

"물어봤어? 진짜로 한방을 쓰는 거래?"

개금은 대답 없이 샐쭉샐쭉 웃다가 옆구리를 꼬집히고 나서야 입을 열었다.

"우쩨, 양반들 노는 모양새가 쌍것보다 짓궂대요? 초면에 대뜸 합방이라니. 아이고, 우리 아씨 복 터졌네."

"시끄럽고, 대답이나 해."

"물어보니 애들도 이런 신참례는 처음이래요. 어기는 날엔 화양궁에 발도 못 붙일 거랍니다. 꼼짝없이 합방하게 생겼어요."

"잔다고 꼭 자야 해? 몰래 옆방에서 자면 모르지 않을까?"

"거긴 벽을 터서 방이 한 칸밖에 없대요."

"진짜? 말도 안 돼!"

"정 싫으면 술을 진탕 먹여 재워요. 손도 못 대고 고꾸라질 테니."

개금이 이런 똑똑한 방법을 생각해 내다니! 소봉이 흥분하며 말했다.

"네가 찬방에 가서 독주를 구해 와. 아주아주 독한 술로."

"종년들 말로는 조선 최고 미남이라는데 왜 그래요?"

"성격이 더러워. 아주아주 더러워."

자존심이 상해 수안군이 한 말을 차마 할 수 없었다. 은장도로 후벼 파는 듯한 독설이 떠오르자 분노에 몸이 부르르 떨렸다.

수안군! 그딴 말을 한 것을 후회하게 해주마! 어떤 년과 엮이는지 내가 두 눈 크게 뜨고 지켜볼 거야!

황망한 정신으로 어찌어찌 목욕하고 옷을 입었으나 별채엔 죽어도 가기 싫었다. 한참을 뭉그적거리고 있으니 개금이 손목을 잡고 질질 끌고 갔다.

"이런 데 쓰라고 잘 먹인 것이 아닌데. 너 다음부터 주전부리고 뭐고 없어."

마루에 올라서서 방문만 노려볼 때였다. 갑자기 문이 활짝 열렸다.

"언제까지 거기 있을 거요? 거슬리니까 들어오시오."

소봉은 울상을 지으며 방으로 들어갔다. 들어가자마자 보이는 원앙금 침과 주안상을 뜨악하게 보는데 자리에 앉은 수안군이 퉁명스럽게 말했다.

"나도 좋아서 있는 것이 아니오."

"그러시겠죠. 눈치 없이 치근덕거리고 머리 빈 여자 말고 다른 여자랑 있고 싶겠죠. 아니면 사내나. 흥!"

"그런 말은 속으로 하시오. 듣는 사람 언짢으니."

"제가 눈치가 없고 머리가 비었거든요."

"속까지 좁군."

"그래요! 속까지 좁아요!"

소봉은 부아가 치밀어서 주안상에 놓인 술을 따라 단숨에 들이켰다.

아차! 독주!

뒤늦게 생각이 났지만 이미 술을 마셨고 얼굴이 달아오르기 시작했다. 젠장, 큰일 났다. 이쪽이 취하기 전에 상대를 고꾸라뜨려야 한다. 소봉은 마지못해 술잔을 채워 그에게 내밀었다.

"이왕 이렇게 된 거 수안군도 드세요."

"나는 술을 하지 않소."

"왜요?"

"마시면 기분이 나빠지니까."

"그래도 마셔봐요."

"싫소."

"사람 무안하게 이럴 거예요?"

"내 알 바 아니오."

"비싼 술이래요. 얼른 마셔요."

"싫다니까 왜 이러시오?"

실랑이하는 동안 소봉의 뺨이 더욱 붉어졌다. 취기가 오르기 시작한 것이다. 개금이 제대로 된 독주를 가져온 모양인지 자꾸 웃음이 나고 몸이 마음대로 움직여지지 않았다.

"술이 왜 싫어요? 몸이 후끈후끈하고 나른한 게 좋기만 하네."

"그럼 그쪽이나 많이 드시오."

에라 모르겠다. 소봉은 헤실헤실 웃으며 두 번째 잔을 마셨다. 뒷맛에 꽃향기가 감도는 것이 독주지만 좋은 술이다. 소봉은 입맛을 다시다가 한 잔을 더 마셨다. 그리고 한 잔 더 마시고…… 또 마셨다.

"술이 참 다네요. 이렇게 많이 마신 거 처음이에요. 사실 잘 못 하거든요."

"그래 보이오."

술에 취해선지 수안군의 얼굴이 흐릿하게 보였다가 가까이 보였다가 멀리 보였다가 했다. 멀쩡할 때도 잘생겼지만 취해서 보니 이게 사람 얼굴인가 싶다.

"왕자님, 전 너무 속상해요."

소봉은 그가 한심하게 보거나 말거나 눈물을 찔끔거렸다.

"나란 년은 왜 사내 얼굴을 밝히게 태어났을까요? 아무 사내나 좋아하면 팔자가 편한 것을. 왜 성격 더러운 미남을 좋아해서 괴로운 걸까요?"

"날 두고 하는 말이오?"

"대충 생기지 왜 이리 잘난 거예요? 입술 봐 입술. 어쩜 여자보다 더 도톰해? 연지 발랐어요? 발랐죠? 그러니까 이렇게 촉촉하고 빨갛고 예쁘지. 왜 나보다 예쁜 거냐고오오. 자존심 상하게."

"그놈의 얼굴 타령. 듣기 싫어 죽겠네."

그가 짜증을 내는 동안 소봉은 흐리멍덩한 눈에 힘을 주고 자꾸만 옆으로 허물어지려는 몸을 일으켜 세웠다.

"크…… . 왕자님은 코가 참 높네요. 파리가 앉았다가 현기증이 나서 낙상하겠어요. 헤헤, 크다."

소봉이 슬금슬금 다가앉자 그가 경계하며 물러나 앉았다.

"그 코 좀 만져봐도 돼요?"

"미쳤소?"

"쳇, 치사해."

술에 취하니 너무 덥고 답답하다. 소봉은 저고리 고름을 풀고 앞섶을 열어젖히며 손부채를 부쳤다.

"아…… . 덥다, 더워."

그 광경을 본 수안군이 눈이 휘둥그레 뜨며 돌아앉았다.

"무슨 짓이오? 주사가 고약하군."

"왕자님도 더우면 벗으세요. 아 답답해."

그녀가 치마끈에 손을 대자 수안군이 자리에서 벌떡 일어났다. 얼결에 그의 버선발을 본 소봉의 입이 크게 벌어졌다.

"우와! 발이 정말 크네요. 크다, 커. 엄청 크다."

소봉이 달려들어 버선발을 붙들었다. 당황한 그가 발을 빼려고 했지만 소봉이 꽉 잡고 놓지 않았다.

"지, 지금 뭐 하는 거요?"

"유모가 그랬어요. 사내가 발이랑 코가 크면 그것도 크다고요. 왕자님도 그래요? 커요? 그래서 막 자랑하고 싶어요?"

"이 여인이 무슨 소릴 하는 거야? 술 취했으면 곱게 잠이나……."

벌떡 일어난 소봉이 그의 허리를 두 팔로 감았다.

"내가 왜 싫어? 다들 예쁘다고 하는데 왜 싫어?"

"이거 놔! 이거 놓으라고……."

그가 떼어내려고 하자 소봉은 죽기 살기로 매달렸다.

"그동안 춘화를 보면서 얼마나 공부했는데. 다른 사람 말고 나한테 보여줘요. 다 하게 해줄게요. 그러니까 응? 이리 와요."

"저리 좀 떨어져!"

아무리 밀어내도 소봉은 떨어지지 않았다. 본디 취한 자의 힘을 당해 낼 수는 없는 법이다.

"내 입술 예쁘지 않아요? 입 맞추고 싶죠?"

소봉이 까치발을 들고 입술을 내밀자 그가 두 손으로 머리통을 부여잡고 멀찍이 떨어뜨렸다. 보다 못한 수안군이 달래는 투로 말했다.

"일단 놓고 자리에 앉으시오. 해달라는 대로 할 테니."

"진짜요? 다 하게 해줄 거예요? 나 안아줘요."

"얌전히 굴면."

"얌전히 굴게요. 옷 벗겨주세요. 아니, 내가 벗을게요."

소봉이 팔을 풀고 다시 치마끈으로 손을 뻗었을 때였다. 수안군이 방문을 열어젖히고 밖으로 뛰쳐나갔다.

"왕자님! 어디 가세요? 부끄러우세요? 여기서 벗으셔도 되는데."

흐리멍덩한 눈으로 활짝 열린 방문을 보던 소봉은 입맛을 쩝쩝 다시다 슬그머니 옆으로 고꾸라졌다. 곧 방 안에서 코 고는 소리가 요란하게 났다.

"살다 살다 별일을 다 겪는군."

흐트러진 차림으로 방을 뛰쳐나온 자윤은 마당 한가운데에 서서 가쁜 숨을 몰아쉬었다. 끔찍한 시신을 보고 악랄한 살인범에게 붙잡힌 적도 있지만 오늘 밤처럼 당황하긴 처음이다. 이토록 사람의 정신을 빼놓다니. 이마와 목덜미, 등짝이 땀으로 축축했다. 가냘픈 몸에서 나오는 힘이 얼마나 센지 떼어내려다 옷 솔기 몇 군데가 터지기까지 했다.

자윤은 식은땀을 닦으며 생각이란 걸 해보려고 노력했다. 하지만 머릿속이 하얘서 아무것도 떠오르지 않았다. 그 요망한 과부가 뱉어낸 해괴망측한 말들만 귓가에 맴돌 뿐이다.

어쩌면 범인이 보낸 여인일지도 모른다. 방해할 목적이었다면 완벽하게 성공했다. 연회 내내 머릿속에 담아 둔 회원의 얼굴, 인적사항, 의심스러운 점이 깡그리 날아갔으니.

얼굴이 활활 타는 것만 같고 목덜미가 뜨끈뜨끈하다. 찬 바람에 얼굴을 식히려고 해도 놀란 가슴이 쉽게 진정이 되지 않는다. 별채 주위를 서성이며 머리를 식힌 자윤은 한참 만에야 후원을 나와 안채로 향했다.

달도 뜨지 않은 밤이지만 처마마다 등을 걸어서 가는 길이 환하다. 안뜰을 가로지르는데 어디선가 시선이 느껴진다. 자윤은 신경 쓰지 않고 마음껏 걸어 다녔다. 어차피 눈길을 끌려고 나다니는 것이니.

안뜰을 지나 중문을 넘어서자 연회장 쪽에선 아직도 가객의 노랫소리가 들렸다. 사랑채 깊숙한 곳에서 남녀의 웃음소리가 들리는 걸 보면 진짜 연회는 이제부터 시작인 모양이다. 자윤은 정원이 한눈에 보일만 한 높은 나무를 물색해 훌쩍 올랐다. 고목에 기대 주위를 보는데 연못이 내려다보이는 누대에 남녀가 모습을 드러냈다. 보명과 그 애송이였다.

저 애송이는 연회 내내 자윤의 시선을 피해 다녔다. 의식적으로 거리를 두었고 가까이 갈라치면 슬그머니 사라졌다. 제법 반반한 인물에 유약해 보이는 인상이다. 보명의 취향이 그새 변한 걸까. 어디선가 본 적이 있는데, 누구지?

보명이 그의 손을 잡아끌며 난간 쪽으로 걸어갔다. 무슨 말을 들었는지 그녀가 웃음을 터트리고 애송이도 수줍게 웃었다.

그때였다. 누대와 가까운 나무 그늘에서 수리개가 슬그머니 나타났다. 그녀는 움직임 없이 서서 누대를 올려다보았다. 먼 곳에서 바람이 불어왔다. 수리개가 고개를 돌려 이쪽을 보았다. 사람이 있는 걸 눈치챈 듯하다.

상황을 흥미롭게 지켜보는데 보명이 애송이를 잡아끌며 입을 맞추었다. 덜덜 떨 줄 알았던 애송이가 그녀의 허리를 힘껏 끌어안고 기둥 쪽으로 밀어붙였다. 진하고 거친 몸짓으로 서로 안던 두 사람은 한참이 지나서야 누각 안쪽으로 사라졌다. 곧 수리개도 어둠 저편으로 사라졌다.

정원에 인기척이 끊기고 멀리서 들리던 음악 소리도 멈추었다. 오늘은 이쯤에서 마무리해야겠다 생각할 때였다. 바깥채 쪽에서 불길이 치솟는 게 보였다.

"저건……!"

자윤은 불길이 자신이 머물던 별채라는 것을 깨닫고 나무에서 뛰어내렸다. 그는 곧바로 불이 난 곳으로 달려갔다.

"아이고 내 머리. 뽀개진다 뽀개져. 개금아 나 물…….

아무리 개금을 불러도 말이 없자 소봉은 눈을 떴다. 평소 보던 천장이 아닌 낯선 곳이었다.

"아, 여기 화양궁 별채지."

순간 두통과 함께 자신이 내뱉은 말들이 떠올랐다.

유모가 그랬어요. 사내가 발이랑 코가 크면 그것도 크다고요. 수안군도 그래요? 커요? 그래서 막 자랑하고 싶어요?

"어머, 어머! 내가 뭐라고 한 거야?"

그동안 춘화를 보면서 얼마나 공부했는데. 다른 사람 말고 나한테 보여 줘요. 다 하게 해줄게요. 그러니까 응? 이리 와요.

"으아아악! 술 먹고 별 주접을 다 떨었구나! 미쳤어! 미쳤어!"

소봉은 이불을 뒤집어쓰고 허공에 발길질했다.

"사람이 쪽팔려서 죽을 수도 있겠구나. 내가 죽으면 여주 시댁에서 좋아할 거야. 사람 속도 모르고 열녀문을 세워주겠지? 꽃분이한테 열녀문

기둥에다가 쓰라고 해야지. 사내에게 수작 부리다가 채이고 쪽팔려서 죽었다고."

이불을 뒤집어쓰고 방바닥을 굴러다닐 때였다. 묵직한 뭔가에 툭 걸렸다. 소봉은 엉덩이로 그것을 슬쩍 밀어보았다. 주안상은 아니고 베개나 이불도 아니고 꼭 누운 사람 같았다.

"뭐야? 왕자님이 있었어?"

돌돌 말린 이불 밖으로 고개를 빼꼼 내밀었을 때였다.

"으아아아아악!"

소봉은 벌떡 일어나 벽 쪽으로 도망쳤다.

"저거 뭐야!"

방문 쪽에 사체가 있었다. 군영에서 사냥하거나 적을 쫓을 때 쓰는 커다란 사냥개다. 사냥개는 창자가 다 쏟아져 나온 채 죽어 있고 주위는 온통 피 웅덩이다. 아무리 취했어도 개가 울부짖는 소리를 못 들었을 리는 없으니 죽은 개를 방으로 옮긴 후 배를 가른 듯했다. 내가 뭘 어쨌다고 이런 짓까지 한 거지?

그때 소봉의 눈에 사체 옆에 서신이 보였다. 피비린내 나는 사체 옆으로 가기 싫었지만 할 수 없이 다가가 서신을 집어 들었다.

수안군, 나는 네가 보명과 붙어먹은 것을 알고 있다.

이 일에서 손을 떼라. 그러지 않으면 너는 죽는다.

소봉은 숨 쉬는 것도 잊은 채 서신을 노려보았다.

내가 아니라 수안군에게 보내는 경고였어!

온몸에 소름이 쫙 끼쳤다.

"어떻게 하지? 장소봉 생각해! 어떻게 할지 생각하라고!"

배오개 시장에서 사람들이 하는 얘길 들었다. 공주에게 죽은 귀신이 해코지한다는 황당하고 악의적인 소문들. 만약 이 일까지 알려진다면 공주의 평판에 큰 해가 될 것이다.

생각이 거기까지 미치자 소봉은 곧바로 일어나 촛대를 들었다. 그리고 병풍에 불을 붙였다. 불꽃은 곧 활활 타올라 방 안에 옮겨붙기 시작했다. 소봉은 불길에 서신을 던져 태웠다.

소봉이 방에서 빠져나오고 나서 얼마 안 돼서 수안군이 달려왔다.

"어찌 된 것이오?"

"자다가 촛대를 넘어뜨렸나 봐요."

소봉이 불길이 번지는 것을 보는 동안 수안군은 그녀의 치맛자락을 보았다.

"그 핏자국은 뭐요?"

소봉은 그제야 치마와 버선에 핏자국이 묻었다는 것을 깨달았다.

"당황해서 뛰어나오다가 다쳤나 봐요."

그때였다. 수안군이 한쪽 무릎을 꿇고 앉아 치마를 들췄다.

"어머, 미쳤어요? 무슨 짓이에요?"

"상처가 없는데?"

"달거리라도 하나 보죠! 여인네 치마를 왜 들여다봐요? 정말 변태예요?"

"뭘 숨기는지 말해보시오."

"숨기는 거 없어요."

두 사람이 서로 노려보고 있을 때였다. 화양궁 노비들이 달려와 불을 끄기 시작했다. 그리고 보명공주와 희락회 회원도 달려왔다.

불은 다행히 별채만 태우고 잡혔다. 모두 각자의 처소로 돌아가자 보명이 소봉을 데리고 내실로 갔다.

"무슨 일이 있었는지 말해."

소봉은 어쩔 수 없이 밤에 있었던 일었던 일을 공주에게 말했다.

"내 평판을 지켜주기 위해 내 집에 불을 질렀다?"

"어쩔 수 없었어요. 용서해주세요."

보명은 즐겁다는 듯 웃음을 터트렸다.

"그 서신은 어쨌니?"

"태웠어요."

"서신 내용을 믿니?"

"안 믿어요."

"수안군에겐 아무 말도 안 했고?"

"못되게 굴어서 말해 주기 싫었어요. 절륜미남에게 그런 얄팍한 협박 따윈 안 먹힐 테고요."

"소봉아, 나는 네가 참 마음에 든다."

보명은 환하게 웃으며 소봉의 뺨을 쓰다듬었다.

자윤은 파루罷漏가 울리자마자 떠날 채비를 했다. 막 대문을 넘어설 때였다. 여종 하나가 오더니 서신을 내밀었다. 자윤은 여종이 든 등롱 불빛 아래서 서신을 펼쳤다.

화양궁에 온 걸 환영해. 이곳에서 찾아내는 게 진실만이 아니길.

추신追伸

• 조선 시대에, 서울에서 통행금지를 해제하기 위하여 종각의 종을 서른세 번 치던 일.

내가 《정화록》을 어떻게 얻었는지 알아? 조 내관이 잡히던 날, 그곳에 있었어.

자윤은 담담히 서신을 접었다. 말을 살피던 말구종이 고삐를 잡아끌며 다가왔다. 그는 애마가 배를 주리진 않았는지, 물은 충분히 마셨는지 살피고 말에 올랐다.

아직 해가 완전히 뜨지 않아 사위가 푸르스름했다. 푸른 어둠 속을 달리던 그날이 떠올랐다. 들이마실 때마다 폐가 얼어붙는 것만 같았던 찬 공기, 여인의 가슴에 흐르는 붉은 피, 고막을 긁는 바람 소리, 연못에서 올라오는 물비린내. 그때 느낀 고통스러운 감각이 아직도 생생했다.

조 내관은 《정화록》에 무엇을 썼을까.

보명이 송준길을 죽였을까.

장소봉이 숨기는 건 무엇일까.

자윤은 왕명을 받아들여야겠다고 생각했다.

* * *

한바탕 전쟁이 났다. 화양궁에 발도 내딛지 말라는 모친 서 씨와 싫다는 소봉의 한 치도 양보 없는 싸움이었다.

"온 장안에 소문이 났다. 신세를 망치고 싶어서 환장한 것이야?"

"안 될 게 뭐가 있어요?"

"세상에, 장소봉! 너는 과부야. 여주 시댁에서 알면 어찌 되겠니?"

"그 집구석에서 알면 죽이기라도 한 대요? 땅문서 뺏길까 봐 아무것도 못 할걸요."

"장사를 하는 것도 눈치가 보일 판인데 화양궁이라니, 밤마다 누가 거길 드나드는지 알기나 해? 한양의 난봉꾼, 도박꾼, 음란한 자들이 다 모인단다."

"우리 집과는 비교도 할 수 없이 지체 높은 사람들이죠. 돈은 아버지가 더 많겠지만."

"장사는 꽃분이가 하니 너는 그냥 조용히 살면 될 것을, 왜 자꾸 싸돌아다니는 것이냐. 양자를 들여서 애나 키우면서 살면……."

"싫다고 했잖아요! 죽은 뒤에 제사 지내줄 사람 따윈 없어도 돼요! 내가 원하는 건 오늘 즐거운 거라고요."

"방탕하게 사는 게 네가 원하는 거니?"

"난 자유롭게 살고 싶은 거예요. 원하는 걸 하고 싶은 거라고요."

기어코 화양궁에 간다면 방문에 못질하겠다는 서 씨의 엄포에 소봉은 머리에 흰 천을 싸매고 누웠다.

정오가 되기도 전에 별당 아씨가 끼니를 거르고 누워 있다는 소식이 집안에 퍼졌다. 다 입이 가벼운 개금 때문이다. 올케들이 예쁜 짓을 하는 조카를 데려와도 소봉은 일어나지 않았다. 고명딸이 식음을 전폐했단 소식에 일찍 퇴청한 아버지가 떡이며 강정이며 맛난 것을 내밀었지만 소용없었다. 저녁 무렵엔 오라비 넷이 들이닥쳐 한바탕 잔소리를 퍼붓고 갔다.

"소봉아, 네가 굶으면 아버지가 불안해하신다. 그러면 어머니가 들볶이고 피곤한 어머니가 올케들을 들볶는다. 그러면 누가 제일 힘든지 아니? 우리다. 우리가 밤마다 꼬집히고 시달리느라 잠을 못 잔단 말이다. 뭐든 먹고 방긋방긋 웃으며 지내면 안 되겠니? 그러면 사달라는 건 뭐든 사주마. 응? 우리 좀 살려주라."

겨우 하루 굶은 거 가지고 온 집안이 난리였다. 보다 못한 장 첨정이 배나무골로 사람을 보내 새벽 댓바람부터 유모를 불러왔다. 깨죽과 잣죽을 쑤어 온 유모가 한 입만 먹어보라고 사정해도 소봉은 본체만체했다.

"주인마님이 걱정하세요. 알잖아요. 애기씨 얼굴에 그늘만 져도 본인 탓이라며, 괴로워하시는 거. 그저 잘 먹고 잘 자는 게 효도여요. 어서 들어요."

"싫어, 화양궁 못 가면 굶어 죽을 거야."

"으이구, 철딱서니하고는!"

"왜 과부는 하고 싶은 대로 하고 살면 안 돼? 왜!"

"나랏법도 나랏법이지만 사람들 눈도 조심하셔야죠. 다 애기씨 걱정해서 단속하시는 거예요."

"과부가 된 게 내 탓도 아닌데 왜들 애물단지 취급이야? 살아 있는데 어떻게 죽은 듯이 엎드려 살아?"

"그건 애기씨가 망아지처럼 돌아다니니 다칠까 봐 그러시는 거지요."

"기껏 돈 주고 양반 족보 샀는데 내가 휘젓고 다녀서 망신당할까 봐 그러는 거 모르는 줄 알아? 장사꾼이 뭐가 부끄러워? 대대로 장사로 먹고 살았는데!"

모든 것이 아버지 장 첨정의 욕심에서 시작됐다. 돈 버는 재주가 남달랐던 장종훈은 한양 제일의 거부 소리를 듣게 되자 신분을 바꾸기로 했다. 그는 양반 족보와 공명첩空名帖을 사들였다. 한때 명문가라고 불리던 집안과 혼인도 맺었다. 혼례 날, 신랑이 낙마해 죽었음에도 시댁에선 부득부득 소봉을 데려갔다. 출가외인이라는 명목으로.

남편 잡아먹은 년이 뻔뻔도 하구나. 밥이 넘어가느냐?

아궁이에 불은 무슨 불. 저년에게는 장작개비 하나도 아깝다.

친정에서 데려온 종복은 모두 돌려보냈다. 부잣집 노비라 그런지 소갈이 먹고 게으르기 이를 데가 없더구나. 노비 단속을 어찌했는지, 한심해서……. 이제 네 처소는 네가 치우고 빨래도 직접 해 입어라. 군입이 그런 거라도 해야 하지 않겠니?

열녀문을 받으면 나라에서 토지도 준단다. 가문에 보램이 되고 네 이름도 드높일 수 있으니 얼마나 좋으냐. 이리 몸 고생, 마음고생 할 바에는 남편을 따라가는 것도 좋지, 안 그래?

그들이 원한 것은 열녀문. 오직 그것 하나였다. 굶어 죽어가는 딸을 데리러 온 아버지를 따라 한양으로 오며 다짐했다.

난 이제 겨우 열일곱이야. 내 처지를 한탄하며 질질 짜는 건 그만둘 거야. 죽은 듯 엎드려 살라고? 내가 왜? 얼굴도 못 본 사내를 위해 평생 수절하는 게 말이 돼? 하고 싶은 건 뭐든 하며 살 테니 두고 봐. 나는 조선에서 가장 즐겁고 당돌한 과부가 될 거야.

"양자도 싫고 얌전히 사는 것도 싫어. 죽은 사내의 여자가 아니라 장소봉으로 살 거야."

밖에서 이야기를 듣고 있던 장 첨정은 어깨가 축 늘어져서 안채로 향했다. 그는 소봉과 싸우느라 지쳐서 몸져누운 아내 옆에 앉아 한숨을 쉬었다.

"다 내 탓이야. 명문가와 사돈을 맺고 싶어 욕심낸 내 탓이야. 소봉이를 데려간다고 했을 때 보내지 말았어야 했어. 돈 주고 족보 산 주제에 무슨 법도를 안다고. 그때 그 집에서 소봉이가 죽었으면 나도 죽었어."

등을 돌리고 있던 아내가 벌떡 일어나 앉자 장 첨정이 말했다.

"명희야! 우리 소봉이가 살고 싶은 대로 살게 두자."

"지금 제정신이오? 하나밖에 없는 딸 신세를 망칠 작정이오?"

"제 오라비들보다 똑똑한 아이야. 장사하는 걸 봐. 배포도 있고 안목도 있어. 쉽게 인생을 망치지 않아."

"불같은 성질은요? 혹하는 게 있으면 앞뒤 안 보고 달려드는 것은요? 애가 똑똑하면 뭘 해요? 질 나쁜 인간들이 무슨 짓을 할 줄 알고."

"소봉이는 가둬놓을 수 없는 애야. 자기 새끼를 그렇게 몰라?"

"아니까 겁나서 이러는 거 아니에요? 보명공주 소문 들었잖아요."

"소봉이가 헤쳐나갈 거야. 뭔가 배우는 게 있겠지."

"으이구! 딸불출! 돈 앞에선 인정사정없으면서 왜 딸내미 앞에선 그리 사리 분별이 흐려요?"

"네가 예쁜 딸내미를 낳아줘서 그렇지. 우리 오랜만에 낮거리라도 해볼까?"

"주책이야! 내가 못 살아!"

"내 바람은 우리처럼 소봉이도 행복한 거야. 그거면 돼."

장 첨정의 말에 서 씨의 눈가가 촉촉해졌다.

유모가 한껏 솜씨를 부려 차려온 밥상을 소봉이 본체만체할 때였다. 마루에 우당탕탕 소리가 나더니 개금이 문을 활짝 열고 들어왔다.

"아씨! 이것 좀 보셔요!"

개금이 커다란 상자를 세 개나 들고 있었다. 이부자리에서 일어난 소봉이 물었다.

"그게 무어야?"

"나리께서 보낸 선물이랍니다. 얼른 풀어보셔요."

"아빠가?"

상자엔 빛깔 고운 저고리와 치마가 들어 있었다.

"아…… 곱다."

소봉은 최고급 비단을 손으로 쓸며 감탄했다. 저고리가 세상에 만발한 봄을 품고 있었다. 연한 연둣빛 비단에 목깃은 옥색이었는데 그 위에 꽃 자수가 화사했다. 수놓은 솜씨를 보니 단미 것이다. 아마도 꽃분을 통해 몰래 주문을 넣은 모양이다.

소봉은 언제 침울해 있었느냐는 듯 눈을 빛내며 치맛자락을 펼쳐보았다. 분홍색 치맛자락 끝에도 꽃이 흐드러지게 피어있었다.

"세상에, 무슨 옷이 이렇게 화려하대요?"

유모가 호들갑을 떨며 나머지 상자들도 열었다.

"어머나, 애기씨! 이 치마 좀 보라지요."

"아, 곱다. 누가 보면 우리 아씨 시집가는 줄 알겠어요."

모두가 감탄하며 저고리와 치마를 펼쳐보는 동안 소봉이 서신을 찾아냈다.

어디에서 누구와 있건 네가 장소봉인 것을 잊지 마라. 너는 네가 아는 것보다 훨씬 용감하고 똑똑하다. 하고 싶은 대로 하되 부디 몸조심해라. 사고치면 네 어미에게 난 죽는다.

아버지의 서신에 소봉의 입이 쩍 벌어졌다. 그녀는 손에 든 서신을 던지며 자리에서 벌떡 일어났다.

"유모! 나 화양궁에 가야겠어."

"갑자기 화양궁이요? 마님이 허락해주셨어요?"

"새 옷 사준 게 무슨 뜻이겠어? 나가 놀라는 이야기지. 아, 배고파. 밥상 이리 가져 와. 개금아! 눈썹이랑 이마에 털 좀 뽑아줘! 녹두가루랑 미안수가 필요해."

얼이 나간 그들을 향해 소봉이 소리쳤다.

"빨리 움직여! 화양궁에 가려면 준비를 해야 할 것 아냐!"

장종훈은 딸이 밥을 먹고 몸단장에 분주하다는 말에 시름을 내려놓고 콧노래를 흥얼거렸다.

7. 왕자의 비밀

　자윤의 집은 목멱산 자락 솔내골에 있었다. 지금의 집을 고른 이유는 멀어서 사람이 찾아오기 힘들고 주위에 인가가 적기 때문이다. 또한 특별한 공간이 그의 마음을 끌었다. 이전 집주인은 뭐든 수집하는 기벽이 있었다. 그래서 안채와 사랑채는 작게, 서재는 따로 크게 지었는데 그 아래에 수장고를 만들어 수집품을 두었다. 자윤은 지하 수장고에 자신의 애장품을 가득 채웠다.

　그가 집에 도착하자 행랑아범이 두 손을 공손하게 모으고 맞았다. 출궁하면서 궁방 수입을 관리하는 차지次知와 산지기, 관노비 수십 명을 받았으나 차지와 산지기, 집을 단속해줄 행랑아범과 그의 식솔만 남기고 나머지는 내수사內需司•로 돌려보냈다. 행랑아범 내외는 순하고 성실해서

• 왕실 재정의 관리를 맡아보던 관아.

안주인이 없는 살림을 그럭저럭 꾸려나갔다.

자윤은 아범에게 말 고삐를 주고 서재로 갔다. 강용주가 보낸 꾸러미
가 와 있었다.

그의 서재엔 조선 땅에서 구하기 힘든 책들이 가득했다. 귀한 고서를
비롯해 실학서, 어릴 때부터 본 《증수무원록增修無冤錄》*, 청과 일본에서
간행한 법의학서도 있었다. 그는 꾸러미를 들고 책장을 지나 안쪽 벽으
로 향했다. 벽에 붙은 책장을 옆으로 밀자 지하로 내려가는 계단이 나타
났다.

자윤은 난간을 손으로 쓸면서 계단을 내려갔다. 지하지만 단을 높여
짓고 창을 냈기 때문에 햇빛과 신선한 공기가 들어왔다. 아범이 청소했는
지 몇 군데 변한 것이 있지만 거슬릴 정도는 아니었다.

수장고 구석진 나무 선반엔 그가 수년간 모은 도구가 있었다. 동물의
뼈와 사람의 뼈로 만든 단도, 독특한 양각이 있는 장도, 피해자의 피가
흠뻑 밴 죽창, 평범한 장도리, 날이 무딘 도끼, 이가 듬성듬성 빠진 식
칼, 장인이 만든 명검. 지금은 세상에 없는 살인자들의 무기가 이곳에 모
여 있었다.

자윤은 잠이 오지 않는 깊은 밤이나 비 오는 날, 세상 사람이 꺼리는
저것들을 꺼내 정성껏 닦았다. 몇 개 없는 취미 중 하나다. 자윤은 가장
잘 보이는 곳에 올려둔 작은 칼을 집어 들었다. 이 볼품 없는 칼이 7년
동안 궁녀 셋, 내관 다섯을 죽였다.

처음 얻은 살인자의 칼. 자윤은 손끝으로 칼날을 만지고 자루를 꽉 쥐

• 조선 후기 법의학서인 《무원록》을 증보한 책.

었다. 목적을 가지고 하는 행동은 아니다. 그저 의미 없는 습관일 뿐이다.

자윤은 탁자 앞에 앉아 의금부 도사가 보낸 꾸러미를 펼쳤다. 송준길과 백정의 검안서 사본과 서신이었다.

죽은 이는 광례교 현방에서 일하는 억구지라는 자입니다. 쓰는 연장을 살펴보니 칼날이 시신의 상처와 일치합니다. 억구지는 18일 새벽 무렵에 나가 다음 날 정오 무렵에 들어왔다고 합니다. 처의 말로는 며칠 동안 대가댁 하인이 세 번 찾아왔는데 누군지는 알지 못한답니다. 따로 용모파기容貌疤記**를 받아두었습니다. 어느 집 하인인지 찾아보겠습니다. 최근에 고기를 댄 곳은 화양궁으로 우육, 우골, 우혈을 사 갔다고 합니다. 평소에도 거래하던 곳이랍니다.**

사헌부 쪽을 알아보니 저들은 아직도 투서를 캐고 있답니다. 우리 속도를 따라오려면 멀었습니다.

색주가에서 소동을 일으킨 사내는 찾지 못했습니다. 사내에게 맞은 기루의 기둥서방 응수와 기생 송화가 사라졌습니다. 순라군과 포도청 나졸을 더 만나보겠습니다. 시키신 대로 화양궁 차지에게 사람을 붙였는데 생각보다 쉽게 회계책을 얻어낼 듯합니다.

겉보기엔 어리보기 같았는데 생각보다 날래고 꼼꼼하다. 자윤은 서신을 접고 검안서를 읽었다. 그리고 종이를 두껍게 바른 벽에 서로 연관 있는 사람끼리 관계도를 그렸다. 왕실 인물은 이름 대신 별명을 써넣었다. 대비는 서릿발, 중전은 손돌바람, 왕은 벼락바위다.

궁에서 궁녀들이 가장 가기 꺼리는 곳을 꼽으라면 서릿발이 내린 대비전이다. 대비의 심기가 안 좋은 날이면 궁녀 수 명이 머리채를 잡히고 머리에 피를 흘리며 업혀 나왔다. 알려지지 않았을 뿐이지 죽어 나간 궁녀가 수십은 될 거라는 소문도 흉흉하게 돌았다.

손돌바람은 소설小雪을 즈음해 부는 매섭고 추운 바람이다. 어린 나이에 궁에 들어온 중전은 호된 시집살이를 겪고 서릿발보다 독한 손돌바람이 되었다. 중전은 대비와 달리 지아비의 후궁과 그 자식들에겐 관심이 없었다.

손돌바람은 왕의 마음을 얻고 친정 아비와 함께 조정에서 홍인을 몰아냈다. 대비의 친척을 포함한 다수의 홍인이 귀향 가거나 낙향하고 그 빈자리를 송인이 차지했다. 그때부터 서릿발과 손돌바람은 원수보다 못한 사이가 되었다.

손돌바람과 척진 것이 대비전만은 아니었다. 어떤 연유에서 시작됐는지 모르겠으나 중궁전과 화양궁의 사이도 좋지 않았다. 품관의 부인이 대조전파와 화양궁파로 갈린 것만 봐도 알 수 있었다. 두 파는 서로 으르렁거리며 시기와 이간질을 일삼았다.

중전에게 갈 것을 공주가 뺏고 공주에게 갈 것을 중전이 낚아채는 일이 무시로 일어났다. 어머니와 아내, 아내와 누이 사이에 낀 왕은 고단한 날들을 보냈다. 그래서 왕의 별명은 벼락바위다. 벼락이 수시로 내리꽂히는 바위란 뜻이다.

자윤은 궁에서 살던 때를 떠올리고 싶지 않았다. 하지만 오늘따라 자꾸 옛 기억이 가슴을 후벼판다. 지난밤 보명을 만났기 때문인가.

궁에 살 땐 새벽 산책을 자주 나갔다.

"날도 밝지 않았는데 어딜 가시려고요?"

"새벽 산책. 난 파란 세상이 좋아."

"암튼, 유별나십니다. 같이 가드릴까요?"

"아니, 혼자 갈래."

행여나 바람이 들어갈까 봐 목도리를 단단히 여며주는 따뜻한 손.

"날이 춥습니다. 건극당 뜰만 거닐다 오십시오."

"좀 더 멀리 갈래."

"그럼 태안문까지만 다녀오십시오."

"응."

새벽은 꿈에서 현실로 넘어가는 중간 세상이다. 해가 뜬 낮엔 죽은 후궁의 아이지만 파란 새벽에는 상상에 빠진 어린 소년이 되었다. 누구의 방해도 없이 꿈과 자유를 만끽할 수 있는 시간.

새벽녘 궁궐의 부산함을 보는 것이 즐거웠다. 하품하며 마당을 쓰는 어린 상원, 밥 짓고 씻을 물을 나르는 무수리, 궁녀가 머무는 행랑 방문을 활짝 열고 이불을 터는 각심이, 이제 막 입궐하는 내관의 부지런한 발길. 모두 제 할 일에 바빠서 궁궐을 헤집고 다니는 어린 왕자에겐 관심이 없다. 방해를 받지 않으니 슬슬 장난기가 발동한다.

이왕 나섰으니 창덕궁으로 가보자. 수강재에 가볼까? 정조 대왕께서 자주 들르셨던 서재라고 했지? 거기 뜰엔 기암괴석이랑 좋은 나무가 많다지?

수강재 우물가에 하얀 속적삼을 입은 계집아이가 서 있었다. 아이의 치맛자락에 푸르고 슬픈 물이 들어 있었다.

이 새벽에 웬 아이지?

놀라 다가서는데 계집아이가 우물 위로 올라섰다. 그리고 우물로 뛰어들 것처럼 아래를 봤다.

"내가 볼 땐 좋은 방법이 아니야."

아이가 돌아보았다. 계집아이의 얼굴에 눈물이 흥건했다.

"물에 빠져 죽으면 온몸이 퉁퉁 불어서 흉하대. 그리고 지금은 너무 추워. 다른 걸 찾아봐."

울던 아이가 피식 웃었다. 왜 웃을까? 난 진심으로 한 소린데. 가만히 보니 어릴 때 몇 번 본적이 있는 아이다. 주상 전하가 지극히 총애한다는 보명공주. 아이가 소매로 눈물을 훔치며 우물 위에서 내려왔다.

"너라면 어떻게 죽을 거야?"

내가 오라버니인데 너라니? 화내려다가 그만둔다. 나는 천한 후궁의 자식이고 저 아이는 지엄하신 중전마마가 낳은 공주니까.

"나라면 복어 독을 먹을 거야. 가장 빠르고 확실히 죽는 독이거든."

공주가 키득거렸다.

"너 수안군이지?"

"응."

"이따가 나랑 놀래?"

"어디서?"

"내가 처소로 놀러 갈게."

"그래, 와도 좋아."

아이는 곁을 지나쳐 수강재 밖으로 달려나갔다. 새벽빛을 머금은 말간 뺨, 반짝거리는 눈동자, 흐트러진 머리카락, 얇은 적삼 속으로 보이는 하얀 목, 작은 발. 아이의 모든 모습이 천천히 또렷하게 머릿속에 박혔다.

보명은 정말로 취요헌으로 왔다. 공주가 사라졌으니 옥화당이 발칵 뒤집어졌을 텐데 아이는 천진난만하다. 조 내관이 아이를 봤다간 옥화당 상궁에게 알릴 게 분명하다. 공주를 보자마자 손을 잡아끌고 취요헌 밖으로 나왔다.

"내가 만든 새집 보여줄까?"

"응, 좋아."

아이는 매일 취요헌에 왔다. 옥화당 서 상궁 말로는 고집이 보통이 아니란다. 그저 중전마마 모르게 조심하는 수밖에 없다고 조 내관과 서 상궁이 한숨을 쉬었다.

보명을 데리고 궁궐 곳곳을 누볐다. 궁인의 눈을 피해 후미진 전각 뜰에서 눈싸움을 하고 고목에 오르고 편전에 숨어들어 마루에 똥개라고 썼다. 때론 후원의 가장 높은 봉우리에 있는 능허정까지 올라갔다. 멀리 백악산이 보이고 가까이는 타락산의 바위산이 보였다. 능허정 아래 골짜기에서 개구리와 가재를 잡고 시원한 물에 발을 담그고 책을 읽었다. 보명의 웃음소리는 언제나 듣기 좋았다.

"수안군 마마, 중궁전에서 찾으십니다."

조 내관이 어두운 얼굴로 말했다. 의복을 챙겨 입히고 몇 번이고 옷매무새를 살피는 손길에서 다급함과 불안이 느껴졌다. 후궁의 아들이 대조전에 가는 건 벌을 서러 가는 것이다.

"나 무서워."

"괜찮을 것입니다. 꾸중하시면 다신 안 그러겠다고 하십시오."

잔뜩 긴장한 그를 보니 덩달아 몸에 힘이 들어갔다. 조 내관이 데려간 곳은 대조전 서북쪽 경훈각이다. 안에 들어서니 상석에 서릿발 마마가 앉아 있고 좌우로 한귀인, 경빈, 최소의, 박소용. 그리고 열한 명의 군과 옹주가 서 있다. 마루 한가운데엔 보명이 등을 보이며 서 있다. 상궁 하나가 다가오더니 찬 마루에 머리를 조아리게 했다.

"생과방에서 그릇이나 닦던 년의 자식이 감히 공주와 어울렸단 말이냐!"

목덜미에 시린 기운이 혹 끼쳤다. 마루에 이마를 대고 어금니를 꽉 깨물었다.

"제 주제도 모르고 궐을 휘젓고 다니다니. 어미가 미쳐 죽더니 자식도 미쳐 돌았구나."

눈자위가 뜨겁다. 이가 부득부득 갈린다. 태어나서 처음 느껴보는 분노였다.

"궁에 산다고 같은 처지인 줄 아느냐. 어디 천것의 자식이! 일으켜라. 저런 아이는 매로 가르쳐야 하느니."

중궁전 상궁이 팔을 잡아 일으키고 바지를 무릎 위까지 걷어 올렸다. 고요한 전각에 회초리 치는 소리가 울려 퍼졌다.

고운 어머니 얼굴이 아른거린다.

담아! 내 아기! 내 소중한 아기!

아프지 않다. 어머니를 욕보인 사람 앞에서는 울지 않겠다. 절대로 울지 않겠다.

"그만! 종아리가 저 지경이 되도록 반성이 없다니. 허, 어린놈의 눈빛이 영락없이 승냥이구나. 궐에 짐승의 종자가 있었을 줄이야. 내 오늘 단단히 훈육하여 사람으로 만들어주마. 가서 생과방 나인이 먹다 남긴 음식을 가져오너라."

주위에 선 사람들이 놀라 숨을 들이마시는 소리가 생생히 들린다. 보명은 여전히 허리를 꼿꼿이 세우고 서 있다. 뒷모습이 꼭 우물 위에 맨발로 서 있던 그때 같다.

상궁이 밥그릇과 숟가락을 얼굴 앞에 들이밀었다.

"네 어미가 먹던 음식이다. 먹고 천한 핏줄이 흐른다는 걸 뼈에 새기도록 해라."

다리에 힘을 주고 어깨를 편다. 고개를 들고 앞에 있는 병풍을 당당히 응시한다.

"먹어!"

고막을 할퀴는 신경질적인 목소리에 비웃음이 나온다.

"웃어? 저 어린놈이 나를 능멸하는구나. 무엇들 해? 주둥이를 벌리고 처넣어라."

상궁들이 달려들어 목을 쳐들게 하고 입속으로 숟가락을 쑤셔 넣는다. 식도로 밥알과 국물이 들어가고 기침이 터져 나온다. 괴로워 몸부림치는데도 음식이 들어온다. 입술이 터졌는지 피 맛이 난다.

"그만해요! 그만해!"

보명이 다가와 팔을 잡은 상궁의 뺨을 후려쳤다. 밥그릇이 마루에 떨어지면서 사방으로 밥알이 튀었다. 놀란 상궁이 팔을 놓자마자 엎드려 음식을 토한다. 정수리로 서릿발처럼 차가운 목소리가 꽂혔다.

"공주! 무슨 짓이냐!"

"내가 놀자고 했어. 심심하니까 놀아달라고 했단 말이야. 나를 혼내!"

"무엄하다. 어딜 감히 나서느냐!"

"내가 싫은 거잖아. 날 괴롭히려고 이러는 거잖아. 차라리 날 때려!"

"공주!"

"이 자리에서 다 이야기할까? 그러면 멈출 거야?"

전각 안에는 토하는 소리만 들릴 뿐, 모두가 입을 다물었다. 무거운 침묵이 흐른 후 서릿발 마마가 말했다.

"공주만 남고 나가라."

사람들이 서둘러 빠져나가는 동안 보명을 봤다. 아이는 주먹을 꼭 쥔 채로 앞을 보고 있다. 손을 잡아주고 싶었다. 머리를 쓰다듬어 주고 싶었다. 아이에게로 손을 뻗는데 조 내관이 다가와 둘러업고 전각 밖으로 달렸다.

"잠깐만! 사란아! 사란아!"

전각 쪽을 보니 나인들이 들창을 내리고 문을 닫고 있었다. 조 내관의 서러운 울음과 가쁜 숨소리가 가슴팍에 전해졌다. 울고 싶지 않았는데 눈물이 났다.

경훈각 사건 이후 1년이 넘도록 보명을 보지 못했다. 처음엔 자꾸 찾아오는 아이가 성가셨는데 오래 지나니 그리웠다. 혹시나 보명을 볼까 싶어 느티나무에 올라가 옥화당 쪽을 보았다. 아이의 안부를 물으면 다들 대답하기를 꺼렸다. 그저 매섭게 혼이 났구나, 짐작할 뿐이다.

서릿발 마마가 요양을 위해 이천의 온정溫井 행궁으로 떠났을 때였다. 보명이 다시 나타났다. 마른 얼굴로 해사하게 웃으며.

나 왔어. 보고 싶었어, 오라버니.

자윤은 아픈 기억이 떠오르기 전에 생각을 멈췄다. 그리고 수장고를 나와 가벼운 옷으로 갈아입고 후원에서 목검을 잡았다. 목검으로 나무를 내리치는데 꼭 자신이 맞는 것만 같았다.

* * *

오작인作人*이 멍석을 벗기자 목면 저고리를 입은 억근이 모습을 드러냈다. 얼굴을 확인하자마자 노파와 젊은 여인이 오열하며 자리에 주저앉았다.

"아이고, 억근아!"

"삼돌 아부지!"

포졸 하나가 두 여인을 데리고 뒤쪽으로 빠졌다. 의생이 시신을 이리저리 살펴보며 상태를 이야기하면 옆에 앉은 서리가 받아적었다. 억근의 시신이 발견됐다는 소리에 자윤은 강 도사를 데리고 어의동으로 왔다. 배오개가 지척인 곳이었다.

의생이 시신을 뒤집어 머리를 확인했다. 목덜미에 둔기로 맞은 자국이 확연히 보였다. 자윤은 시신의 상처를 자세히 들여다보았다.

저것이 첫 번째 공격이다. 송준길은 일격에 쓰러졌지만 억근은 빗맞았다. 복부와 얼굴에 방어흔이 난무하다. 싸움질에 서툰 자의 짓이다. 억근은 범인과 얽혀서 싸웠다. 그리고 정수리 쪽에 두 번째 공격을 당한다. 이번엔 제대로 맞아서 머리가 터졌다. 머리의 반이 날아갔으니 그 자리에서 즉사했을 것이다. 머리뼈를 저 정도로 부숴놓은 걸 보면 엄청난 힘이 가진 놈이다. 아마도 억구지의 짓이리라.

억근의 소지품에 별것 없는 걸 확인한 자윤이 언덕을 내려왔다. 강 도사가 따라오면서 말했다.

• 지방 관아에 속하여 수령이 시체를 임검할 때 시체를 주워 맞추는 일을 하던 하인.

"억근의 사체만 발견된 걸 보면 막동이 배신한 것 같습니다. 억구지 처에게 얻은 용모파기도 막동과 비슷하고요."

"막동의 처에게 사람을 붙이시오."

자윤은 길 한복판에 서서 동쪽으로 난 대로를 응시했다. 강 도사도 주변을 둘러보며 말했다.

"순라군 말이 직제학이 색주가에서 소동을 피운 자를 따라 흥인문 쪽으로 갔다고 했습니다. 그자를 미행하다 납치되고 억근은 필요치 않으니 죽여 외진 곳에 묻었겠지요. 들짐승이 땅을 파헤치지 않았다면 찾는 게 더 늦어졌을 겁니다. 아마도 이쯤이 처음 습격을 받은 곳이겠지요?"

자윤은 고개를 끄덕이며 동쪽을 보았다.

"이곳은 배오개 고개와 면포전의 중간쯤이오. 여기에서 직진하면 흥인문이고 북쪽으로 올라가면 숭신방, 백자동이지. 놈들 근거지는 그 근처일 거요. 데리고 있는 부하가 몇이라고 했소?"

"넷입니다."

"그들을 배오개 시장으로 보내서 숭신방, 백자동 인근에서 술과 고기, 땔감을 많이 사간 집을 찾으라고 하시오."

"이유는요?"

"술을 좋아하는 자요. 소동을 일으켜 숨었지만 술까지 끊기는 힘들 테지. 수하까지 포함하면 꽤 많은 음식과 술이 필요할 거요. 우리는 근처 마방과 곡물전을 돌아봅시다. 공주와 알고 지낸 자라면 신분이 높고 재력이 상당할 거고. 말을 두 필 이상 가졌을 테고 수하까지 포함하면 더 많겠지. 그 말을 먹이려면 콩이 만만치 않게 들어가오. 돌볼 마의馬醫도 필요하고."

두 사람은 인근 마방과 곡물전을 돌며 동북쪽 마을 어느 집이 잡곡을 많이 사 갔는지, 마의를 구한 집이 있는지 찾았다. 한참 만에 한 곡물전에서 단서가 나왔다.

"타락산 아랫마을에 기와집이 있는데 그 집에서 콩이랑 좁쌀을 열 섬이나 샀지요. 수레로 배달을 갔는데, 말이 여섯 마리나 있더라고요. 양반 집에 한 마리 있기도 힘든 게 말인데 많아서 기억이 납니다."

"같이 가보세."

엽전 몇 푼을 받고 신이 난 노인이 타락산 아래 백자동으로 안내했다. 노인이 가리킨 것은 산 밑에 평범한 기와집이었다. 두 사람은 집 마당을 살피기 위해 높은 언덕을 찾아 올라갔다.

"집이 생각보다 조촐한데요."

"거느린 노비가 적으니 그자의 집이 아닐 거요. 세를 얻었겠지."

품에서 천리경을 꺼내자 강 도사가 눈을 휘둥그레 뜨고 보았다.

"아니 천리경 아닙니까? 이리 작은 것은 처음 봅니다."

자윤에게 천리경을 받은 강 도사는 아이처럼 신이 나서 썼다가 만졌다가 부산을 떨었다.

"이리 귀한 것을 지니시다니, 역시 왕족이십니다. 비싸겠지요? 청에서 들여온 겁니까?"

"두모포에 있는 야장이 만든 거요. 솜씨가 좋은 사내지."

"오오오……. 조선 땅에 이런 걸 만드는 자가 있다니."

자윤은 마당에서 사람의 움직임이 보일 때마다 천리경으로 살펴보았다. 아직은 노비로 보이는 자만 드나들 뿐 수상쩍은 자는 보이지 않았다. 수풀 속에서 기다리는 게 무료한지 몸을 이리저리 뒤척이던 강 도사가 말했다.

"화양궁 회계책은 수하가 살피고 있는데 이상한 것투성이랍니다. 받자책(수입부)을 보면 여느 궁방과 비슷하게 전답 수확량이 들어오는데 차하책(지출부)에선 소출의 일곱 곱절 이상 쓰고 있답니다. 특별한 벌이가 없는데 쌀과 고기, 의복 같은 걸 외상없이 사들이는 게 수상합니다."

"다른 건 없소?"

"회계책도 술과 기생을 사주며 간신히 얻어낸걸요. 일하는 자들도 화양궁이 돌아가는 방식을 모르는 것 같습니다."

"지난 두 달간 지출 목록을 주시오. 음식과 땔감같이 고정으로 들어가는 품목 말고 공주가 사지 않았을 법한 것을 위주로 뽑으라고 하시오."

"예, 그러겠습니다."

두 사람이 진행 상황을 이야기하고 있을 때 마당에서 사람이 움직였다. 자윤은 천리경을 들어 사랑채 마당을 살폈다. 천리경 속으로 들어온 얼굴을 보고 그가 이마를 찡그렸다.

"저자가 왜……."

"누군데요?"

저자라면 색주가에서 그 난리를 친 것이 이해된다. 본래의 그라면 온 도성 안 기방을 쑥대밭으로 만들고도 남았을 터였다.

"저도 보고 싶습니다. 천리경 좀……."

천리경을 받아 마당을 살피던 강 도사가 말했다.

"반반하게 생긴 자네요. 수안군 대감보다야 못하지만 말입니다. 저자가 누굽니까?"

자윤이 자리에서 일어나며 말했다.

"도성 안에 있어선 안 되는 자."

자윤은 언덕을 내려오며 생각에 잠겼다.

송준길의 죽음.

수상쩍은 화양궁.

도성에 나타난 불청객.

문득 정신을 차리니 길에서 술을 파는 들병장수와 아이들 몇이 보였다. 돌맹이를 가지고 노는 아이를 보고 문득 각다귀가 떠올랐다.

자윤은 평소처럼 걸으며 주위를 살폈다. 늘 그랬던 것처럼 서너 명의 아이들이 뒤를 미행하고 있었다. 그는 주막 앞에 말을 묶어 놓고 피맛골 골목 깊숙이 들어갔다. 그리고 흙벽에 기대서서 누군가가 오기를 기다렸다. 뒤따라오던 사내아이가 가쁜 숨을 몰아쉬며 주위를 두리번거리다가 눈이 마주쳤다. 당황하는 아이에게 자윤이 말했다.

"마리에게 가서 내가 보잔다고 전해라."

말이 끝나자마자 사내아이가 골목 반대쪽으로 달려갔다. 아이는 주막 앞에 무료한 얼굴로 앉아 있는 계집아이에게 귓속말을 속삭였다. 이야기를 들은 계집아이가 다리 아래에서 놀고 있는 사내아이에게 들은 말을 전했다. 아이들의 입에서 입으로 전해진 소식은 칠패 시장까지 이어져 마리의 귀로 들어갔다.

자윤이 느긋하게 말을 몰며 솔내골로 향할 때였다. 서낭당 돌무더기 뒤에서 작은 그림자 하나가 나타났다.

"오랜만이구나."

자윤은 키가 작고 마른 여인을 무심한 시선으로 내려다보았다. 어린애처럼 작은 몸집, 쥐가 파먹은 것처럼 짧고 지저분한 더벅머리, 누더기 같은 저고리와 바지. 동냥질하는 거지만도 못한 입성이지만 어엿한 상단의 행수다. 몇 년 전 갑자기 나타난 그녀가 말했다.

내 이름은 마리야. 한 마리, 두 마리 할 때 그 마리.

마리는 각다귀의 6대 행수다. 각다귀는 조선 내 정보를 파는 상단으로 여덟 살부터 열다섯 살까지의 고아로 이루어졌다. 도성 곳곳에 퍼져 있는 각다귀는 아무리 자질구레한 이야기라도 모아서 조장에게 알렸다. 조장이 이야기를 정리해 올리면 행수와 부행수가 쓸 만한 정보만을 취해 정리한 뒤 서고에 보관한다.

각다귀의 존재를 아는 이는 드물었다. 오랜 세월 동안 거래한 소수의 명문가 혹은 부유한 상인만이 그들의 고객이었다. 각다귀의 규칙은 철저한 비밀, 굶지 않는 것과 오래 살아남는 것, 세 가지뿐이었다.

"놀랐어. 날 부르다니."

말을 걸면서도 마리의 시선은 먼 하늘에 박혀 있었다. 그녀는 사람의 얼굴을 보고 말하지 않았다.

"언제까지 각다귀를 붙일 거냐?"

마리는 대꾸 없이 딴 곳만 보았다. 언제부터인지 모르겠지만 집 밖으로 나올 때마다 각다귀가 따라붙었다. 보이진 않았지만 늘 너덧 명의 기척이 느껴졌다. 오늘 억근의 시신을 보러 간 것도 곧장 행수의 귀에 들어갔을 것이다.

"사고 싶은 물건이 있다."

마리가 피식 웃었다.

"나와 거래하고 싶다고?"

"그래."

"혐오하지 않았어? 이 장사?"

"그래, 비웃어라. 나도 너와 거래를 트는 일이 생길 줄 몰랐으니까."

"알고 싶은 게 뭔데?"

"백악산."

"백악산은 거래 안 해."

백악산은 왕실을 가리킨다. 역모에 연루되어 조직이 와해 된 적이 두어 번 있었기 때문에 각다귀는 절대로 왕실 일에 끼어들지 않았다.

"아직 알지 못하는구나. 이번엔 해야 할 거다. 서릿발과 손돌 바람이 필요하다. 시작은 공주의 출궁 이후."

사람을 똑바로 보는 일이 없는 마리가 고개를 들고 눈을 맞췄다. 지금쯤 머릿속으로 온갖 생각이 휘몰아칠 것이다.

"절륜미남이 이렇게까지 말하는 덴 이유가 있을 테지. 알아보고 결정하겠어."

그들은 간다는 말도 없이 돌무더기 뒤로 사라졌다. 자윤은 그들이 사라진 곳을 바라보다 다시 말을 몰았다.

5년 전 도성 밖에서 토막 시신 다섯 구가 잇따라 발견됐다. 범인은 시신을 고문했고 지독히 고통스럽게 가지고 놀다가 죽였다. 놀랍도록 깨끗하고 숙련된 뒤처리에 범인은 오리무중. 한성부에 올라온 검안서를 보고 흥미로워하던 중 판관이 찾아와 도와달라고 부탁했다.

파락호 5인방 살인 사건은 여느 사건과는 달랐다. 연쇄살인이라는 특징도 있었지만 시신을 다루는 수법이 기괴했다. 범인은 목적은 단순했다. 복수. 단순한 원한이 아닌 절절하고 피맺힌 울분이었다.

첫 살인은 차갑고 건조하게 시작됐다. 다음 시신은 섬세하고 잔혹하게 다루었고 그다음엔 광기가 뚝뚝 흘렀으며 이후엔 폭발하는 쾌락과 지극한 만족감을 보이며 죽였다. 범인은 시신과 살해 장소에 수많은 상징을 흩뿌려 놓고 잡을 수 있으면 잡아보라고 조롱했다. 죽음을 두려워하지 않는 자였다.

살인 사건을 조사하던 수안군이 돌연 수사하기를 그만두었다. 흥미를 잃었다고 이유를 댔지만 속사정은 따로 있다는 소문이 삼법사 내부에 돌았다. 파락호 5인방 살인 사건은 절륜미남이 중간에 그만둔 처음이자 마지막 살인 사건이고, 범인을 찾고도 잡지 않은 처음이자 마지막 살인 사건이었다. 그 사건의 범인이 각다귀 행수 마리다.

지금 마리까지 이 사건에 끼어든다면 일이 복잡해지겠지만 언젠가는 알게 될 터, 이쪽에서 주시하는 것을 알면 함부로 움직이지 않을 것이다. 지금은 궐 안에서 무슨 일이 벌어졌는지 알아내는 게 급선무다.

자윤은 생각에 잠긴 채 집으로 말을 몰았다.

8. 위장연애

희락당 가운데 놓인 탁자 세 개와 그 앞에 앉은 열두 명의 사람들. 그들 손엔 투전패가 들렸고 각자 복잡한 표정을 짓고 있었다. 실내는 약간 어둑했고 거슬리지 않을 정도의 가야금 음률과 낮은 속삭임이 오고 갔다. 매캐한 담배 냄새가 공기 속에 떠다니고 여종들은 발뒤꿈치를 들고 술과 다과를 날랐다.

투전하는 자와 그들을 지켜보는 자로 연회장 안이 붐볐다. 소봉은 투전에 끼지 않고 공주가 하는 걸 멀리서 구경했다. 보명이 앉은 탁자엔 전에 마주친 적이 있는 울보 사내와 낯선 남녀가 있었다.

"공주 자가 옆에 앉은 사내는 김 진사라고 합니다. 성균관 유생이시지요."

소봉은 갑자기 들리는 목소리에 고개를 돌렸다. 몸집이 풍만하고 요염하게 생긴 여인네가 싱긋 웃더니 옆에 앉았다.

"신참이라 잘 모르실 거 같아서요. 모르고 보는 것보다 누군지 알고 보면 더 재밌잖아요."

"안 그래도 지루했는데 감사해요. 저는 장소봉이라고 합니다."

"알아요, 단미 아씨. 저는 왕선이라고 해요. 여기선 그냥 왕씨 부인이라고 불러요."

희락회 부인들은 하나같이 도도하고 쌀쌀맞아서 쉽게 말을 걸 수가 없었는데 왕 씨는 싹싹하고 명랑했다. 소봉은 그녀를 통해 투전판에 앉은 사람들이 누군지 들었다.

"요즘 공주 자가께서 총애하는 사람이 바로 김 진사님이시죠. 생김새가 동글동글하고 귀여우셔서 부인들이 눈독 들이는 분이랍니다."

"김 진사님 옆에 계신 분은요?"

"현부인 유 씨입니다. 저분도 단미 아씨처럼 과부랍니다. 희락회 안에서 공주 자가 다음으로 세가 있는 분이지요. 아무리 공주 자가의 눈에 들었어도 저분에게 밉보이면 쫓겨날 겁니다."

소봉은 눈을 빛내며 유 씨를 응시했다. 그녀를 보는 건 처음이지만 이야기는 익히 들었다. 저잣거리에 우스갯소리로 떠도는 이야기가 있는데 조선의 3대 악처 중에 화양궁 보명공주와 현부인 유 씨가 있다고 했다. 둘 다 남편을 독살한 것으로 의심받는 여인들이다. 마지막 한 사람은 백악산 서릿발이라 부르는 대비다.

소문난 악처 두 명이 한 곳에 있다니, 재밌는걸.

"현부인 옆에 계신 분은 누구셔요?"

소봉이 인상을 쓰며 곰방대를 빨고 있는 남자를 가리켰다.

"저분은 호조판서 김응 대감입니다. 오늘 밤의 호구지요. 보아하니 공주 자가께 와가 몇 채는 잃으신 듯합니다."

"네? 와가를 몇 채씩이나요?"

"놀랄 것 없어요. 화양궁 도박판엔 와가 수십 채와 땅 수만 마지기가 판돈으로 오간답니다."

"그 큰돈을 잃다니, 저분 괜찮으실까요?"

"걱정 마세요. 다시 따게 될 테니. 공주 자가의 놀라운 재능이시죠. 하룻밤에 극락과 지옥을 무수히 오가게 하는 것. 그러니 사내들이 화양궁에 들어오면 헤어나지 못하는 거랍니다."

소봉은 탁자마다 벌어지는 신경전과 사람들의 표정을 관찰했다. 왕 씨 말대로 호조판서는 다시 돈을 따기 시작했고 몇몇은 거액을 잃고 낙심하며 술을 마셔댔다.

"왕씨 부인께서는 왜 투전을 하지 않으세요?"

"주제를 알기 때문이죠. 저는 머리가 나빠서 저런 거 못 해요. 그 대신 돌아가는 사정을 관찰하고 예측하는 걸 즐기죠. 집에서 사내 구실 못하는 남편 등 긁어주는 것보단 이편이 훨씬 재밌답니다. 아! 제 남편은 동궁전 내시예요. 저도 과부나 마찬가지죠."

왕 씨가 키득거리면서 웃자 소봉도 따라 웃었다. 재밌는 여인이다.

"돈을 다 잃으면 어떻게 해요? 희락회에서 쫓겨나요?"

소봉의 질문에 왕 씨가 희락당 구석진 곳을 가리켰다. 그곳엔 무명 도포를 입은 사내가 두 손을 모으고 서 있었다.

"저자에게 빌리죠. 저자는 희락회 회원이 아니라 식리인殖利人이랍니다."

"식리인이라면 사채꾼이요? 그런 자가 이곳까지 들어온다고요?"

그때였다. 갑자기 뒤에서 사내 목소리가 끼어들었다.

"노름에 돈을 탕진한 양반들이 저자에게 고리로 돈을 빌리지. 저자는 그 이자를 화양궁과 나눠 갖고, 전 재산을 잃은 자들은 목을 매고."

소봉은 갑작스러운 수안군의 등장에 화들짝 놀랐다. 볼 때마다 적응 안 되게 잘생긴 얼굴이다.

"오필상은 한양에서 가장 악랄하고 비천한 자요. 재산의 절반은 이곳 에서 거둬들인 거겠지. 이제 내가 여기서 도망치라고 한 이유를 알겠소?"

수안군이 말도 없이 옆자리에 앉자 소봉과 왕 씨의 눈이 동그래졌다.

아니, 다짜고짜 합석을? 왜 갑자기 친한 척이지?

"그렇게 잘 아시는 분이 여긴 또 왜 오셨어요? 제게 면박 주고 싶어서 온 건 아닐 테고."

소봉이 툴툴거리자 왕씨가 나섰다.

"수안군 대감! 살인 사건을 조사하러 오신 거죠? 저 절륜둥이요!"

"어머! 왕씨 부인도요? 저도 절륜둥이요! 다섯 권 다 읽었어요."

"어머나! 정말요?"

손을 붙잡고 좋아하는 여인 둘을 한심하게 보며 수안군이 말했다.

"부인, 오필상에 대해 아는 대로 말해보시오."

왕 씨가 헤벌쭉 웃으며 말했다.

"별명이 흰족제비죠. 오래전부터 공주 자가와 아는 사이라고 합니다. 화양궁을 처음 지을 때부터 드나들었다고 하니 그 이전이겠지요? 마흔 이라는데 아직 혼인을 안 했답니다. 검계를 끼고 장리長利를 놓는데 돈을 갚지 못하면 귀천 구분 없이 계집은 팔고 사내는 창자를 구워 먹는답니 다. 조선 땅에 흰족제비 돈을 떼먹는 인간은 없대요."

저런 자가 화양궁에 드나든다니. 공주가 도박장을 열고 돈을 벌고 있었다니. 소봉은 적잖이 충격을 받았다.

"저 김 진사라는 자의 이름을 아시오?"

왕 씨는 수안군의 말에 골몰히 생각하다가 말했다.

"들었는데 기억이 안 나네요. 김…… 홍…… 뭐였는데."

순식간에 수안군의 표정이 딱딱하게 굳었다. 이름을 다 듣지 않았지만 누군지 아는 눈치였다.

밤이 깊어도 투전은 계속됐다. 돈을 잃은 자들 몇몇이 탁자를 떠나긴 했지만 순서를 기다리던 사람으로 다시 채워졌다. 소봉은 왕 씨와 술을 마시며 회원의 은밀하고 우스꽝스러운 이야기를 나누었고 수안군은 보명이 앉은 탁자만 노려보고 있었다.

"곧 인경人定*이 울리겠네요. 난 이만 가봐야 해요. 우리 영감이 외박하는 걸 싫어해서. 단미 아씨는 자고 갈 건가요?"

"저도 이제 일어나야 해요."

왕 씨를 배웅하고 소봉도 화양궁을 나섰다. 개금과 종복 금쇠가 조족등을 들고 앞서 걷는 동안 소봉은 달구경을 하며 느리게 따라갔다. 그때 뒤쪽에서 말발굽 소리가 났다.

"밤길이 위험하니 나도 동행하겠소."

말에서 훌쩍 뛰어내린 수안군이 옆에 섰다. 소봉은 갑작스러운 행동에 괜히 설레면서도 무슨 이유로 이러는지 궁금했다.

"눈치 없이 치근덕거리고 머리 빈 여인을 혐오한다고 하지 않으셨나

---

* 조선 시대에, 통행금지를 알리거나 해제하기 위하여 치던 종.

요?"

"그날은 언행이 과했소."

"과했다? 고작 그게 다예요?"

"부인의 언행도 듣기 좋았던 건 아니오."

"흥, 사과할 것도 아니면서 왜 따라온 거예요?"

"별채에서 불에 탄 개가 발견됐다고 들었소. 왜 숨겼소?"

그건 또 언제 알아냈대?

소봉이 샐쭉하게 대답했다.

"알려져서 좋을 게 없으니까요."

"누구에게?"

소봉은 돌아서서 그와 시선을 맞췄다. 차분하면서도 예리한 눈빛이 어둠 속에서 그녀를 내려다보고 있었다.

"날 죽인다고 하던가?"

눈치가 귀신이네.

"비슷해요."

"근데 내게 경고하지 않았고?"

"절륜미남은 그런 거 상관하지 않잖아요. 정말로 희락회 안에 범인이 있어요?"

"절륜미남은 허구요. 나와는 상관없소."

"연살범을 잡은 건 사실이잖아요."

"진실은 그것뿐이오."

"아직 제 질문에 답하지 않으셨어요."

"나도 모르오. 조사해야지. 부탁 하나 합시다."

"부탁?"

그러면 그렇지. 꿍꿍이가 있어서 따라온 거구나?

수안군이 멈춰 섰다. 그는 앞서가는 개금과 금쇠와의 거리가 꽤 벌어지고 나서야 입을 열었다.

"부인이 내 귀가 되어줬으면 하오."

"귀?"

"화양궁에서 무슨 일이 벌어지는지 말해주시오. 특히 보명 주위에."

"간자間者가 되라는 말씀?"

"그냥 보고 들은 것을 말해주면 되오."

"그게 그 소리죠."

별채가 불탄 밤 보명공주가 말했다.

수안군이 네게 접근할 거야. 내 옆에서 보고 들은 걸 전해달라고. 그러면 하겠다고 해.

왜요?

이곳에서 살아남아야 하니까. 네가 도와줘.

무슨 뜻이냐고 물어도 공주는 대답해주지 않았다. 보명공주와 수안군의 속내를 모르겠다. 정말로 화양궁에 범인이 있는 걸까? 두 사람을 협박하는 자는 누굴까? 공주의 곁에는 적이 너무 많다.

소봉은 대답 대신 그의 얼굴을 빤히 보았다.

이 남자를 도우면 《절륜미남사건해결기》 속 등장인물이 되는 거야. 역사에 남을 잔혹한 사건을 같이 해결하는 거라고! 거상 장종훈의 딸, 까

• 한 국가나 단체의 비밀이나 상황을 몰래 알아내어 경쟁 또는 대립 관계에 있는 국가나 단체에 제공하는 사람.

막과부 단미 아씨가 아니라 장소봉으로 뭔가 해내는 거야.

그의 이야기를 듣자마자 심장이 쿵쾅거렸다. 두 사람 다 장소봉이 기꺼이 허락할 거라고, 신나서 사건 속을 헤집고 다닐 걸 알면서 부탁했을 것이다.

"좋아요. 절륜미남의 귀가 되어보죠. 대신 제가 원하는 걸 하나 들어주셔야 해요."

소봉은 수안군에게 의미심장하게 웃어 보였다. 제안을 들은 그는 경악했다.

"연애를 하자고?"

"진짜 하자는 건 아니고 홀딱 빠진 척만 해요."

수안군의 표정이 볼만했다.

"내가 왜 그래야 하는 거요?"

"같이 하룻밤까지 보냈는데 아무 일 없으면 사람들이 날 뭐로 보겠어요? 예쁘장한데 매력이 없나 보다 할 거 아니에요?"

"그래서?"

"내게 흠뻑 빠진 척하라는 거죠. 그거면 돼요."

"없었던 일로 합시다. 난 이만 가보겠소."

소봉이 뒤돌아가려는 그를 황급히 붙잡았다.

"빠진 척만 하라는 건데 싫어요? 범인을 잡아야죠. 나같이 눈치 빠르고 똑똑한 여자를 구할 수 있을 거 같아요?"

수안군은 침묵했고 소봉은 의기양양해졌다.

"수안군 성정을 고려해줄 터이니 겁먹지 마세요. 말은 내가 다 할 테니까 옆에 서 있기만 하라고요."

"무슨 말을 할 줄 알고?"

"나 못 믿어요?"

"왜 믿겠소?"

"믿지도 못할 여자에게 부탁은 왜 해요?"

"첫째는 보명이 가까이에 두기 때문이고, 둘째는 겁이 없어 보여서."

"잘 파악했네요. 후회하지 않게 해줄게요. 재밌겠다. 막 흥분돼요!"

"이상한 짓은 절대로 하지 마시오."

"안 해요. 연애하는 척만 하는 거라니까요."

소봉은 호언장담하면서 속으로 음흉하게 웃었다.

어떤 짓으로 쌀쌀맞은 절륜미남을 놀래줄까? 이상한 짓을 하고 싶어서 좀이 쑤시네. 잔뜩 골려줘야지.

소봉은 홍홍홍 웃으며 가볍게 걸었다.

* * *

포구락抛毬樂은 무희가 편을 갈라 포구문抛毬門의 구멍에 공을 던져 넣는 놀이춤이다. 궁중에서만 볼 수 있는 진귀한 놀이춤이지만 보명공주는 이따금 장악원에 청을 넣어 포구락을 즐겼다.

희락당 한가운데에 용과 봉황이 그려진 포구문을 세워놓고 뒤편에는 여덟 명의 악사가 자리를 잡고 앉았다. 무희는 모두 열 명. 죽간자를 든 무희가 선두에 서서 이끌고 꽃을 든 기녀와 붓을 든 기녀가 좌우에 선다. 여섯 명의 무희가 세 명씩 편을 나눠 춤을 추며 구멍으로 공을 넣는다.

소봉은 궁중정재를 볼 생각에 잔뜩 흥분해 앞쪽에 자리를 잡고 앉았다. 그녀의 옆에는 어느새 단짝이 된 왕선이 앉았다.

"우아! 웬일로 홍난봉이 왔네요."

"홍난봉?"

왕선이 가리키는 방향을 보니 보명공주 옆에 하관이 얄팍한 중년 사내가 앉아 있었다.

"좌의정 대감 막내아들인데 소문난 난봉꾼이라 홍난봉이라고 부르지요."

왕선이 낮게 속삭이자 소봉이 쿡쿡 웃었다.

"얼마나 허랑방탕하길래 그런 별호가?"

"성질이 말도 못 하게 포악하답니다. 술 먹으면 개새끼가 된다니까요."

왕선은 전에 당한 적이 있는 듯 몸서리를 치며 흘겨보았다.

"그저 그런 관직에 인물도 없으면서 홍인 아비와 대비마마 믿고 그러는 것이지요. 공주 자가는 왜 저런 자를 희락회에 들이셨는지."

포구락 구경 때문인지 희락당이 꽉 들어찼다. 왕선의 말로는 희락회 회원은 모두 참석한 모양이라고 했다.

한 사람이 안 온 것 같은데…….

소봉은 수안군을 찾으며 주위를 두리번거렸다. 때마침 열린 문으로 들어오는 수안군이 보였다. 늘 그랬듯 단정하면서도 아름다운 미모에 연회장 안이 일순간 밝아지는 착각이 들었다.

"여기!"

소봉은 벌떡 일어나 수안군을 향해 손을 흔들었다. 소봉의 행동에 주위에 있던 사람들의 시선이 일제히 쏠렸다. 분명히 봤으면서도 못 본 척 구석진 곳으로 가는 수안군을 향해 소봉이 소리쳤다.

"낭군님! 여기 자리 맡아놨어요!"

순간 주위 말소리가 뚝 끊겼다. 그리고 여자 남자 할 것 없이 놀라는 얼굴로 소봉과 수안군을 번갈아 가며 쳐다봤다. 구석으로 가려던 수안군이 마지못해 다가왔다.

"낭군님? 둘이 사귀어요? 벌써?"

왕선이 놀란 얼굴로 묻자 소봉은 빙긋이 웃기만 했다. 수안군이 억지로 끌려온 표정으로 소봉의 옆자리에 앉았다.

"늦지 않게 오셨네요."

"오라고 하지 않았소."

"보고 싶었어요, 낭군님."

소봉이 말할 때마다 주위가 나직이 술렁거렸다. 수안군이 미간을 찡그리며 속삭였다.

"망할 낭군님 소린 빼시오."

"왜요, 정인끼리 부르는 다정한 호칭인데. 수안군도 낭자라고 부르시든가요."

"미쳤소?"

"낭자 소리 한 번 못 듣고 과부가 돼서 한이 맺혀 그래요. 한번 해봐요."

"자꾸 그러면 가겠소."

"돈 드는 것도 아닌데 해주면 어때서. 쌀쌀맞기는."

소봉과 수안군이 목소리를 낮추고 티격태격할 때였다.

악사가 곡을 시작하자 화려한 옷을 차려입은 무희들이 포구문 주위를 돌며 춤을 추었다. 무희가 색실로 장식한 채구彩毬를 풍류안風流眼이라고 부르는 구멍에 넣으면 상으로 꽃을 받고 넣지 못하면 벌로 얼굴에 묵점이 찍힌다.

여섯 명의 무희가 한 번씩 채구를 던졌지만 모두 다 넣지 못하고 얼굴에 검은 점이 생겼다. 관객이 보며 즐거워할 때였다. 상석에 앉은 홍난봉이 갑자기 일어나서 소리쳤다.

"이년들아! 어찌 한 번을 못 넣느냐!"

그는 술에 취했는지 얼굴이 벌겋고 목소리가 격앙된 상태였다. 무희들이 한 번 더 채구를 던졌지만, 면박 때문인지 표정과 몸짓이 경직되어 있었다. 두 번째도 공 넣기에 실패하자 홍난봉이 중앙에 난입해 봉필奉筆 기생이 든 붓을 뺏어 들었다.

"이리 내놔! 내가 대신 칠할 터이니. 이년아! 그깟 구멍에 공 넣는 것이 무에 그리 힘든 일이라고 그것을 못 하느냐, 엉?"

홍난봉은 붓으로 무희의 얼굴을 온통 검게 칠했다. 예쁜 옷에 먹물이 튀고 얼굴이 엉망이 되자 무희들은 금방이라도 울음을 터트릴 것 같았다. 화기애애했던 연회는 삽시간에 싸늘해졌다. 모두가 홍난봉을 노려보면서도 말리지 못했다.

"이런 못난 년! 너도 못 넣었어? 밥 먹고 춤만 추는 기생년들이 그거 하나를 못 해? 이리 와라! 얼굴을 알아보지 못하게 까맣게 칠해줄 터이니."

난봉꾼이 술에 취해 행패를 부리는 것을 보는 소봉은 속이 부글부글 끓었다. 저들은 소봉이 아는 이들이고 단미 단골이다. 장악원에 소속된 예인에게 말끝마다 이년 저년 붙여가며 모욕하다니. 다들 지켜만 보고 홍난봉을 말리지 않는 것에 화딱지가 난다. 소봉이 일어나려고 하자 옆에 앉은 수안군이 손목을 붙들었다. 소봉은 그 손을 뿌리치고 일어섰다.

"그리 답답하시면 직접 넣어보세요."

"뭐어?"

홍난봉이 불쾌하게 젖은 얼굴로 소봉 쪽을 보았다. 음률이 뚝 끊기고 모두가 소봉을 응시했다.

"공을 못 넣는다고 자꾸 타박하시니 본인이 직접 넣어서 본을 보이시면 될 게 아닙니까?"

"지금 사내 보고 천한 계집들 춤을 추라는 거야? 내가 누군지 알고 혓바닥을 함부로 놀려?"

홍난봉이 눈을 무섭게 치뜨며 다가올 때였다. 보명공주가 자리에서 일어났다.

"생각해보니 재밌겠군요. 우리 모두 편을 갈라 공 넣기를 해볼까요? 남녀 짝을 지을까요, 아니면 남자와 여자의 대결로 갈까요?"

공주의 말에 홍난봉의 표정이 조금 누그러졌다. 이에 공주 옆에 앉은 유씨 부인이 나섰다.

"남녀가 짝을 지어 넣는 것이 어때요?"

"좋아요. 오늘 포구락에서 이긴 편은 환희에서 선을 잡게 해드리지요."

그 말에 좌중에서 부러움 섞인 감탄이 터져 나왔다. 환희? 선? 소봉이 왕선에게 물으려고 했으나 공주가 말을 계속 이었다.

"저는 홍 주부와 짝을 지을 터이니 자원하실 분?"

뭔지 모르지만 좋은 거 같은데 자원하는 사람이 없다. 다들 눈치만 볼 때였다. 소봉이 옆에 있던 수안군의 오른팔을 번쩍 들었다.

"저와 수안군 대감이 나가겠습니다."

수안군이 눈을 부릅뜨며 소봉을 노려보았다. 소봉이 그의 귀에다가 속삭였다.

"사귀는 척하기로 했잖아요."

"옆에 앉아 있기만 하라고 했잖소."

"엉덩이 아프게 어떻게 앉아만 있어요, 좀 움직여보세요."

"계속 이런 식이면 가겠소."

"사내가 겨우 이거 가지고 약속을 깰 거예요?"

두 사람이 실랑이하는 동안 유씨 부인과 김 진사, 왕선과 그녀가 요즘 공들이는 승정원 좌랑 김시덕이 앞으로 나왔다.

"좋아요, 그럼 시작하죠."

보명공주가 악사들에게 손짓했다. 음악이 다시 울려 퍼지고 보명과 홍난봉, 김 진사와 유씨 부인이 편을 먹고 왕선과 김시덕, 소봉과 수안군이 한편이 되었다. 하지만 수안군은 자리에 앉아 나오지 않았다.

보명공주가 음악에 맞춰 살랑살랑 움직이다가 손에 든 공을 포구문으로 던졌다. 공이 들어가지 않자 좌중에서 웃음이 터졌다. 공주가 다가가니 봉필이 붓으로 공주의 볼에 점을 찍었다. 또다시 웃음이 터졌다.

이번엔 왕선 차례다. 왕선은 잔뜩 흥을 타가지고 무희 못지않은 춤을 추다가 공을 던졌다. 공이 멋들어지게 안으로 들어가자 박수가 터져 나왔다. 왕선은 흥겹게 춤을 추며 봉화奉花 기생에게 꽃을 받았다.

유씨 부인이 공을 넣고 김 진사와 홍난봉은 공을 넣지 못했다. 소봉과 김 좌랑이 공을 넣지 못하자 모두의 시선이 수안군에게 쏠렸다.

"낭군님 어서 나와보셔요!"

소봉의 말에 수안군이 미간이 꿈틀거렸다. 그는 사람들의 시선을 받으며 포구문 앞에 섰다. 소봉이 건넨 공을 받은 그가 포구문을 향해 공을 던지자 공이 들어갔다. 박수가 터져 나오고 소봉이 좋아서 팔짝팔짝 뛰었다.

"이긴 분들은 오늘 밤 환희에서 뵙지요. 기대해주세요. 무척이나 즐거울 것입니다."

공주의 말에 사람들의 시선이 승자들에게 쏠렸다. 부러우면서도 걱정 가득한 시선. 그때 유씨 부인이 소봉에게 다가와 말했다.

"조심해요. 환희 반대편엔 고통으로 통하는 문이 있으니까."

입은 웃고 있지만 눈매는 한없이 차가운 여자였다. 보명공주의 총애가 소봉에게로 향하자 심기가 무척이나 불편하다고 왕선이 귀띔해준 적이 있었다. 하지만 그러거나 말거나 지금 소봉이 가장 궁금한 것은 도대체 환희가 무엇이냐 하는 것이다.

"그래서 환희가 무엇이오?"

수안군이 왕선과 수다를 떨고 돌아온 소봉에게 물었다.

"뱀주사위랍니다."

"뱀주사위?"

"승경도 놀이 같은 것인데, 주사위를 던져서 제일 먼저 도착하는 사람이 이기는 거죠. 놀이에서 이기면 상금이 무려 와가 세 채랍니다. 대단하지 않아요?"

소봉은 무표정한 수안군의 얼굴을 보고 김샌 표정을 지었다.

"근데 중간에 뱀탕에 걸리면 쭉 미끄러져서 아래로 곤두박질친답니다. 그러다가 잘못 걸리면 어디로 가는 줄 아십니까? 고통이라고 불리는 방으로 간답니다."

"거긴 또 뭐요?"

"뱀탕에 걸리거나 노름하다가 속이거나 희락회에서 분란 일으킬 때 가는 곳이라는데, 무시무시한 벌칙이 있대요. 그래서 사람들이 자원을 안한 거였어요. 어쩐지…… 이제 어떻게 하죠?"

"보명이 오라 했으니 가봐야지. 갑시다."

"근데 나 정말 쓸모 있죠? 같은 편 되길 잘했죠?"

"우린 같은 편이 아니오."

"같이 움직이면 같은 편이죠! 그렇게 삐딱하게 나가면 뭔가 있어 보일까 봐 그래요?"

소봉이 앞서 걷는 수안군을 뒤를 종종 쫓아갈 때였다. 뒤쪽 기둥에서 그림자 하나가 조용히 움직였다. 그림자는 복도를 지나 후원으로 통하는 문으로 사라졌다.

문 앞에 환희라는 글자 두 개가 새겨진 방은 희락당 연회장보다 작고 어두웠다.

커다란 탁자에 여덟 명의 남녀가 앉고 나머지 수십 명은 구경꾼이 되어 그들을 지켜보았다.

"선이 먼저 던지세요."

보명의 말에 소봉이 주사위를 던졌다. 주사위는 '사四'가 나왔고 말이 움직였다. 선 네 명이 먼저 주사위를 던지고 나머지가 다음으로 주사위를 던지는 식이다. 말을 잡으면 한 번 더 던질 수 있다. 가장 먼저 질주한 것은 소봉이었다. 하지만 기세등등하던 소봉은 뱀탕에 빠져서 단번에 가장 아래 칸으로 추락했다.

"으악! 내 와가 세 채!"

소봉이 괴로워하는 동안 가장 앞서가는 이는 수안군, 그다음이 홍난봉이었다. 수안군이 주사위를 던졌을 때였다. 수안군 또한 뱀탕에 걸리자 홍난봉이 벌떡 일어나 소릴 질렀다.

"크아아악! 됐어! 내가 선두야!"

눈을 희번덕거리며 말판을 읽던 그는 뒤이어 따라오던 왕선과 보명의 말을 잡고 앞으로 쭉쭉 나갔다. 그가 가장 꼭대기 마지막 줄에 다다랐을 때였다. 주사위를 던지자 '일—'이 나오고 말이 뱀탕으로 떨어졌다. 홍난봉의 말이 뱀 꼬리를 따라 미끄러진 곳은 말판의 가장 아래 '고통苦痛'이라고 쓰인 곳이었다.

"아아아악! 안 돼!"

홍난봉은 진짜 뱀 우리라도 떨어진 것처럼 고통스럽게 비명을 질러댔다. '삼三'이상만 나왔다면 도성에 있는 와가 세 채를 받았을 터였다.

"이런 법이 어딨어! 거의 다 왔는데!"

그는 탁자를 엎더니 마구 화를 냈다.

"누가 이따위 놀이를 만들어낸 거야! 너지! 네가 희롱 삼아 만든 거지? 돈 있는 놈들을 모아다가 노름하게 만들고 가진 돈을 빨아먹으려고! 이 사악한 년!"

홍난봉이 보명에게 달려들자 수리개가 나타나 검집으로 그의 어깨를 내리쳤다. 호되게 맞고 쓰러진 홍난봉이 다시 일어나서 달려들었지만 수리개의 발길질에 저만치 나가떨어졌다.

모든 상황을 지켜보는 좌중의 공기가 차갑게 얼었다. 그때 미소를 지으며 쳐다보던 보명공주가 관객 쪽으로 돌아보며 말했다.

"착각이죠. 자기가 대단한 인간이라고, 손만 뻗으면 재물을 가질 수 있다고 믿는 어리석음. 인간은 피와 살덩이로 이루어진 나약한 동물이에요. 운이 좋아 사대부 집에서 나기도 하고 왕가에서 나기도 하고, 그러다가 뱀 소굴로 떨어지기도 하죠. 인생은 운입니다. 받아들여야 해요. 받아들이지 못한다면, 고통뿐이죠."

웃는 보명공주의 얼굴은 아름답지만 시리도록 차가웠다.

"여러분 이제 고통의 방으로 가시죠. 무슨 일이 벌어질지 기대되네요."

공주의 말이 끝나자마자 수리개가 축 늘어진 홍난봉을 끌고 뒷문으로 사라졌다.

고통

붉은색으로 쓴 글자 아래에 난 문으로 사람들이 들어갔다. 넓은 방에는 항아리 수십 개가 있었다. 사람만 한 것도 있고 작은 것도 있고 크기가 모두 달랐다.

항아리들 가운데에 피가 흐르는 코를 움켜쥔 홍난봉이 서 있었다. 관객 속에 선 보명공주가 말했다.

"항아리 안에는 막대한 금도 있고 은도 있습니다. 값비싼 보석과 비단도 있죠. 하지만 다른 것도 있습니다. 날카로운 칼날, 굶주린 살쾡이, 똥과 오줌, 구더기, 말벌, 썩은 음식. 자신의 운이 어디까지인지 다시 한번 시험해보지 않으시겠습니까?"

홍난봉은 소매로 흐르는 피를 쓱 닦고 낮게 욕설을 중얼거렸다.

"감히 내게 이런 짓을 해? 네가 아무리 공주라지만 내 아버지가 좌의정이다. 대비마마가 내 고모님이란 말이다. 그런데 날 이리 하대해?"

"하시겠습니까? 아니면 포기하고 한 푼도 못 챙긴 채 희락회에서 쫓겨나시겠습니까?"

공주의 말에 홍난봉은 망설이며 주위를 보았다. 제각기 다른 크기의 항아리를 보는 그의 눈빛이 두려움과 욕망으로 흔들렸다.

"네 꼬임에 여기에 와서 노름에 가산을 탕진했다. 이제 더는 잃을 게 없어. 니미럴, 마지막으로 운을 걸어보지."

홍난봉은 주위를 휘휘 둘러보다가 중간 크기의 항아리 앞으로 갔다. 그는 긴장된 숨을 꿀꺽 삼킨 후 항아리 뚜껑을 열었다.

순간 정적이 고통의 방에 흘렀다.

"뭐지?"

"뭐가 나왔소?"

지켜보던 몇몇 사내가 물었다. 그때 홍난봉이 모두가 깜짝 놀랄 만큼 우렁차게 고함을 질렀다.

"으아아아악!"

그는 항아리 안으로 두 손을 집어넣고 은자를 한 움큼 집어 들었다.

"으, 으, 은자야! 은이 나왔다고! 히이이익!"

홍난봉이라 불리는 홍병호는 고통의 방에서 딴 은자를 가지고 희락당 투전판으로 갔다. 그는 하룻밤 만에 은자를 다 잃고 날이 밝자 화양궁에서 쫓겨났다. 집으로 돌아간 그는 하인에게 깨우지 말라고 한 뒤 사랑방에서 목을 매고 죽었다. 그리고 저녁이 되기도 전에 보명공주가 그를 끌어들여 죽였다는 소문이 저잣거리에 퍼졌다.

9. 월야암행

자윤이 화양궁을 나와 솔내골로 향할 때였다. 서낭당 뒤에서 각다귀 행수 마리가 튀어나왔다. 그녀는 지난번 보았던 때보다 훨씬 마르고 작아져 있었다.

"그자가 도성에 온 것을 알아냈구나."

그녀는 대꾸 없이 뒤쪽을 향해 손짓했다. 나무 뒤에 숨어 있던 각다귀가 나타나 품에 있던 서신을 꺼내 자윤에게 내밀었다. 두루마리 무게가 제법 묵직했다.

"남은 대금은 상단으로 보내주마."

볼일이 다 끝났는데도 마리는 자리를 뜨지 않았다. 전할 말이 있는 듯했다.

"그 목, 잘 지켜. 네가 죽으면 안 되니까."

의미심장한 말이었다. 자윤 또한 비슷한 말을 돌려주었다.

"그자에게 접근하지 마라."

"지금 남 걱정할 때가 아니야."

그 말만 남기고 마리는 서낭당 뒤 밀려오는 땅거미 속으로 사라졌다.

솔내골에 도착하자 행랑아범과 그의 아들 길수가 말을 돌보고 짐을 정리하느라 부산을 떨고 있었다. 지하 수장고는 평소처럼 깨끗하고 가지런히 정돈되어 있었다. 자윤은 탁자 앞에 서서 각다귀에게 받은 두루마리 두 개를 꺼냈다. 하나는 자경전 서릿발, 다른 하나는 대조전 손돌바람이라고 쓰여 있었다.

각다귀는 도성 곳곳에 숨어 있다가 궐에 사는 궁인과 액정서掖庭署• 별감, 금군禁軍••과 어울리는 기생 등 수백, 수천의 사람들의 이야기를 주워담아 글로 남겼다. 시답지 않은 소문이라도 각다귀에겐 큰 자산인 셈이다. 물론 어중이떠중이가 옮긴 말을 곧이곧대로 신뢰할 수는 없다. 하지만 작은 조각들을 모으다 보면 전체가 보일 때도 있는 법이다.

자윤은 의자를 끌어다가 앉고 첫 번째 두루마리를 펼쳤다. 주문 대로 공주의 혼인 이후 대비전 움직임이 정갈한 언문 서체로 빼곡하게 채워져 있었다. 그는 날짜와 짧은 문장으로 이루어진 기록을 읽어 내려갔다.

혼인하여 출궁한 공주가 한 번도 문안 인사를 오지 않았다고 욕을 하셨다.

주상이 붕어崩御하셨을 적에 희정당을 향해 침을 세 번 뱉고 웃었다는 소문이 돌았다.

지밀상궁이 희정당 아궁이 속을 긁어서 궁 밖에 버렸다.

• 조선 시대 내시부에 속하여 왕명의 전달 및 안내, 궁궐 관리를 맡아보던 관아.
•• 궁중을 지키고 임금을 호위·경비하던 친위병.

어명으로 공주에게 비단과 은자를 내리자 문안 인사를 온 양전兩殿˙께 호통을 치셨다.

잠을 주무시지 못하는 날이 부쩍 늘었는데 악몽을 꾸시는 날엔 어린 나인을 불러다 손찌검을 하셨다.

귀선이라는 사람을 찾으며 김 내관의 뺨을 후려치셨다.

꿈에 금성위가 나타났다며 대성통곡하신 뒤 봉원사 주지를 불러 불공을 드리셨다.

대비전에 드나드는 이는 친정 일가뿐이다.

불필요한 부분을 건너뛰며 읽는데도 양이 상당했다. 꾸역꾸역 읽다 보니 어느덧 송준길이 죽은 날이었다.

청룡사 무연이 2월 17일 입궁하여 19일에 돌아갔다.

승려가 이틀이나 자경전에 머물며 무엇을 한 것인가. 청룡사라면 과거 정업원淨業院으로 불린 절로 여승방이다. 조선조 초기부터 왕가의 여인이 출가하여 머물던 절이라 왕실과 인연이 깊다. 대비의 불심이 깊으니 비구니를 들였다고 이상할 건 없으나 뭔가 의심쩍다.

손돌바람의 두루마리는 서릿발보다 가벼웠다. 그만큼 중궁전 나인의 입이 무겁다는 뜻일 것이다.

대비마마께서 부르셨으나 가지 않으셨다. 이 일로 양전께서 크게 싸우셨다.

황화방 대감이 입궁하셔서 나인을 물리고 긴 이야기를 나누셨다.

어의가 아니라 사가의 의원을 궁에 들이셨다.

˙ 임금과 왕비를 아울러 이르는 말.

출궁한 상궁 옥금을 찾으라고 명하셔서 성 밖을 뒤졌으나 소득이 없었다.

중궁전 나인이 졸다가 불을 내서 큰 곤욕을 치렀다.

상촉尙燭 허희가 중궁전에서 유달리 초와 숯을 많이 쓴다며 강 상궁과 실랑이를 했다.

황화방은 영의정과 직제학이 사는 곳이다. 날짜를 살펴보면 직제학은 살해당하기 전날까지 중궁전에 들었고 죽은 이후에는 직제학의 처가 매일 입궁했다. 혈육이 죽었는데 괴이하리만치 조용하다.

자윤은 서신을 두 번 더 정독한 뒤 화로에 태웠다. 불꽃과 재가 된 종이를 보는 그의 눈빛이 어둡게 그늘졌다.

* * *

벚꽃이 지고 있었다. 눈이 내리는 것처럼 꽃잎이 흩날리는 뜰에서 차 모임이 열렸다. 화단 가까이에 화문석을 깔고 차양을 치고 기생과 악공을 불렀다. 꽃잎으로 옷을 지어 입은 듯 고운 비단을 걸친 10여 명의 사족이 찻상을 사이에 두고 이야기를 나누었다.

그들과 조금 떨어진 곳에 보명공주와 김 진사, 장소봉과 수안군이 함께했다. 기생의 청아한 목소리와 가야금 가락 덕분에 어색함은 덜했지만 각자 딴생각에 사로잡힌 듯 표정이 달랐다. 그들 중 이야기를 나누는 건 김 진사와 소봉이었다.

"사신단을 구경하러 나섰다가 비를 만났지요. 남의 집 처마 밑에서 비를 피하는데 태어나 처음 보는 미남자가 거기 있었습니다. 첫눈에 남장한 여인임을 알아보았지요."

"첫눈에 반하셨어요?"

소봉의 질문에 그가 얼굴을 붉히며 고개를 끄덕였다.

"비를 피하다 만난 인연이라니, 연애소설 같아요."

자리에 앉은 이후로 묵묵히 차만 마시던 수안군이 무심히 중얼거렸다.

"처음 본 게 아니었을 텐데."

김 진사가 의아하게 보며 되물었다.

"무슨 말씀이신지?"

산들바람이 불자 화문석에 떨어진 꽃잎들이 한쪽으로 쓸려갔다. 질문은 받은 이는 금세 입을 열지 않았다. 희고 가는 손가락으로 유백색 찻잔을 잡고 천천히 차 맛을 음미할 뿐이다.

"그전에 만나지 않았소. 보명이 혼인할 때."

수안군이 시선을 들어 김 진사를 똑바로 보았다. 공주의 표정이 눈에 띄게 굳고 수안군의 입가에 조소가 떠올랐다. 당황한 표정으로 말을 잇지 못하던 김 진사가 겨우 입을 뗐다.

"그, 그렇지요. 멀리서 잠깐 뵀습니다."

"부친은 무고하시오?"

얼굴이 붉어지다 못해 흙빛이 된 김 진사가 보명공주를 한번 흘끔 보고 말했다.

"예, 고향에서 요양하시다가 잠시 도성에 와 계십니다."

"금성위가 그렇게 간 지 몇 년이나 되었소?"

"7년쯤 되었습니다."

"형수와 이러고 다니는 거, 집에서 알고 있소?"

소봉의 눈과 입이 크게 벌어졌다. 소봉이 잔을 든 채 망부석이 된 동안 김 진사가 금방이라도 울 것 같은 표정으로 말했다.

"제가 누군지 알고 계시는지 몰랐습니다. 부끄럽습니다. 비난하셔도 달게 받겠습니다."

"비난하고픈 생각은 없소. 다만 이해가 안 되는군. 그 집에선 철천지 원수로 여기고 있지 않소? 아무리 이복형제여도 원망하는 마음이 있을 텐데."

김 진사는 죄인처럼 고개를 떨어뜨리고 어깨를 옹송그렸다.

"저도 처음엔 그랬습니다. 하지만 사실이 아니란 걸 아니까……."

"저잣거리에서 비를 피하다 만난 게 가을쯤이고 화양궁에 드나든 건 입춘을 막 넘겨서라고 했소?"

"예. 그렇습니다."

"금사작을 좋아하시오? 거문고를 좀 탄다고 하던데……. 사슴은 어떻소?"

"오라버니!"

보명이 무서운 얼굴로 말했다. 김 진사가 영문을 모르겠다는 표정으로 공주와 수안군을 번갈아 보았다.

"갑자기 무슨 말씀이신지……."

"화양궁에서 변고가 일어난 걸 모르시오?"

"변고요? 무슨 변고요?"

김 진사는 정말로 아무것도 모른다는 얼굴로 순진하게 되물었다.

"오라버니, 그만해요. 김 진사는 아니에요."

"무엇을 보고 확신하는 거냐."

"착한 사람이니까요. 자기를 망치면서 사랑에 빠지는."

보명이 쳐다보자 김 진사가 슬픈 표정으로 고개를 푹 숙였다.

"죄송합니다. 저는 먼저 일어나겠습니다."

김 진사는 금방이라도 울 것 같은 얼굴로 자리에서 일어났다. 그가 가고 나서 한참 만에 보명이 입을 열었다.

"오라버니는 사람의 상처를 잘도 후벼파네요."

"내가 가장 잘하는 일이지."

"저 사람은 아니에요. 내가 잘 알아요."

공주가 자리를 떠나자 소봉이 수안군을 흘겨보며 말했다.

"김 진사님은 정말로 아니에요."

"아무나 믿지 마시오."

"좋은 분이에요. 자상하고 재미있고."

"내가 잡은 살인자 중에도 그런 이야기를 듣던 자들이 있었소. 남들 눈에 멀쩡해 보이는."

"저도 사람 보는 눈이 있다고요. 이번엔 잘못 짚으셨어요."

샐쭉한 표정을 지은 소봉은 자리에서 일어나 공주가 사라진 방향으로 달려갔다. 안채에 막 들어서는 공주를 따라잡은 소봉이 숨을 헐떡이며 말했다.

"언니 걸음이 어찌 그리 빠르세요? 간신히 따라잡았네."

"왜 왔니? 단둘이 즐길 기회인데."

"공연히 사람을 의심해서 흥이 깨졌어요. 언니랑 놀고 싶어요."

"머리가 아파. 이만 쉬어야겠어."

"그럼 어쩔 수 없죠. 쉬세요."

보명공주가 복도를 걷는 것을 보고 소봉이 돌아설 때였다.

촤아아악! 쿵!

물 쏟아지는 소리와 함께 나무토막 같은 것이 둔탁하게 구르는 소리가 뒤에서 났다. 돌아본 소봉이 비명을 지르며 공주에게 달려갔다.

"언니!"

보명공주가 썩은 냄새를 풍기는 피를 뒤집어쓴 채 서 있었다.

"어머! 어떡해! 누가 좀 도와줘요!"

소봉이 소릴 지르며 사람을 찾는 동안 얼굴이 하얗게 질린 공주는 복도 끝을 노려보고 있었다. 소봉의 시선도 그녀를 따라 복도 끝에 대롱대롱 매달려 있는 족자로 향했다. 족자엔 피로 쓴 듯한 두 글자가 있었다.

패륜悖倫

"헉!"

소봉은 자신도 모르게 신음을 뱉었다가 입을 다물었다. 글자를 노려보는 공주의 시선이 뜨겁고 매서웠다.

"세상에! 공주 자가!"

뒤늦게 달려온 서 상궁이 기절할 것 같은 표정으로 소릴 질렀다. 그녀는 서둘러 족자로 달려가 줄을 끊어내고 허리춤에 숨겼다. 여종들이 공주의 몰골을 보더니 서둘러 정방으로 데려갔다.

수안군이 말을 타고 화양궁 대문을 넘을 때였다. 젊은 사내종이 달려오더니 숨을 헐떡거리며 말했다.

"단미 아씨께서 서고에서 뵙자고 하십니다. 급한 일이시랍니다."

"알았다."

수안군은 말에서 내려 별채에 있는 서고로 향했다. 걸어가는 동안 보니 화양궁 분위기가 심상치 않았다. 계집종, 사내종 할 것 없이 당황한 기색이 완연하고 겁에 질린 듯 안절부절못하고 있었다.

여러 채의 별채 중에서 가장 외진 곳에 있는 서고에 들어섰을 때였다. 문을 열자마자 누군가가 손목을 낚아채고 안으로 끌고 들어갔다. 장소봉이다.

"옷이 바뀌었군. 안색도 안 좋고."

자윤은 하얗게 질린 소봉을 관찰했다. 필시 화양궁에서 무슨 일이 벌어진 것이다.

"변고가 또 일어났어요."

"이번엔 뭐요?"

"누군가가 공주님에게 피를 뿌렸어요. 족자에 '패륜'이라는 글자가 쓰여 있었고요."

자윤의 눈동자가 크게 흔들렸다.

금사작. 악기 줄. 사슴. 피 칠갑이 된 방. 이번엔 보명에게 피를 뿌렸다. 패륜이라…….

"장소를 치웠소?"

"네. 벌어지자마자 모조리 닦았어요. 족자는 서 상궁이 가져갔고요. 제가 거기서 뭘 하나 가져왔어요."

소봉이 나무를 깎아 만든 쐐기를 내밀었다.

"장소에 밧줄과 이 쐐기가 있었어요. 줄을 당겨 공주님이 지날 때 가죽 주머니를 터트렸나 봐요. 방에 죽은 개를 가져다 놓은 자 짓이죠?"

"아마도. 한 명이 아니라 여러 명이 벌인 짓이오."

158

"왜요?"

"이유는 보명이 알겠지. 보명은 뭘 하고 있소?"

"씻고 침소에 드셨어요. 범인을 어떻게 찾죠?"

"누가 움직이는지 봐야지."

자윤이 서고를 나가려고 하자 소봉이 붙들었다.

"어디 가시게요?"

"집에 가오."

"거짓말. 그걸 믿으라고요? 범인 찾으러 가잖아요."

"범인이 어딨는 줄 알고 찾으러 간다는 거요? 부인도 어서 집에 가시오. 이런 으스스한 곳에 돌아다니지 말고."

"나도 가요."

"어딜?"

"군대감이 가려는 곳이요. 우린 한편이잖아요. 같이 범인을 잡아야죠."

"무슨 소릴 하는 거요? 내가 범인을 어찌 아오?"

"눈치 백 단 장소봉이에요. 범인으로 짐작 가는 사람이 있잖아요. 오늘 밤은 날 떼어놓지 못할 거예요. 끝까지 따라붙어서 그 망할 새끼들, 아니 협박범을 잡을 거니까."

수안군이 환멸스럽다는 표정을 지었다.

"정 따라오고 싶거든 그 옷을 벗으시오."

소봉이 눈을 휘둥그레 뜨자 자윤이 얼굴을 구겼다.

"내 뜻은 그게 아니라! 그 옷 말고 남장을 하란 뜻이오."

"그럼 처음부터 그리 말하던가요. 괜히 설렜잖아요."

자윤은 배시시 웃는 소봉을 보다가 혀를 끌끌 차며 돌아섰다.

드디어 암행인가? 오늘 밤 범인을 잡는 거야?

소봉의 심장이 주체할 수 없이 빨리 뛰기 시작했다. 서 상궁에게 남복을 빌려 입고 수안군을 따라나설 때만 해도 가까운 계곡에 꽃놀이 가듯 발걸음이 가벼웠다. 수안군의 말은 순했고 날은 따뜻하고 사방에 봄꽃이 피어 향기로웠다. 어쩌면 범인 잡는 것은 핑계고 같이 놀러 가고 싶었던 건 아닌가 싶을 정도였다. 말에 탄 소봉은 고삐를 잡고 걷는 수안군을 훔쳐보며 싱글싱글 웃었다.

두 사람은 성 밖으로 나와 강을 건너 광주목까지 내려갔다.

배를 탄다는 건? 어쩌면 성 밖에서 잠을 잘지도 모른다는 것? 어머, 낭군님이 이리 적극적으로 나오실 줄이야.

소봉의 기대감이 하늘을 찌를 때였다. 수안군의 발길이 송파장으로 향했다. 송파장은 뱃길과 육로를 따라 강원도와 충청도 일대에서 올라오는 곡식과 목재, 명주, 솜, 삼, 과일 등 각종 토산물이 집결되는 곳이었다. 장시가 번성한 만큼 주변에 여각, 주점 등이 많이 늘어서 있었다. 수안군은 즐비하게 늘어선 색주가 중에서도 가장 좁고 허름한 곳으로 소봉을 이끌었다.

두 명의 잘생긴 선비가 누추한 골목에 들어서자 사람들의 시선이 쏠리기 시작했다.

"어머! 잘생긴 선비님들 어딜 가시나요? 우리 집에서 한잔하시어요! 탁주 한 병이면 젖가슴을 만질 수 있고 두 병이면 품에 안을 수도 있답니다."

허름한 주점에서 늙은 창기가 뛰어나와 소봉의 소매를 잡아끌었다.

소봉은 질색하며 손길을 뿌리치고 수안군 옆에 달라붙었다.

"어머! 얼굴이 뽀얀 선비님들이시네. 쭈그렁 뱃놈과 구린내 나는 장사꾼들만 보다가 선비님들을 보니 세상이 환합니다. 와서 술 한잔하고 가셔요. 선비님들이라면 공짜로 이년 몸을 내어드릴 테니."

"필요 없소. 이, 이거 놓으시오."

소봉은 자꾸 들러붙는 여인들을 떼어내다가 수안군에게 물었다.

"도대체 어딜 가는 거예요?"

"따라오지 말라고 했잖소."

"나 곯려주려고 여기까지 끌고 온 거예요?"

수안군은 말없이 골목 가장 끝에 있는 창고로 갔다. 창고 앞에는 덩치가 커다란 사내가 버티고 서서 둘을 내려다봤다.

"젊은 선비님들이 여긴 어쩐 일이오?"

"좋은 구경을 하러 왔다."

수안군이 품에서 엽전 한 닢을 꺼내 던지자 사내의 입이 벌어지더니 지나갈 수 있게 비켜주었다.

어두컴컴한 창고를 지나 밖으로 나왔을 때였다. 널따란 마당에 모여 있는 수십 명의 사내들이 눈에 들어왔다.

어? 여기는?

소봉은 얼떨떨한 얼굴로 마당 한가운데를 응시했다. 울타리가 쳐진 곳에서 닭 두 마리가 피를 흘리며 싸우고 있었다.

투계鬪鷄를 하는 곳이구나.

투계는 배오개에서도 몇 번 본 적이 있다. 하지만 여긴 달랐다. 닭들이 발에 작고 날카로운 칼을 차고 있었다.

청색 끈을 목에 멘 닭이 홍색 끈을 맨 닭에게 달려들었다. 두 짐승은 날갯짓하며 격렬하게 싸웠고 닭발에 찬 칼이 상대편의 목에 꽂혔다. 사방에 피가 흩뿌려지고 칼에 맞은 청닭이 그대로 고꾸라졌다. 그러자 몇몇 사내들이 일제히 함성을 질러댔다.

"이겼다!"

"거봐! 내가 저놈이 실하다고 했잖아! 드디어 돈을 땄구먼!"

뿌려진 피를 보고 소봉이 질겁하는 동안 수안군은 무표정한 얼굴로 한쪽을 응시했다. 돈을 딴 사내들이 몰려가는 곳이었다. 사내들이 작은 패를 건네주자 인상이 험악한 자들이 수북한 엽전 더미에서 엽전을 꺼내 바꿔주었다.

"여긴 왜 온 거예요?"

"기다려보시오."

수안군은 말없이 서서 끔찍한 투계를 지켜보았다. 배고프고 오줌도 마려워진 소봉은 따라온 걸 후회했다.

반 시진이 지났을 때였다. 투계장으로 오필상이 들어왔다. 그는 도박장 패거리와 말 몇 마디를 나누고 안쪽으로 사라졌다.

설마 협박범이 흰족제비 오필상? 그는 화양궁을 짓기 전부터 공주 자가 사람이라고 했었는데?

그때 가만히 서서 눈만 굴리던 수안군이 움직이기 시작했다. 그는 오필상이 사라진 창고 안쪽으로 성큼성큼 걸어갔다.

"아니, 거기가 어딘 줄 알고 함부로 가요? 무서운 자라는 이야기 못 들었어요?"

소봉은 투덜거리다가 할 수 없이 따라갔다.

어둡고 좁은 창고엔 여러 개의 방이 있었다. 방문을 열고 나오는 사내 뒤로 옷 벗은 여인이 있는 걸로 보아 매춘하는 곳이다. 수안군은 복도를 지나다가 말소리가 들리는 곳에 멈춰 섰다. 그리고 옆방으로 들어갔다. 그곳은 빈 창고였다.

남은 겁나서 손발이 달달 떨리는데 제집 안방처럼 쑥쑥 잘도 들어가시네.

소봉이 한마디 하려는데 수안군이 조용히 하라는 손짓을 하더니 벽으로 붙어서서 들려오는 말소리에 귀를 기울였다.

"수십 명이 배에 탔더란 말이냐."

오필상의 목소리였다.

"생긴 게 보통 아니던데요. 팔도 무뢰배를 다 모았는지 사투리도 다르고요."

"우두머리만 만나고 바로 돌아왔다고?"

"이야기 몇 마디 나눈 게 전부였어요."

"알겠다. 계속 감시해. 화양궁 일은?"

다른 목소리의 사내가 대답했다.

"입단속 시켜놨습니다. 모를 겁니다."

"아니, 돈 말이야."

"아! 오늘 밤 어음을 받기로 했습니다."

"내가 나간다. 장소가 어디야?"

그때였다. 소봉의 배속에서 꼬르륵 소리가 요란스럽게 났다. 순간 소봉은 화들짝 놀라 배를 움켜쥐었고 수안군이 인상을 쓰며 내려다보았다.

어쩌지? 들렸을까?

옆 방에선 말이 없었다. 수안군이 소봉의 손을 꼭 붙들었다. 짧은 침묵이 흐른 후 옆방에서 문을 걷어차며 나오는 소리가 들린 순간 수안군이 방을 뛰쳐나갔다.

"저놈들 잡아!"

두 사람은 빠르게 달려 창고를 빠져나왔다. 마당으로 나오자 투계가 한창인지 함성이 요란했다. 소봉과 수안군은 흥분한 사람들을 헤치고 입구 쪽으로 달려갔다.

"막아! 저놈들 나가지 못하게 막아!"

누군가의 외침에 출입구 쪽에 덩치 큰 장정이 떡하니 막고 섰다. 주위를 빠르게 살핀 소봉은 투계장 한가운데로 뛰어들어 울타리를 부쉈다. 그러자 수십 명의 사내들이 일제히 항의하며 뛰어나왔다.

"뭐야! 저것들은!"

"다 이기고 있었는데! 내 돈 어떻게 할 거야?"

때릴 듯이 달려드는 사내를 요리조리 피한 소봉은 검계 패거리가 돈을 쌓아놓은 곳으로 뛰어들었다. 그리고 묵직한 엽전 꾸러미를 끊어 마당 한가운데로 흩뿌렸다.

"우와! 돈이다!"

"주워!"

도박꾼들이 가운데로 우르르 모여들고 검계 패거리가 그것을 빼앗기 위해 달려들었다.

"이쪽으로!"

수안군이 달려와 소봉을 구석진 곳으로 끌고 갔다.

"으악! 냄새! 이곳은 변소잖아요!"

"따라와!"

변소 안으로 들어온 수안군이 발로 반대편 문을 걷어찼다. 그러자 헐겁게 대놓은 판자가 부서지면서 반대편에 있는 개천이 나왔다. 가까스로 탈출했지만 얼마 못 가서 검계 패거리가 쫓아왔다.

두 사람은 좁은 골목을 숨 가쁘게 달렸다. 색주가 골목 초입까지 달렸을 때였다. 초입에서 마주쳤던 늙은 창기가 곰방대를 물고 무슨 일인가 내다보고 있었다. 소봉은 창기의 주점 뒤쪽으로 달려간 다음 뒷문으로 숨어들었다.

"이보시오, 주인장 우리 좀 숨겨주시오."

늙은 창기가 깔깔 웃으며 말했다.

"내가 진즉에 여인인 줄 알았다니까. 하, 얼굴이 참 곱소."

"우리 숨겨주면 사례는 섭섭지 않게 하리다."

늙은 창기는 대답 대신 구석진 방 하나를 가리켰다. 소봉과 수안군이 그 안으로 뛰어 들어갔다. 들어가 보니 쿰쿰한 냄새가 나는 좁은 방이었다. 아무래도 창기와 손님이 몸을 섞는 곳 같았다.

소봉은 방에 들어서자마자 수안군의 옷을 벗겼다.

"무슨 짓이오?"

"흰족제비에게 잡혔다간 껍데기가 벗겨질 거예요. 그냥 지금 벗어요."

"설마……."

"누가 진짜 하재요? 시늉만 해요."

소봉은 수안군의 상체를 모두 벗겨놓고 자신도 옷을 벗기 시작했다. 얼굴이 붉어진 수안군이 고개를 옆으로 돌렸다. 그때 밖에서 말소리가 들렸다.

"이봐, 할멈! 사내 둘 못 봤어? 비단 도포를 입고 있는데."

"아이고, 비단 도포 입은 사내 구경 좀 해봤으면 좋겠네. 며칠 동안 허탕이야. 가랑이에 거미줄 치게 생겼다고."

"뒤져서 나오면 죽을 줄 알아!"

말이 끝나기가 무섭게 소봉이 옷을 벗고 상투를 풀었다. 그녀는 자신의 옷을 침상 밑에 쑤셔놓고 침상에 누워 수안군 끌어당겼다.

"자, 잠깐만."

귀까지 새빨개진 수안군이 눈을 마주치지 못하며 쩔쩔맸다.

"잡히고 싶어요? 하자는 대로 해요."

소봉은 낮게 속삭이며 수안군의 목을 끌어안았다. 수안군은 소봉의 가슴과 몸이 닿자 불에 덴 것처럼 화들짝 떨어졌다. 그러자 소봉이 과감하게 그를 끌어안았다. 뜨거운 살과 살이 부딪히면서 두 사람이 동시에 침을 꿀꺽 삼켰다.

밖에서 방마다 문 열어보는 소리가 요란하게 났다. 사내들이 가까워지고 있었다.

소봉은 긴장된 숨을 삼키며 수안군을 보았다. 빨개진 얼굴로 어쩔 줄 몰라 하는 게 귀엽다. 통통하고 붉은 입술을 뚫어지게 볼 때였다.

방문이 활짝 열렸다. 동시에 소봉이 수안군의 목을 끌어당겨 입을 맞추었다.

"내가 못 살아! 손님 있는 거 안 보여?"

늙은 창기가 사내의 등짝 후려치더니 황급히 문을 닫았다.

"손님 있다는 말은 안 했잖아!"

"이렇게 방마다 뒤지고 다닐 줄 몰랐지! 돈 도로 달라고 하면 네가 물

166

어줘!"

"이런 우라질!"

사내들이 투덜거리며 방에서 멀어졌다. 주위가 조용해졌지만 소봉과 수안군은 꼼짝도 하지 않았다. 뜨겁고 부드러운 입술, 몸을 덥히는 체온, 낯설고도 설레는 감촉. 소봉은 수안군의 입술에 빠져서 자신을 쫓던 사내들 따위 잊어버렸다.

아…… 너무 좋아. 꿈 같아.

심장이 너무 빨리 뛰어서 밖으로 튀어나올 것만 같았다. 태어나 첫 입맞춤이다.

"이제 그만. 모두 갔소."

고개를 돌린 수안군이 서둘러 일어났다. 품 안에서 그가 빠져나가자 아쉬움이 밀려왔다. 뒤돌아선 수안군이 옷을 입는 동안 소봉이 물었다.

"여자랑 입 맞춰본 적 없어요?"

수안군은 대답 없이 빠르게 옷고름을 맸다.

"여자랑 자본 적도 없죠? 저도 경험은 없지만 딱 알겠네요."

"시끄럽고, 어떻게 하면 송파진을 빠져나갈 건지나 생각하시오."

"내가 조선에서 손꼽히는 상인 딸내미라고 이야기했던가요? 송파진에 아버지 상단이 있어요. 오늘 밤은 거기 가면 돼요."

수안군은 옷을 다 입자 방을 나갔다. 소봉은 방문을 보며 씩 웃었다.

밀어내지 않았어. 당황하면서도 그대로 있었다고.

평소의 수안군이라면 버럭버럭 화를 내며 독침 같은 말을 쏘아댔을 것이다. 그런데 저리 얼굴을 붉히며 황망해 하다니.

마음이 전혀 없었던 것은 아니었네.

소봉은 나른하게 기지개를 켜고 옷을 입기 시작했다.

색주가를 빠져나온 자윤과 소봉은 송파장에서 가장 번듯한 객줏집으로 들어갔다. 해가 서산으로 넘어갈 무렵이었다.

대대로 장씨 일문은 환전업換錢業을 주로 하는 객주다. 소봉의 형제들이 미곡, 어물, 소금 같은 물산을 다루기는 하지만 아버지 장종훈처럼 막대한 자본을 굴리는 거상 소리를 듣지는 못했다. 소봉이 송파장 객주로 들어가자 반가운 얼굴이 달려 나왔다.

"아이고, 단미 아씨가 여긴 무슨 일로 오셨습니까?"

"아저씨 오랜만이에요. 일이 있어서 송파장에 왔다가 늦어서 자고 가려고요. 큰오라버니는?"

"일찍 들어가셨지요. 그런데 이분은?"

객주 일을 보는 김 서방이 자윤을 아래위로 훑어보았다.

"내 동업자. 배고파 죽을 거 같아요. 밥 좀 줘요."

객방에 들어간 소봉은 버선을 벗어 발을 주무르며 앓는 소리를 냈다.

"왜 하필 그때 배곯는 소리가……. 점심을 걸러서 그래요."

"여기서 쉬다가 내일 집으로 가시오. 남복은 하지 않는 것이 좋겠소."

소봉은 일어나려는 자윤의 소매를 잡고 주저앉혔다.

"어디 가려고요?"

"알아볼 것이 있소."

"아직 놈들이 휘젓고 다닐 텐데 가긴 어딜 가요? 설마 오필상 미행하려고요?"

"어음을 가지고 나오는 자가 누군지 알아내야 하오."

"세상에, 잡힐 뻔했는데 또 가길 가려고요? 무섭지도 않아요?"

"그렇다고 숨어 있을 순 없소."

"지금 돌아다니다가는 검계에게 붙잡힐걸요. 잠깐 기다려요. 김 서방에게 한 바퀴 돌아보고 오라고 할 테니. 믿을 수 있는 분이에요."

소봉은 나갔다가 곧장 돌아왔다.

"오필상 배후가 중전마마의 오라버니를 죽인 범인일까요? 근데 오필상은 왜 배신한 걸까요?"

"오직 돈에만 움직이는 놈이니 꽤 많은 재물을 받았을 거요."

"돈 출처가 빤히 보이는 어음을 쓰진 않았을 테고…… 벌써 팔도를 몇 번 돌아 누구에게서 나온 건지 알아내기 힘들 거예요. 수중에 돈이 많은 자들로 추리면 찾기가 쉽지 않을까요? 조선 땅에 오필상을 홀릴 만한 부자가 몇이나 있겠어요?"

그때 남자 하인 둘이 푸짐한 저녁상을 들여왔다. 소봉은 눈이 휘둥그레져서 허겁지겁 수저를 들었다.

"아…… 배고파 죽는 줄 알았네. 왕자님도 어서 드세요."

자윤은 소봉을 빤히 보다가 마지못해 수저를 들었다. 두 사람이 식사를 끝내고 차를 마시고 있을 때였다. 밖에 나갔던 김 서방이 돌아왔다.

"아씨, 흰족제비 패거리가 습격을 받았답니다."

뜻밖에 말에 소봉과 자윤이 놀라 서로를 쳐다보았다.

"10여 명의 장정이 투계장에 들이닥쳐서 다 부수고 패거리를 끌고 갔답니다. 인근 검계는 아니고요."

"오필상은요?"

"오필상은 도망쳤다고 하네요."

"어떻게 된 거지? 누굴까요?"

아마도 보명이 알아낸 것이겠지.

자윤의 머릿속에 온갖 질문이 가득했다. 화양궁에서 일어난 변고는 보명을 흔들기 위한 짓이다. 이런 협박으로 무엇을 얻는가. 송준길의 죽음은 정말로 누명일지도 모른다. 패륜이라는 글자로 보명을 협박할 사람은 한 명밖에 없다. 하지만 왜? 동기를 모르겠다.

배후를 알려면 어음을 가져온 자가 누군지 알아내야 해.

오필상은 죽을지언정 돈을 포기하지 않을 것이다. 쫓기는 일이 있어도 돈을 받으러 갈 것이다. 접선 장소는 분명 송파진과 송파장 인근이다.

밤이 깊었다. 객사 구석진 객방에서 홀로 이불을 덮고 누운 자윤이 조용히 일어나 나갈 채비를 했다. 객주를 나와 골목을 돌아설 때였다. 앞에 장소봉이 서 있었다. 객주 일꾼에게 빌렸는지 허름한 무명옷을 입고 있었다.

"가만히 있다가 내일 도성으로 돌아가라 하지 않았소."

"왕자님 혼자 돌아다니다가 잘못될까 봐요."

"아까 그 난리가 누구 때문에 일어난 건지 잊었소?"

"그래도 내가 수습했잖아요."

창기 방에서 있었던 일이 떠오르자 얼굴이 뜨거워졌다.

"객주로 돌아가시오."

"아직도 제가 어떤 사람인지 파악 못 하셨어요? 하지 말란다고 안 할 사람이 아니잖아요."

자윤은 소봉을 노려보다가 그녀를 지나쳐 걸었다. 그러자 소봉이 뒤를 졸래졸래 따라왔다.

"어딜 가시려고요?"

"송파진 인근을 둘러볼 생각이오."

"왕자님은 아무렇지도 않으세요?"

"뭘 말이오?"

"나랑 옷 벗고 껴안고 있었던 거요."

"내 의지가 아니었잖소."

"원해서 한 게 아니니 아무렇지도 않다?"

그럴 리가. 하지만 자윤은 대꾸하지 않았다.

"나는 왕자님이 얼음이나 돌로 만들어진 줄 알았어요. 근데 체온이 뜨겁더라고요. 절륜미남도 사람이구나 생각했어요."

자윤도 그리 생각했다. 심장이 빨리 뛰고 등줄기에서 식은땀이 흘렀다. 소봉의 얼굴을 똑바로 볼 수 없었다. 부드러운 입술의 감촉이 생각나서 자신도 모르게 입술을 만지기도 했다. 태어나서 이런 감정을 느낀 건 처음이다.

"왕자님은 왜 죽고 싶어요?"

엉뚱한 질문에 자윤이 멈춰 섰다. 달은 밝지만 구름이 많아 주위가 어두웠다. 그런데 이상하게도 소봉의 말간 얼굴이 달보다 환하고 또렷하게 보였다.

"가만 보면 살고 싶은 사람 같지 않아요. 마음 내키면 금방이라도 밧줄을 놓고 낭떠러지 아래로 추락할 것처럼 보인단 말이죠."

말도 안 되는 소리라고 말하려다가 문득 생각했다. 어쩌면 맞는 소릴지도.

"무엇을 보고 그리 생각했소?"

"자신을 위한 일은 하나도 하질 않아서요. 인생의 기쁨 자체에 관심이 없는 것 같아요. 그러고선 위험한 일엔 서슴없이 몸을 던지잖아요. 죽어도 상관없는 사람처럼. 그렇게 살인자를 쫓아다니다간 언젠가 그들 손에 죽을 거예요."

"처음부터 각오한 일이오."

"그러니까 그런 각오를 왜 하냐고요. 왜 죽고 싶어요?"

자윤은 대답 없이 다시 걸었다. 말을 안 하는 것이 아니라 못 하는 거다.

나는 왜 죽고 싶을까.

"부인은 왜 살고 싶소?"

"세상은 좋은 것 천지니까요. 날 사랑해주고 내가 아끼는 사람들이 있잖아요. 예쁜 거 맛있는 거 신기한 거 즐거운 거 가득하잖아요. 그런 걸 두고 왜 죽어요?"

"혼자라면? 그런 걸 봐도 느끼지 못한다면? 싫어하고 혐오하는 걸로 가득하다면?"

"정말로 세상이 그렇게 보여요?"

"난 끔찍한 것들을 치우고 싶소. 그래서 살인범을 잡는 거요."

"그건 행동의 동기지 죽고 싶은 이유는 아니잖아요."

바람이 찼다. 자윤은 송파진 도선장渡船場 쪽으로 걸었다. 상선마다 걸린 등불이 멀리서도 보였다.

"내 어머니는 미쳤소. 어린 날 죽이려고 한 적도 있었소."

담아! 전하께서 안 오신다. 나 때문이냐, 너 때문이냐.

담아! 이렇게 살 순 없다. 나랑 죽자. 이 어미랑 죽자.

172

바람 소리에 어머니의 흐느낌이 떠다녔다.

"어머니가 죽고 유일하게 의지한 내관이 있었소. 그는 아버지고 스승이고 유일한 친구였지. 하지만 그마저도 날 배신했소."

"제발…… 살려주시오."

"넌 죄를 지었다."

"내가 무슨 짓을 했단 말이오?"

"취요헌 마마를 미친년의 자식이라 비웃지 않았느냐?"

"그…… 그건……. 애들끼리 장난으로……. 그냥 장난으로 해본 말이오."

"수안군께서 네 말을 들으셨다."

"내가 잘못했소. 앞으로 절대 그런 일 없을 것이니 살려주오."

"넌 오늘 살아서 여길 나가지 못한다."

그토록 의지하고 믿었던 사람이 다른 사람을 죽이는 것을 보았다. 그리고 그가 가르쳐온 모든 것이 자신과 같은 살인자로 만들기 위해 훈련이었다는 걸 깨달았다.

"난 인간이 싫소."

참으로 더러운 핏줄이로다.

미친 어미를 닮은 것이냐, 개종자 아비를 닮은 것이냐.

끔찍한 놈. 짐승과 흘레붙어 먹을 놈.

너는 어미와 함께 죽었어야 했다.

"인간이 만든 이 세상도 싫소."

그때였다. 성큼 다가온 소봉이 손을 붙들었다.

"우리 낭군님, 죽고 싶은 게 아니었네. 살아야 한다고 말해주는 사람이 없었네."

예쁜 미소와 함께 작은 손이 얼굴에 닿았다. 부드럽고 뜨거운 손. 너무 뜨거워서 얼어붙은 뱃속 깊은 곳에서 열감이 느껴진다.

"내가 말해줄게요. 죽지 말고 살아요. 인간이 만든 세상은 생각보다 좋아요."

다정한 손길과 눈빛이 얼굴과 마음을 어루만졌다. 자윤은 낯설어서, 놀라서 아무 말도 할 수 없었다. 둔기로 머리를 맞은 것처럼 아프고 심장이 저렸다.

밤새 송파진 인근을 뒤지고 다녔지만 오필상도 수상한 무리도 보이지 않았다. 자윤은 동이 트자마자 소봉을 데리고 나루터로 향했다. 도성 안으로 가기 위해 새벽부터 나선 장사치들과 진선津船˙을 기다릴 때였다.

"국밥 한 그릇만 먹고 가자는데 왜 안 돼요?"

"빨리 가서 알아봐야 할 게 있소."

"다음 배 타면 되지. 춥고 졸리고 배고픈데."

"그러니까 왜 따라와서는."

소봉이 추위에 오돌오돌 떨고 있을 때 백 명은 너끈히 탈 수 있는 커다란 배가 왔다. 배로 옮겨 탈 수 있는 판자가 내려지자 자리를 맡으려고 사람들이 우르르 배에 올랐다. 미곡과 소금, 숯 같은 짐을 싣느라 꽤 오래 지체된 후 드디어 배가 출발했다.

"아이, 추워. 다신 안 따라다닐 거야. 고생도 이런 개고생이 없네."

구석에 쪼그리고 앉은 소봉이 연신 투덜거렸다. 자윤은 강변을 둘러

• 나루와 나루 사이를 오가며 사람과 짐을 실어나르는 배.

보다가 문득 진선 한쪽 구석을 쳐다보았다. 삿갓을 쓰고 구석에 웅크리고 있는 체구가 작은 사내가 눈에 들어왔다. 팔이 부러졌는지 오른팔에 부목을 대고 있었다. 평범해 보이지만 시선을 끄는 자였다. 그때 다른 사내 둘이 그에게 접근했다.

"여기 있었구나? 밤새 잘도 숨어 있었네?"

사내들이 품에서 칼을 꺼내자 주위에 있던 자들이 비명을 지르며 피했다. 사내 중 하나가 삿갓을 들치자 오필상의 얼굴이 드러났다. 그는 간밤에 공격을 받았는지 얼굴에 피멍이 들고 눈이 부어 있었다.

"살려서 데려오면 좋지만 죽어도 상관없다고 했지?"

"흐흐흐, 무거우니까 목만 가져가자."

배 안에 있는 사람들은 공포에 질려서 오들오들 떨고만 있었다. 자윤이 그들에게 가까이 가려고 하자 뒤에서 소봉을 팔을 꽉 붙들었다.

제발, 가지 마요.

소봉이 입 모양으로 말했다. 자윤은 말 대신 소봉의 손을 꼭 잡아주었다.

"내가 이대로 죽을 거 같으냐!"

"부하들 다 죽고 혼자 살아남았는데 땅에 발을 디딜 수 있을 거 같아? 그러게 그런 짓을 왜 했어?"

두 사내가 덤벼들자 오필상이 품에서 칼을 꺼내 그들에게 휘둘렀다. 얽혀 싸우는 사내들 틈으로 자윤이 뛰어들었다. 자윤의 얼굴을 알아본 오필상이 얼굴을 찌푸렸다.

"오필상! 네게 일을 시킨 배후가 누구냐!"

"한 마디라도 지껄여봐? 혀를 잘라버릴 테니."

"오필상! 누군지 밝혀라. 살 수 있도록 도와주마."

오필상이 얼굴을 우그러뜨리며 소리쳤다.

"나는 죽지 않아! 살아서 이 원한을 갚겠다!"

네 명이 서로를 노려보며 대치할 때였다. 얼굴에 긴 흉터가 있는 사내가 오필상에게 달려들었다. 다른 사내는 자윤에게 덤벼 칼을 휘둘렀다. 선내에서 싸움이 일어나자 비명과 고함으로 시끄러울 때였다.

"누가 좀 도와줘요! 저러다가 죽겠어요!"

소봉이 소리쳤지만 누구 하나 돕겠다고 나서는 자가 없었다. 무뢰배들은 칼 쓰는 것에 익숙해 보였고 여유가 있었다. 칼을 피하는 자윤을 보고 비웃음을 날리던 자가 잽싸게 달려들어 옆구리 쪽으로 칼을 휘둘렀다. 그걸 보고 소봉이 악 소리를 내며 주저앉았다. 칼이 몸을 스치며 상처가 나자 자윤이 비틀거렸다.

"감히 낭군님을! 이분이 누군지 알아?!"

눈이 뒤집힌 소봉은 황급히 주위를 살펴보았다. 그녀의 눈에 말린 북어 꾸러미가 보였다. 소봉은 꾸러미에서 북어를 뽑아서 사내에게 달려들어 머리를 마구 내리쳤다.

"뭐야! 이년은!"

사내가 돌아서며 소봉에게 칼을 휘두르려고 하자 자윤이 발을 걸어 넘어뜨렸다. 그 바람에 칼이 날아갔다. 자윤은 사내를 걷어차고 제압했다. 그제야 가까이 있던 장정들이 달려들어 사내를 두들겨 팼다. 그때였다. 복부에 칼을 찔린 오필상이 비명을 지르며 선미로 도망쳤다.

"이리 와! 네 목을 잘라가지 못하면 돈을 받지 못하거든."

"이대로는 안 끝나. 이대로는!"

그 말을 남긴 오필상이 물로 뛰어들었다. 그러자 사내도 뒤를 따라 뛰어내렸다.

오필상을 꼭 잡아야 해! 그래야만 배후를 알 수 있어!

자윤 역시 그대로 선미로 달려가 배에서 뛰어내렸다. 몸싸움하던 오필상과 사내는 수면 아래로 가라앉은 뒤 올라오지 않았다. 자윤은 오필상을 찾으려고 물속으로 자맥질했지만 끝내 찾아내지 못했다.

* * *

오필상 패거리가 습격을 받았다는 소식을 듣자마자 김홍건은 서둘러 도성 안 집으로 돌아왔다.

막 사랑방 대청마루에 올라설 때였다. 종복이 오더니 인편에 서신이 왔다고 전했다.

"기다렸다가 답신을 받아 오라 하셨습니다."

심부름 온 소년의 말에 홍건은 고개를 끄덕였다.

"알았다."

그는 방으로 들어가 서안 앞에 앉았다. 서신 겉면의 봉한 자리에 근봉 謹封이라고 쓰여 있었다. 서신을 펼치자 짧은 문장이 눈을 찌를 듯 덤벼들었다.

멈추지 않으면 멈추게 할 것.

그는 나지막이 한숨을 쉬었다.

"결국 그 짓거리까지 해야 하는가."

서신을 불태우는 손이 떨렸다. 앉은 자리에서 일어나 불안하게 방 안을 서성이던 김홍건은 마침내 결심하고 붓을 잡았다.

서신을 밀봉하고 밖으로 나왔을 때였다. 마당에서 기다리고 있어야
할 소년과 종복은 보이지 않고 수리개만이 홀로 서 있었다.

10. 함정

꽃그늘 아래 술판이 한창인 가운데 주위를 두리번거리며 사람을 찾던 자윤이 술을 나르는 종복을 불러세웠다.

"김 진사를 보았느냐?"

"김 진사님은 엊그제부터 못 뵈었습니다."

엊그제면 보명이 피를 뒤집어쓴 날이다. 생각에 잠겨 있는데 멀리서 걸어오는 소봉이 보였다. 소봉도 걸어오며 자윤을 발견했는데 고개를 돌리더니 반대쪽으로 걸어갔다.

"어찌 보고 그냥 가시오?"

쫓아가며 물어도 소봉은 앞만 보며 걸어갔다.

"사람이 묻잖소."

"나 같은 건 무시하는 분인 줄 알았는데요."

평소와 다르게 표정이 차가웠다. 눈을 빛내며 환하게 웃지도 않고 말

끝에 다정함이 묻어 있지도 않았다.

"왜 화가 났소?"

"하! 왜 화가 났냐고요?"

사공이 던진 밧줄을 잡고 배에서 올라온 뒤로 그녀는 눈을 마주치지도 않고 말을 섞지도 않았다. 잡은 무뢰배를 처리하느라 나루터에서 헤어진 후로 처음 보는 것인데 왜 이리 화를 내는 걸까.

"내가 말했잖아요! 죽지 말고 살라고! 근데 왜 칼 든 사람에게 달려들어요? 물에는 왜 뛰어들어요?"

"오필상을 잡아야 배후를 밝혀낼 거 아니오?"

"그러다가 죽으면요!"

"안 죽었잖소."

"하! 기가 막혀."

소봉이 매섭게 노려보다가 돌아섰다.

"내가 내 본분에 충실한 것이 화날 일이오?"

"됐어요. 벽이랑 이야기하고 말지."

"싸움도, 물에 뛰어든 것도 난데 왜 화를 내시오?"

"그건……!"

소리치던 소봉이 무섭게 노려보았다. 노기 띤 얼굴이 해사하니 고왔다.

"됐어요. 이젠 왕자님이랑 말 안 섞을 거예요. 저리 가요."

"한편이라며 따라다닐 땐 언제고……."

"한편은 무슨! 내 말은 귓등으로도 안 듣는데. 귀찮게 따라붙지 말고 가라니까요? 오늘따라 왜 자꾸 말 시켜요?"

두 사람이 티격태격하고 있을 때였다. 멀리서 둘은 지켜보던 보명이 자리에서 일어났다.

"오늘따라 날씨가 참 좋군요. 그럼 이제 보물찾기를 시작할까요? 빨간색 종이를 찾는 분에겐 비단 두 필, 파란색 종이를 찾는 분에겐 근사한 담뱃대를 상으로 내리겠어요. 자, 지금부터 시작입니다."

회원들이 시끌벅적하게 떠들며 흩어졌다. 다들 눈에 불을 켜고 후원과 숲속을 뒤지는 동안 자윤은 여전히 소봉을 따라갔다. 소봉은 보물찾기에는 관심이 없는지 앞만 보며 느리게 걸었다. 보다 못한 자윤이 다가가 말을 걸었다.

"숲은 그늘져서 추울 거요. 전포에 넘치는 것이 비단일 텐데 필요 없잖소. 따뜻한 양지로 가시오."

소봉은 대꾸 없이 걷기만 했다.

"배에서 잡은 놈이 어찌 됐는지 궁금하지 않소?"

그제야 소봉이 돌아보았다.

"어찌 됐는데요?"

"지난밤 옥사에서 살해당했소. 배후가 누군지 끝까지 불지 않더군."

"네? 죽었다고요?"

"배후 짓일 거요."

"옥사에 든 사람을 죽일 수 있는 자라면……."

소봉은 말을 잇지 못했다. 정말로 보명의 짓일까 봐 걱정하는 것 같았다.

"그동안 내 귀가 되어줘서 고마웠소. 이제 화양궁에 오지 마시오. 이곳은 부인이 생각한 것보다 위험한 곳이오."

"그럼 왕자님은 누가 지켜줘요?"

"무슨 엉뚱한 소리요?"

자윤은 진심으로 황당했다.

"나까지 없으면 이 위험한 곳에서 누가 왕자님을 지켜주냐고요!"

"그래서 부인이 지켜준다는 거요?"

"배에서 있었던 일 잊었어요? 내가 북어로 놈을 흠씬 패줬잖아요. 앞으로 그런 일이 또 생기면 그땐 누가 왕자님을 지켜줘요? 또다시 앞뒤 안보고 몸을 던질 텐데."

날 지켜준다고?

살면서 들어본 가장 황당한 말이지만 가슴 뛰는 말이기도 했다.

"도움은 필요 없소. 날 지킬 힘은 있으니까."

"운이 좋았던 것뿐이에요. 왕자님은 이야기 속 주인공이니까."

"운이 다해 죽는다면 그게 내 명이오."

소봉은 말을 잇지 못하고 커다란 눈에 힘을 주었다. 꼭 울지 않으려고 애쓰는 것만 같았다.

내가 죽는 게 슬픈 걸까? 왜?

자윤이 생각할 때였다. 소봉이 심장께에 손을 얹었다.

"지금 여기가 너무 아파요. 왕자님을 좋아하는 거 같아요."

새카만 눈동자가 빛나는 커다란 눈에 물기가 어렸다. 이 사람은 늘 자윤을 놀라게 한다.

그는 눈을 들어 하늘을 보았다. 화사한 날이다. 나뭇가지 사이로 비치는 햇살이 맑고 깨끗하다. 멀리서 불어온 바람이 나뭇가지를 흔들고 산새 소리가 노랫소리 같다.

날이 참 좋다.

내가 왜 이럴까. 마치 이 순간을 기억에 담아놓고 싶은 것처럼.

여인의 고백이 이번만은 아니었다. 그때마다 자윤은 늘 같은 말을 주절거렸다.

나는 그 마음에 답해줄 수 없소.

매섭고 차갑게 상대의 마음을 잘라내는 것에 익숙했다. 미련이 남지 않게 하는 것이 옳은 일이라 생각해왔다. 그런데 지금은…….

"나는…… 그 마음에……."

장소봉은 밀어내고 싶지 않다. 날 지켜주겠다는 이 여인과 같이 걷고 이야기하고 마주 보고 싶다. 그래서 어쩌자고? 내게 미래라는 것이 있는가.

"나는…… 그 마음에…….

으레 내뱉던 그 말이 왜 이토록 하기가 힘든가.

"끄아아아악!"

그때 숲 안쪽에서 터져 나온 비명이 오솔길의 적막을 깼다. 새들이 푸르르 날아오르고 사람들이 두런거리는 소리가 났다.

"꺄아아아악!"

또다시 찢어지는 듯한 비명이 들렸다. 이번엔 다른 사람이다. 자윤이 소리가 들리는 방향으로 뛰어가고 소봉이 뒤를 따랐다.

그들이 숨 가쁘게 뛰어서 도착한 곳은 개울 근처 철쭉이 무더기로 핀 곳이었다. 부인 하나가 기절해 누워 있고 둘은 땅에 엎드려 토악질하고 있었다.

"무슨 일이시오?"

자윤의 외침에 한 여자가 손을 떨며 철쭉 뒤를 가리켰다. 가까이 다가 가자 낭자한 핏자국과 사슴의 몸통이 보였다.

이런, 죽은 사슴을 발견한 것인가.

그는 쓰러진 부인을 살피려다가 뭔가 미심쩍어서 다시 돌아왔다. 사슴을 자세히 보려고 한 걸음 다가섰을 때였다. 자윤은 어금니를 꽉 물고 제자리에 멈춰 섰다. 사슴 머리 부분에 이질적인 뭔가가 있었다.

저건…….

사슴 머리가 있어야 할 곳에 사람 머리가 붙어 있었다. 자윤은 허리를 숙이고 벌레가 꼬이기 시작한 시신을 들여다보았다. 상투가 잘려 풀어 헤쳐진 머리카락 사이로 익숙한 얼굴이 보였다. 김홍건이었다.

"혼절하신 거예요? 다들 괜찮으세요?"

뒤에서 소봉의 목소리가 들리자 흠칫 놀란 그가 돌아섰다.

"부인들과 가시오."

"왜요? 무슨 일인데요?"

그녀가 다가오려고 하자 자윤이 고함을 질렀다.

"가라니까!"

다가오던 소봉이 깜짝 놀라며 멈춰 섰다. 자윤은 상처받은 표정을 외면하며 소리쳤다.

"당장 가시오!"

그제야 정신이 돌아온 부인이 울음을 터트리고 나머지도 따라 울기 시작했다. 자윤은 소봉이 멀어진 것을 확인하고 나서야 사슴에 가까이 갔다. 주위엔 사슴의 사체와 사람 머리뿐이었다. 그는 나뭇가지로 피에 젖은 머리카락 속을 헤집었다. 목 주위에 난잡하게 실로 꿰맨 자국이 있었다. 눈앞에 서 상궁이 건넨 쪽지 속 글자가 스쳐 지나갔다.

우물 속 사슴의 목

사슴의 몸통에 사람의 목

이건 협박에 대한 회답이다. 그렇다면 짐작대로 김홍건이 협박의 배후인가. 하지만 김홍건만으로는 약하다. 오필상을 움직일 수 있는 막대한 자금과 권력을 가진 이가 배후다. 그렇다면?

자윤은 잘린 목을 자세히 들여다보았다. 이 정도 단면을 내려면 예리한 무기와 상당한 강도의 힘이 필요하다. 머릿속에 수리개가 차고 다니는 장검이 떠올랐다.

보명, 무슨 짓을 한 거냐.

멀리서 들리던 떠들썩한 소리가 점점 가까워졌다. 돌아서자 인파에 섞인 보명이 눈에 띄었다. 자윤은 달려가 멱살을 잡고 싶은 걸 겨우 억눌렀다. 보명이 눈빛으로 말하고 있었다.

자, 이제 어떻게 할 거야?

관아에서 검시관이 나와 사체를 검험하는 동안 나졸들이 숲을 뒤져 시신의 몸통과 사슴의 머리를 찾아냈다. 엄청난 양의 핏자국을 발견했지만, 범인을 밝혀낼 만한 증거는 찾지 못했다. 워낙 외진 숲이고 화양궁 소유의 산이라 나무하러 오는 이들이 없어 목격자가 없었다.

엽기적인 살인 사건으로 도성이 들썩이는 가운데 포도대장이 서리를 대동하고 화양궁에 나타났다. 보명공주부터 계집종까지 죄다 불려가 며칠 간의 행적을 소상하게 밝혀야 했다. 가장 늦게 이름이 불린 건 수안군이었다.

포도대장은 짜증이 솟구치는지 얼굴을 잔뜩 우그러뜨리고 탁자 앞에 앉아 있었다. 서리 둘이 눈치를 보며 초초를 글로 옮기는 동안 수안군은 순순하게 앉아 묻는 대로 답했다.

"언쟁이 있었던 건 사실이오."

"어떤 언쟁이었습니까?"

"화양궁에 변고가 일어나서 김 진사에게 말을 꺼냈더니 언짢아하며 가버리더이다."

"그날 이후로 이야기를 나눈 적이 있으십니까?"

"그날이 마지막이었소."

"어젯밤에 어디에 계셨습니까?"

"사저에서 책을 보다가 잠들었소."

"하인 말고 행적을 증명해줄 사람이 있습니까?"

"없소."

"이 사건이 직제학의 죽음과 연관이 있다고 보십니까?"

"시신을 잔인하게 훼손하고 전시한 방식이나 상투를 자른 점은 비슷하오."

잠시 침묵이 흘렀다. 포도대장이 고갯짓하자 서리들이 자리에서 일어나 나갔다. 그는 피곤에 절은 얼굴로 수안군을 보며 말했다.

"시신을 보고 오는 길인데 참혹하기 이를 데가 없었습니다. 살면서 그런 건 처음 보았습니다. 도성 안에서 끔찍한 살인 사건이 연달아 일어나다니……."

포도대장이 한숨을 쉬며 푸석푸석한 얼굴에 마른세수를 했다.

"풍문에 군대감께서도 배오개 살인 사건을 조사한다고 들었습니다.

알아내신 것이 있습니까?"

"아직은 별다른 것이 없소. 다만 두 사건의 범인이 다르다고 생각하오."

포도대장의 얼굴이 밝아졌다.

"어째서요?"

"직제학의 죽음엔 감정이 없소. 상흔은 많으나 깊이와 거리가 일정하지. 하지만 김 진사의 살해 방식은 지극히 감정이 실렸소. 전시 방식도 난폭하기 이를 데가 없고. 보거나 전해 듣는 이에게 깊은 충격을 주고 싶은 것처럼."

"한날에 일이 연달아 터지다니. 조정이 어수선해서 복검관도 정해지지 않습니다."

"도성에 일이 생겼소?"

"못 들으셨습니까? 상평창常平倉*이 불에 타버렸답니다. 폭도가 용산포와 송파진 창고를 죄다 약탈하고 용동궁까지 털었답니다. 불을 지르고 창고에 있는 곡식과 재물을 죄다 훔쳐 갔다는군요."

용동궁이면 대비전의 내탕금을 담당하는 곳이다. 폭도가 왕궁을 습격해 재물을 털어갔다고? 금위영과 어영청은 무얼 하고? 살인 사건과 화재, 폭도의 약탈. 뭔가 이상하다.

자윤은 포도대장에게 김홍건의 시신을 보고 싶다고 청을 넣었다. 포도대장 입장에서는 복검관이 오기도 전에 시신을 외부인에게 보이는 것이 내키지 않았을 것이다. 그럼에도 절륜미남의 명성이 있으니 내심 기대

---

* 조선 시대 곡물 가격 조정을 위해 국가에서 설치한 창고.

하는 마음도 있었는지, 의생과 서리가 동석하는 조건으로 허락했다.

자윤이 시신을 보러 갔을 땐 해가 저문 뒤였다. 습하고 어두운 창고 안은 횃불을 걸어놓아도 환해지지 않았다. 겁먹은 말단 구실아치와 의생이 문 앞에 서 있는 동안 등롱을 든 그가 시신 쪽으로 다가갔다.

두 개의 탁자 위에 두 개의 형체가 누워 있었다. 하나는 목이 없는 사체, 다른 하나는 사슴의 몸통에 떼어낸 사람의 머리였다. 사체를 덮었던 천을 걷어내자 침착했던 눈동자가 흔들렸다.

"이건……."

김홍건의 팔다리가 모두 잘려져 있었다.

화양궁에 있는 악기의 줄이 모두 끊어짐.

자윤은 서 상궁이 건넨 쪽지를 떠올리며 사체를 살폈다. 자른 단면으로 보아 죽은 뒤 토막 낸 것이다. 밖으로 말이 새지 않은 걸 보면 수하들 입단속을 철저하게 한 모양이다.

싸늘하게 가라앉은 시선이 사체의 몸통을 훑고 머리로 옮겨갔다. 송준길과 김홍건의 접점은 잘린 상투뿐이다. 한데 잘린 머리카락이 송준길보다 짧다. 두피에 열상이 있는 걸 보면 바투 잡아서 칼로 끊어낸 모양이다.

몸통의 자상은 두 군데. 한 곳은 오른쪽 어깨를 관통했고 다른 한 곳은 왼쪽 늑골 아래 깊숙이 칼을 박아 넣었다. 급소를 교묘하게 빗겨나가면서도 상당한 출혈이 이는 자리다. 숨이 멎기까지 몹시 고통스러웠을 것이다.

사인은 자상으로 인한 출혈. 죽은 뒤 상투를 자르고 머리와 사지를 잘라냈다. 송준길은 오래 고통을 주었으나 김홍건은 빠르게 죽이고 더욱 잔인하게 처리했다. 비슷하게 보이기 위해 상투를 자른 것을 제외하면 살해 방식과 도구가 다르다.

보명의 얼음물 같은 눈빛이, 그 속에 담긴 조소가 자꾸만 눈에 아른거렸다.

내가 살인자야. 그래서? 이제 어떻게 할 건데?

살해 방식은 일종의 전언이다. 살인을 통해 하고 싶은 말이 있는 것이다. 사체의 목과 사지를 자른 것은 협박에 대한 비아냥이다. 찾아야 한다. 김홍건을 죽여서 전하고자 한 것이 무엇인지, 앞으로 계획을 알아내야 한다.

자윤은 보명을 만나기 위해 화양궁으로 향했다.

* * *

살인 사건이 벌어지자 화양궁이 텅 비었다. 구석구석을 환하게 밝히던 등촉은 두어 개만 남긴 채 꺼지고 기생의 노래와 무희의 춤도 사라졌다. 쓸쓸해진 희락당에서 공주만이 홀로 남아 술을 마셨다. 희고 가는 손가락이 유백색 잔에 넘치게 술을 따르고 붉은 입술로 가져갔다. 채 삼키지 못한 독한 술이 턱과 목으로 흘러내리며 옷섶을 적셨다. 술병을 거의 비웠을 때였다.

보명이 인기척에 고개를 들었다. 문 앞에 버티고 선 사람 때문에 벽에 긴 그림자가 졌다. 술을 따라 내밀었지만 그는 가까이 오지 않았다.

배신자.

"오늘 흥미진진하지 않았어? 오라버니를 위해 특별히 준비한 거야. 표정을 보니 내가 제대로 했네. 그래, 분노가 비슷해야 싸움이 재미있지."

보명은 거절당한 술잔을 들이켜고 한 잔 더 따라 마셨다.

겁쟁이.

"복수하고 싶은 거냐?"

술병이 마침내 바닥을 드러냈다. 주위에 있는 술병을 흔들어보았지만 모두 비어 있었다. 입맛을 다시며 보명이 웃었다.

"복수…… 해야지."

눈이 내린 날이었다. 아침에 서 상궁이 처마에 있는 고드름을 따주었다. 고드름을 품에 안고 취요헌으로 달려갔다. 취요헌 마당에서 오라버니가 눈사람을 만들고 있었다. 고드름은 눈사람의 뿔이 되고 팔이 되었다. 눈사람이 완성되자 발로 머리를 걷어차고 뭉개고 몸뚱이를 짓밟았다. 옆에서 보고 있던 오라버니가 고드름을 부러뜨렸다.

"우리 다 죽여버리자."

"누구를?"

"우리 괴롭히는 인간들."

"좋아."

그 겨울, 외진 전각에 숨어 서가에서 훔쳐 온 값비싼 화첩을 보았다. 화첩 속 여인의 얼굴에 수염을 그리고 노인의 몸에 젖가슴을 그렸다. 둘이서 배를 잡고 뒹굴며 웃었다. 태어나서 그렇게 신나게 웃은 건 처음이었다. 귀한 것을 망치며 느낀 첫 희열이었다.

눈싸움을 실컷 하고 내의원 약방에 숨어들어서 따끈한 고구마를 훔쳐 먹을 때였다.

"나는 오라버니랑 혼인하고 싶어."

오라버니의 얼굴이 굳었다.

"우린 안 돼."

더는 혼인하고 싶다는 말을 할 수 없었다. 오라버니에게 안 된다는 말을 듣는 게 두려웠다.

볕이 뜨겁던 여름, 옥류천에 가재를 잡고 물놀이를 했다. 젖은 웃옷이 마르는 동안 바위에 누워서 햇볕을 쬐었다. 잠든 얼굴을 보는데 왠지 눈물이 날 것만 같았다.

"오라버니, 날 떠나지 마."

그의 젖은 머리칼을 만졌다. 말랑한 볼과 부쩍 자란 것만 같은 어깨와 팔도 만졌다. 손바닥에 닿는 살결의 감촉과 온기가 좋았다. 그의 얼굴로 입술을 가져갈 때였다.

더러운 것들! 저것들을 당장 떼어놓아라!

"그동안 무슨 일이 있었던 거냐?"

그의 목소리에 정신이 났다. 구석진 곳에 있는 술병을 흔드니 반쯤 채워져 있다. 보명은 잔에 술을 채우며 말했다.

"그게 이제야 궁금해?"

"금성위, 네 짓이냐?"

"응."

"왜?"

"조선 여자가 마땅히 바쳐야 하는 걸 요구했거든. 순결, 순종, 아들. 난 아무것도 주고 싶지 않았어. 그래서 죽였어."

보명은 그의 시선을 안주 삼아 술을 들이켰다. 술이 달았다.

"서로 욕하고 비웃으며 지긋지긋하게 싸웠어. 우습지 않아? 부모처럼 살지 않겠다 다짐해놓고 똑같이 사는 게? 놈을 죽이고 알았어. 도망치는 것보다 죽여버리는 게 쉽고 즐겁다는 걸."

이 음탕하고 더러운 년!

어떻게 너 같은 년이 내 배에서 나왔느냐!

내가 짐승 새끼를 낳았구나!

"김 진사도 네 짓이냐?"

"김 진사는 맞아. 송준길은 아니야."

"순순히 시인하는 이유가 뭐야?"

"진실을 말해도 바뀌는 건 없으니까. 관아에 발고하기엔 증거가 부족하고, 붙잡아서 족칠 수도 없는 신분이야. 어떻게 내 죄를 증명하겠어?"

"날 끌어들인 목적이 뭐야?"

"처음부터 말했잖아. 내 누명을 벗겨줘. 살인 사건을 해결해. 살인범의 사지육신을 찢어서 사대문에 걸어줘."

"그것이 너라도?"

"나만이 아니잖아?"

그의 슬픔과 당혹은 언제나 달콤하다. 분노와 혐오로 가득한 시선은 짜릿하다. 앞으로의 일을 미리 이야기해준다면 어떤 표정을 지을까. 흥분으로 아랫배가 당긴다.

"나는 오라버니가 슬펐으면 좋겠어. 날 미워하고 욕했으면 좋겠어."

"헛소리 말고 진짜로 원하는 걸 말해."

"말했잖아, 복수라고. 난 이 나라를 망가뜨릴 거야. 판을 크게 벌이면 온 세상이 알게 되겠지."

보명이 비틀거리며 자리에서 일어났다. 느슨한 옷이 흘러내리면서 한쪽 어깨가 드러났다. 급하게 돌아가는 눈동자를 보며 그녀가 비웃음을 흘렸다.

"부디 범인을 잡아줘. 할 수 있다면 말이야. 조심해야 할 거야. 더는 보호해주지 않을 거니까."

희고 아름다운 손이 자윤의 어깨를 가볍게 스쳤다. 멀어지는 그녀를 보며 자윤은 이를 악물었다.

복수.

출궁한 뒤로 옥화당에서 비자婢子*를 몇 번이나 보내왔다. 서신은 받자마자 읽지도 않고 태워버렸다. 다 잊고 싶었다. 벗어나고 싶었다.

참으로 더러운 핏줄이로다.

미친 어미를 닮은 것이냐, 개종자 아비를 닮은 것이냐.

끔찍한 놈. 짐승과 흘레붙어 먹을 놈.

너는 어미와 함께 죽었어야 했다.

서릿발 마마는 길길이 날뛰며 지독한 폭언을 쏟아냈다. 사람이 사람을 말로 죽일 수 있겠구나 싶었다.

기둥에 묶여 지독한 욕설을 듣는 동안 내관이 휘두르는 채찍이 등에 박혔다. 서릿발 마마는 사란에겐 손을 대지 않았다. 대신 얼굴을 마주보게 했다. 피에 젖은 채찍이 등에 달라붙을 때마다 사란이 움찔하며 몸을 떨었다. 아이는 핏줄이 터져 붉어진 눈으로 울음을 참았다. 그날 그곳에서 죽는 줄 알았다.

* 조선 시대에, 별궁·본결·종친 사이의 문안 편지를 전달하던 여자 종.

한 번 더 이런 일이 있으면 그땐 공주를 죽일 것이다.

옥화당 쪽으로 고개도 돌리지 마라.

바닥에 쓰러져 고개를 조아리다가 조 내관 등에 업혀 나왔다. 공주는 외가로 피접*을 나갔다가 몇 달 만에야 돌아왔다. 그즈음 취요헌이 살인 사건에 휘말리면서 궁궐 밖으로 쫓겨났다. 공주를 다시 만난 건 금성위와 혼인할 때였다.

혼인하던 날 보명의 시선을 느꼈지만 쳐다보지 않았다. 얼굴만 잠깐 비추고 돌아서서 나왔다. 금성위가 죽었다는 소식과 함께 보명을 따라다니는 풍문을 들었다. 병사냐 독살이냐 말이 많았지만 철저히 외면했다. 지금 생각하면 지독히도 무심했다. 세월이 흘렀고 제대로든 비뚤어지든 각자의 삶을 살고 있으니 됐다고 여겼다. 죽지 않고 살아 있으니 된 거라고.

내가 살인자를 만든 걸까.

채찍 맞은 자리가 욱신거린다. 흉터에서 피가 흐르는 것만 같다. 자윤은 눈을 감고 아픔을 삼켰다. 상처가 몹시 아픈 밤이었다.

* * *

도성 안팎의 화재와 약탈로 백성의 불안이 가중됐다. 화재 한 번으로 도성 인근이 쑥대밭이 된 것은 몇 년간 계속된 가뭄과 냉해 탓이다. 보릿고개를 앞두고 우역牛疫까지 겹치면서 상황은 악화일로였다. 우역으로 죽

• 앓는 사람이 다른 곳으로 자리를 옮겨서 요양함.

은 소를 먹고 사람들이 죽어나갔다. 기근과 전염병이 번지면서 터전에서 도망치는 유랑민이 늘었다. 인육까지 사고판다는 괴담까지 돌면서 을병대기근乙丙大飢饉 때처럼 수십만 명이 죽는 게 아니냐는 말이 돌았다. 백성은 무능한 왕실과 조정을 증오했다.

미곡 값이 천정부지로 폭등했다. 화재로 사라졌다는 쌀은 강상(경강상인)*의 창고에 쌓여 있을 것이다. 도당**의 절반은 그들에게 뒷돈을 받아챙겼을 테니 아무것도 하지 않을 테고 그사이 강상은 착실히 재산을 불려 갈 것이다.

조선이라는 나라는 참으로 허약하구나.

도성 밖 상황을 보고 온 자윤은 마음이 조급했다. 빨리 손쓰지 않으면 큰일이 벌어질 것만 같았다.

자윤이 광통교 근처 작은 주막으로 들어갔을 때였다. 구석에서 장국밥을 먹던 강용주가 반갑게 아는 체를 했다. 자윤은 인사도 없이 그의 앞에 앉아 탁주를 시켰다. 강용주가 뚝배기에다 대고 한숨을 쉰다.

"오랜만에 보는데 다짜고짜 한숨이라니."

"고단해서 그러지요, 고단해서. 대감께서 화양궁에서 유희를 즐기고 계실 때 저는 부하들과 성안을 이 잡듯이 뒤지고 다녔거든요. 이제부터는 소설과 소문 따위 믿지 않을 겁니다. 절륜미남이 흉악한 살인범을 맨손으로 때려잡았다는 그런 허무맹랑한 이야기들 말입니다. 군대감께서는 주로 종이와 붓으로 범인을 찾으시더군요. 발바닥이 부르트도록 돌아다니는 건 딴 사람이고요."

* 경강 지역을 근거로 하여 대동미 운수업 및 각종 상업 활동에 종사했던 상인.
** 조선시대 행정부 최고 기관. 삼정승이 국가 정책을 합의하고 육조가 집행했다.

"그래서 내 명성이 높은 거요. 들인 노력보다 결과가 좋으니."

강용주는 입을 비쭉거리다가 주모가 가져온 탁주를 따라 단숨에 들이켰다.

"오필상과 함께 떨어진 사내는 찾았소?"

"흔적도 없습니다. 죽어서 강물에 떠내려간 거 아닐까요?"

강 도사가 품에서 종이 한 장을 꺼내 상 위에 놓았다.

"서 상궁과 접촉한 자 명단입니다. 대부분 장사치입니다. 시전 상인뿐 아니라 만상灣商*부터 강상江商, 내상萊商**까지 화양궁에 줄을 대려고 안 달이었어요. 이번 난리의 원흉들입니다."

자윤이 이름들을 읽어내려가는 동안 그가 말했다.

"서 상궁이 상인 회합에 참석한 다음 날 한양 사람이 한 달은 족히 먹을 수 있는 쌀이 타버렸어요. 우연이 아닙니다."

"용동궁을 약탈한 무리는?"

"스무 명이 넘었답니다. 칼을 쓸 줄 알았고요. 조정에선 굶주린 백성이 한 짓이라지만 웃기는 소립니다. 몽둥이와 낫을 든 자들이 군사를 죽이고 재물을 약탈할 순 없지요."

"백자동 손님은 무얼 하고 있소?"

"변함없이 술만 퍼먹고 있지요. 굶어 죽은 백성이 수두룩한데 거기로 들어가는 술과 고기는 끊이지 않습니다."

"서 상궁과 접촉은?"

"서신도 오가지 않던걸요."

---

* 평안북도 의주의 용만에서 중국과 교역을 하던 상인.
** 동래를 중심으로 왜관 무역을 주도하던 상인

"막동의 행적은?"

"영의정 대감도 대충 짐작한 모양입니다. 막동의 처와 자식을 상단에 팔아버렸어요. 포구에서 허드렛일을 하는데 때가 때인지라 굶주리는 모양입니다."

"사람을 시켜 잡곡 한 자루를 가져다주시오. 내가 보냈다고 전하고."

"군대감께서 관심을 두는 줄 알면 더 몸을 사릴 텐데요?"

"그 정도 금수는 아니길 바라야지. 집엔 별일 없소? 도성 안팎이 흉흉한데."

강용주가 눈을 동그랗게 뜨고 보았다.

"지금 제 안부를 물으신 겁니까?"

"혼인은 하였소?"

그는 말을 잇지 못하고 입만 벙긋거리다가 머리를 긁적였다.

"어린 아들과 딸이 있습니다. 처가 덕에 굶지는 않습니다. 좀도둑이 들끓는지라 아내가 걱정이 많지요."

자윤이 품에서 주머니를 꺼내 그에게 건넸다.

"많진 않소. 집에 가져다주시오. 부하들도 챙겨주고."

묵직한 돈주머니를 보고 강 도사가 귀신이라도 본 것처럼 펄쩍 뛰었다.

"아니, 갑자기 왜 이러십니까? 아까 한 말은 농이었습니다. 지금 와서 사람을 바꾸면 처음부터 다시 시작해야 합니다. 성에 차지 않아도 그냥 쓰시는 게……."

"고생해서 주는 것이오. 받아두시오."

겁먹은 얼굴을 풀고 얼마나 들었나 확인하는 그를 보고 자윤이 피식 웃음을 흘렸다.

"내가 그 정도로 고약한 사람이오?"

"인정머리 없기로 정평이 나긴 했지요. 역시 소문은 믿을 게 못 됩니다. 이런 분인 줄 모르고 부려먹는다고 흉을 보다니. 우리 마누라 좋아하겠다, 흐흐……."

자윤은 신바람이 난 강 도사를 보고 삼법사를 드나들며 어찌 말하고 행동했는지 되짚어보았다. 하나같이 고집 세고 탐욕스러운 멍청이들이라고 생각했다. 대부분은 치적 쌓기에 혈안이 돼서 무고한 자를 잡아 가두고 사건을 은폐하기에 급급했다. 공명심과 상관없이 자신의 소임을 다하려고 애쓰는 자들도 더러 있기는 했다. 하지만 쉬이 곁을 내주진 않았다.

그동안 지켜본 강용주는 흥미로운 자였다. 공명심이 있지만 자기 의견을 밀고 나가는 배포가 있고 똑똑하면서도 성실했다. 근래에 보기 드문 자다. 본심을 숨기는 법만 배운다면 나쁘지 않은 관리가 될 것이다.

며칠 후 자윤은 난데없이 웬 절이냐며 투덜거리는 강 도사를 끌고 동망산 청룡사에 갔다. 절 마당에 들어서는데 주위가 캄캄해지더니 하늘에서 빗줄기가 쏟아졌다. 승방 처마 아래서 비에 젖어가는 산자락을 보며 강 도사가 말했다.

"거봐요, 비 올 거라고 했잖아요. 하필 궂은날에 오자고 해서."

"사내가 웬 불평이 그리 많소?"

"사내는 사람도 아닙니까? 사내도 산에 오르면 다리 아프고 배고픕니다."

그때 멀찍이서 두 사람을 지켜보던 나이 많은 비구니가 다가왔다.

"무슨 일로 오셨는지요?"

"이 절에 무연이라는 여승이 있다고 들었소."

"스님께선 일이 있어 절을 비우셨습니다."

"비도 오고 하니 기다리겠소."

"오늘 안으로 못 오실 수도 있습니다."

강 도사가 냉큼 껴들었다.

"우리가 지금 몹시 시장한 데 요기 좀 할 수 있소? 절 살림이 어려울 테지만 신세 좀 집시다."

여승이 두 사내를 번갈아 가며 보다가 허리 숙여 합장했다.

"안내하겠습니다. 따라오시지요."

여승이 이끈 곳은 절에서 가장 안쪽에 있는 승방이었다. 기다린 지 얼마 안 되어 잡곡밥과 산나물, 간장 종지가 올려진 밥상이 들어왔다.

"생각보다 진수성찬이네요. 풀죽으로 연명하다 죽어나간 중이 여럿이라고 하더니 이 절에는 제법 시주가 들어오나 봅니다. 아이고, 배고프다."

허겁지겁 수저를 드는 강 도사를 쳐다보던 자윤이 소리 없이 일어나 방문을 조금 열었다. 방문 앞에 서 있다가 급하게 도망치는 발소리가 났다.

"엿듣는 자가 있었습니까?"

"그런 모양이오. 우리가 누군지 궁금하겠지. 아까 그 비구니, 무연이라는 말에 대웅전 쪽을 보더군. 아무래도 우리에게 거짓말을 한 거 같소."

"있는 사람을 왜 없다고 할까요?"

"물어봐야지. 잠시 다녀오겠소."

밖에 나가니 처마 밑에 젖은 발자국이 찍혀 있었다. 발자국을 따라가다 보니 어느덧 대웅전이었다. 자윤은 문을 열고 대웅전 안으로 들어갔다. 반대편 문으로 작은 체구의 비구니가 나가는 게 보였다. 자윤의 시선이 문에서 불단으로 향했다. 백발 머리에 백동 비녀를 반듯하게 꽂은 여인이 절을 올리고 있었다. 다른 비구니처럼 삭발하지 않았으나 가사를 걸치고 손에 묵직한 염주를 휘감고 있었다.

자윤은 구석에 앉아 비구니가 절을 마칠 때까지 기다렸다. 굵은 염주를 굴리며 무언가를 중얼거리던 여인이 한참 만에야 뒤를 돌아봤다.

"오호……."

아는 사람을 본 것처럼 주름 가득한 얼굴에 반기는 기색이 완연했다. 여인은 노인 같지 않은 눈으로 자윤의 얼굴을 몇 번이나 들여다보았다.

"크고 초롱초롱한 눈이며 붉고 도톰한 입술이며, 집복헌 마마님을 그대로 닮으셨습니다."

자윤의 눈빛이 단번에 차가워졌다.

"생모를 아시오?"

"알다마다요. 소승은 출가하기 전 대전 상궁으로 있었답니다. 기억나지 않으시겠지만 군대감을 품에 안은 적도 있는 것을요. 보모상궁이 왕자 아기씨를 안고 나오면 궁녀들이 모두 달려들어 보았답니다. 세상에서 가장 고운 아기씨셨지요."

여인은 오른뺨이 처지고 입이 돌아가서 말이 어눌하고 웃음이 어색했다. 구안괘사가 온 지 오래인 듯 근육 처짐이 심했다.

"한데 무슨 일로 이 누추한 곳까지 오셨습니까?"

200

"궁금한 것이 있어서 왔소. 선왕께서 홍서薨逝하셨을 적에 대전 상궁 하나가 아궁이 재를 긁어서 궁 밖에 버렸다는군. 재 속에서 사람 손가락과 나무 인형을 발견하고 숙위군이 잡아들였다가 국상 중이라 쫓아내는 것으로 끝냈다고 하오. 그 여인이 출가하였다는데, 행방을 아시오?"

"그 여인은 옥금입니다. 생각시 시절 저와 방 동무였지요. 궁 밖으로 쫓겨난 궁인 중에 먹고살 길이 막막한 이들은 머리를 깎고 비구니가 됩니다. 옥금도 어쩔 수 없이 출가하였다가 병을 얻어 죽었습니다."

"대사께서는 어쩌다 출가하셨소?"

"보다시피 몸이 이리 망가져 궁에 있을 수 없었지요. 궁마을에서 근근이 살다가 지금은 이렇게 불심에 의지해 살고 있습니다."

"그때가 언제요?"

"국상이 끝날 적에 궐을 나왔지요. 옛일을 묻는 연유가 무엇입니까?"

"대전에션 무엇을 하셨소?"

여인의 눈두덩이가 미세하게 떨렸다. 표정은 여전히 부드럽고 침착하나 마비된 한쪽 뺨이 경직되는 듯 보였다.

"큰방상궁이었습니다."

"저런, 재산이 만만치 않았을 터인데. 그걸 마다하고 승려가 되다니 불심이 깊었나 보오."

여인은 인자하게 웃을 뿐 대답하지 않았다.

"수십 년 만의 해후이거늘, 물색없는 질문만 해대서 실례가 많았소. 마지막으로 궁금한 것이 하나 있는데……. 출가 전 쓰던 함자가 귀선이셨소?"

여인의 얼굴에 미소가 차츰 사라지고 있었다. 질문의 속뜻이 무엇인지 몰라 혼란스러운 표정이었다. 자윤이 설핏 웃었다.

"맞나 보오."

요란하게 퍼붓던 빗소리가 어느새 잦아들었다. 자윤은 열린 문밖을 내다보며 바람을 따라 흐르는 구름을 보았다.

"가뭄이 긴데 비가 너무 적군. 이만 일어나 보겠소."

일어서서 나가다 말고 그가 돌아섰다.

"그러고 보니 대비마마께서 불심이 깊으시지. 출가한 후에 뵌 적이 있소?"

"밤에 잠을 못 이루신다고 하시어 《우란분경盂蘭盆經》을 읽어드린 적이 있습니다."

자윤의 얼굴에 싸늘한 조소가 지나갔다.

"그건 목련존자가 지옥에 빠진 어미를 구하는 이야기가 아니오? 효심과 구원이라……. 재미있군, 재밌어."

호쾌한 비웃음이 적막한 경내에 울려 퍼졌다. 그의 웃음소리가 멀어졌을 무렵에 귀선의 악다문 어금니 사이로 욕설이 새어 나왔다. 그녀는 일그러진 얼굴로 목에 건 법구를 내팽개쳤다.

성문을 들어오면서부터 누군가가 뒤를 밟았다. 늘 따라다니는 각다귀 아이가 아니었다. 몸집이 작은 사내, 행색은 거지꼴이다. 그는 가까워지다가 망설이며 돌아서기를 반복하고 있었다. 자윤은 강 도사와 헤어지고 부러 외진 골목을 서성였다. 사내는 쉽게 결심하지 못하고 있었다. 해가 지고 길에 사람이 줄었다. 보다 못해 길모퉁이에서 숨어 기다리다가 사내 앞에 불쑥 나타났다. 놀란 사내가 비명도 지르지 못하고 뒤로 나자빠졌다.

"네가 막동이냐?"

막동은 오랫동안 씻지 못했는지 악취가 나고 병자처럼 해쓱했다. 그가 엎드려 머리를 조아리며 말했다.

"곡식을 보내주셔서 고맙구먼요. 꼼짝없이 굶어 죽는 줄 알았는데……. 대감마님이 네 사람 목숨을 살리셨어요."

"언제까지 숨어 살 생각이야?"

말을 잇지 못하던 사내가 갑자기 울음을 터트렸다.

"돈 몇 푼 벌어볼 생각에 시키는 대로 하긴 했지만, 주인 나리까지 죽일 줄은 몰랐어요. 진짜여요. 지는 억울해요."

"사실대로 말해라. 살 방법을 찾아줄 터이니."

"지 목숨도 목숨이지만 우리 애들, 굶어 죽어가는 애들 좀 보살펴 주셔요. 지금 사람 꼴이 아닙니다."

"알았다. 말해라."

"일이 있기 열흘 전인가, 한 사내가 찾아왔구먼요. 우리 가족 전부 속량할 돈을 준다길래 눈이 뒤집혔어요. 내가 미친놈이지. 그 말을 어찌 믿고……."

막동은 이야기하다 말고 서럽게 흐느꼈다. 자윤이 짜증을 내며 말했다.

"배오개까지 데려오라 시키더냐?"

"예, 길에서 공주를 봤다고 했더니 앞장서라고 하더라고요. 그 뒤에 한 사내를 쫓아가셨고요. 억구지가 나타나서 대감마님을……. 아이고, 내가 미친놈이지."

"처음 찾아온 자는 누구냐?"

"모릅니다."

"정말로 그게 전부냐?"

"예. 이게 제가 아는 전부입니다요."

"거짓말을 하는구나. 그러면 널 도와줄 수 없다."

막동이 흠칫 놀라며 보았다.

"나는 거짓말을 잘 가려내는 사람이다. 특히 너처럼 어수룩한 자의 거짓말은 더 잘 보이지. 직제학이 죽는 동안 너도 창고에 있었다. 주인을 죽이고 시신 나르는 것까지 도왔겠지. 이후 놈들이 입막음하려고 죽이려는 걸 눈치채고 도망친 것이다. 아니냐?"

"저는 그저……. 시키는 대로만."

"억구지 말고 또 누구를 보았느냐?"

사내가 두 손을 마구 저으며 뒷걸음쳤다.

"아닙니다. 저는 아무도 못 봤습니다."

"두려우냐? 죄 없는 처자식이 굶어 죽게 생겼는데도? 네가 본 자가 누군지 관아에서 이야기해라. 네 가족이 연명할 수 있도록 도와주겠다."

막동이 몸을 부들부들 떨며 흙바닥에 이마를 뭉갰다.

"관아에 가면 놈들이 애들 엄마와 애들까지 모조리 죽일 겁니다. 주인 나리께 한 짓 고대로……."

"누굴 보았지? 말해."

"누군지는 모릅니다. 다만 여인이 있었습니다."

"여인? 여인이라고?"

"어두워서 자세히는 못 봤지만, 여인이었어요. 나이 든……."

그때였다. 자윤의 뒤에서 인기척이 들리자 막동이 까무러칠 듯이 놀랐다. 어두운 골목에 검은 옷에 복면을 한 자가 귀신처럼 소리 없이 나타났다.

"으아아아악!"

막동이 비명을 지르며 달아났다. 동시에 자윤이 사내에게 달려들었다. 상대는 자윤이 달려들 줄 몰랐는지 방어하기 급급했다. 몸의 근육, 움직임이 무예를 제대로 익힌 자였다. 자윤과는 칼과 몸을 쓰는 게 달랐다. 제대로 붙으면 목숨을 부지하기 힘들지만 상대는 이쪽을 죽일 의도가 없어 보였다. 놀 만큼 놀아주었다고 판단했는지 자객이 자윤을 따돌리고 담을 뛰어넘어 사라졌다. 그의 목표는 애초부터 막동이었다.

자객이 어둠 속으로 사라지자 자윤은 그가 사라진 곳으로 달려갔다. 멀리서 막동의 비명이 들렸다.

안 돼. 죽으면 안 돼!

죽을힘을 다해 달려간 곳에 시커먼 형체가 흙바닥에 쓰러져 있었다. 자윤은 사내를 끌어안고 피가 뿜어져 나오는 목을 눌렀다. 막동이 몸을 떨며 도포 자락을 움켜쥐었다.

"애들…… 우리 애들……."

비명을 듣고 집마다 사람들이 쏟아져나왔다. 어떤 이는 자윤과 죽어가는 자 옆에 놓인 칼을 보고 황급히 집으로 다시 들어가고 어떤 이는 순라군을 찾으려고 달려갔다. 몸을 부르르 떨며 쌔액쌔액 가쁜 숨을 들이마시던 막동은 끝내 숨을 거뒀다. 이야기를 듣고 달려온 순라군들이 자윤을 거칠게 일으켜 세우며 포박했다. 그들은 시신과 옆에 있던 칼을 수습하고 자윤을 포도청으로 끌고 갔다.

새벽이 밝기도 전에 수안군 이자윤이 살인범으로 잡혔다는 소식이 도성에 퍼졌다. 오리무중인 살인 사건 때문에 골머리를 앓던 자들이 일제히 목소리를 높였다.

송준길과 김홍건을 죽인 자는 수안군이다. 수안군이 오필상을 이용해 둘을 죽이고 패거리를 몰살시켜 증거를 인멸했다. 수안군과 오필상이 한배에 있었던 걸 본 이들이 많다. 수안군이 살인을 공모한 막동을 죽이고 은폐하려고 한 것이 분명하다. 살인 증좌가 명확하니 즉시 국청을 열어야 한다.

신하들이 편전에 엎드려 고하는 동안 왕은 눈을 감은 채 한마디도 하지 않았다. 며칠 사이에 여론이 나쁘게 돌아갔다. 끔찍한 살인마 수안군을 단죄해야 한다는 상소가 빗발쳤다. 왕은 마지못해 모든 게 정황일 뿐이니 증거를 더 찾아오라고 명했다. 도당에서 오랜 논의 끝에 수안군의 사저를 뒤져 물증을 찾기로 결론이 났다.

사헌부 장령掌令과 의금부 진무鎭撫가 수안군을 앞세우고 솔내골 사저로 들어갔다. 금부나장이 집안 곳곳을 헤집는 동안 문밖에선 행랑아범과 그 아들 길수가 울먹이며 발을 굴렀다. 그들은 서재 아래에 있는 수장고까지 들어왔다.

"소문으로만 들었는데 진짜로 칼 무덤이 있었구려."

사헌부 장령이 혀를 차며 수장고 안을 둘러보았다. 그는 선반에 고이 모셔져 있는 살인범의 무기를 보고 끔찍하다는 듯이 진저리쳤다

"이런 걸 집에 두다니 참으로 강심장이시오. 하긴 그러니 그 많은 사람을 죽였겠지."

자윤은 지독한 피곤을 느끼며 말없이 서 있었다. 아무리 뒤져도 증거는 나오지 않을 테고 사건은 길어질 것이다. 우선은 시간과 왕을 믿어보

는 수밖에.

그때였다. 의금부 진무가 탁자 밑에서 작은 항아리를 꺼냈다.

"이것은 무엇이오?"

처음 보는 물건이었다. 그게 무엇인지 자윤이 생각하는 동안 장령이 뚜껑을 열고 안을 들여다보았다.

"무슨 물이 들었는데……. 술인가? 냄새가 지독하군."

장령이 항아리 안으로 손을 넣어 무언가를 꺼냈다. 순간 그가 우아아악 비명을 지르며 손에 든 것을 내팽개쳤다. 바닥에 떨어지면서 항아리가 박살 나고 작은 물체가 벽 쪽으로 굴러갔다. 수장고에 있는 사내들의 시선이 일제히 한 곳으로 향했다. 바닥에 떨어진 것은 사람의 눈알이었다.

"눈! 사람 눈입니다."

뒤에 선 누군가가 소리쳤다.

"죽은 직제학의 눈이 뽑혀 있었습니다! 그 눈이 분명합니다."

또 다른 이가 소리치자 장령이 바닥에 떨어진 눈을 주워 담으라고 소리쳤다. 자윤은 헛웃음을 흘렸다.

처음부터 짜 맞춘 살인이었나.

머릿속에 송준길의 살해 방식이 스쳐 갔다. 작위적이고 모순투성이인 게 당연했다. 한 사람을 살인자로 몰고 가기 위해 죽인 것이니.

절륜미남의 운이 드디어 다한 건지도 모르겠다고 자윤은 생각했다.

11. 옥중연애

배오개 살인 사건으로 수안군이 잡혔다는 소문을 들었을 땐 농담인 줄 알았다.

잡은 사람이랑 범인이랑 헷갈렸나 보네. 왕자님이 범인이라니 말이 돼?

그러나 소문은 사실이었다. 절륜미남은 하루아침에 전대미문의 살인 귀로 변해 있었다. 그때부터 소봉은 제정신이 아니었다. 의금부 앞을 우왕좌왕하고 육조 거리를 미친 여자처럼 헤매고 다녔다. 머릿속은 온통 수안군을 봐야겠다는 생각뿐이었다.

장소봉, 정신 차려. 왕자님을 구하고 싶으면 침착하게 생각해. 지금 내가 할 수 있는 게 뭐지?

수안군은 여느 죄인이 가는 전옥서典獄署가 아니라 의금부 옥사에 있었다. 아직 임금의 윤허가 떨어지지 않아 국청은 열리지 않았다. 의금부 관리를 매수하려면 한두 푼 드는 것이 아닐 터. 소봉은 온갖 방법을 동원해 돈을 긁어모았다.

소봉은 금부나장에게 뇌물을 주며 수안군에게 데려가 달라고 부탁했다. 부녀자가 의금부 옥사까지 들어가는 건 쉽지 않은 일이다. 금부나장의 상관의 상관, 그 상관에게 막대한 돈을 뿌려야 했다.

"다른 사람은 안 되고 혼자 가셔야 합니다. 오래 지체하시면 안 돼요. 걸리는 날엔 여러 사람 목이 날아갑니다."

깊은 밤, 의금부 협문 앞에서 금부나장이 낮은 목소리로 속삭였다. 소봉은 걱정하는 꽃분과 개금을 두고 사내를 따라 옥사로 향했다. 옥사 앞에는 창을 든 보초가 지키고 서 있었다. 금부나장이 그들에게 손짓하자 한 사내가 옥문을 열었다.

등롱을 잡은 손에 힘을 주고 한 걸음 내디뎠을 때였다. 지독한 냄새에 얼굴이 찌푸려졌다. 퀴퀴한 썩은 내와 곰팡내 때문에 질식할 것 같았다. 나쁜 놈들을 가두는 곳이니 쾌적할 리 없지만 사람이 있을 곳이 못되었다.

빈 옥방을 지나 구석으로 갔을 때였다. 벽 위쪽에 뚫린 창에서 달빛이 쏟아져 들어오고 그 끄트머리에 수안군이 앉아 있었다. 가까이 다가가자 그가 고개를 들었다. 몰라보도록 해쓱한 모습에 가슴이 미어졌다.

"내가 지금 꿈을 꾸는 것이오?"

부드러우면서도 힘없는 목소리. 소봉은 쓰개치마 벗고 가까이 갔다.

"저예요, 소봉이."

한 사람이 간신히 누울 수 있는 좁은 공간의 바닥엔 꺼끌꺼끌한 거적이 깔렸고 구석에 물통과 요강이 있었다. 소봉은 남루한 옥방을 훑어보고 다시 그를 보았다. 아직 날이 추운데 옷이 얇았다. 울컥해서 욕이 나오려는 걸 억지로 삼켰다.

흥분하지 말자. 침착해. 침착해.

소봉은 애써 밝게 속삭였다.

"몸은 괜찮아요?"

"이곳엔 어떻게 왔소?"

"관리에게 뇌물을 주고 왔지요. 가진 건 돈밖에 없거든요."

"겁이 없어도 너무 없어."

수안군이 기운 없이 웃으며 고개를 가로저었다. 그의 미소를 보니 조금 안심이 되었다.

"멀쩡해서 다행이에요. 의금부에 오면 무조건 맞고, 인두로 지지고 다리 찢는 줄 알았거든요."

"종친 찌꺼기라고 봐주는지 고신拷訊* 까진 안 가더군."

"밥은 잘 줘요?"

"그럭저럭. 근데 어찌 여기까지 온 것이오?"

"왕자님을 구하려고요. 범인이 아니잖아요. 누명 쓴 거잖아요."

"어찌 믿으시오? 남들이 다 범인이라는데."

"잘생긴 사람은 살인 안 해요."

"그놈의 얼굴 타령."

그는 몸의 힘이 다 빠져나간 듯 기운 없이 입으로만 웃었다. 소봉도 따라 웃으며 문 사이로 팔을 집어넣었다.

• 숨기고 있는 사실을 강제로 알아내기 위하여 육체적 고통을 주며 신문함

"이리 가까이 와보세요."

"여기서도 추근대는 거요?"

"아이, 가까이 와봐요."

무슨 속셈이냐는 듯 빤히 보던 수안군이 마지못해 다가왔다. 소봉은 손을 뻗어 그의 차가운 뺨을 어루만졌다.

"걱정하지 마세요. 다 잘될 거예요."

"나도 화양궁도 가까이하지 마시오. 위험하오."

모두가 수안군이 범인이라고, 아무리 왕의 형제라고 해도 살아남지 못할 거라고 말했다. 소봉은 저잣거리에 돌아다니는 소문이 아니라 수안군의 눈빛을, 그의 말을 들으며 느낀 감정을 믿었다. 그는 절대로 범인이 아니다.

"왕자님을 좋아한다고 한 거 기억해요? "

그는 대답 없이 보기만 했다.

"지금 당장 좋아해달라고 하지 않아요. 살아만 있어요. 내가 이 세상이 얼마나 아름다운 곳인지 보여줄게요."

그때 옥사 문이 슬쩍 열리더니 헛기침 소리가 들렸다. 가야 할 시간이다. 소봉은 그의 손을 놓고 몸을 일으켰다.

"잊으시오. 이쪽은 쳐다보지도 말고."

마지막이라고 생각했는지 수안군의 눈동자가 얼굴에 오랫동안 머물렀다. 그것을 보는데 눈물이 왈칵 쏟아졌다. 소봉은 서둘러 쓰개치마를 뒤집어쓰고 옥사를 나왔다.

* * *

그들이 심문을 위해 고른 방은 좁고 어두웠다. 오래된 문서를 보관하는 곳으로 세월에 잔뜩 낡은 문서에서 풍기는 곰팡내와 거미줄, 먼지가 그득했다. 종친이라는 이유로 고신을 허락지 않으니 말로 사람을 짓이겼다. 노골적으로 비웃으며 하지도 않은 일을 자백하라 강요하고 멋대로 이야기를 만들어냈다.

자윤은 그들의 조롱과 얕은수에 넘어가지 않았다. 벼룩이 들끓는 더럽고 냄새나는 감옥, 벌레가 한 움큼씩 나오는 밥과 반찬 같은 건 아무래도 상관없었다. 그보단 계략에 당해 구금 된 현실이 훨씬 더 모욕적이니까.

종일 심문을 받고 옥사로 돌아오면 지독히도 피곤했다. 금방이라도 잠이 쏟아질 것 같았는데 옥사에 앉으면 잠이 오질 않았다. 귓속에 벌레가 들어간 것처럼 윙윙거리는 소리가 들리고 벽을 긁는 소리가 났다. 불안에 잡아 먹히는 기분이 들 때 자윤은 그녀를 생각했다.

보고 싶다, 장소봉.

지금 이 순간 그녀는 뒤집힌 배에서 몇 모금 남지 않은 공기 같았다. 처음 봤을 때부터 마지막으로 나눈 얘길 나눴을 때까지 모든 순간의 소봉을 떠올렸다.

혼자만 햇빛 아래 서 있는 사람 같았다. 환하고 따뜻한 기운을 품은 사람. 같은 공간에 있으면 눈이 가고 신경이 쓰였다. 그녀가 해준 말에 문득 가슴이 저렸다.

그녀의 미소와 웃음소리를 생각하며 까무룩 잠이 들었을 때였다. 인기척이 들렸다.

"왕자님, 소봉이가 왔어요."

눈을 뜨니 희미한 등롱 빛이 어른거리고 소봉의 얼굴이 보였다. 꿈인
줄 알고 뒤척이며 다시 눈을 감을 때였다.

"우와! 잘생겼어. 내가 본 중에 최고."

"거봐. 내가 잘생겼다고 했잖아."

"네 말이 맞다. 이렇게 생긴 분은 절대로 살인 따위 안 하지. 어쩜 이
리 청초하게 생겼다니?"

이게 무슨 소리지? 꿈이 아닌가?

눈을 뜨니 두 여인이 옥문 앞에 쪼그리고 앉아 자신을 내려다보고 있
었다. 황급히 일어나 앉으니 소봉이 씩 웃으며 말했다.

"얘는 어릴 때부터 같이 자란 소꿉동무예요."

낯선 여인이 다짜고짜 얼굴을 내밀며 흥분한 투로 말했다.

"소봉이네 집 노비였는데 제힘으로 돈 벌어서 면천했어요. 단미 동업
자, 꽃분입니다."

낯선 여인의 과거사와 자기소개를 듣는 현실이 어리둥절하다.

"소봉아 원래 말수가 없으셔? 우리가 안 반가운가 봐."

"원래 이래. 보통은 막 뭐라고 하는데 암말 없는 거 보니 반가운 거
야."

"아, 그런 거야? 생김새도 그렇고 성격도 그렇고 연애소설에 나오는 냉
미남 같다. 딱 네 취향."

"그치! 그치! 이러니까 내가 반한 거야."

이상한 대화를 듣는 동안 몽롱함이 완전히 걷히면서 잠이 달아났다.
자윤은 눈을 매섭게 뜨고 두 사람을 노려보았다.

"여긴 왜 또 왔소?"

나흘 전 그녀가 다녀간 후 옥쇄장을 불렀다. 한 번 더 옥사에 관리가 아닌 자를 들이면 지난 밤 일을 형조판서에게 알리겠다고. 덜덜 떨면서 다신 이런 일이 벌어지지 않도록 하겠다더니 이게 다 뭔가.

"우린 이미 한배를 탔어요. 하나가 내리면 다 죽는 거라고요. 금부 지사知事가 무섭다고 징징거리길래 왕자님은 절대로 내가 다칠 일은 않는다고 했어요. 맞죠, 왕자님?"

저 뻔뻔하고 능글능글한 여인을 어쩌면 좋단 말인가. 자윤은 대답 대신 한숨을 내쉬었다.

"세상에, 왕자님이 거적때기 위에서 주무시다니. 꽃분아, 시작해."

또 무슨 소린가 싶어 고개를 드는데 여인이 감옥 문을 따고 들어왔다.

"뭐 하는 거요? 문은 어떻게……."

앉은 자리에서 벌떡 일어나는데 꽃분이 우악스러운 손길로 그를 옥방 밖으로 밀어냈다. 그러고는 어디서 났는지 빗자루와 걸레로 바닥을 쓸고 닦더니 커다란 보따리를 가져왔다. 그녀는 야무진 손길로 보따리를 착착 풀고 비단 이불 한 채를 꺼내 바닥에 폈다. 그동안 소봉이 서안을 가져와 벽 쪽에 놓고 화병을 예쁘게 올려놓았다.

"이, 이게 다 무엇이오?"

자윤은 너무 황망해 말까지 더듬어가며 말했다.

"며칠을 계시더라도 편히 계셔야죠."

"여긴 감옥이요!"

"누가 몰라요? 나는 내 남자가 고생하는 꼴은 못 봐요."

내 남자?

얼굴이 화끈해지는 게 처음 들어보는 말 때문인지 여인들이 안으로

214

옮기는 경대와 다기 때문인지 혼란스러웠다. 이런 걸 왜, 어찌하여 가져온 것인가? 아침마다 거울 보며 얼굴 매만지고 차를 마시라고?

한마디 하려고 입을 떼는데 소봉이 눈앞에 작은 함지를 들이밀었다.

"유모가 왕자님 드리라고 전이랑 떡 해줬어요. 드세요."

함지를 열자 고소한 기름 냄새와 함께 먹음직한 떡이 보였다. 갑자기 미친 듯이 허기가 밀려오면서 입안에 군침이 돌았다. 그러고 보니 저녁에 나온 국에 큼지막한 나방이 떠다니는 걸 보고 숟가락을 내려놨다. 제대로 된 음식을 먹은 게 언젠지 까마득하다. 자윤은 골칫덩이 여인들을 쫓아내야 한다는 생각 따윈 내팽개치고 떡으로 손을 뻗었다.

그가 떡을 먹는 동안 소봉과 꽃분이 옥방 단장을 마쳤다. 더럽고 남루한 곳에 비단 이불을 깔고 값비싼 세간살이를 들여놓으니 우스꽝스러웠다. 꽃분은 자신이 한 일을 뿌듯하게 보다가 슬그머니 밖으로 나갔다.

"걱정하지 마세요. 새벽마다 보초들이 치워준다고 했으니까. 들키지 않을 거예요. 새 옷이랑 버선 넣어놨으니까 잘 때 입고 나갈 땐 지금 입은 옷으로 갈아입으세요."

"도대체 어쩌려고 이러시오? 지금 밖에선 내 죄를 찾으려고 혈안이오. 잘못하다가 이 사건에 얽히는 날엔 목숨 부지하기 힘들 거요."

"가까이서 왕자님 보니까 좋아요."

"잊으라고 했잖소."

"왜 잊어야 해요? 잠깐 누명을 쓴 것뿐인데."

"위험해진다고 했잖소!"

"가만히 있자니 죽을 것만 같았어요. 이래 죽으나 저래 죽으나 마찬가지라면 왕자님이라도 보는 게 낫잖아요."

이 고집 센 사고뭉치!

크게 소리라도 지르면 답답한 속이 나아지련만. 자윤은 지끈거리는 한쪽 이마를 짚고 자신이 누웠던 자리를 쳐다보았다. 비단 이불과 푹신한 베개, 서안에 올려놓은 화병에 꽂힌 은방울꽃. 넓고 긴 초록 잎을 쓰개치마처럼 뒤집어쓰고 앙증맞은 얼굴을 내밀고 있는 모양새가 꼭 장소봉 같은 꽃이었다.

보내야 한다. 단호하게 밀어내야 한다. 웃는 얼굴에 모진 말을 던지고 화내야 한다. 그런데 입이 떨어지지 않는다. 보고 싶으니까. 옆에 있으면 좋겠으니까.

그때 밖에서 그만 나오라며 옥사 문을 탕탕 두드렸다.

"지난번보다는 오래 있었다. 돈 많이 준 보람이 있네. 왕자님, 또 올게요."

자윤은 뒤돌아서는 여인의 손을 잡았다. 작고 부드럽고 따뜻한 손이었다.

"오지 마시오."

진심이 아닌 것을 그녀도 알고 자윤도 알았다.

"아직도 모르세요? 하지 말란다고 안 할 장소봉이 아니라고요."

장난기 가득한 표정을 지은 소봉이 도도하게 옥사를 걸어 나갔다. 문이 닫히고 감옥 안은 다시 토굴처럼 습하고 캄캄한 곳으로 바뀌었다. 자윤은 푹신한 비단 이불 속으로 들어갔다. 벽 쪽으로 돌아눕자 화병에 꽂힌 은방울꽃이 달빛 속에서 빛나고 있었다.

돌 섞인 조밥에 된장 푼 물, 쉬어빠진 나물 반찬이 전부이던 밥상에 경천동지할 사건이 일어났다. 하얀 쌀밥에 고깃국, 조기찜과 돼지고기 산적이 올라온 것이다. 보나 마나 장소봉이 벌인 짓이다. 이러다간 장소봉이 뇌물을 뿌렸다는 것을 의금부 전체가 알게 생겼다. 자윤은 한숨을 쉬며 밥숟가락을 들었다.

그때 옥사 문이 열리더니 종부시 도제조 영평군이 들어왔다. 그는 문턱을 넘자마자 명주 수건을 꺼내 코를 막더니 거북이처럼 느리게 다가왔다. 어두침침한 옥사 안이 눈에 익지 않는지 영평군은 한 손으로 사방을 더듬다가 간신히 자윤의 옥방 앞에 자리를 잡았다.

"전하께서 ……계시네."

입으로 숨을 쉬며 말하는 것이 힘든 모양인지 목소리가 거의 들리지 않았다. 자윤은 고기산적을 우물우물 씹으며 노인의 말을 기다렸다.

"전하께서는 자네 짓이 아닌 걸 알고 계시네."

"당연히 그래야지요. 이 지옥으로 밀어 넣은 게 그분이신데. 전하께선 어찌 빼내 주신답니까?"

영평군이 펄쩍 뛰며 말했다.

"어허, 이번 일은 자네가 해결해야지. 조정에선 국청을 열어라, 심문할 것도 없이 효수해야 한다, 말이 많아. 전하께서 버티시는 것도 한계가 있네."

"여기서 무얼 어떻게 합니까? 손발이 다 묶였는데."

"강 도사가 있지 않은가."

"보는 눈이 많아 쉽지 않습니다."

투덜거리는 이자윤을 빤히 보던 노인이 미심쩍은 표정을 지었다. 그제야 어둠에 눈이 익숙해지면서 보지 못하던 것이 보였다. 집에서 받은 조

반상보다 나아 보이는 밥과 반찬, 한쪽에 반듯하게 개어놓은 비단 이불, 경대와 다기, 서안 위에 얌전하게 올려놓은 화병. 영평군은 못 볼 것을 봤다는 표정으로 옥방을 둘러보았다.

"자네가 깔고 앉은 게 방석인가? 요즘은 죄인에게 솜 방석도 지급하나? 저건 뭔가? 꽃병? 감옥에 웬 꽃인가? 흠……. 그러고 보니 뭔가 이상한데. 옥에 갇힌 사람치고 묘하게 활기찬 것이……. 얼굴도 빤질빤질하니 깨끗하고."

"찬 바닥에 앉으면 엉덩이가 시립니다. 절륜미남으로 불리는데 허명이 되지 않도록 가꿔야지요."

"다 죽어가는 줄 알고 걱정한 게 무안하구먼. 옥바라지해줄 사람이 있었으면서 의뭉을 떨었군그래."

"농담이나 하려고 이 새벽에 오신 건 아닐 테고, 진짜 온 목적을 말씀해주시지요."

노인의 시선이 화병에서 자윤의 얼굴로 옮겨왔다. 그는 용변을 보는 것처럼 쭈그리고 앉아 한숨을 내쉬었다.

"처음 지목될 때부터 이상하다고 생각했었네. 종부시의 다른 이를 세웠더니 꼭 자네여야 한다고 하더군. 전하의 명이었으나 뒤에 대비전 있었어."

"놀랍지도 않습니다."

"왜 대비전이 자넬 끌어들였는지 아나?"

알지만 말할 수 없었다. 영평군이 앓는 소리를 냈다.

"결국 자네는 이 암투의 희생자가 될 걸세. 빠져나오기 힘들 거야."

두 사람은 한동안 말을 잇지 못했다.

"중전마마를 만나게 해주십시오."

"중전마마를?"

"대조전이 지금껏 조용한 건 이유가 있습니다. 독대하게 해주십시오."

"뵐 방법도 없을뿐더러, 자네를 도와주시겠는가?"

"도와야 할 일이 생길 겁니다."

"노력은 해보겠지만 기대는 말게. 자넬 사지로 밀어 넣은 게 미안해서 도와주는 거야."

영평군이 돌아간 뒤 자윤은 생각에 매달렸다. 지금 누명을 벗는 것보다 어떡해서든 이곳을 벗어나는 것이 급선무다. 옥사에 드나드는 횟수가 늘수록 장소봉이 위험해진다.

보명이 무언가를 계획하고 있다. 살인과 화재, 약탈과 미곡 폭등은 시작에 불과하다. 용동궁이 습격당하면서 상당수의 내탕금을 잃은 대비전은 약이 바짝 올랐을 것이다. 화양궁의 기세를 꺾을 무언가를 준비하고 있을 것이다. 대조전은? 왜 영의정 송영묵은 침묵하는가. 백자동 그자의 존재를 이미 알고 있을 터. 발등의 불보다 턱 밑에 들어올 칼날을 대비하는가.

"앉으시오! 심문 중에 뭘 하는 것이오?"

생각에 잠겨 방 안을 서성이는 자윤을 보며 의금부 관리가 소리쳤다. 하지만 자윤에겐 그는 외침이 들리지 않았다. 그는 일련의 사건과 인물을 바탕으로 지도를 그리고 있었다. 그중 가장 신경 쓰이는 것이 있었다.

어의가 아니라 사가의 의원을 궁에 들이셨다.

출궁한 상궁 옥금을 찾으라고 명하셔서 성 밖을 뒤졌으나 소득이 없었다.

중궁전 나인이 졸다가 불을 내서 큰 곤욕을 치렀다.

상촉尚燭 **허회가 중궁전에서 유달리 초와 숯을 많이 쓴다며 강 상궁과 실랑이를 했다.**

머릿속에서 무언가가 번뜩이자 자윤이 걸음을 멈췄다.

"그래, 그거야. 그래서였어."

자윤이 소리치자 탁자 앞에 관원이 흠칫 놀라며 고개를 들었다.

아문에서 지루하고 괴로운 심문을 받고 돌아왔을 때였다. 새벽 무렵에 치워졌던 옥방이 다시 지난 밤처럼 꾸며져 있었다.

설마 오늘은 안 오겠지.

자윤은 깨끗한 무명옷으로 갈아입고 깨끗한 이불 속으로 들어갔다. 돌아누우니 지난 밤보다 다소 시든 은방울꽃이 그를 반겼다.

내가 나쁜 꿈을 꾸거든 네가 쫓아내 주렴.

꽃망울을 보다가 무거운 눈을 감았을 때였다. 옥사 문이 요란스럽게 열리더니 치맛자락 끄는 소리가 났다.

이런, 또 시작이야?

일어나 보니 역시나 소봉이었다. 발소리만으로도 기분이 느껴진다. 감정이 격앙되고 상당히 흥분한 상태다.

"아무리 사람을 매수했다고 해도 이른 시간에 다니는 것은 위험……."

말을 끊고 소봉이 소리쳤다.

"좋은 소식이 있어요!"

"좋은 소식?"

"그동안 왕자님 누명을 벗겨주려고 조사하고 있었어요."

이게 무슨 소리인가?

경악하며 보는 동안 소봉이 빠르게 말을 이었다.

"직제학이 죽던 날 밤 보명공주가 누구랑 같이 있었는지 알아냈어요. 백자동에 사는 선비인데…… 뭐 하는 작자인지 아직 모르겠어요. 암튼 사방으로 수소문하는 중인데 도와주겠다는 사람이 나타났어요."

자윤은 피가 차게 식는 것만 같았다. 무슨 일이 벌어지는 것인지 감도 잡을 수 없었다.

"마리를 만났어요. 왕자님이랑 일한 적도 있다면서요? 그 아이가 도와준댔어요. 좋은 아이 같아요."

자윤은 누명을 쓰고 감옥에 갇혀 있는 게 인생에서 가장 끔찍한 일이라고 생각했다. 그런데 아니었다.

장소봉에게 살인귀가 달라붙었다.

* * *

소봉이 관원들에게 뇌물을 먹이는 동안 꽃분은 사람을 구해 수안군에 대한 소문과 살인 사건에 대해 캐고 다녔다.

"뭔가 제대로 된 이야기 없니? 죄다 장안에 도는 헛소문이잖아. 수안군이 남색을 즐겨서 살인했다는 헛소리 말고."

소득 없는 날이 며칠째 이어지던 중에 단서 하나를 건졌다.

직제학이 죽던 날, 배오개 색주가에서 한 양반이 소동을 일으켰다. 그 자리에 보명공주가 온 걸 많은 사람이 보았다.

소봉은 그길로 색주가 소동에 대해 캐고 다녔다. 소동이 벌어졌던 해월루는 여전히 장사 중이었지만 그날 폭행을 당한 기둥서방과 기생 송화는 사라지고 없었다. 또한 보명공주를 봤다고 말한 장악원 여악 또한 도성을 떠난 후였다.

기생을 찾는 건 기생이 최고다. 소봉은 청풍각 행수 자명을 불러 색주가에서 사라진 기생을 찾아오면 두둑이 사례하겠다고 꼬드겼다. 발이 넓은 자명은 기방 몇 곳을 돌고 나더니 한나절도 안 돼서 소식을 듣고 왔다.

"송화는 성문 밖 한림동에 있대요. 거기서 홍란이라는 이름으로 손님을 받는다네요."

"당장 앞장서."

"거기까지 가라고요?"

"남의 돈 먹기가 쉬운 줄 알아? 해가 지기 전에 돌아와야 하니까 어서 가자."

소봉은 툴툴거리는 행수 기생을 데리고 한림동에 갔다. 자명 말대로 난봉꾼에게 얻어맞던 송화가 이름을 바꾸고 숨어 있었다.

"배오개 색주가에서 있었던 일이 궁금해서 왔어."

배오개라는 말을 듣자마자 송화의 얼굴이 사색이 되었다.

"여기 온 거 누가 알아요?"

까무러칠 듯이 질겁하는 송화를 보고 두 여인이 당황한 시선을 나눴다.

"아직은 우리 둘. 왜 그리 떨어?"

"돌아가서 다신 오지 마세요. 절 만났다는 이야기 아무에게도 하지 마시고요."

"소동이 있던 날 받은 손님이 누군지 알아?"

송화는 고개를 저었다.

"그런데 왜 그래?"

보다 못한 자명이 채근했다.

"답답하게 입 꾹 다물지 말고 뭐라도 말해봐. 아씨께서 도와주실지도 모르잖아."

하얗게 질린 얼굴로 손톱을 물어뜯던 송화가 겨우 말을 꺼냈다.

"응수라고, 기둥서방이 있었는데……. 감쪽같이 사라졌어요. 부모는 버려도 돈은 안 버리는 인간인데, 돈도 놓고 사라졌다니까요. 우리 엄니가 날 살렸어요. 엄니가 돌아가시지 않았으면 저도 응수 꼴이 났을 거예요."

"답답해. 제대로 이야기해봐."

몇 번의 설득 끝에 송화가 자초지종을 털어놓았다. 소동이 일어나기 며칠 전, 응수에게 한 사내가 찾아왔다. 그는 한 사내의 얼굴이 그려진 종이를 주며 색주가 앞에서 기다리고 있다가 기방으로 데려오라고 했다. 술을 진탕 먹이고 말썽을 일으키면 돈을 곱절로 얹어주겠다고 했다. 손님들 끌고 와서 홀딱 벗겨 먹는 거야 늘 하는 일이니 응수는 흔쾌히 돈을 받았다.

사내가 시키는 대로 골목 초입에서 지키고 있으니 그림 속 사내와 닮은 자가 들어왔다. 생긴 건 멀쩡하나 술버릇과 손버릇이 고약한 자였다. 미리 준비한 독주에 인사불성이 된 그는 다짜고짜 때리고 겁탈까지 하려고 들었다. 손님 성질을 긁으면 돈이 생긴다는데 가만히 당할 수 없었다. 팔을 물어뜯고 옆구리를 걷어차니 눈을 까뒤집고 발광했다.

"보다보다 그리 패악을 부리는 놈은 처음이었어요. 맞아 죽는 줄 알았다니까요."

"그때 한 여인이 왔었지?"

소봉이 말을 끊고 껴들자 송화가 고개를 끄덕였다.

"너울을 쓴 여인이었는데, 그 여인이 오자마자 패악을 떨던 자가 순해지데요. 범 앞에 개새끼처럼 쩔쩔매는 꼴이 어찌나 우습던지."

"들은 얘긴 없어?"

"두 사람이 따로 방으로 들어가긴 했는데, 맞은 게 아파서 우느라 소리 들을 겨를이 없었지요. 손님이 가고 응수가 좋아하더라고요. 맷값으로 한몫 단단히 챙겼다고. 썩을 놈, 남은 아파서 죽겠는데. 그 밤에 엄니가 돌아가시는 바람에 저는 성문이 열리자마자 나왔어요. 근데 상을 치르고 돌아가니 응수가 사라지고 없는 거예요. 구들장 밑에 돈 숨겨놓는 곳이 있었는데 고대로 두고 말이에요. 맷값 받고 동티가 났다 싶어 바로 도망쳤어요."

"때린 사내 생김새는?"

"비싸 보이는 진사립에 남색 사단능주를 입었던 게 기억나요. 돈이 많아 보이는 자였어요."

"돈 주고 시킨 자는?"

"늙은 사내인데 수염이 없고 목소리가 가늘었어요."

옆에 앉은 자명이 손뼉을 치며 소리쳤다.

"내시다! 노인네가 수염이 없고 목소리 가늘면 내시밖에 없지요. 기방에 내시들이 자주 와서 잘 알아요."

"얼굴 기억나?"

"어렴풋하게는 기억나요."

이 단서가 도움이 될지 모르겠지만 뭐라도 시작해봐야만 했다.

소봉은 어의동 최 씨네로 가서 근래에 비싼 진사립을 사간 이가 있는지 물었다. 고객에 대해 발설할 수 없다고 펄쩍 뛰던 주인이 단미와 거래하자고 하자 바로 장부를 펼쳐 들었다. 나라 살림이 어려워지든 말든 사치하는 사람들은 꼭 있기 마련. 반년 동안 갓을 주문한 사대부가 셀 수 없이 많았다. 누가 누군지 알 길이 없으니 죄다 베껴 적고 나서 수진방 진사전眞絲廛으로 갔다.

이곳은 좀 까다로운 곳이다. 도성 안에서 단미와 대적할 만한 유일한 곳이 진사전이기 때문이다. 아마도 단미가 생기면서 손님이 절반은 줄었을 것이다. 요즘엔 부인들의 옷보다 관복, 예복에 치중한다고 들었다. 소봉이 전포에 들어서자마자 여주인이 눈을 동그랗게 뜨고 고까운 눈으로 보았다.

"아니, 단미 아씨께서 무슨 일로 누추한 곳까지 오셨대?"

안 그래도 여우처럼 얄팍한 인상인데 눈꼬리가 치켜 올라가니 더 못되게 보였다. 소봉은 생글생글 웃으며 전포를 둘러보았다.

"누추하다니, 조선 팔도에서 옷을 두 번째로 잘 만드는 곳인데. 단미에 왔다가 심심해서 놀러 왔네."

"그니깐 염탐하러 왔다는 말씀?"

"이 사람, 염탐이라니. 요즘같이 어려운 시기에 상인의 고초를 나누러 온 거지. 장사는 잘돼?"

"되겠어요? 돈이 씨가 말랐는데."

"아무리 어려워도 꾸밀 사람은 다 꾸미고 놀 사람은 다 놀잖아. 한양 양반은 의복 사치, 호남 양반은 음식 사치, 영남 양반은 기와집 사치하는 맛으로 산다는데."

"뭐, 그렇기야 하죠."

"자네 전포에 사단능주 있어?"

"한 필인가, 두 필인가가 남았지요. 사치를 금한다는 어명이 있은 뒤로는 사단능주로 옷 해 입는 양반이 없어요. 근데 그건 왜……."

"가장 마지막에 옷을 지어 판 건 언젠가?"

"그걸 어떻게 기억해요?"

"장부 좀 볼 수 있어?"

여주인이 눈을 부릅뜨고 인상을 썼다.

"지금 손님 명단을 빼가려는 거예요?"

"손님을 빼가려는 게 아니라 사단능주로 옷 해 입은 사람을 찾는 거야. 누군지 찾으면 내가 사례할게."

사례라는 말에 여인의 표정이 조금 누그러졌다.

"사례라면?"

"요즘 금보다 비싸다는 쌀. 오늘 내로 자네 집 곳간으로 몇 가마 보내줄게."

여인이 미간을 접으며 고민했다.

"그 약속 참말이지요? 기다려보셔요."

주인은 장부를 뒤져 사단능주로 옷을 해 입은 손님을 찾았다.

"여기 있네요. 남색이랑 옥색 사단능주 도포를 지어 입으셨네."

"어느 댁에서?"

"그게 없네요. 보통은 남기는데. 그냥 백자동이라고만 쓰여 있어요."

여주인이 일하는 사내를 불러 물었다. 총기 있어 보이는 젊은 사내가 어느 댁인지 밝히지는 않고 은자로 계산해갔다고 했다.

"직접 와서 가져갔어?"

"아니요, 제가 배달을 갔습죠."

"백자동 어딘지 알아?"

"타락산 바로 아래 기와집이요."

그 말에 괜히 가슴이 떨렸다. 얼결에 굉장한 소득을 얻은 기분이다. 소봉은 칠렐레팔렐레 신나게 뛰어가 꽃분한테 죄다 말해주었다. 꽃분은 소봉이 가져온 사실을 쪽지에 적어 벽에 붙였다. 처음에는 아무것도 없었던 공방 벽이 인물과 사건, 단서들로 채워지고 있었다.

소봉은 송화를 설득해 도성 안으로 데리고 왔다. 그리고 남장하고 궐 앞으로 가서 퇴궐하는 내관 중에 기방에서 본 자를 찾게 했다. 궁궐이 한두 곳도 아니고 그야말로 모래밭에서 바늘 찾기였다. 하지만 뭐라도 해야만 했다.

사흘이 지나도록 내관을 찾지 못해 포기하려고 할 때였다. 송화가 한 사람을 가리켰다. 드디어 찾은 것이다!

김문창은 종4품 상책尙冊으로 임금의 시중을 드는 대전 설리다. 그는 이름만 대전 설리일 뿐 오랫동안 중궁전 전교를 담당하는 승전색이었기에 자경전 장번 내시로 왕대비를 모셨다.

"대비전 내관이 사람을 시켜서 공주를 색주가로 불러들였다?"

소봉은 중요한 단서를 찾아낸 것 같아서 들떴다.

오늘은 김문창이 출번하는 날이다. 남장한 소봉은 창덕궁 금호문에서 그를 기다렸다. 퇴궐한 김문창은 집이 있는 서촌이 아니라 다른 방향으로 길을 잡았다. 소봉은 멀찍이 거리를 두고 그를 따라갔다. 늘 개금을 데리고 다녔지만 달거리를 하는 통에 집에 두고 온 참이었다.

수수한 옥양목 도포에 통영갓을 쓴 사내는 사람들로 붐비는 골목으로 들어갔다. 사내의 발걸음이 어찌나 빠른지 소봉은 거의 뛰다시피 해야 했다. 이러다가 놓치는 거 아닌가 조급한데 갑자기 김문창이 사라졌다.

어? 어디 갔지?

좌우를 아무리 살펴도 통영갓을 쓴 사내가 보이지 않았다. 소봉은 조바심을 내며 뒷골목 깊숙이 들어갔다. 사람 하나가 간신히 비집고 들어갈 수 있는 좁은 길 끄트머리에 눈에 익은 통영갓이 보였다가 사라졌다. 놓치지 않으려고 악을 쓰고 달려가는데 사내들의 고함이 들렸다. 아차 싶었지만 몸은 이미 모퉁이를 돌고 있었다.

집과 집 사이가 가까워 처마가 닿을 듯 가까운 골목은 그늘이 지고 해거름 무렵이라 어두웠다. 보이는 것은 무리 지어 선 사내들의 그림자와 쓰러진 형체뿐. 바닥에 쓰러진 김문창을 보고 소봉이 제자리에서 얼어붙었을 때였다. 무리 중 하나가 소봉을 발견했다.

망했다! 도망쳐!

소봉이 토끼처럼 달아나자 사내들도 일제히 움직였다. 조금 전만 해도 사람으로 붐비던 거리가 거짓말처럼 텅 비었다. 모퉁이에서 뒤돌아보니 바로 몇 걸음 뒤에서 사내들이 따라오고 있었다. 손만 뻗으면 목덜미를 잡힐 것 같았다.

장소봉, 겁먹지 마! 너는 판서동에서 뜀박질을 제일 잘하는 사람이야. 저런 놈들에게 잡히지 않아!

하지만 옆구리가 끊어지게 아프고 다리가 후들거리기 시작했다. 좁은 골목을 돌 때마다 앞에서 사내들이 나타나 몇 번이고 방향을 꺾었다. 점점 외진 구석으로 몰리는 기분이다. 이대로 잡히고 마는가. 숨을 헐떡이며 모퉁이를 돌아설 때였다. 누군가가 그녀의 입을 틀어막고 끌어당겼다.

"살고 싶으면 따라와."

아이처럼 몸집이 작은 사람이었다. 계집 같기도 하고 아직 수염이 자라지 않은 사내아이 같기도 했다. 소봉은 미친 듯이 고개를 끄덕이며 잡아끄는 방향으로 달렸다. 얼결에 뒤를 돌아보니 사내들이 쫓아오고 있었다. 그때 어디선가 나타난 계집아이들이 소봉을 지나쳐 가더니 사내들과 얽혀서 넘어졌다. 아이들 우는 소리가 골목에 시끄럽게 울려 퍼졌다.

"야! 앞만 보고 달려!"

사나운 채근에 소봉은 황급히 앞을 보았다. 잡힌 왼쪽 손목이 욱신거리고 아팠지만 신경 쓸 겨를이 없었다.

"왼쪽!"

소봉은 아이가 말하는 대로 몸을 왼쪽으로 틀고 달렸다. 정신없는 와중에도 자기를 붙들고 달리는 이가 눈에 들어왔다. 아무렇게나 자른 듯한 더벅머리에 누더기 입성, 가냘픈 목과 어깨.

"오른쪽!"

소봉은 계집아이에게서 시선을 거두고 오른편으로 달렸다. 이제 막 장사를 파하는 난전 골목이었다. 흙바닥에 건어물을 늘어놓고 팔던 노파가 이쪽을 보며 고갯짓을 하더니 뒤쪽에 있는 거적때기를 들어 올렸다. 계집아이가 그 안으로 쏜살같이 달려 들어갔다. 소봉도 허리를 숙이고 토굴처럼 작은 공간에 몸을 숨겼다. 숨도 크게 쉬지 못하고 거적 틈새로 보이는 골목을 응시하는데 뒤이어 달려온 사내 둘이 멈춰 서서 주위를 살폈다.

"나는 이곳으로 갈 테니, 자네는 저기로 가게."

소봉은 두 사람이 흩어지고 나서야 제대로 된 숨을 들이마셨다. 심장이 요란하게 뛰고 몸이 덜덜 떨렸다.

"떨어져."

어둠 속에서 계집아이가 속삭였다.

"응?"

"떨어지라고, 너무 붙었잖아."

정신을 차려보니 계집아이를 힘껏 끌어안고 있었다.

"어, 미안."

팔을 풀고 물러나 앉는데 벽이 등에 닿았다. 짐을 쌓아두는 토굴인지 너무 좁고 생선 썩은 냄새가 심하게 났다. 뛰쳐나가고 싶은 생각이 굴뚝 같은데 속마음을 읽기라도 한 것처럼 아이가 말했다.

"기다려. 아직 안 갔어."

"살려줘서 고마워."

"혼자서 김문창을 따라다니다니, 미친 짓이야. 죽을 수도 있었어."

"날 알아?"

"장소봉. 스물셋. 단미 아씨. 과부."

처음 보는 사람이 자신에 대해 자세히 알고 있으니 기분이 묘했다.

"넌 누군데?"

"마리."

"마리? 예쁜 이름이다. 나 꽃마리 좋아해. 귀엽게 생겼잖아."

어둠 속에서도 계집아이가 돌아보는 게 느껴졌다.

"짐승이나 벌레 셀 때 쓰는 마리야. 한 마리, 두 마리 할 때 그 마리."

소봉은 어떤 미친 부모가 자식 이름을 그따위로 짓냐고 하려다가 입을 다물었다.

"나는 꽃마리라고 생각할래. 꽃 이름이라고 생각하면 기분 좋잖아."

어둠 속에서 피식 웃음소리가 났다.

"근데 나를 어떻게 알아?"

"수안군의 여자잖아. 같이 일한 적 있어."

수안군의 여자라는 말에 얼굴이 화끈거렸다. 아직 여자까지는 아닌데. 부끄러우면서도 기분이 좋아서 절로 입이 벌어졌다.

"왜 김문창을 미행한 거야?"

"수안군의 누명을 벗겨주려고."

"혼자서?"

"응."

"제법이네. 치장밖에 할 줄 모르는 아씨인 줄 알았는데."

"칭찬 고마워. 근데 김문창은 어찌 된 걸까? 죽었을까?"

"아직 안 죽일 거야. 저들이 필요한 걸 갖고 있거든."

"너도 그를 미행한 거야?"

"아니, 난 너를 따라다녔어."

"날? 왜?"

"수안군이 있어야 내 일을 끝낼 수 있거든. 내가 도와줄게. 감옥에서 꺼낼 수 있게."

소봉은 감격해서 마리를 끌어안았다.

"정말로 우릴 도와줄 거야? 고마워, 마리야!"

"떨어져. 난 누가 내 몸에 닿는 거 질색이야."

"어머나, 미안해."

소봉은 팔을 풀고 배시시 웃었다. 같이 사건을 해결할 동료가 생겼다는 생각에 가슴이 두근거렸다. 빨리 수안군에게 달려가 이 사실을 알리고 싶었다. 하지만 뜻밖에 반응이 돌아왔다.

"무슨 짓을 하고 다니는 것이오? 안 돼! 절대 안 돼! 다신 마리를 만나지 마시오!"

"각다귀가 뭘 하는지 알아봤어요. 마리가 도와주면 누명을 벗을 수 있어요."

"도와주는 게 아니야. 이용하려는 거지. 그자가 어떤 자인 줄 알면 이렇게 고집부리지 못할 거요."

"그럼 가르쳐주세요."

"모르는 게 낫소."

옥사 보초가 문을 쾅쾅 두드려댔지만 둘 다 들은 체도 하지 않았다. 창살을 사이에 두고 절대로 물러서지 않겠다는 서로 노려보았다.

"이유도 가르쳐주지 않으면서 무조건 하지 말라니, 발등에 불이 떨어졌는데 이 사람 저 사람 가릴 처지예요? 빨리 누명 벗고 나가야죠!"

"그래도 안 돼. 절대로 안 돼. 그런 줄 알고 이만 돌아가시오."

"안 가요. 아침까지 앉아 있다가 잡혀갈래요."

수안군의 검은 눈썹이 꿈틀하고 움직였다. 속이 부글부글 끓는 모양인데 오장육부가 뒤집힌 건 이쪽도 마찬가지였다.

"이 사건의 내막을 몰라서 그렇소. 이 사건에 얽힌 자들이 얼마나 추악하고 잔인한 인간인지 모르니까."

"밤에 잠들 때, 아침에 눈뜰 때 얼마나 무서운지 알아요? 왕자님이 추국장으로 끌려가는 건 아닌지, 고신을 받다가 죽는 건 아닌지, 겁이 나서 죽을 지경이라고요. 나도 도울게요. 누가 위험한지 가르쳐주고 방법을 찾아주면 되잖아요."

"여기에 가만히 앉아서 그대를 위험에 빠뜨리라고? 그렇겐 안 해. 절대로."

그대. 방금 그대라고 했다. 소봉은 순간적으로 화가 풀리려는 걸 다잡았다. 달콤하게 불러준다고 포기할 줄 알고? 절대로 굽히지 않을 거다.

그때 밖에서 투덜거리는 소리가 나더니 보초가 문을 쾅쾅 두드렸다.

"왕자님이 허락 안 해도 범인을 찾으러 다닐 거예요. 마리와 함께요. 엉뚱한 짓을 하다가 죽게 된다면 왕자님 책임이에요."

"지금 자기 목숨을 가지고 협박하는 거요?"

"날 살리고 누명을 벗으려면 도와줘요."

빛과 어둠의 경계가 사라지고 있었다. 벽에 두 사람의 그림자가 차츰 희미해졌다. 초롱 속의 촛불이 잠시 일렁이다가 사그라들었다. 초롱불이 꺼지기 직전 그의 눈빛은 혼란으로 가득했다. 한참 만에야 무겁게 가라앉은 목소리가 들렸다.

"나와 약속 하시오. 앞으론 상의 없이 함부로 움직이지 않겠다고."

그의 말에 소봉의 얼굴이 확 밝아졌다.

"약속할게요. 왕자님이 시키는 대로 할게요!"

"따로 이야기해둘 테니 의금부 도사 강용주를 찾아가시오."

"같이 수사할 수 있게 허락해주는 거예요?"

"마리가 아니라 강 도사와 같이 다닌다는 조건이오."

"하지만 그 아이, 뭔가 알고 있는 것 같은데……."

소봉은 그가 빤히 쳐다보자 입을 꾹 다물고 고개를 끄덕였다.

"그럼 강 도사와 같이 김문창의 행방을 찾겠어요."

"그보다 청룡사 무연이 먼저요. 이미 숨어버렸을지도 모르지만 찾는다면 꼭 신변을 보호해야 하오."

"잡는 게 아니라 보호요? 그 사람이 누군데요?"

"대비전 사람이오. 꼭 살려둬야 하는 사람."

"그 사람이 왕자님의 누명을 벗겨줄까요?"

"지금 급한 건 내 누명을 벗는 게 아니오."

"세상에 그보다 급한 게 어디 있어요?"

"공주가 뭔가를 꾸미고 있소. 그걸 알아내서 막는 게 우선이야. 공주가 손을 쓰기 전에 그들을 찾아야 하오. 쉽지 않을 거요. 이미 죽었을 수도 있고."

아직 안 죽일 거야. 저들이 필요한 걸 갖고 있거든.

소봉은 마리가 한 말이 떠올랐지만 입을 다물었다. 분명 뭔가 아는 눈치인데. 미련이 남지만 수안군이 저리 원치 않으니 단념해야 한다. 겨우 원하는 것을 얻으니 그를 협박한 것이 미안해진다.

"내가 죽으면 왕자님 책임이라는 말, 하는 게 아니었어요. 미안해요."

소봉은 창살에 이마를 대고 코를 훌쩍거렸다. 수안군의 손이 볼에 닿았다. 얼굴을 보면 울음이 터질 것 같아서 바닥만 보는데 그가 나직이 중얼거렸다.

"열심히 하지 마. 겁이 나면 도망쳐."

놀라 고개를 들자 서글픈 눈빛이 건너왔다. 기쁜데 명치가 뻐근하도록 아프다.

"내가 꺼내줄게요."

대답 대신 한숨이 건너왔다. 말하지 않아도 느껴진다. 마음을 휘감는 눈빛, 뺨을 어루만지는 손길에서 감정이 읽혔다. 소봉은 그대로 일어나 옥사를 나왔다. 그가 한 말이 소중하게 가슴에 품고서.

아침 햇살이 의금부 마당에 하얗게 쏟아졌다. 자윤은 눈을 가늘게 뜨고 하늘을 올려다보았다. 그나마 숨이 트일 때는 옥사를 나와 하늘 아래 서 있을 때뿐이다. 심문을 받으려고 의금부 낭청으로 향하는 길에 안면이 있는 자를 만났다. 몇 해 전 사건 해결에 도움을 준 형조 별제別提 김재욱이다.

삼법사의 많은 이가 수안군이 범인이라고 생각하지만 그렇지 않다고 여기는 몇이 있었다. 살인 사건을 해결하는 데 수안군의 도움을 받은 자들이다. 김 별제 또한 수안군의 무고를 확신하는 사람 중 하나였다. 눈인사를 건네자 그가 다가왔다. 자윤은 인사 없이 바로 이야기를 꺼냈다.

"강 도사를 불러주시오. 그리고 영평군 대감에게 일이 급하게 됐다고 전해주시오."

김 별제는 가볍게 고개를 끄덕이고 그를 지나쳐 걸어갔다.

12. 괴물이 돌아왔다

임금이 침묵하는 가운데 수안군을 심문하기 위해 국청을 열어야 한다는 여론은 차츰 사그라들고 있었다. 대중의 시선이 다른 곳으로 쏠리기 시작한 것이다.

지금 한양은 무법천지였다. 좀도둑이 들끓고 백주에 약탈이 무시로 일어났다. 대상은 부유한 사대부였다. 가마를 타고 가던 부인을 가마에서 끌어내 옷과 장신구를 빼앗고 짐을 털어가고 입궐하는 관리를 때려 기절시키고 말을 훔치기도 했다.

모든 시선이 불안한 치안으로 쏠리자 수안군을 거론하는 일도 줄었다. 수장고에서 발견된 물증 이후로 뚜렷하게 찾아낸 것이 없자 심문도 느슨해졌다. 국청이 열리지 않았으니 억지로 자백을 받아낼 수도 없고 그저 종일 앉혀놓고 똑같은 말만 반복할 뿐이다.

심문이 끝나고 옥사로 돌아가는 길에 금부나장 하나가 걸어오더니 옆을 지나치면서 종이에 싼 무언가를 손에 쥐여주었다. 자윤은 옥에 앉아서 종이를 펼쳐보았다. 영평군의 서신인 줄 알았으나 뜻밖에 백색 가루가 들어 있었다. 냄새를 맡아보니 약재 냄새가 진하게 났다.

이걸 먹어야 만날 수 있다는 뜻인가.

방법이 이것밖에 없다면 어쩔 수 없다. 자윤은 주저 없이 입안에 약재를 털어넣고 물을 마셨다. 곧 창자가 끊어질 것처럼 아프기 시작했다. 그는 배를 부여잡고 엎드린 채 보초를 불렀다. 거짓 시늉이 아니라 진짜 고통이었다. 자윤은 살려달라고 소리치고 구토를 반복하다가 결국 혼절했다.

옥에 갇힌 수안군이 독에 당했다.

소식이 전해지자 퇴청하려던 의금부 당상이 옥사로 달려와 의식을 놓은 수안군을 살폈다.

"이거 큰일 났구먼. 의원은 도대체 언제 오는 것인가?"

"사람을 보냈으니 곧 올 것입니다."

"정말 독인가? 무슨 독에 당한 것이야?"

"낯빛과 몸을 보면 독인 것은 분명한데 무슨 독인지는……."

"왜 하필이면 종친이 의금부 옥사에서……. 이대로 죽으면 큰일이네."

"궐에 알릴까요?"

지사의 말에 모두가 황망히 마주 보았다. 괜히 알렸다가 화를 뒤집어쓸까 두렵지만 알리지 않았다가 죽어 나가는 날엔 다들 무사하지 못할 것이었다.

"가서 종부시 도제조와 도승지에게 전하게."

"어전에까지요?"

"그럼 어쩌나……. 살인 혐의가 있다 하나 왕손인 것을."

어떠한 어명이 내려질지 모두가 떨며 기다릴 때였다. 예상대로 임금의 분노가 거셌다.

"아직 혐의가 입증된 것도 아닌데 왕손이 옥사 안에서 위해를 당하다니, 금부의 기강이 땅에 떨어졌도다. 이 지경이 되도록 그대들은 대체 무얼 하였는가?"

임금이 형조판서와 의금부 제조 앞으로 보던 상소를 집어던졌다. 수안군을 차디찬 옥방에 눕혀놓았다는 이야기에 더 큰 질책이 쏟아졌다.

"그자들이 제정신이란 말이냐? 병자를 옥사에 눕혀놓고 방치하다니! 왕실을 우습게 보는 게 아니고 무엇이냐!"

"전하, 그러하면 어찌하오리까."

도승지가 쩔쩔매며 허리를 조아렸다.

"내의원으로 옮겨라. 어의가 직접 병자를 돌보도록 하라."

"전하! 종친이라고는 하나 살인 혐의 받고 옥사에……."

"무엄하다! 수안군은 짐과 피를 나눈 형제이니라. 본인이 극구 부인하고 있고 죄가 입증되지도 않았는데 어찌하여 죄인 취급인가. 내 명에 불복하는 자들은 왕실을 능멸하는 것이라 여기겠다. 당장 수안군을 궐 안으로 옮기도록 하라."

살인자를 궐 안으로 옮긴다는 말에 한성부판윤과 대사헌까지 달려왔지만 임금의 뜻을 꺾진 못했다. 결국 수안군은 궐내각사로 옮겨져 치료를 받았다. 무엇에 중독된 것인지 밝혀내진 못했지만 생명을 잃을 정도는 아니라 임금이 내린 약재를 먹고 차츰 회복되어 갔다.

238

인경이 울린 지 한참이 지났다. 보름달에 달무리 부옇게 지고 창백한 달빛이 산에 둘러싸인 한양을 비추었다. 어둠에 휩싸인 도성에서 가장 조용한 곳은 궐 안이다. 들리는 건 낮은 바람 소리와 밤새 소리뿐, 불 꺼진 전각에선 기침 소리도 새어 나오지 않았다.

수안군 이자윤은 창덕궁 성정각에 누워 있었다. 전각에는 숙직을 서는 이 하나 없이 수안군 혼자였다. 불은 모두 꺼지고 번을 서는 숙위군도 사라졌다.

사방이 고요한 가운데 누군가가 불도 밝히지 않고 성정각 마당에 들어섰다. 사람은 둘. 마룻바닥을 밟는 소리가 조심스럽고 가벼웠다. 궐에 오래 산 사람의 발놀림이다. 사람 하나가 성정각 가장 안쪽 방문을 조심스럽게 열었다. 뒤에 서 있던 이가 방으로 들어가자 문이 조용히 닫혔다.

자윤은 인기척을 듣고 눈을 떴다. 누군가가 방에 들어와 있었다. 그가 누운 자리와 문 사이에는 비단 휘장이 쳐져 있었다. 들어온 이의 얼굴이 보이지 않아도 누군지 짐작은 되었다. 자윤은 자리에서 일어나 앉아 촛대를 당겨 불을 켰다. 불빛이 닿지 않는 먼 곳에 여인의 형체가 보였다.

"이런 식으로 오실 줄은 몰랐습니다."

"보는 눈이 많아요."

아무것도 담기지 않는 무미건조한 목소리. 손돌바람이다.

"날 만나야 한다고 했다면서요. 왔으니 말해보세요."

휘장 사이로 희미하게 보이는 몸 윤곽이 현실감 없이 뻣뻣했다. 빈 전각에 돌아다닌다는 한 많은 궁녀 귀신 같았다.

"김문창을 죽이셨습니까?"

여러 의미를 담은 침묵이었다.

"아직 원하는 걸 찾지 못하셨군요."

"어찌 아셨습니까?"

"이상하리만치 조용하니까요. 투서까지 들어간 마당에 화양궁을 두고 보는 것이 이해되질 않았습니다. 예전 같았으면 벌써 피바람이 불고도 남았을 텐데 말이지요. 대비전 심복이 납치되었습니다. 화양궁에서 벌인 일이라면 벌써 시신이 발견되었겠지요. 시신은 나오지 않고 궐에선 김문창이 사라진 것도 모르고 있습니다. 대비전에서 입단속을 시킨다는 건 누구 소행인지 안다는 이야기지요."

손돌바람은 말이 없었다.

"제가 찾아드리겠습니다."

그 말에 멀찍이 선 여인이 한 걸음 다가섰다. 불빛이 치마 가장자리에 있는 금박 무늬에 닿았다.

"찾는 게 무엇인지 모를 텐데요."

"손에 넣으면 알게 되겠지요."

"알지도 못하는 걸 어떻게 찾는다는 말입니까?"

"숨긴 본인에게 들어야겠지요."

"김문창은 모릅니다. 다 죽어가면서도 입을 열지 않는 걸 보면."

"귀선입니다."

"귀선? 궁을 나간 뒤 출가한 큰방상궁 말입니까?"

"김문창은 대비전 내탕금을 빼돌리는 데만 혈안이 된 자입니다. 하지만 귀선은 다르지요. 몸이 마비되는 독이란 걸 알면서도 기꺼이 윗전을 돕고 궐에서 쫓겨난 뒤론 중이 되어 대비전에 드나들었습니다. 저라도 귀선 같은 이에게 맡겼을 것입니다."

손돌바람이 한 걸음 더 다가왔다.

"독에 관해 어찌 알았습니까?"

"청룡사에서 만났습니다. 얼굴의 반이 마비되어 있더군요. 선왕께서 갑자기 홍서하시기 전까지 대전에서 기미를 했다 들었습니다. 마마께선 알고 계셨습니까?"

손돌바람은 대답하지 않았다.

"지금 찾으시는 것이 그 사건과 연관이 된 것입니까?"

침묵이 길었다. 미동 없이 선 모습에서 치열한 고뇌가 읽혔다.

"난 수안군을 믿지 않습니다."

"믿지 않는 자와 이야기하려고 여기까지 오신 겁니까?"

"언젠가는 적이 될 겁니다."

"어떻게 확신하십니까?"

"때가 되면 수안군도 알게 될 겁니다."

너무 확신에 찬 말이라 자윤은 의아한 생각이 들었다.

"그 물건을 찾아오면 수안군이 원하는 걸 들어주겠습니다."

"찾겠습니다. 그것이 무엇이든."

"원하는 것이 무엇입니까? 아, 누명을 벗는 것이겠군요."

"누명은 스스로 벗을 것입니다."

"그렇다면?"

"두 세력이 서로 싸우도록 두십시오. 대비전은 화양궁이 김문창을 납치했다고 여길 겁니다. 벌써 수족을 둘이나 잃었으니 반격이 있을 것입니다. 당분간 아무것도 하지 마십시오. 중궁전 쪽으로 시선이 쏠리면 안 됩니다."

"마냥 손을 놓고 있다가 화양궁이 한산군을 무기로 쓰면 그땐 어찌합니까? 세상은 그자가 어떤 자인지 모릅니다."

한산군을 입에 담는 손돌바람의 목소리가 얼음보다 차가웠다. 역시 중전과 영의정도 백자동에 숨어 있는 한산군의 존재를 알고 있었다.

선왕은 적자가 아니었다. 후궁이 낳은 아들로 스물다섯을 넘겨서야 겨우 세자가 될 수 있었다. 왕세자 책봉이 늦어진 건 적자를 보기 위해 계비를 들였기 때문이다. 계비가 오랫동안 아들을 낳지 못한 탓에 선왕이 결국 세자로 책봉되었다. 그리고 뒤늦게 계비가 아들을 낳았다. 그가 왕실의 적자로 한산군 이환의 아버지다. 어린 아들을 새로운 세자로 책봉하지 못한 채 왕이 죽고, 내내 마음을 졸이던 세자가 왕위에 올랐다. 적통이 있음에도 후궁의 아들이 왕이 되었다는 사실이 내내 선왕을 따라다니며 괴롭혔다. 아버지를 독살하고 왕위를 찬탈했다는 의심, 언제고 살아 있는 적통을 죽일 거라는 의심이 그림자처럼 따라다녔다. 어릴 적 자윤이 본 부왕은 무기력했고 우울했다.

공주가 도성에서 쫓겨난 한산군을 데리고 온 건 그냥 보아 넘길 수 없는 일이다. 화양궁 연회 때 송인과 홍인의 회합은 공주가 한산군을 끌어들인 저의가 무엇일지 의논하는 자리였을 것이다. 모두가 한산군에게 촉각을 곤두세우고 있을 때 송준길이 살해당했다.

"아직은 한산군을 내세울 명분이 없습니다. 대비전과 화양궁을 지켜보십시오. 공주의 진짜 속내가 무엇인지 파악하고 움직이셔도 늦지 않습니다."

"화양궁의 속내야 뻔하지 않습니까. 역모지요."

"역모는 권력을 뺏는 것입니다. 공주가 하려는 건 역모가 아닙니다."

갑자기 비단 휘장이 젖혀지더니 중전의 모습이 보였다. 이렇게 가까이서 얼굴을 보는 건 처음이다. 손돌바람이라는 별명에 어울리지 않게 따뜻하고 여린 인상이다. 그녀가 막 궁에 들어왔을 때 늙은 상궁들이 궁에 어울리지 않는 순둥이 아기씨가 들어왔다며 안타까워하는 걸 들은 적이 있다. 서릿발을 맞고 자라 손돌바람이 되었어도 아직 순한 인상이 남아있었다.

"역모가 아니면요?"

휘장에 가려져 있던 동요가 보였다.

"보명은 이 나라를 부수려 하고 있습니다."

"미곡 파동보다 더한 짓을 꾸민다는 말입니까?"

"전쟁의 시작을 알리는 대포를 쏘았을 뿐입니다."

"공주를 죽여 화근을 없애면 될 일 아닙니까?"

"죽일 수 있으십니까? 그동안 왜 못 하셨습니까?"

손돌바람이 입을 다물었다.

"당분간 몸을 낮추고 기다려주십시오. 나중에 제가 찾은 것을 드릴 테니 그때 김문창을 내어주십시오."

"어찌 그리 자신합니까? 지금은 아무것도 할 수 없는 몸인데."

"돕는 이들이 있습니다."

"감옥까지 드나드는 그 여인 말입니까?"

자윤은 대답하지 않았다.

"당분간은 잠자코 있지요. 하지만 상황이 뜻대로 풀리지 않는다면 내 식대로 할 겁니다."

"청이 하나 더 있습니다."

이야기를 들은 손돌바람은 확답하지 않고 왔던 것처럼 조용히 성정각을 떠났다.

파루를 알리는 종이 서른세 번 울리고 나서 도성의 사대문과 사소문이 열렸다. 잠든 도성이 깨어나고 사람의 움직임이 시작되는 때에 궐문이 열리고 가마 하나가 나왔다. 가마 앞뒤로 10여 명의 군병이 에워싸고 있었다. 가마는 곧바로 솔내골 수안군의 사저로 향했다.

의금부 옥사에서 독살당할 뻔한 수안군이 사저로 보내졌다는 소식이 그날 늦게서야 알려졌다. 조정 중신이 입궐해 항의해보았지만 어심은 꿈쩍도 하지 않았다.

"병자를 차가운 옥으로 돌려보낼 순 없다. 수안군의 병증이 아직 회복되지 않았으니 사저에서 요양하게 하라. 사람의 왕래를 금하고 군병으로 하여금 지키게 하면 될 일, 대신들은 이 일을 자꾸 논하여 짐을 괴롭히지 말라."

아직 혐의가 입증되지 않은 종친이 옥에서 독살당할 뻔한 건 중대한 과실이므로 삼법사에서도 할 말이 없었다. 몇몇이 송인 쪽에서 들고일어나지 않을까 내심 기대했지만, 생각과 달리 조용했다. 그렇게 살인 용의자 수안군은 솔내골 집에서 지낼 수 있게 되었다.

* * *

강용주는 송교동 공방을 구경하며 혀를 내둘렀다. 공방 한쪽에는 죽은 자들의 신상과 연결점에 대해 꼼꼼하게 써놓았고 다른 쪽에는 도성에 도는 소문이 나열되어 있었다. 나름대로 사건을 조사한다고 한 모양인데

244

하나같이 쓸데없는 것들이었다.

"개판이구먼."

벽에 쓴 글을 보고 중얼거리다 고개를 돌리니 소봉이 한껏 째려보고 서 있었다.

"솔직히 건질 만한 게 하나도 없잖아요. 난 또 대단한 증거라도 모은 줄 알았네."

"여기 백자동에 숨어 있는 사람은요?"

"우리도 이미 알고 있습니다."

"김문창은요?"

"죽었는지 살았는지도 모르는데요, 뭐."

자존심이 잔뜩 상해서 토라진 소봉을 보고 그가 말했다.

"부인이 찾은 건 저잣거리에 돌아다니는 소문뿐이잖아요. 이 노련한 의금부 도사가 보기엔 다 허섭스레기, 있으나 마나 한 것들이에요."

상대방의 심상치 않은 얼굴빛을 흘끔거리던 강용주가 호쾌하게 웃어 젖혔다.

"아하하하! 그래도 이게 어딥니까? 아녀자의 몸으로 대단하십니다. 정 인을 구하기 위해 이토록 열심히 돌아다니시다니. 수안군 대감도 참으로 엉큼하시지. 고운 부인이 곁에 계시면서 언질도 안 주시고."

그제야 마음이 풀린 듯 소봉이 입술을 비죽거렸다.

"수안군께서 뭐라고 하시던가요?"

강 도사는 수안군과 한 이야기를 떠올리며 한숨을 쉬었다.

"다치지 않게 곁에서 돌봐주시오."

"저 보고 보모 노릇을 하란 말씀이에요?"

"그냥 두었다간 큰일 나게 생겼으니 어쩌겠소."

"아니 도대체 저에게 왜 이러십니까? 옥에 잡혀 들어앉아 계시면서 숨겨 둔 정인 감시까지 시키시다니, 정말 너무하세요!"

절륜미남과 얽히면 죽도록 고생하다가 폭삭 늙는다더니 사실이었다. 가뜩이나 보는 눈이 많아 대놓고 수사할 수도 없는데 보모 노릇까지? 다 때려치우고 변방으로 자청해 갈까 생각하다가 식구들이 떠올라서 참았다.

그래도 절륜미남 수발을 들면 출세는 떼어놓은 당상이라잖아. 사건을 해결하고 2품이나 승차한 사람이 있으니 참아야 해. 부인 하나 단속하는 게 뭐 어려운 일이겠어?

강 도사는 예쁜 부인에게 어색한 미소를 지어주며 말했다.

"같이 수사하면서 범인을 잡으라고 했지요. 눈치가 빠른 분이니 잘 배울 거라고 하셨어요."

아예 지어낸 말이 아니었다. 수안군 말로는 영민한 사람이라 마냥 걸리적거리진 않을 거라고 했다. 말하는 품새가 홀딱 빠진 거 같은데 뭔들 안 예쁘겠나, 당시엔 흘려들었으나 막상 만나보니 노력한 흔적이 보이긴 했다. 강용주는 총총 빛나는 눈으로 경청하는 여인을 앉혀놓고 한껏 거들먹거리며 그간의 사건 정황을 설명했다. 진지하게 필기까지 하는 사람을 앞에 두고 대충하기가 미안해서 나중엔 온양에서 올라온 초초 기록까지 가져와 보여주며 설명했다.

"무연의 행방을 찾았어요?"

"늦었어요. 절을 비운 지 오래랍니다."

"그러면 이제 우린 뭘 해요?"

"부인께서 장사를 크게 하신다고요? 화양궁 회계책을 가지고 있는데 한번 봐주시겠습니까? 암만 보아도 도통 알 수가 없어서. 앞으로 화양궁이 무엇을 할지 알아내는 게 급선무일 듯합니다."

"연애소설보다 더 먼저 본 것이 회계책이랍니다. 여기로 보내주세요. 살펴보겠습니다."

예쁘고 옷만 잘 입는 줄 알았더니 제법 총기가 있고 활기찬 사람이다. 수안군과 마찬가지로 첫인상만 갖고 사람을 판단해서는 안 되는 모양이다.

며칠 후 회계책을 꼼꼼히 다 읽은 단미 아씨가 이상한 점을 지적했다.

"여기 차하책을 보세요. 음식에 들어가는 비용이요. 미곡을 사들인 양이 어마어마해요."

"화양궁에선 밤마다 연회가 열린다면서요. 사람도 엄청 많다던데."

"아무리 연회를 해도 이 정도로 음식이 많이 들어가진 않아요. 밖에 알려진 것처럼 노비가 수백 명씩 있는 것도 아니고요. 이건 화양궁에서 쓰는 양에 비교해 터무니없이 많아요."

"미곡 파동을 대비해 미리 사들인 거 아닐까요?"

"채소와 고기는 어찌 설명해요?"

"그렇다면 백자동처럼 뒤를 봐주는 사람이……."

"수백은 된다는 거죠."

용주의 머릿속에 번개가 쳤다.

"따로 사병을 두고 있군요!"

"아마도요. 그리고 여길 보세요."

단미 아씨가 손가락으로 차하책에 적힌 글자를 짚었다.

"창고 임대료, 공방에 결제한 대금이 너무 많아요. 내 생각엔 뭘 만들고 있는 거 같아요."

"사병에 무언가를 만들고 있다라……."

두 사람 다 심각한 표정으로 입을 다물었다. 단미 아씨의 눈치를 보던 그가 넌지시 말했다.

"근데 왜 안 물어보십니까?"

솔내골로 옮겨간 수안군을 말하는 것이다. 그녀는 대꾸하지 않았다.

"수안군께서는 잘 계십니다. 얼굴이 훨씬 좋아지셨어요."

"잘 계셔야지요. 비싼 보약을 지어서 끼니때마다 드시게 하는데."

"안 가보십니까?"

수안군이 독을 먹었다는 소문을 듣고 기절할 것 같은 얼굴로 왔길래 슬쩍 귀띔해주었다. 일부러 독을 먹은 거라고. 그 덕분에 솔내골 집으로 돌아갈 수 있었다고. 그 이야기를 듣자 그녀는 깨달은 듯했다. 단미 아씨가 의금부 옥사를 드나드는 것이 싫어서 일부러 위험한 짓을 한 거라는 걸.

"안 갈래요. 미워요."

"에이, 삐치신 겝니까?"

"삐쳤죠. 멋대로 독을 마시다니. 그러다가 죽어버리면 어쩌려고."

"덕분에 옥에서 나왔잖아요."

"몰라요. 화 풀릴 때까지 안 볼 거예요."

기다리는 눈치던데……. 강용주는 토라진 여인을 보고 속으로 웃었다. 수안군을 위해 수십 권의 회계책을 눈이 아프게 들여다보고 살인 누명을 벗겨주려고 동분서주하면서도 토라져서 얼굴도 안 보는 게 우스웠다.

그래, 그 양반은 좀 괴롭혀도 돼. 사랑싸움 구경도 재밌구먼.

용주는 의뭉스러운 표정을 지으며 다시 회계책을 들여다보았다.

* * *

도성 안 약탈이 한풀 꺾인 무렵이었다. 짧은 장마가 지나간 뒤 가마솥 더위가 이어졌다. 해갈에는 턱도 없는 강수량 때문에 대지가 바싹 마르고 강도 차츰 바닥을 드러냈다. 세 번째 기우제를 지내는 동안 박연폭포에 용신에게 바치는 제물로 호랑이 머리를 던지고 집집마다 호리병을 거꾸로 매달았다. 전국이 가뭄 때문에 골머리를 앓고 있었다.

녹음은 숨 막히게 짙고 매미와 개구리가 그악스럽게 울어대는 중복 날이었다. 저잣거리는 한산했다. 사람들은 하얗게 쏟아지는 햇살을 피해 처마 그늘에서 숨을 돌리거나 나무 아래에서 낮잠을 잤다.

인적 드문 육조 거리에 노부부가 지게에 멍석을 짊어진 하인을 데리고 나타났다. 그들은 상중인지 거친 삼베로 지은 상복을 입고 있었다. 남편은 베로 만든 굴건을 쓰고 대나무 지팡이를 짚으며 힘겹게 걷고, 아내는 짚에 삼 껍질을 감은 둥근 수질을 쓰고 짚신을 신은 한쪽 발을 끌며 걸었다. 부부의 표정은 넋이 나간 듯도 하고 악에 받친 듯 비장하기도 했다. 몸과 얼굴이 말라붙은 땅처럼 물기 없이 까만데 눈빛만은 독기로 가득했다.

호기심이 동해 부부를 보는 시선이 하나둘 늘어났다. 이 땡볕에 두꺼운 삼베옷을 입고 어딜 가는 걸까? 코흘리개 아이들 몇이 그들의 뒤를 졸래졸래 따라갔다.

노부부는 광화문 앞에 멍석을 깔고 엎드렸다. 그리고 멍석에 이마를 찧으며 큰소리로 곡하기 시작했다. 난데없는 곡소리에 놀란 사람들이 모여들었다.

"아이고아이고……. 원통하고 원통하다. 아이고아이고……."

"아이고아이고……. 분하고 분하다. 아이고아이고……."

애끊는 곡소리가 처절했다. 무슨 사연인가 싶어서 꽤 많은 인파가 모였을 때였다.

"주상전하! 김영건과 김홍건의 원통한 죽음을 밝혀주시옵소서!"

"간악한 살인자 보명공주를 벌하여주시옵소서!"

모인 사람들이 놀라는 가운데 부부가 서럽게 울부짖었다.

"주상전하! 억울하게 죽은 아들의 한을 풀어주시옵소서!"

"살인도 모자라 삿된 이야기로 망자의 명예를 더럽히는 보명공주를 벌하여 주시옵소서!"

해 질 녘이 되자 육조 거리는 사람으로 발 디딜 틈 없이 붐볐다. 구경꾼이 모여서 노부부가 울부짖는 소리를 흥미롭게 들었다. 일부는 부부의 외침을 따라 하며 보명공주를 욕하기도 했다. 다음 날에도, 그다음 날에도 노부부는 광화문 앞에 나와 눈물을 흘리며 악을 썼다. 인파가 점점 한목소리로 외치기 시작했다.

"원통한 죽음을 밝혀주시옵소서!"

"보명공주를 벌하여주시옵소서!"

육조 거리의 군중은 날이 갈수록 불어났다. 사람이 늘수록 부부의 목소리는 더욱 커졌다. 그들이 왕이 있는 창덕궁이 아니라 경복궁 앞에서 엎드려 곡을 하는 덴 이유가 있었다. 왜란 이후 폐허가 되어 버려졌던 경복궁을 중건한 이가 선왕이었기 때문이다. 첫 희생자인 금성위 김영건의 죽음을 조사해달라고 부부가 피를 토하며 간청해도 선왕은 외면했다. 그때 선왕이 범인을 밝혔더라면 하나 남은 아들마저 잃지는 않았을 것이다. 부부는 선왕을 향한 증오와 저주를 담아 외쳤다.

"부디 살인자 보명공주를 벌하고 비명에 간 형제의 죽음을 위로해주시옵소서!"

* * *

빨래터에 옹기종기 모여 앉은 아낙들은 할 일은 제쳐두고 치마를 걷고 앉아 수다를 떨었다.

"참말로 공주가 남편과 시동생을 죽인 게야?"

"그렇다나 봐."

"어제 광화문에 갔었는데 사람이 어찌나 많은지, 그 양반들은 구경도 못 하고 그냥 돌아왔지 뭐야."

"어찌 생긴 사람들인가 궁금하네. 아들 둘을 그렇게 잃었으니 얼마나 기가 막힐까."

"그 이야기가 사실이면 천하에 못된 년이네. 서방을 독살하고 시동생이랑 놀아난 것도 부족해서 살인이라니."

"패륜도 그런 패륜이 없는 거 아냐? 끔찍해라."

"화양궁으로 돈 많은 사내들을 불러 모아 노름을 시켜서 집안 말아먹게 했다는구먼. 공주에게 당한 집이 수두룩하대. 그렇게 뜯어낸 돈으로 양귀비처럼 치장하고 살았다네."

"하! 나는 내 새끼들 입으로 밥 한술 밀어 넣기가 빠듯한데. 에이, 나쁜 년. 속 뒤집히는 소리 그만 듣고 나물이나 캐다가 죽이나 끓여 먹여야겠다. 형님, 나 가요."

한창 이야기 재미에 빠진 아낙들을 두고 젊은 아낙이 바구니 들고 자리에서 일어났다. 아낙은 빨래터 뒤쪽에 있는 야트막한 언덕에서 질경이와 씀바귀를 뜯었다. 먹을 게 부족한 시절이니 풀뿌리도 보기 드물었다.

"염병, 죄다 쓰디쓴 것들밖에 없네. 고사리라도 좀 꺾으면 좋겠구먼."

아낙은 먹을 걸 찾아 산 아래까지 들어갔다. 참나무 아래 버섯을 발견하고 반색하며 다가갈 때였다. 수풀 속에서 희끄무레한 것이 보였다.

"저게 뭐지?"

다가가던 젊은 아낙이 바구니를 집어던지고 뒤로 나자빠졌다.

"아아아악! 시, 시체…… 시체가……!"

솔내골 인근에서 계집아이의 시신이 발견됐다. 나이는 대략 열 살 전후, 알몸으로 발견됐고 성기 주위가 차마 눈 뜨고 볼 수 없이 참혹하게 난자당했다. 목과 등, 가슴과 배꼽 아래에 칼로 그은 자국이 선명했다.

김 별제가 창상創傷을 그린 종이를 내밀었다. 자윤의 시선이 종이에 고정되었다.

"그놈입니다. 그놈이 다시 돌아온 것입니다."

자윤은 무명無名의 계집아이를 검험한 내용을 천천히 읽어내려갔다. 수법이 7년 전에 일어났던 연쇄살인 사건과 비슷했다.

무명 여아 살인 사건은 김재욱이 한성부에 있을 때 맡은 사건이었다. 2년 동안 네 명의 아이가 참혹하게 강간 살해당했다. 그중 셋은 거지 패거리에 있던 아이고 하나는 진휼청에서 돌보던 고아였다. 아이들은 참혹하게 죽어 산이나 하천에 아무렇게나 버려졌다. 한창 수사하는데 위에서 대충 마무리하라는 지시가 내려왔다.

"계집애들 사건 가지고 언제까지 뭉개고 있을 참이야? 천한 것들 죽은 게 무에 대단하다고! 할 일이 밀려 있으니 얼른 갈무리하게."

김재욱은 상관의 명령에 불응하고 수사를 계속하다 눈 밖에 나는 바람에 지방으로 좌천되었다. 그가 몇 년 만에 다시 한양으로 돌아와서 맡은 사건이 파락호 5인방 살인 사건이었다. 양반 사내들이 고문당하고 죽은 사건과 무명 여아 살인 사건이 서로 관련 있음을 눈치챈 그는 수안군에게 도움을 청했다. 그 인연으로 두 사람은 몇 건의 살인 사건을 같이 해결했다.

김재욱은 집요하면서도 올곧은 사내였다. 그는 자신이 해결하지 못한 두 사건을 내내 가슴에 품고 다녔다. 그래서 계집아이 시신에서 눈에 익은 창상을 보자마자 과거의 살인 사건을 떠올렸다. 그는 가지고 있던 두 사건의 시장을 가지고 솔내골로 달려왔다. 군사들이 수안군의 사저를 지키고 있었지만 삼법사 관원은 무리 없이 드나들 수 있었다.

"수법이 비슷하군."

"한산군이 돌아온 게 분명합니다. 차라리 그때 찾지 않았다면……. 그랬다면……."

죽은 파락호 5인방은 권문세족의 아들들이었다. 도성 안 기방을 휘젓고 다니며 술을 먹고 행패를 부리는 것으로 유명했다. 그런 그들이 차례로 끔찍하게 살해당했다. 두 명이 희생돼서야 연쇄살인임을 알았고 세 명째부터는 사병과 포도청 나졸이 집을 에워싸며 지켰다. 하지만 그들은 끝내 납치돼 시신으로 발견됐다. 그들이 시신엔 이빨로 물어뜯은 자국이 낭자했다. 어른이 아닌 아이의 치열로 밝혀졌고 모두 네 사람의 것이었다. 누구도 그게 무엇을 뜻하는 것인지 몰랐다. 한 사람을 빼고는.

죽은 5인방과 함께 몰려다닌 종친이 하나 있었다. 한산군 이환. 그는 패거리 중에 가장 난폭하고 오만했으며 천인을 짐승으로 여기는 자였다. 친우가 죽어나가는 동안 그는 사저에서 꿈쩍도 하지 않았다. 백여 명의 장정이 집 주위를 에워쌌고 노비도 함부로 드나들지 못하게 했다. 두 달 가까이 칩거하던 한산군은 주위 만류도 뿌리치고 꿩 사냥에 나섰다. 김재욱과 수안군이 그를 미행했다. 범인이 이 기회를 놓치지 않을 거라는 판단에서였다.

사냥터에서 한산군 무리를 감시할 때였다. 아이들 무리가 비명을 지르며 숲에서 달려 나왔다. 아이 중 하나의 다리에 화살이 꽂혀 있었다. 한산군이 또 일을 냈구나, 당황한 나졸들이 아이를 둘러업고 마을로 내려갔다. 두 사람이 한산군을 찾아 나섰지만 숲 어디에도 그의 모습이 보이지 않았다. 수하 두 명이 활에 맞아 죽어 있는 것을 발견하고 나서야 납치된 걸 알았다. 백여 명의 군병이 숲을 에워싸고 있는데 체구 좋은 사내를 흔적 없이 빼내기란 불가능했다. 하지만 사람이 사라졌으니 군병은 인근 민가를 이 잡듯 뒤지기 시작했다.

"우리도 내려가야 하지 않을까요?"

김 별제는 몇 번이고 숲을 맴도는 수안군에게 말했다. 수안군은 땅이 아니라 하늘을 보며 걷고 있었다.

"대감, 이미 이 잡듯이 뒤졌지 않습니까? 딴 곳으로 데려간 게 분명합니다."

"아직 이곳에 있소."

"토끼굴까지 들여다봤는데 어디에 숨겨놨단 말입니까?"

"범인은 성인이 아니오. 삼엄한 경계를 뚫고 옮길 수 없으니 다른 방법을 찾을 거요."

그때였다. 수안군이 고목 아래 멈춰 서서 위를 올려다보았다. 그 바람에 김재욱도 멈춰 서서 위를 보았다. 고목 위에 거미줄에 걸린 나방처럼 그물에 휘감긴 사내가 매달려 있었다. 그렇게 한산군은 목숨을 건질 수 있었다.

죽은 다섯 명의 사내는 어린아이들을 강간 살해한 범죄자였다. 두 살인 사건이 서로 연결된 게 밝혀지면서 희생자의 부친과 왕실이 나섰다. 고관대작들은 죽은 아들을 살인자로 만들 수 없었고 왕은 왕손이 추문에 얽히는 걸 꺼렸다.

한산군을 먼 평안도로 추방하고 무명 여아 살인 사건에 대해선 함구하라. 납치 살해한 범인만을 찾아라.

어명을 전해 들은 자윤은 사건에서 손을 떼며 다시는 왕실이 얽힌 사건에 말려들지 않기로 다짐했다. 뜻대로 되진 않았지만.

"한산군은 한양에 있소."

담담한 말에 김재욱이 고개를 들었다. 두 눈이 쏟아질 듯 커지고 얼굴에 경악과 배신감이 번갈아 가며 떠올랐다.

"살인자가 돌아왔는데 두고만 보셨습니까? 똑같은 일이 반복될 줄 모르셨습니까?"

"지금 한산군의 행방을 알려봤자 도성에서 쫓아내는 게 전부요. 절대로 빠져나가지 못할 증거를 찾아서 살인자로 처벌해야지."

"하지만 아이들이 죽어나가고 있습니다! 시간이 없어요."

"나도 빨리 놈을 잡고 싶소."

"지금까지 조용히 있었을 리가 없지요. 무슨 짓을 하고 다녔는지 조사해보겠습니다. 이번엔 기필코 놈을 잡아야겠습니다."

사랑채 누마루에 선 자윤은 김재욱이 탄 말이 멀어지는 걸 보며 그제야 슬픈 감정을 내비쳤다. 김 별제 말대로 그날 한산군을 찾지 말았어야 했다. 그날 찾지 않았더라면 몇 년 후 또 다른 아이가 잔인하게 희생되는 걸 막을 수 있었을 텐데.

파락호를 죽인 범인은 그들에게서 겨우 목숨을 건진 계집아이였다. 범인을 알면서도 잡지 않은 것은 이 나라가 한산군을 단죄하지 않으리란 걸 알았기 때문이다. 한산군을 잡을 수 있는 건 마리뿐이다. 자윤은 살인자의 손을 빌려서라도 놈을 잡고 싶었다.

파락호 사건에서 손을 떼고 1년쯤 지났을 때 마리가 찾아왔다. 음침하고 서늘한 분위기가 풍기는 자그마한 계집아이였다.

"안녕, 나는 마리라고 해. 한 마리, 두 마리 할 때 그 마리."

"자식 이름을 그따위로 짓다니. 한심하군."

"난 부모가 없어. 친구들이 지어준 이름이야."

"날 죽이러 온 거냐?"

"내가 왜?"

"네 복수에 훼방을 놓았으니까."

"묻고 싶은 게 있어서 왔어. 그때 왜 나를 잡지 않았어? 내 짓이라는 거, 알았잖아."

"그 짐승을 죽이는 데 네가 필요하기 때문이다. 끝까지 쫓아갈 줄 알았는데."

"아직 끝난 게 아니야. 나는 기다리고 있어."

"무엇을?"

"진실."

멀리서 암운이 몰려오고 있었다. 자윤은 마당을 오랫동안 서성였다. 지금 할 수 있는 건 밤이 오기만을 기다리는 것뿐이다.

* * *

화양궁에서 사람이 왔다. 함께 차를 마시자는 공주의 초대였다.

내가 거길 왜? 그 끔찍한 곳엔 다신 가고 싶지 않아.

하지만 갑자기 부르는 이유가 궁금했다. 어쩌면 수안군을 구할 수 있는 방법을 찾을 수 있을지도 모른다. 수안군이 알면 화를 낼 게 분명하지만, 자신이 생각해도 무모하고 위험하지만, 소봉은 화양궁으로 가기로 마음을 바꿨다.

바깥채에서 안채로 가는 동안 전과 사뭇 다른 풍경이 펼쳐졌다. 꽃으로 가득했던 정원에 오물과 돌멩이가 뒹굴고 있었다. 바깥채 방마다 그득하던 문객이 사라지고 시중을 드느라 부산하게 돌아다니던 종복도 보이지 않았다. 곳곳마다 창과 검을 든 사내들이 지키고 서서 으스스한 표정으로 손님을 응시할 뿐이다. 사치스러운 궁궐이 아니라 변방의 요새에 들어온 느낌이다.

공주는 처음 만났을 때처럼 안채 깊숙한 방에서 기다리고 있었다. 햇살이 들어오지 않게 휘장을 치고 값비싼 향을 태우고 어린 몸종들이 곁에서 부채질하며 다리를 주물렀다. 소봉은 호기심과 아름다움에 취했었던 첫 만남을 떠올렸다. 까마득히 오래전 일 같았다.

"어서 오렴. 오랜만이구나. 잘 지냈니?"

다정하게 반기는 목소리에 자신도 모르게 몸이 뻣뻣해졌다. 마지막으로 보았을 땐 보명공주였으나 지금은 엽기적인 살인 사건의 범인, 희대의 악녀로만 보였다. 모든 게 낯익은데 사람만 낯설었다.

"최악이에요. 낭군님이 살인 누명을 썼거든요."

그 말에 보명공주가 피식 웃었다. 화장기 없는 얼굴에 나른하게 풀어진 표정, 상냥한 말투. 보명공주는 처음 만났을 때도 이랬다. 청초하고 아름다운 모습으로 사람을 휘감고 끌어당겼다. 그때는 화려함을 걷어낸 이 모습이 그녀의 진짜 모습인 줄 알았지만 이것 또한 무수한 가면 중 하나라는 걸 이제는 안다.

"항상 느끼지만 여긴 딴 세상 같아요. 지금 한양은 온통 난리거든요."

당신 때문에.

입 밖으로 꺼내지 못한 말을 삼키며 상대를 볼 때였다. 보명이 손짓으로 시중들던 아이들을 내보냈다. 아직 해가 떨어지지 않아 방 안이 더웠다. 공주가 나른한 표정으로 목침에 기대며 말했다.

"네가 보고 싶었어. 요즘 말동무해주는 사람이 없어서 심심해."

수안군의 말이 맞았다. 보명공주가 가장 즐기는 건 본심을 숨기고 상대의 마음을 갖고 노는 것이다. 소봉은 그녀의 장난감이 되지 않겠다고 속으로 다짐했다.

"왜 죽였어요?"

"누구를?"

"아, 한두 명이 아니군요. 김 진사님 말이에요. 왜 그렇게 잔혹하게 죽였어요?"

"죽을 만했으니까."

공주가 아무렇지도 않은 표정으로 손안에 구슬을 가지고 놀며 중얼거렸다.

"죽을 만한 사람은 없어요!"

"아니, 있어. 네가 모를 뿐이지. 김 진사는 복수심과 출세를 위해 내게 접근했어. 날 협박하고 기만했지. 난 그대로 돌려줬을 뿐이야."

"그게 이유가 될 순 없어요!"

"넌 아무것도 몰라. 네게 세상은 말랑말랑하고 예쁘지. 끔찍한 일 같은 건 겪어보지 않았으니까."

"나도 세상을 알아요."

"세상을 아는 것과 고통을 아는 건 달라. 고통을 아는 자들은 필연적으로 잔혹해지지. 평범하게 살 수 없어. 내가 그렇고 수안군이 그래. 너는 수안군에 대해 얼마나 안다고 생각하니?"

공주는 종아리부터 슬금슬금 타고 올라오는 독뱀이다. 치명적인 독을 품고 빨간 혀를 날름거리며 느긋하게 급소를 찾는다. 위축되지 않으리라. 겁먹은 걸 알면 달려들어 목을 물어뜯을 테니까.

"아직 잘 몰라요. 하지만 내가 사랑할 만큼 가치 있는 사람이란 건 알아요."

"똑 부러지게 말을 잘하는구나. 그래서 내가 널 좋아하지."

공주가 매혹적으로 웃었다. 하지만 소봉의 눈에는 보였다. 눈빛에 어른거리는 살기가.

"너도 봐서 알잖아. 피로 쓴 패륜이라는 글자가 수안군과 나를 가리킨다는 걸. 그게 사실이라고 해도 괜찮아?"

"아니라는 거 알아요."

"무엇으로 확신해? 넌 그 남자의 진짜 모습을 못 봤잖아?"

소봉의 혼란을 읽은 공주의 표정에 생기가 감돌기 시작했다. 본격적으로 이야기를 시작하려는 듯 몸을 일으키고 쏘는 듯한 눈으로 상대를 보았다.

"오라버니를 혼자 키운 내시가 있었어. 사람을 여덟이나 죽이고 참수당했지. 내가 그자가 쓴 일기를 손에 넣었는데 자신의 상전을 가리켜 괴물이라고 부르더라? 자신이 정성 들여 만든 괴물. 괴물이 괴물을 키워 세상에 내보내다니. 재밌지?"

공주는 상대의 충격을 즐기고 있었다. 상체가 점점 소봉의 방향으로 쏠리면서 목소리가 한층 커졌다.

"그자가 사람을 죽이던 날 밤, 오라버니도 거기 있었어. 살인자가 계집의 목을 긋는 광경을 지켜보았지."

어디선가 비명과 피 냄새가 나는 것 같았다. 소봉은 귀를 막고 닥치라고 소리치고 싶었지만 주먹을 움켜쥐고 미동도 하지 않았다.

"오라버니의 수집벽 알지? 살인자들의 무기. 그자가 쓰던 칼도 수장고에 있어. 그것들을 만지면서 무슨 생각을 할까? 세상사에 관심 없는 사내가 왜 하필 살인 사건에 흥미를 느끼고 시체 보는 걸 즐길까? 스승의 살인을 지켜보았을 때 느낀 흥분을 다시 느끼려고?"

"그만해요!"

견디다 못한 소봉이 소리쳤다.

"네게 보여주는 눈빛, 말들이 진심 같지? 그것이 모두 거짓이라는 생각은 안 해봤니? 널 이용한다는 생각은 안 해봤어? 내가 널 갖고 논 것처럼?"

보명은 의기양양한 표정을 지으며 입을 다물었다. 종달새의 날개를 잡아 뜯은 것처럼 사소하면서도 잔인한 만족감이 밀려왔다. 충격을 애써 감춘 눈빛과 힘주어 맞잡은 손, 어금니를 악물면서 움직이는 턱 근육. 이 정도면 어지간한 계집이라면 울면서 방을 뛰쳐나갈 수도 있을 텐데 장소봉은 앞을 똑바로 응시하며 버텼다.

보명은 속으로 감탄했다. 오기와 강단이 있는 아이다. 속을 잔뜩 헤집어놓았는데도 무너지지 않는다. 눈빛은 한층 더 날카로워지고 표정은 차갑고 단단하게 변했다. 이제 자신이 공격할 차례라는 듯.

"그분 스스로 자기를 괴물이라고 생각할지도 모르겠어요. 그러니까 다른 사람에게 다가서지도, 곁을 내어주지도 못하는 거겠죠. 하지만 난 알아요. 괴물은 다른 사람을 위해 자기를 던지지 않아요. 괴물은 약자의 편에 서지 않아요. 괴물은 사람을 소중하게 생각하지 않아요. 왕자님은 당신과 달라요."

이런 아이라서 마음이 움직였구나. 보드라워서, 따뜻해서.

보명은 보료 아래에 날을 갈아놓은 은장도가 있음을 떠올렸다. 은장도 날이 소봉의 목에 박히고 피가 뿜어져 나오는 상상을 하니 기분이 한결 나아졌다. 보명은 보료 밑에 있는 은장도를 꽉 움켜쥐었다.

"네게 질투가 났었어. 어쩌면 이렇게 반짝이고 예쁠까. 어쩌면 이렇게 따뜻할까. 살아 있는 것이 기쁘다는 듯 행복해하는 게 신기했어."

보명은 한 손으로 은장도 칼집을 벗겨냈다.

"어떻게 그럴 수 있니? 조선은 너를 버렸잖아. 과부라고 낙인찍고 손발을 잘라버렸잖아. 없어도 되는 인간, 없는 게 자랑스러운 인간으로 취급했잖아. 그런데 어떻게 그러지?"

엄지손가락으로 도신을 훑었다. 살이 얕게 베이면서 피가 흘렀다.

네 목을 찢으면 오라버니는 영영 인간으로 살지 못하겠지? 전처럼 어둡고 냉담한 얼굴로 살게 되겠지?

"불행은 불행이고 나는 나니까. 나는 이 나라도, 나도 버리지 않았어요."

신선하다. 불행은 불행이고 나는 나라고? 어떻게 그러지? 나는 이렇게 부서졌는데, 모든 걸 버렸는데.

"난 언니가 억압에 굴하지 않고 자유를 찾는 용감한 사람이라고 생각했어요. 마음만 먹었다면 빛나는 삶을 살 수 있었을 거예요. 행복했을 거예요. 아직 늦지 않았어요. 제발, 멈춰요. 복수는 아무것도 바꾸지 못해요. 헤집을수록 아프고 불행할 뿐이에요."

보명의 손이 저고리 옷고름으로 향했다. 하얀 손가락이 끈을 잡아당기자 매듭이 쉽사리 풀어졌다.

"차라리 욕이 달콤하겠어. 역겨워서 도저히 들어줄 수가 없네."

보명이 자리에서 일어나 저고리를 벗었다. 소봉은 갑자기 왜 이러는지 몰라 당황하며 지켜보았다.

"그래, 널 내 쪽으로 끌어들이는 건 불가능한 일이었어. 네가 더 많이 불행했었다면 우린 멋진 동무가 되었을 텐데. 아쉽네."

해가 기울고 있었다. 휘장으로 가렸어도 가리지 못한 틈을 비집고 노을이 방으로 쏟아져 들어왔다. 눈이 부신 듯 공주가 고개를 돌렸다. 그 바람에 야윈 턱과 한 줌 목덜미가 빛에 드러났다. 천을 걸치지 않은 어깨와 팔뚝이 가냘프고 왜소했다.

"괴물은 날 때부터 괴물일까, 만들어지는 걸까. 난 둘 다라고 생각해. 더러운 피를 타고 태어나 충실하게 다듬어진 괴물. 그게 나야."

아름다운 살인자가 나신이 되어가고 있었다. 벗어 놓은 옷이 한쪽에 쌓여가고 마지막 홑겹 치마가 바닥에 떨어졌다.

소봉의 시선이 위에서 아래로 내려왔다. 형편없이 야윈 목덜미, 윤기 없이 퍼석한 젖가슴, 살가죽 위에 두드러진 갈비뼈, 납작한 아랫배와 꽃 자수가 놓인 다리속곳. 시선이 허벅지에 닿았을 때 소봉은 놀라며 숨을 들이마셨다. 양쪽 허벅지가 온통 흉터투성이였다. 칼로 마구 헤집고 벤 자국이 어지러이 얽혀 참혹했다.

"너처럼 적당히 상처 입고 적당히 고통받은 사람은 다시 일어날 수 있어. 이 세상이 행복하다고 믿을 수 있지. 사람을 믿을 수 있고 사랑을 믿을 수 있고 행복을 믿을 수 있어. 하지만 난 아니야. 고통받을 때마다 내 허벅지를 찢으며 다짐했어. 절대로 잊지 않겠다고. 이 고통, 이 모욕 몇 배로 돌려주겠다고. 헤집을수록 아프고 불행하다고? 얘야, 나는 지금 그 어느 때보다 행복해. 살면서 이토록 빛나고 가슴 뛰는 순간이 없었어."

공주는 몸을 곧게 펴고 텅 빈 시선으로 정면을 응시했다. 소녀처럼 야위고 흉터투성이인 몸이지만 표정만큼은 세상을 무릎 꿇리고 있는 사람처럼 당당했다.

"내가 복수에 미쳐 날뛰는 미친년 같니? 자기 목숨을 갉아 먹으며 불행에 허덕이는 사람 같아? 그렇다면 잘 봤어. 내가 그리 보이게 꾸몄으니까."

소봉의 심장이 거칠게 뛰기 시작했다. 그녀의 말속엔 지극히 위험하고 소름 끼치는 무언가가 숨어 있었다.

"너에게만 말해줄게. 나는 지금 복수를 하는 게 아니야. 나라를 바꾸는 거야. 고름을 도려내고 썩은 가지를 잘라내는 중이라고."

소봉이 생각하려고 노력하는 동안 공주가 바닥에서 은장도를 집어 들었다. 방 안을 채운 붉은빛이 날카로운 칼날이 반사되어 빛났다. 겁에 질린 소봉이 몸을 반쯤 일으켰다. 공주가 하얀 이를 드러내며 웃었다. 그때 칼끝이 공주의 몸으로 향했다.

"뭐 하는 거예요! 그만둬요!"

칼날이 흉터뿐인 허벅지에 깊이 박혔다. 칼을 뽑자 하얀 허벅지에 핏방울이 주르륵 흘렀다. 공주의 입꼬리가 슬쩍 올라갔다. 그녀는 은장도를 고쳐 잡고 길게 올려 그었다. 칼날이 지나간 곳에 붉은 금이 그어지더니 피가 흘렀다.

"난 말이야, 증오와 고통을 먹고 자란 괴물이야. 피를 볼수록 뜨거워지고 강해져. 지금 네 앞에 선 것은 광인이 아니라 세상을 바꾸는 괴물이야."

공주는 붉은 피를 목과 가슴에 바르며 황홀한 표정을 지었다. 그 기괴한 모습을 본 소봉의 얼굴이 하얗게 질렸다. 덥고 습한 공기 속에 옅은 피 냄새가 떠다녔다.

"빨리 내 눈앞에서 사라져. 네가 너무 탐나서 조각조각 썰어버릴지도 모르니까."

소봉은 장옷을 챙겨 들고 황망한 얼굴로 일어났다. 서둘러 돌아서는데 공주가 말했다.

"날 막으려면 너도 괴물이 되어야 해. 근데 네가 그럴 수 있을까?"

내실을 나오는데 등 뒤에서 신경질적인 웃음소리가 따라왔다. 소름이 끼치고 무서운 웃음이었다.

13. 살인자들의 배

잔잔한 바람을 타고 황포돛배가 매끄럽게 강물을 가르며 앞으로 나아갔다. 보명은 배 난간에 느긋하게 기대어 수리개가 켜는 해금 소리를 들었다. 가슴이 저릿저릿하게 구슬픈 곡이다.

오래전에 그녀가 술 한잔에 취해 과거를 털어놓은 적이 있었다. 이름 없는 살수로 살다가 장사치를 만나 아이를 낳았는데 어느 날 사내가 아이를 데리고 훌쩍 떠났다는 이야기였다. 손에 피를 묻히고 살던 과거를 고백하고 난 다음 날이었다. 수리개는 10년 동안 사내와 아이를 찾아 떠돌았다고 했다. 고달픈 인생을 살아선지 음률에 한과 그리움이 눅진했다.

"달빛 아래서 들으니 더욱 슬프구나."

수리개는 말없이 밤하늘을 올려다보며 해금을 켰다. 처음엔 말을 못하는 사람인 줄 알았다. 왜 그리 말수가 없냐고 묻자 수리개가 답했다.

입을 열면 꺼이꺼이 소리 내어 울 것 같아서.

보명을 만나기 몇 해 전 떠난 사내를 만났다고 했다. 아이는 한참 전에 병으로 죽고, 사내는 새 여자를 만나 자식을 낳고 살고 있었다. 자식 중에 유독 죽은 아이와 닮은 아이가 하나 있었다. 수리개는 그 아이를 죽여 사내의 품에 안겨주고 떠나왔다. 그 뒤로 폐인처럼 살다가 금강산으로 유람을 온 보명과 만났다. 보명은 조선제일살수라는 별호가 붙은 여인에게 끌렸고 수리개는 조선에 복수할 거라는 공주의 야망에 끌렸다. 두 사람에겐 복수심과 잔인함이라는 공통된 특징이 있었다.

보명이 자리에서 일어나자 해금 소리가 멈췄다. 사방은 고요하고 물소리만 쓸쓸하게 들렸다.

"정신을 차렸느냐?"

보명의 말에 더러운 자루가 꿈틀거렸다.

"여, 여기가 어디입니까?"

자루 속에서 한껏 지친 목소리가 흘러나왔다.

"강으로 뱃놀이를 나왔지. 달이 무척이나 크고 예쁘구나."

"공주 자가, 제발 이 자루 좀 벗겨주세요. 몸에 피가 통하질 않아 죽을 것 같습니다."

"네가 왕의 음식에 독을 탔어?"

보명은 침묵이 짜증스러웠다.

"대답해."

"대비마마의 명이었습니다."

"1년이나 그리했다지? 천천히 독에 중독되어 죽어가도록. 자기 몸까지 망가뜨리면서 말이야."

무연은 아무 말도 하지 않았다.

"너도 서책을 읽었지? 그래, 안 읽었을 리가 없지."

"공주 자가, 목이 마릅니다. 제발……. 물 한 모금만 먹게……."

"묻는 말에 대답이나 해! 읽었어?"

보명의 말에 가시와 독기가 서려 있었다. 여인이 몸을 떠는 바람에 자루가 마구 들썩였다.

"이, 읽었습니다."

"그 늙은이가 뭐라고 썼어?"

"차…… 참회한다고 하셨습니다."

"뭐라고? 다시 말해봐."

"참회…… 지난 일을 참회한다고……. 하셨습니다."

보명이 견딜 수 없다는 듯 몸을 흔들며 시원하게 웃어 젖혔다. 조용한 강가에 신경질적인 웃음소리가 퍼지면서 맹꽁이와 풀벌레 소리가 돌연 멈췄다. 눈가에 눈물이 맺힌 눈물을 손가락으로 털어내며 그녀가 말했다.

"개새끼, 지랄하네. 또?"

"소인은 시키는 대로 했을 뿐입니다. 소인은……."

"또 뭐라고 쓰여 있었냐고!"

"공주 자가, 살려주세요! 제발 살려주세요!"

"짜증 나네. 됐어. 나중에 찾아서 읽으면 돼. 던져라."

자루가 크게 들썩였다.

"자, 잠깐만……! 잠깐만……!"

보명이 손짓을 하자 사내들이 자루를 내려놓았다. 자루 속 여인이 발

작적으로 기침하며 몸을 떨었다.

"마지막으로 하고 싶은 말이 있으면 해."

"무, 무섭습니다. 살려주십시오. 제발 목숨만은…….."

무연은 애처로울 정도로 흐느끼며 애원했다. 보명의 한쪽 입꼬리가 올라갔다.

"나도 무서웠어. 무서워서 미쳐버릴 것 같았다고. 우는 아이를 끌고 희정당으로 데려갔지. 도망치려고 하니까 팔뚝을 꼬집어서 피멍이 들었었어."

"그……, 그건…… 어명이라…….."

하늘 뜬 달빛이 유달리 곱고 밝았다. 보명은 달을 눈 속에 가득 담았다. 과거를 이야기하는데 명치가 아프지 않았다. 눈물이 나지도 목이 메지도 않았다. 뱃전에 부딪히는 물소리가 쓸쓸하게 들릴 뿐이다.

"서책을 어디에 숨겼는지 가르쳐드리겠습니다. 그, 그것만 갖고 있으면 누구도 공주 자가께 함부로 하지 못할 것입니다."

보명이 코웃음을 쳤다.

"네 도움 따윈 필요 없어. 내가 직접 가져올 테니까. 너무 겁먹지 마. 금방 끝날 테니. 그 괴물을 죽여준 게 기특해서 주는 내 선물이야. 그것마저 안 했다면 넌 훨씬 비참하고 끔찍하게 죽었을 거야."

"공주 자가! 공주 자가!"

무연이 쉰 목소리로 소릴 지르는 동안 장정들이 자루를 들어 배 밖으로 던졌다. 비명이 물속으로 가라앉은 뒤, 강은 고요했다. 보명이 비단 방석에 누워 손짓하자 수리개가 다시 해금을 켰다. 절절하고 슬픈 곡이었지만 보명은 웃고 있었다. 그 미소 위로 달빛이 하얗게 부서져 떨어졌다.

* * *

살인자들은 밤늦도록 술을 퍼마시고 날이 밝으면 종일 잠을 잤다. 그들은 모든 것이 달랐다. 고향, 신분, 살인하는 방법이 제각각이고 살인 기호에 따라 서로의 이름을 지었다.

우두머리 박살은 말 그대로 사람을 박살 내 죽였다. 그는 덩치가 산처럼 크고 주먹은 바위처럼 단단했다. 첫 살인은 걸핏하면 개 패듯 패는 의붓아비였고 최근엔 눈깔의 엉덩이를 만진 도끼의 머리를 박살 냈다.

눈깔은 박살의 애인이다. 사당패를 따라다니며 몸을 팔다가 사내 주제에 계집처럼 꾸미고 다닌다고 비웃는 고을 사또의 눈깔을 파냈다. 올무, 틀톱, 부손, 장도리…… 배를 타고 온 이들은 대부분 연장이나 신체 일부가 이름이다. 전국을 돌아다니며 그들을 모은 자는 박살, 그들을 먹여 살리는 건 보명공주다.

"아이고, 심심혀. 언제까지 술이나 퍼마시면서 놀아야 허냐?"

송곳이 사타구니를 긁으며 하품을 쩍 했다. 그 꼴을 보고 눈깔이 얼굴을 찌푸렸다.

"배때지에 기름 끼니까 손가락이 근질근질해?"

"내 평생 이리 팔자 좋게 살아본 적이 읍써서 영 어색하고 심심하고만."

고기와 술로 배를 채우고 판판히 노는 것도 하루 이틀이다. 다들 좀이 쑤셔서 박살의 눈치만 보았고 그중 몇은 빠져나가 손맛을 보고 오기도 했다. 술 맛, 피 맛을 실컷 즐기게 해준다는 약속에 따라나선 길. 기다림이 길어지자 볼멘소리하는 자가 점점 늘어났다.

해가 지자마자 술 한 동이를 비운 귀때기가 멀리 앉은 박살의 눈치 살피다가 슬그머니 일어났다.

"어디 가?"

"개새끼야, 뭘 물어봐? 소피 보러 간다."

귀때기는 비틀거리면서 일어나 갈대숲으로 들어갔다. 그는 멈추지 않고 계속 걸었다. 귀때기는 음성현의 관노였다. 밤이면 몰래 담을 넘어 어린애를 잡아다가 죽이고 귀를 잘랐다. 그렇게 죽인 아이들이 여섯. 덜미를 잡히기 직전에 도망쳐서 유랑하다가 박살 패거리에 합류했다.

그는 뻣뻣하게 구는 박살이 아니꼬웠다. 장군이라도 된 것처럼 목에 힘을 주고 다니는 것도, 걸핏하면 매질에 욕지거리하는 것도 보기 싫었다. 아무리 배불리 먹여준다지만 술과 고기보다 사람 맛이 더 간절했다.

"만호 한양도 옛말이랬어. 새끼 돼지처럼 야들야들하고 포동포동한 애들이 가득하다고. 이 좋은 곳엘 왔는데 왜 숨어 지내?"

그는 비릿한 웃음을 흘리며 포구를 벗어나 인가로 향했다. 술에 취해 비틀거리며 걷는 눈빛이 흐리멍덩했다. 그래서 포구에서 따라오는 검은 그림자를 눈치채지 못했다. 귀때기의 눈에 희미하게 반짝이는 불빛이 보였다. 작은 움막에서 새어 나오는 빛이었다. 어린애의 울음소리가 들리는 듯도 했다. 귀때기의 입이 귀에 걸렸다.

"오랜만 몸 좀 풀어볼까나."

움막 가까이에 있는 개울을 건널 때였다. 둔탁한 무언가가 뒤통수를 때렸다. 귀때기는 억 소리를 내며 개울에 처박혔다. 머리통이 깨졌는지 끔찍한 고통과 함께 목덜미에서 뜨뜻한 것이 쏟아졌다.

"어떤 개새끼가……."

비틀거리며 일어서려는데 누군가가 등을 밟았다. 고개가 개울물에 처박히면서 입과 코로 물이 들어왔다. 물을 뱉으며 일어나려고 해도 몸이 말을 듣지 않았다. 박살이 눈치를 채고 쫓아온 것인가.

"켁켁……. 나는 그냥 구경이나 하려고……."

등을 누르던 발이 이번엔 목을 눌렀다. 머리가 완전히 물에 잠기자 귀때기가 격렬하게 몸부림쳤다.

"어디에서 온 자냐."

목을 누르던 힘이 돌연 느슨해졌다. 귀때기는 고개를 쳐들고 물을 토해냈다.

"으, 으…… 음성현!"

"우두머리가 누구냐."

"바, 박살."

숨을 충분히 들이마시기도 전에 고개가 다시 개울물에 처박혔다. 숨이 넘어가기 직전에야 머리에서 발이 치워졌다.

"뭘 기다리는 것이냐."

"모…… 몰라."

귀때기의 머리가 다시 물속으로 들어갔다. 이번엔 더 길고 고통스러웠다. 다시 숨을 들이마실 수 있게 되자 사내가 울부짖었다.

"어, 어떤 여자가 우릴 원한다고 했어. 때가 되면 마음껏 죽일 수 있게 해준다고…… 그랬어."

강한 힘이 후두부를 강타하자 귀때기의 몸이 축 늘어졌다. 기절한 것을 확인한 검은 그림자가 개울물에서 사내를 끌어냈다. 검은 복면을 쓴 사내는 귀때기를 어깨에 둘러메고 빈 상여막으로 들어갔다. 그는 정신을 잃은 사내를 안에 처넣고 문을 단단히 봉했다.

검은 그림자는 그길로 도성 성벽으로 달렸다. 밤은 깊었고 도성 문은 닫혔다. 도성 안으로 들어가려면 파루까지 기다려야 한다. 검은 그림자에게 성벽쯤은 큰 장애물이 아니었다. 성벽 가까이에 다닥다닥 붙어 지은 움막 지붕을 밟고 훌쩍 뛰어오르면 그만이니까.

날렵하게 성벽을 뛰어넘은 그림자는 순라군의 눈을 피해 민가 깊숙이 들어갔다. 그리고 아직 불이 꺼지지 않은 기와집 담을 뛰어넘었다. 발소리를 내지 않고 마당을 가로질러 사랑방 방문을 열어젖히자 안에 있던 사내 둘이 자지러지듯이 놀랐다.

"아이고, 깜짝이야. 인기척 좀 내고 다니십시오."

놀란 바람에 글을 망친 강용주가 얼굴을 찌푸렸다. 이름을 써내가던 서책 한가운데에 검은 금이 죽 그어져 있었다.

"매일 밤 이리 돌아다녀도 괜찮으신 겁니까?"

김재욱이 허공에 멈춰 있던 찻잔을 다시 입에 가져다 댔다. 안으로 성큼성큼 들어온 수안군이 검은 복면을 벗고 탁자 앞에 섰다.

"용산강에 다녀오는 길이오."

수안군은 빈 종이에 용산강 주변을 그리기 시작했다.

"각자 다른 사투리를 쓰는 자들이 92명. 그중 반은 배를 타고 오고 반은 육로로 올라왔소. 우두머리의 이름은 박살. 포구 민가를 점령해 은신처로 쓰고 있소. 내일 모조리 잡아 오시오."

포구와 민가 위치를 척척 그려내는 그를 보다가 강용주가 물었다.

"공주가 한 짓이라고 조정에 알려야 하지 않을까요? 놈들을 치도곤 하면 뭐라도 불을 텐데요. 역모라고 한마디만 하면 금방 끝날 텐데."

"더 확실한 증거가 필요하오."

"한산군은요? 그자를 본다면 믿지 않겠어요?"

"공주와 연결된 증거가 없소. 살인죄도 입증 못 할 테고."

조용히 듣고 있던 김재욱이 말했다.

"어찌 됐든 그자를 잡아야 하지 않습니까? 도성에 막 왔을 땐 겁을 집어먹고 숨었지만 지금은 아닙니다. 오랜만에 피 맛을 보니 좋았을 겝니다. 습성상 길게 참지 못합니다. 놈을 언제까지 두고 봐야 합니까?"

"화양궁의 패를 읽을 때까지."

사람이 달라졌어도 수안군은 여전히 수안군이었다. 속을 알 수 없는 건조하고 차가운 눈빛에선 아무것도 읽을 수 없었다.

"놈을 생각하면 잠이 오질 않습니다. 코앞에 두고 아무것도 못 하니 너무나도 무기력합니다. 달려가서 죽이고 싶은 충동이 들어서 미치겠습니다. 파락호 사건 진범을 알고 계시지요? 잡아떼지 마세요. 진즉에 눈치챘습니다. 그자는 뭘 기다리는 겁니까?"

"우리와 같은 이유이지 않겠소?"

붓을 놓고 기지개를 켜며 강용주가 말했다.

"암튼 놈이 뒈지려면 아직 멀었다는 말이군요. 아이고, 이 짓거리 지긋지긋하다. 언제나 끝나는 거야."

김재욱이 동의한다는 듯 고개를 끄덕였다.

"화양궁에 드나들던 양반들이 발길을 끊었습니다. 별다른 이는 없는데 꺼림칙한 자가 하나 있습니다. 박판수라고, 군기시軍器寺* 직장直長입니

• 병기兵器의 제조를 맡아 보던 관아.

다. 알아보니 근래에 집과 땅을 사들였다고 합니다. 수상하지요?"

수안군의 얼굴에 무언가 중요한 것이 떠오를 때 짓는 특유의 표정이 나타났다.

"군기시에 아는 자가 있소?"

"같은 동네 사는 친우가 하나 있습니다."

"그에게 군기시 동태를 알아봐달라고 하시오."

강 도사가 마른세수를 하며 길게 푸념했다.

"판은 커지는데 일손은 부족하고 환장하겠네. 화양궁과 연관 있는 상인들을 추리는 데 죽을 맛입니다. 단미 아씨가 있었더라면 훨씬 쉬웠을 텐데. 누가 애지중지해서 부려먹지도 못하고……."

김 별제가 강 도사의 옆구리를 쿡 찔렀다. 수안군은 그 말을 무시하며 어제 정리하던 서책을 집어 들었다. 그들은 보명공주의 사람으로 보이는 조정 관료와 장사치를 정리하는 중이었다.

파루에 가까워져서야 김 별제가 고개를 들고 서책에 코를 박고 있는 사내들을 응시했다.

"이제 그만하고 잠시라도 눈을 붙이지요. 며칠 동안 밤을 새웠더니 못 버티겠습니다."

시선을 든 수안군이 담담하게 고개를 끄덕였다. 탁자에는 수십 권의 책이 쌓여 있었다. 곧 적막한 어둠을 깨고 파루가 울렸다.

통행이 가능해지자 수안군은 솔내골로 말을 몰았다. 집에서 멀지 않은 숯터에 당도한 그는 숯가마 뒤쪽 토굴로 들어갔다. 토굴은 한 사람이 겨우 기어갈 만큼 좁고 어두웠다. 어둠 속에서 앞만 보며 가다 보니 딱딱한 판자가 잡혔다. 판자를 들추고 빠져나오면 지하 수장고다. 집을 사들인 후 그가 직접 만든 탈출로였다.

수안군은 수장고에서 옷을 갈아입고 책 한 권을 들고 서재를 나왔다. 밖에는 밤새 번을 선 보초와 새벽밥을 먹고 온 보초가 잡담 중이었다. 그들 중 한 명이 사랑방으로 걸어가는 수안군의 뒤통수를 흘끔 보고 하품을 길게 했다. 그들에겐 평소와 같은 조용한 하루의 시작이었다.

의금부에서 용산강 배를 덮쳤을 땐 아무도 없었다. 귀때기가 사라진 것을 미심쩍게 여긴 박살이 배를 버리고 떠난 것이다. 결국 잡은 것은 귀때기뿐이었다. 하지만 그는 공주의 계획에 대해 아는 게 아무것도 없었다.

* * *

"전하께선 아직이시냐?"

중전의 물음에 상궁이 고개를 조아리며 대답했다.

"아직 자경전에 계시다 하옵니다."

"아침 수라도 거르시고 조회도 참석하지 않으시다니, 상선은 무얼 하는 것이야? 다시 가서일러라, 서둘러 전하를 대전으로 모시라고."

"예, 마마."

중궁전 상궁이 자경전으로 간 지 반 시진이 지났다. 돌아온 상궁의 낯빛이 노랬다.

"상감마마께선 아직 자경전에 계시온데…… 그게…….."

"보고 들은 대로 똑바로 고해라."

"문 앞에 엎드려 계시다 하옵니다. 벌써 두 시진이 지났다 하옵니다."

"아침 문후하러 가서 지금까지?"

중전이 자리를 박차고 일어났다. 그녀는 곧바로 자경전으로 향했다. 무서운 얼굴로 성큼성큼 걷는 중전의 뒤를 나인들이 어쩔 줄 몰라 하며 따라갔다.

중전이 자경전 뜰에 다다랐을 때였다. 전각 밖까지 임금의 울음소리가 들렸다.

"어마마마, 노여움 푸시옵소서. 어마마마……."

"필요 없다. 네가 내 자식이라면 이리는 못 한다."

"어마마마!"

"내가 너를 어찌 낳아 어찌 길렀는지 잊은 게지. 그 피눈물 나는 세월을……. 내가 어찌 살았는지 까맣게 잊은 게지. 그러니까 광화문 그것들을 보고만 있는 것이 아니냐!"

"어마마마!"

"목매달아 죽고 싶은 걸 겨우겨우 버텼느니라. 널 지키기 위해서, 오직 널 위해서! 그런데 너는 내게 무얼 해주었느냐. 남들이 날 손가락질하고 모욕하는 걸 그냥 두고만 보지 않았느냐. 내가 네 어미고 네가 내 자식이긴 한 것이냐?"

"잘못했습니다. 용서해주시옵소서."

"마누라 치마폭에서 꿈쩍도 못 하는 등신 같은 놈."

"어마마마!"

중전은 눈을 질끈 감았다. 남편의 아이 같은 울음을 듣는 순간 오금에 힘이 풀렸다. 한 나라의 왕이 애처럼 울며 어머니 앞에서 빌고 또 빌고 있다. 저 유약하고 무능력하고 한심한 자가 자신의 지아비이며 군주인가. 중전이 자경전 쪽으로 발을 떼자 옆에 서 있던 김 상궁이 흠칫 놀랐다.

"중전마마, 이만 돌아가심이……."

중전은 들은 체도 안 하고 자경전 뜰을 가로질러 전각 안으로 들어갔다. 그녀는 몇 년 전부터 자경전 출입을 하지 않았다. 부르지도 않았고 갈 생각도 없었다. 문후도 거르고 연향이 있을 땐 왕대비 쪽으로 고개 한 번 돌리지 않았다.

전각 안 복도에는 나인들이 일렬로 서 있었다. 안으로 깊숙이 들어가자 방문 앞에 엎드린 왕이 보였다. 그는 바닥에 이마를 찧으며 서럽게 울고 있었다. 마루에 눈물 자국이 흥건했다.

등신 같은 놈. 방 안으로 들어가지도 못하고 밖에서 울고 있다니.

중전은 속이 쓰리다가 못해 찢어질 것만 같았다.

국혼을 치르고 궁에 들어가서 1년 동안은 세자의 얼굴을 보는 일이 드물었다. 그는 중궁전 붙박이었다. 불러서 가보면 어머니의 무릎에 앉아서 무언가를 먹고 있거나 무릎에 머리를 베고 잠을 자거나 같이 놀이를 하고 있었다. 세자가 어리다 하여 제대로 된 합방을 가진 건 한참이나 지나서였다. 가혜는 아직도 그가 이부자리 속에서 한 말이 잊히지 않았다.

"이제 어엿한 사내가 되었으니 어머니가 기뻐하시겠지?"

그는 첫날밤을 치른 것보다 어머니에게 칭찬받을 일이 기쁜 기색이었다. 가혜는 그날 예감했다. 한 남자를 갖기 위해 두 여자의 길고 긴 싸움이 시작될 거란 걸. 두 번째 용종이 유산되었을 때 김 상궁이 주위를 물리고 목소리를 낮춰가며 말을 꺼냈다.

"빈궁 마노라, 말씀 올리기 황공하오나, 중전마마께서 내린 약재에 문제가 있었사옵니다. 소인이 혹시나 하여 약재를 궁 밖 의원에게 가져가 보았사온데 임부가 드셔선 안 될 약재가 들었다고 하옵니다."

중전의 시집살이가 혹독했었다는 건 궁인들에게 익히 들어서 알고 있었다. 부러 유산을 시키고 벌세우며 핍박했다고 했다. 본인이 당했다고 똑같이 앙갚음할 줄은 꿈에도 몰랐다. 소심하고 부끄러움 많던 송가혜는 차츰 독해지기 시작했다. 서릿발에 맞서려면 더 독하게 굴어야 했다. 그래야 아이와 자신을 지킬 수 있으니까. 하루하루가 살기 위한 몸부림이었다.

두 여인의 싸움에서 세자는 갈팡질팡했고 왕은 철저한 외면으로 자신만의 살길을 도모했다. 왕이 된 세자는 과거와 조금도 달라지지 않았다. 여전히 어머니의 눈짓, 손짓에 벌벌 떠는 한심한 종자일 뿐이다. 무슨 일이 있을 때마다 대비전으로 달려가 종일 빈다는 이야기는 들어 알고 있었다. 하지만 이토록 비굴하고 한심한 몰골로 우는 줄은 몰랐다.

"어마마마, 당장 저들을 쫓아내겠습니다. 노여움 푸시옵소서."

"며칠째 그 소리인 것을, 믿지 못하겠다."

가혜는 지아비가 역겨웠다. 살이 쪄서 늘어진 볼살도, 두툼한 몸집도, 계집처럼 가는 목소리도 다 싫었다.

저 피둥피둥 살찌고 약해빠진 등신.

중전은 이를 갈며 돌아서서 자경전을 나왔다. 처음엔 문제의 원인이 서릿발인 줄 알았다. 하지만 아니다. 어머니의 꼭두각시에 불과한 저 사내 탓이다. 화양궁의 움직임이 심상치 않다는 말을 듣고도 아둔하게 내버려 두었고 대비전에서 무슨 일을 벌이고 있음을 알면서도 모른 척했다. 《일성록》을 대비전에 바치지만 않았더라도 일이 이토록 꼬이지 않았다.

대조전으로 돌아온 중전은 전각 밖으로 나인을 물리치고 김 상궁만 남겼다.

"일전에 내가 명한 것은 알아보았느냐?"

김 상궁이 표정이 드러나지 않게 고개를 조아리며 말했다.

"여러 의원에게 의견을 구하였는데 원추리와 백합 구근을 드신 듯하옵니다. 병증으로는 두통, 발열, 구토, 설사, 복통이 일어나며 호흡이 곤란하고 배뇨에 문제가 생긴다고 하옵니다. 내의원에서 쓴 탕약으로도 다스리지 못한 것으로 보아 분명 해독이 안 되는 원추리일 것이라고 하옵니다."

"그것을 구해 오너라."

김 상궁이 고개를 들었다. 좀처럼 표정이 없는 사람의 얼굴에 놀란 기색이 완연했다.

"중전마마……."

"지아비를 죽인 독으로 자식이 죽으면 어떤 표정을 지을지 궁금하구나."

"중전마마……."

"결심하였느니라. 구해 오너라."

아직 세자의 나이가 어리나 수렴청정을 하면 된다. 보명공주가 아무리 궁 밖에서 사술을 써도 궐을 휘어잡는 건 대조전이다. 이제 이 지긋지긋한 싸움을 끝낼 때가 왔다.

수안군은 《일성록》을 가져올 수 있을 것인가.

그 더러운 물건을 찾으면 서릿발과 공주의 약점을 잡게 된다. 그때 세자를 왕위에 앉히면 모두 쓸어버릴 수 있다.

과거에 서릿발도 이런 기분이었을까. 지옥에 떨어질 것은 두렵지 않다. 두렵기보단 홀가분하다. 지금도 지옥인 건 마찬가지니까.

* * *

문밖은 아직 어둡다. 일어나 촛불을 켜고 이부자리를 정리하면 잠이 덜 깬 몸종 아이가 씻을 물을 가져온다. 몸을 정갈히 하고 옷을 갈아입고 몸종 아이를 내보낸다. 병풍 뒤로 가면 성스럽고도 아담한 안식처가 기다리고 있다. 촛불을 켜고 십자가에 입을 맞추고 기도드린다.

"주님, 저는 너무도 어리석고 악이 제 마음속 깊이 스며들었나이다. 제 마음을 깨끗이 만드시고 제 영혼을 새로 나게 하소서. 악을 저지르고 선을 소홀히 한 모든 죄를 진심으로 뉘우치나이다. 전능하신 하느님, 제게 자비를 베푸시어 죄를 용서하시고 영원한 생명으로 이끌어주소서."

흐느껴 울며 기도하다가 겨우 몸을 추스르고 일어난다. 고뿔이 들려는지 이마가 뜨겁고 목구멍이 아프다. 물 한 모금으로 목을 축이고 방을 나선다.

하늘이 점점 밝아오고 있었다. 별채 마당에서 열 명 남짓한 몸종들이 줄지어 서서 율리에타를 기다리고 있었다. 차분하게 가라앉은 눈으로 그녀들을 살피던 율리에타가 말했다.

"어제 사랑채를 청소한 아이들은 앞으로 나오너라."

처녀 아이 둘이 주위 눈치를 보다가 앞으로 나왔다. 율리에타의 뒤로 회초리를 두 손으로 받쳐 든 계집아이가 다가왔다. 곧고 탄탄한 회초리를 고른 율리에타가 겁먹은 몸종을 보며 말했다.

"마룻바닥 한쪽에 먼지가 그냥 쌓여 있더구나. 손님이 없다 하여 청소를 게을리한 것이냐? 너희는 별채를 닷새 더 청소하거라. 내 눈에 먼지가 띄는 날엔 곱절로 매를 맞을 것이야."

율리에타는 몸종들을 세워놓고 전날 점검을 돌면서 발견한 것들을 하나하나 지적하고 벌을 내리고 오늘 할 일을 배분했다. 그녀는 화양궁의 실질적인 지배자, 보명공주의 오른팔이자 왼팔이었다. 궁방전 관리, 화양궁 살림, 보명이 목표로 하는 모든 것이 율리에타, 서 상궁의 손을 거쳤다. 그녀는 어린 보명공주를 키웠고 공주가 과부가 되고 화양궁으로 옮겨온 후로 궁을 나와 화양궁 일을 도맡아 했다. 일 처리를 철두철미하고 흐트러짐이 없이 해내는 사람이다. 감정에 휘둘리지 않고 공정하며 엄할지언정 먹는 것과 입는 것에 인색하지 않은 사람이다. 모두가 그녀를 두려워하면서도 존경했다.

율리에타가 내실에 들어갔을 때였다. 나신의 사내가 몸을 대자로 벌리고 코를 골며 자고 있었다. 사대부 부인을 손님으로 받는 남사당이었다. 얼굴 생김새가 곱고 근육이 매끈하게 잡힌 미남자였다. 방 안에는 전날 환락의 흔적으로 지저분했다. 율리에타는 자는 사내의 몸 위로 엽전이 든 주머니를 던졌다.

"일어나라."

잠이 깬 남사당이 기지개를 길게 켜며 하품했다.

"벌써 아침인가? 밤새 괴롭혀대는 통에 못 잤는데, 한숨 더 자면 안 되나?"

율리에타는 경멸하는 시선으로 그를 보고는 뒤꼍으로 향해 난 방문을 열어젖혔다. 차가운 새벽 공기에 몸을 부르르 떤 사내가 인상을 쓰며 흘어진 옷을 주섬주섬 찾아 입었다.

"다음에도 또 불러줘요. 원하면 아주머니 방에도 가드릴게."

율리에타는 대꾸 없이 방을 나왔다. 공주가 숙취로 일어나지 못하는 동안 율리에타는 그녀의 상처 난 허벅지에 연고를 바르고 새 천을 감았다.

"상처가 깊어 쉬이 낫질 않습니다. 날도 더운데……."

그녀의 목소리에 배인 시름에 공주가 눈을 떴다.

"양화도 일은 어찌 되어가고 있어?"

"사고로 인부 둘이 죽었다고 합니다. 며칠째 밤샘을 하다가 실수로……."

"내가 듣고 싶은 말은 그런 게 아니야."

"화포장들이 밤낮없이 일하고 있다고 합니다. 워낙 많은 양이라 시간이 좀 더 걸린다고."

"늙었구나? 전엔 알아서 잘하더니. 왜 대신 변명이야?"

공주가 일어나 앉아 두 팔을 벌렸다. 율리에타는 담담한 표정으로 저고리를 입히고 옷고름을 매주었다.

"돈만 밝힌다는 군기시 그 작자 말이야. 일이 끝나면 포구 애들을 보내."

"분부대로 하겠습니다."

"어젯밤에 데려온 아이 입 냄새가 너무 나. 다른 애로 찾아봐."

"분부대로 하겠습니다."

평소보다 말투가 차갑다. 그제야 공주가 율리에타의 얼굴을 제대로 쳐다보았다.

"낯빛이 왜 그래? 어디 아파?"

"고뿔인 모양입니다."

"그럼 쉬지 왜 여기 있어?"

율리에타는 대꾸하지 않았다. 본래 나이보다 훨씬 늙어 보이는 주름지고 창백한 얼굴, 바싹 마른 낙엽처럼 퍼석한 피부, 눈동자 속에 깃든 깊은 우울감. 그녀의 얼굴을 찬찬히 살피던 공주가 말했다.

"뭐가 못마땅한데?"

율리에타가 눈을 맞추지 않은 채 말했다.

"공주 자가, 앞으로는 몸에 상처 내는 일은 자중하십시오. 술과 사내를 줄이고 담배도 줄이십시오. 나날이 몸이 상하는 게 보입니다."

"오늘 죽어? 왜 그런 말을 해?"

"노인의 걱정일 뿐입니다."

방을 나가려는 율리에타의 손을 붙들고 공주가 말했다.

"이렇게라도 해야 답답한 속이 풀리는 걸 어떻게 하겠어? 한두 해도 아닌데 왜 그래?"

"처음 몸에 손대는 걸 알았을 때 따끔하게 혼을 낼 걸 그랬습니다."

"날 혼낸다고 멈췄을까. 그 인간을 죽였어야 멈췄겠지."

"공주 자가……."

"그래도 서 상궁이 내 곁에 있었잖아. 서 상궁이 곁에 있어줘서 미치지 않고 버텼는걸."

"하루하루가 가시밭길이었습니다. 그 아픔을 나눠 가질 수만 있다면 무엇이라도 하고 싶었습니다."

"그 얘긴 그만해. 오늘은 일찍 들어가 쉬어."

율리에타는 내실을 나와 별채 처소로 돌아왔다. 그리고 해가 지기를 기다려 장옷을 뒤집어쓰고 화양궁을 나섰다. 그녀가 가는 곳은 북촌 계동 김 판관의 집이었다. 오늘 밤 이냐시오 신부가 미사를 집전한다.

밤은 어둡고 오가는 사람이 적었다. 골목을 걸어갈 때였다. 가깝지 않지만 멀지도 않은 거리에서 따라오는 발소리가 들렸다. 한 명이 아니라 여럿이다. 율리에타는 잠시 멈춰 서서 어두운 골목을 응시했다. 그녀의 손에는 묵주가 들려 있었다. 허공에다 대고 짧은 한숨을 내쉰 그녀가 십자가를 손에 꼭 쥐고 돌아섰다. 그녀가 움직이자 뒤를 따르던 무리도 움직였다.

새벽닭이 울기 전이었다. 화양궁 대문 앞에서 서 상궁의 시신이 발견됐다. 시신은 반듯하게 누워 두 손을 가슴에 모으고 있었다. 얼굴은 흙빛이고 입과 눈, 귀에 인두로 지진 흔적이 있었다.

안마당 거적 위에 눕혀진 시신을 보고 보명은 가까이 가지 못했다. 종복들이 모여서 흐느끼는 동안 공주는 초점 없는 시선으로 넋 놓고 바라보기만 했다. 계집아이들의 흐느낌이 점차 커질 때였다. 공주가 입을 열었다.

"귀가 아프다. 다들 처소로 돌아가라."

울음소리가 멀어져서야 보명이 시신 곁으로 다가갔다. 그녀는 물기 없는 눈으로 시신을 훑으며 이것이 현실인지 곱씹었다.

"왜 몰래 나갔을까. 위험하다는 걸 알고 있었을 텐데."

슬픔보다 의심이 짙은 목소리였다. 보명은 시신의 주위를 맴돌았다.

"궁 것들이 한 짓이야. 눈, 귀, 입을 지지는 것은 궁녀가 하지 말아야 할 것을 했을 때 내리는 벌이거든."

보명의 손짓에 수리개가 다가와 시신의 옷섶을 풀어 헤쳤다. 목에 걸린 묵주를 보자 보명의 표정이 확연하게 변했다. 궁에 있을 때 품에 십자가를 지닌 것을 언뜻 보고 무엇인지 물은 적이 있었다. 하느님을 통해 마음의 평온을 얻었다고 했던가. 우스웠다. 그깟 나무쪼가리가 무엇을 해준다고. 한 보 앞이 지옥이고 낭떠러지인데 신을 믿는다는 게 미련해 보였다.

"기도하러 갔다가 당한 거야? 지켜주지도 못하는 신 따위……."

시신의 옷섶에서 서신이 나왔다. 보명은 서신을 내미는 수리개의 손길을 외면하며 옆으로 비켜섰다. 수리개가 서신을 펼쳤다. 두 장짜리 언문 편지였다.

"저는 죄를 지었습니다. 악행에 침묵하고 동조하고 외면했습니다. 제 삶은 죄책감으로 망가졌습니다. 마음의 짐을 덜기 위해 끔찍한 죄를 지었으니 사는 것이 부끄럽고 치욕스럽습니다. 가련하고 비겁한 영혼이 죄를 회개하고 안식을 찾게 하여주시옵소서."

"잠깐! 잠깐만!"

보명은 시신을 노려보며 가쁜 숨을 몰아쉬었다. 머릿속이 헝클어져서 생각이 정리되지 않는다.

이게 무슨 소리지? 죄를 고백하는 편지를 품에 가지고 다녔다고?

보명이 손짓하자 수리개가 다시 서신을 읽었다.

"이 몸을 희생해 악행을 멈출 수 있도록 하여주시옵소서. 마지막 순간 도망치지 않을 용기와 고통에 굴하지 않을 담대함을 주옵소서."

수리개의 말소리가 차츰 멀어지고 서 상궁의 목소리가 들렸다. 무슨 짓을 해도 말리는 일이 없었다. 금성위를 죽일 독을 구해 오라고 했을 때 조차 묵묵히 따른 사람이다.

공주 자가, 앞으론 몸에 상처 내는 일은 자중하십시오. 술과 사내를 줄이고 담배도 줄이십시오. 나날이 몸이 상하는 게 보입니다.

유언이었나. 형언할 수 없는 감정이 뱃속 밑바닥에서부터 목구멍까지 올라왔다. 몸을 떨며 시신을 노려볼 때였다. 잠시 주저하던 수리개가 말했다.

"이제 나는 사람을 죽이지 않아도 된다. 죄를 짓지 않아도 된다. 드디어 나는 자유다. 내가 죽어 살상을 멈출 수 있다면 그 죽음은 값진 것이 되리."

서신은 그것이 다였다. 유서였으나 이 세상 사람에게 남기는 글이 아니었다.

자유.

보명은 치밀어오르는 울음을 삼켰다.

그래도 서 상궁이 내 곁에 있었잖아. 서 상궁이 곁에 있어줘서 미치지 않고 버텼는걸.

"다 알면서…… 내가 어떻게 살았는지 다 알면서……. 어떻게 이럴 수 있어?"

보명공주가 아닌 우물가에 서 있던 그 아이의 목소리였다. 서 상궁의 손을 뿌리치며 무섭다고 울던 그 아이의 목소리였다.

"누구한테 용서를 비는 거야? 누구 마음대로 도망쳐! 내가 그 지경이 될 땐 지켜만 보고 있었으면서, 도망치자고 할 땐 아무것도 안 해놓고 왜 혼자서 도망쳐!"

시신의 눈과 입, 귀를 인두로 지진 것은 벌이 아니라 상이었나 보다. 더는 보고 듣고 말하지 않아도 된다는 마지막 상.

내색이라도 하지! 날 증오한다고, 끔찍하다고, 도망치고 싶다고 하지! 그랬으면 놓아줬을지도 모르는데. 아니, 내 손으로 죽여줬을 텐데. 아니야, 그러면 신에게 회개하지 못하지. 죄를 씻어야 천국에 갈 수 있을 테니까. 비겁하고 야비한 년!

보명이 시신에 달려들어 멱살을 붙들고 흔들었다.

"너의 신은 널 받아주지 않아! 네년이 저지른 죄는 조금도 씻기지 않았어! 멈추지 않을 거야. 모두 죽여버릴 거야. 넌 지옥에서 날 기다리게 될 거야!"

수리개가 가까스로 그녀를 시신 곁에서 떼어냈다. 분을 못 이겨 가쁜 숨을 몰아쉬던 보명이 씹어뱉듯이 말했다.

"저년을 절두산에 버려라. 목 잘린 천주학쟁이들 옆에서 썩게 두어라."

보명은 돌아서기 전 마지막으로 시신을 보았다. 분명 고통받으면서 죽었을 것인데 표정이 편안했다. 그토록 이 삶이 끔찍했을까? 죽음이 반가울 만큼? 배신감과 상실감에 진저리가 쳐졌다.

섬돌을 밟고 대청마루에 올랐을 때였다. 보지 않겠다 다짐했지만 눈이 저절로 마당으로 향했다. 수리개가 자신의 옷을 벗어 시신의 얼굴을 덮고 고개 숙여 합장하고 있었다.

돌아서서 내실로 향해 가는 동안 그제야 눈물이 났다. 몸 일부분이 잘려 나간 것만 같았다.

* * *

경복궁 광화문 앞에는 전날과 다름없이 금성위의 부모가 엎드려 격쟁 중이고 부부를 보기 위해 여전히 사람들이 북적이고 있었다. 구경꾼이 오는 것을 막으려고 기로소耆老所 초입부터 병사들이 지키고 섰지만 녹록지 않았다.

조선의 거리 중 가장 번화한 곳이 육조 대로다. 구경삼아 가는 자인지, 관청에 일을 보러 가는 자인지 가려내기란 어려웠다. 육조는 광화문 앞 대로를 기준으로 양쪽에 있었는데, 동쪽에는 예조, 이조, 호조, 한성부가, 서쪽에는 사헌부, 병조, 형조, 공조가 있었다. 관청의 관리부터 나졸, 허드렛일하는 관노, 관청에 일을 보러 온 사람에 구경꾼까지 합쳐져서 거리는 인파로 혼잡했다.

"비명에 간 형제의 한을 풀어주소서!"

"자식을 잃은 부모의 원통함을 들어주소서!"

부부의 서러운 울음이 아침 공기를 뚫고 퍼져나갔다. 오늘따라 하늘이 파랗고 구름 한 점 없었다. 바람이 없는 걸 보면 오늘도 가마솥 속에 들어앉은 것처럼 푹푹 찔 것이다. 멍석 위에 엎드린 내외의 이마에서 굵은 땀방울이 뚝뚝 떨어졌다.

거리의 인파를 뚫고 젊은 사내가 나타났다. 마마를 앓아 얼굴이 얽고 더러운 입성에 젓갈 통을 짊어진 자였다. 젓갈 삭는 냄새에 사람들이 슬금슬금 옆으로 비켜날 때였다. 사내가 삼군부 앞 담장에 지게를 세워놓고 목덜미에 흐르는 땀을 훔쳤다.

인파를 헤치고 또 다른 사내가 나타났다. 수레를 끌며 나타난 이는 얼굴은 젊으나 머리가 하얗게 센 청년이었다. 그는 거적으로 덮은 항아리 여러 개를 싣고 격쟁 중인 내외와 가까운 곳에 수레를 세웠다.

거리엔 둘 말고도 수레와 지게를 진 사내가 여럿 있었다. 주위가 어수선하고 시끄러운 탓에 누구도 그들을 눈여겨보지 않았다. 그때였다. 머리가 하얗게 센 한 사내가 큰 소리로 외쳤다.

"조선 백성은 굶어 죽고 맞아 죽는다! 이대로는 못 살겠다!"

그 말에 사내 주위가 술렁이더니 노인부터 어린아이까지 두 팔을 치켜들고 소리쳤다.

"조선 백성은 굶어 죽고 맞아 죽는다! 이대로는 못 살겠다!"

"살인자를 처벌하라! 공주가 범인이다!"

인파가 입을 모아 소리치는 동안 팔짱을 끼고 구경하던 사내가 수레 옆에 비죽 나온 심지에 불을 붙였다. 다른 사내들도 주위 눈치를 보며 자기가 가져온 짐에 불을 붙였다. 10여 명의 사내들이 수상한 짐에 불을 붙이고 서둘러 자리를 떠났을 때였다.

"보명공주를 잡아라! 요녀를 처벌하라!"

"조선 백성은……."

쾅! 쾅! 쾅! 쾅!

하늘이 주저앉고 땅이 꺼지는 듯한 굉음이 연달아 도성을 흔들었다. 광화문을 시작으로 한성부까지, 거리에 빽빽이 들어찬 사람들이 바람에 눕는 갈대처럼 차례로 쓰러졌다. 동시에 매캐한 연기와 화약 냄새가 대로를 뒤덮었다. 폭발이 모든 것을 빨아들인 것처럼 일순간 정적이 흘렀다. 연기와 흙먼지, 죽음의 냄새가 스멀스멀 허공 위로 피어오를 즈음, 비명이 한꺼번에 터져 나왔다. 고통과 공포가 뒤범벅된 울부짖음이었다.

광화문부터 육조 거리 초입까지 산목숨이 몇 없었다. 흙바닥에 시신이 겹쳐서 나뒹굴고 찢긴 팔다리가 사방에 흩어졌다. 의식이 있는 자들이 살려달라고 울부짖었지만 소수에 불과했다. 대부분은 이미 죽었거나 마지막 숨을 몰아쉬고 있었다. 피해가 가장 큰 곳은 금성위의 부모가 있던 자리였다. 부부를 포함해 주위에 사지 멀쩡한 시신이 한 구도 없었다.

종루의 종이 울렸다. 도성에 불이 났음을 알리는 소리다. 폭발로 시작된 불은 이조 솟을대문을 태우고 옆 건물로 옮겨갔다. 관청마다 보따리를 짊어진 서리와 관리들이 쏟아져나와 중요한 문서와 집기를 옮기고 멸화군이 불을 끄려고 달려왔다. 산 자들이 불을 끄려고 우왕좌왕하는 동안 거리에선 사람들이 죽어갔다.

자윤은 솔내골 집을 빠져나와 말을 타고 달렸다. 등줄기에 식은땀이 흐르고 말고삐를 쥔 손에 땀이 흥건했다. 평소 말을 험하게 다루는 편이 아니나 오늘은 몇 번이고 채찍질하며 다그쳤다. 말 달리는 속도가 마음을 따라가지 못했다.

도성 중심으로 향해 갈수록 길엔 온통 통곡과 고함으로 가득했다. 수레에 살림살이와 가족을 싣고 빠져나오는 이들이 대부분이었다. 그들 사이에 머리에 피를 줄줄 흘리며 누군가의 이름을 부르는 노인이 있었고 시신을 지게에 지고 가는 사내와 해가 지도록 오지 않는 가족을 찾아 달려가는 이들이 있었다.

한성부 방향에서 치솟은 연기가 멀리서도 보였다. 날이 건조해서 불길이 빠르게 번지고 있었다. 바람에 실려 온 지독한 탄내와 종소리에 사람들은 겁을 집어먹었다.

"벌써 경희궁까지 불길이 내려왔대!"

"도성을 빠져나가야 해! 여기 있다간 다 죽겠어!"

길엔 불을 피해 도망치는 사람과 오지 않는 가족을 찾으러 가는 사람들이 뒤섞여 아수라장이었다. 자윤은 말에서 내려와 빈 기와집 지붕으로 올라갔다. 지붕 위에서 보는 징청방澄淸坊 일대는 생지옥이었다. 주변 가옥이 불타고 있어서 공기가 뜨겁고 메케한 냄새 때문에 숨을 쉴 수가 없었다. 자윤은 복면으로 코와 입을 가리고 불타는 도성을 보았다.

보명, 무슨 짓을 한 거냐!

난 이 나라를 망가뜨릴 거야. 판을 크게 벌이면 온 세상이 알게 되겠지.

꿈에서도 상상하지 못한 잔혹한 학살이다. 공주의 증오심을 만만히 본 대가는 너무나도 뼈아팠다. 민가를 집어삼키는 탐욕스러운 불길을 보며 자윤은 고통스러운 신음을 삼켰다.

"순이 아버지, 순이 아버지!"

"석아! 내 새끼 어딨느냐!"

자윤은 이를 악물고 사체와 통곡 사이를 걸었다. 마음 깊은 곳에서 분노가 들끓었다. 길 위에는 널브러진 시신을 옮기는 하급 병사들뿐, 지휘해야 할 관리는 어디에도 보이지 않았다. 자윤이 지나는 병사의 멱살을 붙들고 소리쳤다.

"지휘하는 자는 어디 있나? 상관은?"

눈빛이 흐리멍덩한 병사가 기운 없이 중얼거렸다.

"모두 무섭다고 도망갔습니다. 궐문은 닫혔고요."

"도망쳤다고?"

"또다시 포탄이 터질지도 모르잖습니까. 저희도 도망치고 싶은데 시신을 보니 도저히 갈 수가 없어서 남은 겁니다."

어처구니가 없어 손에서 힘이 빠졌다. 자윤은 병사의 멱살을 놓고 사방을 둘러보았다. 저리 많은 사람이 죽었는데 다들 도망쳤다니, 궐문을 닫아걸고 숨다니. 분노로 심장이 활활 타는 것만 같았다. 자윤은 울부짖은 사람들을 뚫고 계속 올라갔다. 한성부 솟을대문이 불에 타 무너지고 화염에 휩싸인 지붕이 주저앉고 있었다.

자윤은 길 한쪽에 검게 탄 수레로 다가갔다. 부서진 포탄의 흔적이 사방에 흩어져 있었다. 보자마자 비격진천뢰飛擊震天雷가 떠올랐다. 비격진천뢰는 무쇠 안에 화약, 진흙, 빙철을 넣고 심지에 불을 붙여 화포로 발사하는 포탄이다. 하지만 이 포탄은 화포 없이 심지에 불을 붙여 터트리는 방식이다. 이 정도 사상자가 나온 걸 보면 수십 개, 아니 백여 개의 포탄이 터졌다고 봐야 한다. 이 정도 포탄을 만들어낼 수 있는 화포장이 조선에 있던가.

자윤은 땅바닥에 흩어져 있는 철편을 주워들었다. 인파가 몰렸을 때 한꺼번에 터트렸다. 심지 길이를 다르게 하여 폭발 시간을 맞췄을 것이다. 섬광과 함께 칼날 같은 철편이 사방으로 쏟아지는 광경을 상상하자 눈앞이 아찔했다. 거리엔 불에 탄 수레 몇 대가 더 보였다.

다른 증거를 찾으려고 주위를 둘러볼 때였다. 시신 옆에 주저앉아 우는 여인이 눈에 들어왔다. 저고리와 치마는 온통 흙과 피투성이에 비녀는 떨어져 나가고 없고 울어서 얼굴이 퉁퉁 부어 있었다.

장소봉?

얼굴을 알아본 자윤은 한달음에 달려가 그녀의 어깨를 붙들었다.

"무슨 일이오? 다친 것이오? 괜찮소?"

빨갛게 충혈된 눈이 자윤을 울려다 보았다. 상대방을 알아본 소봉이 눈물을 흘리며 겨우 몇 마디를 내뱉었다.

"어떡해요. 꽃분이랑 연재가……."

소봉은 말을 잇지 못하고 끅끅 울음을 터트렸다. 자윤의 눈이 옆에 누운 시신으로 향했다. 아무리 시신이 훼손되어 알아보기 힘들어도 젊은 사람으로는 보이지 않았다.

"시신을 찾으려고 온 것이오?"

"본가에 간다고 했대요. 근데 아무 데도 없어요. 우리 애들 어떡해요. 죽었으면 어떡해요."

"위험하니 우선은 피합시다."

"우리 애들을 찾아야 해요!"

"지금은 방법이 없소. 불길이 번지고 있으니 피해야 하오."

자윤은 싫다는 소봉의 손을 잡아끌고 달렸다. 그들 뒤로 시뻘건 불길과 고통스러운 비명이 무섭게 따라붙었다.

불길과 인파를 뚫고 판서동 인근까지 내려왔을 때였다. 수안군이 잔뜩 지친 소봉을 냇가 옆 바위에 앉히고 손으로 물을 떠서 내밀었다. 소봉은 그 모습을 쳐다만 볼 뿐 울음 없이 눈물만 뚝뚝 흘렸다.

"그때…… 알았어야 했어요."

"뭘?"

"공주가 그랬어요. 복수가 아니라 나라를 바꾸는 거라고. 고름을 도려내고 썩은 가지를 잘라내는 중이라고. 이런 짓까지 벌일 줄은 몰랐어요. 정말 몰랐어요, 나는……."

수안군이 옆에 앉았다.

"그대 탓이 아니오. 막지 못한 내 잘못이오."

"왜 이런 짓을 벌였을까요?"

"악인을 이해하려고 하지 마시오. 악인의 증오는 오직 악인만이 아는 것이니."

"이게 끝일까요?"

"아닐 거요."

수안군이 무겁게 입을 다물자 소봉은 눈물을 훔쳤다.

"꽃분이와 연재가 털끝 하나라도 다쳤다면 내 손으로 공주를 죽여버릴 거예요. 말해주세요. 어떻게 하면 잡을 수 있어요?"

그는 말없이 소봉의 얼굴을 한참 동안 보다가 무겁게 입을 뗐다.

"나는……."

수안군이 손을 뻗어 소봉의 얼굴을 감쌌다.

"그대가 이 세상을 사랑하고 자신을 소중히 여기는 사람으로 남아줬으면 좋겠소. 그러니까 증오에 전염되지 마시오. 어떤 순간에도 자신을 지키시오."

"하지만……. 공주를 용서할 수 없어요. 너무 많은 사람이 죽었잖아요."

"악행을 멈추기 위해서 또 다른 악행을 벌인다면 그대가 다칠 거요."

소봉은 느꼈다. 그의 눈빛과 표정이 전과 다름을. 이 절망적이고 비극적인 순간에도 그의 다름에 가슴이 뛰는 것이 괴로웠다.

"보명은 이 세상을 증오해서 살상을 벌이고 나는 이 세상을 혐오해서 누구와도 관계를 맺지 못했소. 그대는 우리보다 나은 인간이오. 그러니까 지금까지 해온 것처럼 자신만의 방법으로 이 세상을 살아가시오. 복수 말고 세상을 구하시오."

소봉은 가슴이 벅차면서도 슬펐다. 장소봉이 살아갈 세상에 그는 없는 것 같았다. 언제라도 훌쩍 이 세상을 놓아버릴 것만 같았다.

"왕자님은 자신의 방식으로 세상을 구해왔잖아요. 왕자님 옆에는 나도 있고 강 도사님도 있고 많은 사람이 있어요. 혼자가 아니에요."

그는 물끄러미 볼 뿐 말이 없었다.

"왕자님 말대로 날 놓치지 않을게요. 그러니까 자신을 죽이려고 하지 마요. 아껴줘요."

그는 대답하지 않고 자리에서 일어났다. 얼굴에 감정을 드러내지 않았지만 생각이 많은 것처럼 보였다.

판서동 초입에 들어섰을 때였다. 가족을 기다리는 수많은 무리에서 소봉을 알아본 장가 사람들이 떼거리로 뛰어왔다. 부모와 오라버니들 뒤로 꽃분과 연재의 얼굴을 발견한 소봉이 울면서 그들에게 뛰어갔다.

자윤은 소봉이 가족과 동무들에게 둘러싸이는 것을 보고 쓸쓸히 돌아섰다. 소봉이 뒤늦게 찾았지만 그는 이미 숲속으로 사라지고 없었다.

14. 민심

    불길은 재변이 일어나고 사흘이 지나서야 겨우 잡히는 듯했다. 육조 관청에서 시작된 화마가 경희궁과 전옥서, 종각을 태우고 송교동, 대사동, 한동, 누동까지 집어삼켰다. 바람이 남쪽으로 분 탓에 경복궁, 창덕궁은 다행히 화를 면하고 종묘도 건질 수 있었지만 도성의 절반이 불에 타면서 피해가 막심했다. 곳곳에 잔불이 남아 안심할 수 없는 상황인데 좀도둑까지 설치고 다니는 통에 민심이 흉흉했다.

    육조가 불타면서 중요한 문서들이 모두 궐내각사와 경복궁 수정전으로 옮겨지고 조정도 창덕궁과 창경궁 전각으로 나뉘어 꾸려졌다. 폭발 사고의 배후를 찾고 화변 수습이 다급한 때에 왕은 집상전에서 한 발자국도 나오지 않았다. 보다 못한 당상관이 도승지를 앞세우고 침방 앞까지 갔지만 10여 명의 내관들이 막아섰다.

    "전하께서는 지금 막 수침에 드셨습니다."

"당상관이 주상 전하를 뵈려 하는데 어찌 내시들이 막아서는가."

우의정의 꾸짖음에도 대전 내관들은 물러서지 않았다.

"아무도 들이지 말라 하셨습니다."

"환우 중인 것은 맞소? 탕약과 어의도 들이지 말라 하시는 것은 무슨 이유요?"

"어명이 계셨습니다. 돌아가십시오."

"도성이 잿더미가 됐는데 며칠째 누워만 계시는 것이 말이 되오? 상선은 조선의 신하가 아니오? 전하를 어찌 모시는 것이오?"

실랑이가 길어지자 슬슬 언성이 높아지기 시작했다.

"올라온 상소라도 안으로 넣어주게. 한시가 급하네."

"안 됩니다. 돌아가십시오."

"이런 간악한 내시 놈을 봤나! 너희가 주상 전하의 눈과 귀를 막고 조정을 능멸하는구나!"

우의정, 병조판서, 호조참판이 내관들과 언쟁을 하다가 몸싸움까지 하는 지경에 이르렀다. 병조판서가 마룻바닥에 머리를 찧고 호조참판의 코에서 피가 흘렀다. 나이 지긋한 사내들이 마룻바닥을 뒹굴며 드잡이를 하는 동안 방 안에서 우울한 목소리가 흘러나왔다.

"시끄러워서 잠을 잘 수가 없구나. 안으로 들라."

상소를 받쳐 들고 침전 안으로 든 당상관은 못 본 사이에 놀랍도록 수척해진 왕을 보고 적잖이 놀랐다. 상선의 말이 허언이 아니었다. 왕이 누운 채로 힘없이 손을 휘저으며 말했다.

"내 몸이 이 지경인지라 국사를 챙길 여력이 없다. 세자가 재변을 수습하도록 하라."

"전하, 세자 저하의 보령이 어리시온데 어찌 이 환란을 수습하시겠사옵니까."

"세자 뒤에는 중전이 있지 않은가."

"어찌 국사를 내명부에 맡기려고 하시나이까. 역모를 일으킨 배후를 찾아 단죄하고 화변이 쓸고 간 도성을 재건하려면 전하께서 나서주셔야 하옵니다."

"역모……."

왕이 희미하게 흐느끼며 들릴 듯 말 듯 입술을 달싹였다. 왕의 울음에 신하들은 당황했다. 그 모습을 안타깝게 보던 우의정 임유준이 말했다.

"전하, 환우가 이토록 깊으신데 어찌 어의를 들이지 않으시나이까. 황급히 어의를 불러 옥체를 보중하옵소서."

"짐이 살 자격이 있는가."

"전하, 어찌 그런 망극한 말씀을 하시옵니까."

조용히 눈물만 흘리던 왕이 말했다.

"우상만 남고 모두 나가라. 사관 또한 나가라."

모두가 나가고 왕과 우의정만이 남았다. 왕은 평생 척리인 홍인과 송인에 둘러싸여 살았다. 세자 시절 스승이며 어느 당파에도 서지 않고 오랫동안 우상 자리를 지키는 임유준만이 그나마 심중을 터놓을 수 있는 유일한 신하였다. 임유준을 곁으로 오게 한 왕이 늙은 신하의 손을 붙들고 흐느꼈다.

"스승님, 나는 이제 어찌해야 합니까. 장인이 무섭고 외숙부가 무섭습니다. 어마마마가 무섭고 중전이 무섭습니다."

"전하, 어찌 그런 말씀을 하십니까."

"보명이 한 짓이 분명해요. 복수를 하려는 겁니다."

불안에 떠는 왕을 보며 임유준은 허리를 깊숙이 숙인 채 말을 잇지 못
했다. 시강원에서 세자를 가르칠 때만 해도 성군이 될 것을 믿어 의심치
않았었다. 그는 심성이 어질고 총명하며 성실했다. 경연을 끔찍이도 싫어
했던 선대왕과 달리 글공부를 좋아하고 신하들 말에 귀 기울이며 스스
럼없이 다가왔다. 부모가 어지간했다면 분명 성군 소리를 들으며 나라를
이끌었을 것이다.

양전은 세자와 신하가 보는 앞에서 서로 욕하고 비난했다. 도저히 얼
굴을 들고 있을 수가 없어 대전에서 물러난 것만 수십 번이었다. 혼군昏君
과 악후惡后 사이에서 세자의 총명은 빛을 잃고 어진 심성은 도리어 자신
을 망치는 길로 이끌었다. 지금의 왕은 폭군도 혼군도 아닌 허깨비였다.
대전에 앉아 있지만 실상 없는 것이나 다름없는 공기와도 같은 존재. 본
인도 아는 것이다. 자신의 그릇으로는 이 국난을 감당 못 한다는 것을.

"전하께서는 이 나라의 군주십니다. 군주가 약해지면 나라도 약해집
니다. 맞서세요, 버티세요."

"내게 무엇이 있어 맞서겠습니까. 이 비루한 몸뚱이로 언제까지 버티
겠습니까. 물도 밥도 삼킬 수가 없어요. 무서워서 잠도 오지 않습니다."

"수안군을 부르십시오. 역모의 배후를 밝히고 국난을 타개할 방법을
찾아올 것입니다."

"스승님은 수안군을 믿으십니까? 난 모르겠습니다. 속을 알 수 없는
아이였어요. 모두가 어머니 앞에서 벌벌 떨 때 그 아이 혼자만 고개를 들
고 있었습니다. 매를 맞고 굶기고 괴롭혀도 어머니 앞에선 늘 뻣뻣했지
요. 기억나는 것은 그것뿐입니다."

"전하, 신은 오랫동안 벼슬아치로 살면서 많은 인간을 보아왔습니다. 그동안 지켜본 수안군은 돈과 명예, 충심에 움직이지 않았습니다. 그는 선과 악을 탐구하고 진실에 집착합니다. 어떻게 사람을 죽였고 이유가 무엇이고 어찌하면 막을 수 있을지만 생각합니다. 날카롭고 집요하며 두려움이 없지요. 다루기 힘든 칼이지만 내 편이 된 이상 끝까지 적을 찾아 벨 것입니다."

왕은 불안한 표정을 지우지 못하고 손톱을 자근자근 깨물며 말했다.

"그 아이가 뛰어나다 하나 혼자서 무얼 하겠습니까. 다 틀렸습니다."

"전하, 작금의 환란은 힘으로 수습할 수 없습니다. 진실을 알고 정의의 편에 서야만 극복할 수 있을 것입니다. 수안군에게 힘을 실어주십시오. 전하와 사직을 지킬 방도를 찾아낼 것입니다."

왕이 굵은 눈물을 흘리며 말했다.

"당장 수안군을 부르세요. 옥좌를 지킬 수만 있다면 달라는 것은 무엇이든 내어주겠습니다."

한 시진도 안 되어 수안군이 입궐해 주상과 독대했다. 수안군이 환난을 수습하기 위해 내놓은 대책은 무모하고 대담했다. 왕은 왕실과 조정 대신 누구도 인정하지 않을 거라고 생각하면서도 수안군에게 전권을 주었다. 살아남으려면 이 길밖엔 없었다.

* * *

굶주린 백성은 왕을 원망했다. 고기가 없으면 수저를 들지 않는다는 소문, 백성이 배고픔과 목마름으로 허덕일 때 얼음을 띄운 다디단 식혜를 마신다는 소문이 돌았다.

백성은 주린 배를 움켜쥐고 왕을 욕했다. 그들은 남편을 독살하고 시동생을 조각내 죽인 보명공주보다 끼니마다 배불리 먹는 왕이 더 미웠다.

경복궁의 광화문과 창덕궁의 돈화문 앞으로 백성들이 모여들었다. 격쟁하는 내외를 보려고 모였던 인파의 몇 배 되는 인원이었다. 나이와 성별, 신분이 다르지만 그들이 내뱉는 분노는 한결같이 격렬했다.

대궐에는 왕이 없다. 백성을 죽이는 악귀만 있을 뿐이다!

이대로는 못 살겠다! 조선을 뒤엎자!

보명공주를 죽여라! 왕을 죽여라!

죽여! 죽여! 모두 죽여!

군중이 입에 담는 것은 역모고 반란이고 대역죄다. 대역죄인은 머리, 몸, 팔, 다리를 토막 쳐서 전국 각지에 돌려 본을 보였다. 궐 밖의 군중은 모두 극형 감이지만 병사들은 그들을 밀어내는 데에 급급했다. 지금 시국에 사상자가 늘면 더 큰 폭동으로 번지기 때문이다.

백성과 병사가 격렬하게 대치할 때였다. 시위대 끄트머리에 베로 만든 굴건을 쓰고 상복을 입은 사내가 나타났다. 이목구비가 단정하고 기품 있는 자였다. 사내는 몸싸움하는 양쪽을 바라보다가 흙바닥에 엎으려 서럽게 곡을 시작했다.

"아이고…… 아이고…… 아이고……."

사내는 목이 쉬도록 통곡하고 가슴을 쥐어뜯었다. 광화문 재변 때 혈육이 죽었는가. 시간이 흐를수록 사내에게로 시선이 모였다. 그가 한 시진 넘게 곡을 하고 자리에서 일어나자 많은 이들이 곁에 모여 있었다. 사내가 군중에게 소리쳤다.

"나는 호종 대왕의 적자인 주안대군의 아들 한산군이오. 그대들이 증오하는 왕실의 핏줄이외다."

군중의 웅성거림이 커졌다. 비통한 눈으로 궁궐을 바라보며 한산군이 말했다.

"지금 나는 몹시 부끄럽소. 내가 종친이라는 것이 부끄럽고 백성을 위해 할 수 있는 것이 없어 비통하오. 수백 명이 폭사했다는 소식에 달려오니 조선이라는 나라는 없고 고통에 신음하는 백성만이 있었소. 너무나도 참담하여 이 자리에서 혀를 물고 죽고 싶은 심정이오."

궁을 향한 욕설과 고함이 멈추고 모두가 그의 말에 귀 기울였다.

"하루라도 빨리 대역죄인을 찾아내 엄벌하고 다친 민심을 달래는 것이 왕실과 조정이 할 일이요. 그런데 지금 상황이 어떻소? 궐문은 닫히고 신하들은 두려워서 등청조차 않고 있소. 왕실과 조정이 백성을 버린다면 백성도 그들을 섬기지 않을 것이오!"

"옳은 말이다!"

"맞소!"

군중이 호응하자 한산군이 목에 핏대를 세워가며 외쳤다.

"주상 전하! 군주의 위엄을 보여주시옵소서. 당장 죽어 마땅한 놈들을 잡아들이고 다친 백성을 돌보시옵소서. 이 한산군! 목숨을 걸고 충심으로 외치나이다!"

군중은 환호하며 한산군을 대오 앞에 내세웠다. 종친을 앞세우니 닥치는 대로 두들겨 패고 밀어대던 병사들이 몸을 사렸다. 시간이 흐를수록 시위하는 군중이 더욱 늘어났다. 맨 앞에 한산군과 양반이 그 뒤로 중인과 천인이 한데 섞여 대궐 문을 열라고 소리쳤다.

이 사실을 전해 들은 대비가 대전으로 달려왔다.

"주상! 당장 저 대역무도한 자들을 잡아 죽이세요. 저 천한 것들이 나라와 왕실을 욕보이고 있습니다!"

"저들은 혈육을 잃고 집을 잃었습니다. 나라가 지켜주지 않았으니 임금과 조정을 원망하는 것입니다."

"어찌 그런 한심한 소릴 하십니까! 저들의 우두머리가 누군지 모릅니까? 왕실의 수치, 한산군입니다. 금수만도 못한 살인자에게 옥좌를 뺏기실 겁니까? 지금껏 어찌 지켜온 옥좌인데!"

"한산군이 저들을 이용하는 것입니다. 재변의 배후를 밝히고 한산군에게 죄를 물으면 될 일입니다."

대비는 아직도 사태 파악을 못 하는 아들을 한심하게 보며 소리쳤다.

"허! 그게 그리 쉬우면 지금까지 왜 못했느냐? 네가 한 게 무엇이냐! 대전에 틀어박혀서 처먹기밖에 더 했느냐!"

"어마마마! 여기는 대전입니다!"

"네가 왕이면 당장 저들을 쓸어버려! 역적을 죽여야 왕의 위엄이 서고 종묘사직을 지킬 수 있다!"

"아비에게 살려달라고 애원하는 자식을 어찌 죽인단 말입니까. 저는 못 합니다."

"이 한심한 놈! 제 아비를 닮아서 유약하고 어리석구나!"

"어머니!"

"보명, 그년이 이 모든 원흉이다. 그년만 죽이면 모두 끝날 것이야. 그러게 진즉에 죽이라고 하지 않았느냐? 《일성록》을 가져온 그날 내가 시키는 대로 했으면 이런 일은 벌어지지 않았다."

"보명을 죽이면 백성을 설득할 명분을 잃습니다. 어떤 짓을 저질렀는지 밝히고 죄를 물어야지요. 백성이 원하는 건 역적을 죽이는 게 아닙니다. 그들은 왜 자신들이 굶주리고, 혈육이 죽었는지 알고 싶은 겁니다. 모두를 죽이면 누구를 다스리고 누구와 더불어 살겠습니까."

왕이 끝까지 버티자 대비도 어쩌지 못하고 돌아갔다. 중전은 대조전에서 두문불출이고 조정 대신들은 궐 안으로 들어오지 못했다. 고립된 왕은 밖에서 들리는 소리가 슬프고 두려웠다.

* * *

조선 갑부 장종훈이 곳간을 열었다. 그는 상단에서 쓰던 창고들을 비워 이재민을 재우고 먹였다. 상단에서 팔던 피륙과 나무를 내어 시신을 위한 수의와 관을 만들게 하고 다친 사람을 치료해주었다.

소봉은 아침부터 늦은 밤까지 허리를 제대로 펴지 못한 채 일했다. 그녀는 동무들과 함께 부모를 잃은 아이들을 보살폈다. 이재민이 장가 상단으로 끊임없이 밀려들고 일손은 턱없이 부족했다.

화재로 모든 걸 잃고 죽 한 그릇이라도 얻어먹으려고 찾아온 사람 중에는 배오개에서 안면이 있던 자들도 많았다.

"단미 아씨!"

청계 포목점 염 씨가 핼쑥한 얼굴로 식구들을 데리고 온 걸 보고 소봉이 달려갔다.

"염 씨! 무사했네! 다행이야!"

"아이고 말도 마요. 명주전 골목이 싹 다 불타는 통에 건진 게 하나도 없어요. 지금은 살아 있지만 언제까지 버틸 수 있겠어요?"

"무슨 말이야? 살아 있으면 버틸 힘도 생겨. 가족을 데리고 여기 앉아서 요기부터 해."

소봉은 찾아오는 상인들에게 도성 안에서 벌어지는 이야기를 들었다.

종친 한산군을 필두로 의군이 들고일어나 궁궐로 쳐들어가려고 한다는 이야기, 백성의 원망과 분노가 하늘을 찌른다는 이야기, 대화재가 있던 날 화양궁이 불타고 공주도 사라졌다는 이야기. 백성들은 모든 게 공주와 왕실이 벌인 짓이라고 단정하고 있었다.

답답한 이야기를 종일 듣고 있으면 수안군 생각이 났다. 그는 지금 뭘하고 있을까. 송파진 상단에 강 도사의 처와 아이들이 묵고 있어서 강 도사를 통해 몇 마디 전해 듣기는 했었다.

"군대감께서 주상 전하와 독대한다면서 궁으로 들어가더니 겸사복 50명을 데리고 나타났지 뭡니까. 전하께서 정예 친위병을 내어주시다니, 군대감을 어지간히 신뢰하시나 봅니다."

"그래서 무탈하게 잘 계시냐고요! 왜 다른 소리만 해요?"

"잘 계실 리가 있나요. 밤잠 못 자고 범인들 찾아다니는데."

"공주는요?"

"안개처럼 사라졌지요. 무슨 일을 꾸미는 건지 불안합니다."

보명공주는 대화재로 끝내지 않을 것이다. 무언가가 더 있다.

소봉은 도성 안팎에서 일어나는 일을 전해주는 사람에게 잡곡 한 줌씩을 내어줬다. 그 소문이 퍼지면서 많은 사람이 장가 상단으로 밀려들었다.

의군과 한산군에 관한 이야기거나 공주가 죽었다, 도망갔다 같은 소문이 대부분인 와중에 특이한 이야기가 반복적으로 들어왔다.

"날짐승이라도 잡아볼까 하고 백악산에 올라갔는데 봉우리에서 봉수대를 만들고 있던걸요. 멀쩡히 있는 목멱산 봉수대를 두고 왜 거기다 그런 걸 만드는지."

"인왕산 선바위 인근에서 장정들이 굴뚝 같은 걸 만들던데요. 사내들 생김새가 무시무시해서 근처도 안 가고 도망 왔지요."

"낙타산 정봉에서 봉수대를 만들던데요? 근데 좀 이상한 게 군사가 아니라 젊은 장정들이 만들고 있었는데 뭔가 조잡했어요."

"목멱산 봉우리에 언놈들이 굴뚝을 만들어놨더라고요. 사내들이 그 옆에 초막을 짓고 지키는 것을 봤습니다요."

군병이 아닌 자들이 봉수대 비슷한 것을 짓는다? 한양을 둘러싼 산의 봉우리마다?

그냥 지나칠 일은 아니었다. 소봉은 이 사실을 수안군에게 전해주기 위해 개금을 데리고 도성 안으로 향했다.

소봉은 그를 만나러 가기 전에 칠패 시장을 들렀다. 마리가 무사한지 확인해보기 위해서였다. 마리의 각다귀 상단은 형태는 온전했지만 문을 두드려도 나오는 이가 없었다.

수안군이 임시 거처로 쓰고 있다는 김 별제의 집에 도착했을 때였다. 강 도사가 소봉을 맞이해 사랑방으로 데려갔다. 그곳에 수안군과 마리가 있었다.

두 사람은 심각한 이야기를 나누고 있었던 듯 얼굴이 굳어 있었다. 소봉은 마리가 반가웠지만 티를 내지 못하고 문 앞에 우물쭈물 서 있었다.

"걱정 마. 이 세상에서 놈을 가장 잡고 싶은 건 나야. 도망치지 않아."

수안군에게 말하고 자리에서 일어난 마리가 문 쪽으로 걸어왔다. 마리와 눈이 마주치자 소봉이 살짝 미소 지었다. 마리는 그런 소봉을 쓱 보고는 그대로 방을 나갔다.

"이재민을 보살피느라 바쁘다고 들었소. 치안이 좋지 않은데 여기까진 어떻게 왔소?"

"아셔야 할 이야기가 있어서 가져왔어요. 한양 주변 산에 수상한 일이 일어나고 있어요."

소봉은 직접 지도를 펴서 사람들이 가르쳐준 산봉우리 위치와 벌어지는 일을 전했다. 수안군의 표정이 심각해졌다.

"공주가 뭔가를 꾸미는 거죠?"

"그런 것 같소."

"화양궁에 불을 지르고 흔적도 없이 사라졌다면서요?"

수안군은 대답 대신 고개를 끄덕였다.

"앞으로 어떻게 할 계획이세요?"

"곧 의군이 창덕궁에 난입할 거요. 그 속에 보명이 있을 거고."

"반정을 일으킨다는 이야기예요?"

"아니. 보명이 찾으려는 건 일기요."

"일기?"

"세상에 알려져선 안 되는 일기. 그것을 손에 넣으려고 이 난리가 난 거고. 더 큰 사달이 나기 전에 생포할 계획이오."

고작 일기 하나 때문에 그 많은 사람을 죽이다니, 놀라서 선뜻 말이 나오지 않았다.

"중요한 정보를 가져다주어서 고맙소. 돌아가는 정황을 또 전해주겠소?"

뜻밖의 말이다. 위험하니 돌아다니지 말라고 할 줄 알았는데. 소봉은 기뻐서 고개를 힘차게 끄덕였다.

"성 밖에서 무슨 일이 벌어지는지 매의 눈으로 살필게요."

잠을 못 잤는지 얼굴이 수척한 수안군이 희미하게 웃었다.

"곧 이 혼란을 정리할 거요. 그때까지 조금만 더 고생해주시오. 다시 일상으로 돌아갈 수 있을 거요."

그때가 되면 우리는 다시 마주 보며 웃고 싱거운 이야기를 떠들 수 있을까요? 좋아하는 마음을 드러내도 죄스럽지 않은 날이 올까요?

소봉은 수안군의 얼굴을 마음에 꼭꼭 담아두고 돌아섰다.

막 대문을 나섰을 때였다. 밖에서 마리가 기다리고 있었다. 소봉이 살갑게 웃으며 다가갔다.

"칠패에 갔었는데 아무도 나오지 않아서 걱정했어. 다치지 않아서 다행이야."

"각다귀 아이들이 많이 죽었어."

무표정한 얼굴이지만 눈빛이 슬퍼 보였다. 소봉은 마리의 손을 꼭 붙들었다.

"저런…… 어쩌면 좋아. 힘든 일이 있으면 송파진으로 와. 내가 도울 수 있는 일이 있다면 도울게."

평소라면 차갑게 손을 뿌리쳤을 마리는 가만히 서 있었다.

"단미 아씨 너는 다치지 마라. 살아야 해."

"응. 너도."

마리는 씁쓸한 표정을 짓더니 손을 잡아 뺐다. 소봉은 수안군의 명으로 겸사복의 호위를 받으며 성 밖으로 향했다. 도성 곳곳엔 의군이 붙인 벽서로 가득했다. 그들은 왕과 왕실을 없애야 한다고 한목소리로 외치고 있었다.

밤이 깊도록 한양은 잠들지 못했다. 횃불이 궁궐을 에워싸고 목청 큰 누군가가 요령을 흔들며 선창하자 백성들이 낮은 목소리로 곡을 했다.

못 가겠네 못 가겠네

차마 두고 못 가겠네

어허 어허 어허어 여기 넘차 어허

고생살이를 못 면하고

북망산천을 가는구나

어허 어허 어허어 여기 넘차 어허

북망산천이 어디엔고

건너 안산이 북망이로다

어허 어허 어허어 여기 넘차 어허

곳곳에서 불길이 솟고 고함과 돌멩이, 화살이 허공을 날아다녔다. 광화문, 돈화문, 홍화문 앞의 싸움이 가장 격렬했다.

산에서 내려온 안개가 궁을 감쌀 때였다. 갑자기 의군의 숫자가 불어났다. 백성처럼 옷을 입었지만 손에 든 무기, 싸우는 기세가 제대로 훈련받은 사병이었다. 사병 수백 명이 합세하자 드디어 대궐 문이 뚫렸다. 밀린 숙위군이 도망치고 의군은 소리를 지르며 안으로 달려갔다.

명정문을 빠져나온 50여 명의 의군은 곧장 자경전 방향으로 올라갔다. 문마다 지키고 선 수십 명의 숙위군이 의군의 칼에 쓰러졌다. 그들이 수십 명을 베고 나서 자경전에 도착하기까진 오래 걸리지 않았다. 자경전에서 버티는 왕대비 때문에 피신 못 한 궁녀들이 시커먼 사병을 보고 비명을 지르며 전각 안으로 뛰어 들어갔다. 그 뒤를 칼을 든 사내 몇이 따라갔다.

자경전 복도는 어둡고 조용했다. 방에선 상궁 나인들이 서로 껴안고 소리죽여 울고 있었다. 칼을 든 사병 하나가 얼굴을 가린 복면을 벗었다. 보명공주였다. 그녀는 호위보다 앞서서 전각 가장 안쪽에 있는 방문을 열어젖혔다.

안에는 열 명 남짓한 궁녀가 대비를 에워싸고 있었다. 보명공주는 손에 든 장도를 바닥에 끌며 그들에게 다가갔다. 빛을 받아 시퍼런 칼날이 무섭게 번뜩였다.

"해하지 않을 것이니 나가라."

내뱉은 말과 달리 온몸에서 뿜어져 나오는 살의에 궁녀들이 몸을 움츠렸다.

"아니 됩니다. 소인들이 대비마마를 지킬 것입니다!"

"설마 어미를 죽이겠느냐? 묻고 싶은 것이 있어서 왔다. 성가시게 굴면 마음이 바뀔지도 모르니까 꺼져."

날카로운 검 끝이 대비의 정수리로 향했다. 모두가 두려워하며 어깨를 옹송그릴 때였다. 침착한 표정의 대비가 나섰다.

"나는 괜찮다."

"하오나 대비마마……."

"공주는 날 죽이지 못한다. 나가서 기다려라."

주저하던 상궁 나인이 일어나 방을 나갔다. 인기척이 멀어지는 것을 가만히 듣던 보명이 말했다.

"잘 지내셨어요?"

웃는 얼굴에 대비가 거칠게 침을 뱉었다.

"이 살인귀!"

"혼인하고 처음 보는 거죠?"

"네년은 등활지옥에 떨어질 것이다! 벌레가 온몸을 파먹고 칼과 쇠몽둥이에 사지가 찢길 것이다! 규환지옥에 떨어져서 펄펄 끓는 가마 속에서 삶아지고 철퇴에 입이 찢어지고 달군 쇳덩어리를 먹고 오장육부가 불탈 것이다! 또 무간지옥에 떨어져 가죽이 벗겨지고 창에 꿰여……."

쫘악!

보명이 대비의 따귀를 후려갈겼다. 호된 손찌검에 대비의 몸이 바닥으로 쓰러졌다. 분을 바른 하얀 얼굴에 시뻘건 손자국이 선명했다. 정신을 차리지 못하고 신음하는 그녀를 보며 보명이 중얼거렸다.

"적당히 해. 언제까지 할 거야?"

"이년!"

"지옥을 겁내는 년이 그리 많은 사람을 죽였겠어? 쓸데없이 힘 빼지 마."

"이 아귀 같은 년!"

대비가 눈이 뒤집혀서 달려들자 보명이 목에 칼을 들이댔다.

"네년을 낳는 게 아니었다!"

"내 말이. 도대체 왜 낳았어? 배를 찢어서라도 없앴어야지."

"아아아악!"

짐승처럼 포효하는 대비의 괴성이 전각 밖까지 흘러나왔다.

"타고난 피가 더러우니 평생 더러운 짓거리만 일삼는구나. 난 네가 이리 살 줄 알았다. 네 오라비 앞길에 똥물을 뿌릴 줄 진즉에 알고 있었어."

"어미를 닮았지. 남편을 독살하고 죄 없는 사람들을 죽이고. 어미가 하던 짓 고대로 배웠지."

"난 짐승처럼 오라비와 흘레를 붙진 않았느니라. 사내를 집으로 불러들여 난잡하고 굴러먹지도 않았다. 난 종묘사직을 지켜낼 왕을 만들었을 뿐이다."

"왕을 만들고 괴물도 만들어냈지. 세상에 다시 없을 사악하고 끔찍한 괴물."

"내 핑계 대지 마라. 너는 타고나기를 악하게 태어난 짐승 종자다."

"그래, 악한 본성으로 태어났을지도 모르지. 그 악에 물과 양분을 주고 피 맛을 보게 한 건 당신이야. 당신은 어린애가 짐승에게 고통받는 동안 방관했어. 핍박하고 학대했어. 자식이라는 생각이 들기는 했어? 불쌍한 마음이 조금도 없었어?"

보명의 텅 빈 눈동자를 보며 대비의 입가에 조소가 떠올랐다.

"너는 내 심장과 오장육부를 갈가리 찢고 나온 짐승 새끼였다. 널 보면 치가 떨리고 욕지기가 났다. 널 궁에서 치우니 살 것만 같았다. 네가 금성위를 죽였다고 했을 때 천벌을 받아 숨통이 끊어지기를 바랐다. 널 진즉에 죽이지 못한 것이 한이다."

보명은 헛웃음을 터트렸다. 애초에 눈물과 용서를 바라고 온 것이 아니다.

"당신이 만든 왕좌와 나라를 내가 망가뜨릴 거야. 철저하게 짓밟고 비웃어줄 거야."

"이씨 왕조가 한낱 계집의 악행에 무너질 성싶으냐!"

"이미 반쯤 망가졌는걸. 백성들이 알아버렸어. 왕실이 그들보다 나을 게 없는 더러운 족속이란 걸. 겉으로 고고하고 귀한 척하지만 안을 들여다보면 썩은 내가 진동하는 시궁창인 걸 알았다고. 이제 그들은 왕과 왕실을 섬기지 않을 거야. 한낱 계집이 그리 만들었어. 대단하지 않아?"

"네년이 바라는 대로 되지 않을 것이다. 왕실은 그리 호락호락 무너지지 않아."

"……《일성록》 어디에 숨겼어. 당신은 알지? 궁궐 어디에 있는지."

"그걸 빌미로 네 오라비와 거래를 하려는 것이냐? 네 죄를 덮으려고?"

보명이 웃음을 터트렸다.

"내가 나 살려고 이러는 거 같아? 난 죽은 왕이 얼마나 더러운 인간이었는지, 당신이 얼마나 끔찍한 괴물을 만들어냈는지 세상에 밝힐 거야."

"네 이년! 그깟 칼을 들이댄다고 내가 입을 열 것 같으냐? 죽어도 말 안 한다!"

"흠, 그렇단 말이지."

보명이 더없이 환하게 웃으며 말했다.

"지금 대조전으로 앞으로 사병 3백 명이 가 있어. 내 명령이면 왕과 세자를 끌어내서 목을 칠 거야."

대비가 목에 핏대를 세우며 소리쳤다.

"거짓말 마라!"

"같이 가볼까? 눈앞에서 자식과 손자가 죽는 걸 볼 테야? 자경전을 나가는 순간 협상은 없어."

대비가 몸을 부들부들 떨기 시작했다. 보명은 만족스러운 표정을 지었다.

"나는 왕을 죽이려고 온 게 아니라 《일성록》을 가지러 온 거야. 그것만 주면 군말 없이 사라져줄게. 선택해. 왕과 세자를 죽이든지 그 더러운 일기를 내놓든지."

새벽이 다가오고 있었다. 보명공주는 의기양양한 얼굴로 자경전을 빠져나왔다.

멀리서 뿔피리 소리가 났다. 곧 의군의 숫자가 빠르게 줄어들었다. 자경전에 모여 있던 횃불이 남쪽 방향으로 내려왔다.

"공주가 움직인다!"

자윤이 손짓하자 겸사복이 기민하게 담을 넘어 횃불이 향하는 방향으로 움직였다. 공주를 잡기 위해 동원된 인원은 70명 남짓. 금군은 왕을 지키기 위해 창덕궁을 에워싸고 있었기에 고작 이 인원이 다였다.

"역시 저곳이었나."

자윤은 김 별제, 강 도사와 함께 불빛을 따라갔다. 대비는 귀선을 시켜 누구도 발견할 수 없는 곳에 《일성록》을 숨겼다. 궁인이라면 아무도 가지 않을 누추하고 무서운 곳.

집복헌.

성은을 잃은 후궁이 자결하고 난 뒤 귀신이 나온다는 전각.

어머니가 살던 곳.

자윤은 가슴이 뻐근하리만치 거세게 뛰는 심장 박동을 느끼며 오랫동안 버려져 있던 미친 후궁의 집으로 달렸다.

집복헌으로 이어지는 환경전 일각이 아수라장이었다. 의군 복장을 한 보명의 사병과 겸사복이 한데 얽혀 격렬하게 싸우는 중이었다. 자윤 일행 또한 그들 사이로 뛰어들었다. 아무리 훈련받은 임금의 병사라도 세 배나 많은 인원을 쉽게 뚫을 순 없었다.

그 사이 집복헌에 머물던 횃불이 창경궁 외곽으로 향하기 시작했다. 보명이 《일성록》을 찾은 것이다.

왜 괴물은 과거에 집착하는 걸까. 나는 《정화록》을 찾아 헤맸고, 보명을 《일성록》을 얻기 위해 죄 없는 사람들을 희생시켰다. 그런다고 하여 변하는 것이 없건만. 남은 것은 상처와 분노뿐인데.

멀리서 뿔피리 소리가 들렸다. 그러자 겸사복과 대치 중이던 의군이 빠르게 도망치기 시작했다. 자윤은 보명의 뒤를 필사적으로 쫓았다. 하지만 횃불은 성 밖에 있던 백성의 틈으로 섞이더니 순식간에 사그라들었다.

그들이 사라진 골목엔 백성의 구슬픈 노래만이 남아 있었다.

보고 싶소 울 아버지

보고 싶소 울 어머니

어허 어허 어허어 여기 넘차 어허

억울해도 잘 가시오

걱정되도 잘 가시오

어허 어허 어허어 여기 넘차 어허

산목숨이 걱정인가

죽은 사람만 불쌍하다

어허 어허 어허어 여기 넘차 어허

* * *

처음으로 존재를 안 그 순간부터 무슨 대가를 치르더라도 손에 넣겠다고 다짐했었다. 그것은 나의 더러운 과거, 치욕, 고통, 분노. 그것을 읽은 자들은 살려두지 않으리라. 눈을 파고 혀를 뽑고 목을 잘라 불길 속에 던져 넣으리라.

매일 밤 이를 갈며 잠 못 이루고 뒤척였다. 하루라도 빨리 《일성록》을 손에 넣어 태워버리고 싶었다.

하지만 막상 《일성록》을 손에 넣으니 담담했다. 독에 중독되어 죽어가는 노인네가 끄적거린 낙서일 뿐이다. 어쩌면 자신의 죄를 참회했을지도 모른다. 그런다고 용서받을 수는 없겠지만.

보명은 촛불을 켜고 《일성록》을 펼쳤다. 미친 늙은이의 비참한 말로를 읽으며 실컷 비웃어주겠다고 다짐하며.

몸이 하루가 다르게 쇠약해진다. 뭘 먹어도 입이 쓰고 피부에 발진이 일어나니 여간 괴로운 것이 아니다. 운신하는 것이 힘들어 상선에게 어린 나인들을 불러오라 명했다. 어린 몸을 끌어안고 자도 나아지는 게 없으니 참으로 이상스럽다.

토할 것 같았다. 어리석고 추잡한 늙은이는 변한 것이 전혀 없었다.

월경을 하지 않은 아이의 침과 피가 영약이라는 이야기를 본 기억이 나 구해 오라 명하였다. 매일 식전에 먹었으나 별다른 효과가 없다. 나는 이대로 죽고 마는 것인가. 죽기엔 이른 나이인 것을. 아직 하지 못한 것이 많거늘.

일기를 넘기고 또 넘겨도 비슷한 내용의 반복이다. 자신의 과오에 대한 회한이나 반성 따윈 단 한 줄도 없었다. 오직 살려고 발버둥 치는 역겨운 이야기뿐이었다. 보명은 분노를 이기지 못해 책장을 구기고 찢어가며 넘겼다.

보명이 보고 싶구나. 온전한 내 여자는 그 아이뿐이었다. 그 아이의 목덜미에서 나는 향이 어찌나 달콤하던지…… 그립구나. 그 향이.

갑자기 배가 찢어지는 듯 아팠다. 보명은 아픈 배를 움켜쥐고 몸을 떨었다.

"아아아아악!"

보명은 비명을 지르며 《일성록》을 찢어발겼다. 촛대가 넘어지면서 움막에 불이 붙기 시작했다.

"그리워? 내가 그립다고?"

수리개가 뛰어 들어와 고통스러워하는 보명을 움막 밖으로 끌고 나왔다. 그 사이에도 보명은 몸을 비틀며 목이 쉬도록 소릴 질렀다.

"날 찢어놓고! 망치고 죽여놓고! 그립다고?"

보명은 마당에 뒹구는 나뭇가지를 잡아 어깨를 찔렀다. 살이 찢어지면서 피가 흘렀지만 아픔이 느껴지지 않는다. 지금 몸을 장악한 것은 감당할 수 없는 분노였다. 보명은 자신의 몸을 찌르고 또 찔렀다.

"공주 자가! 이러시면 안 됩니다!"

수리개가 팔을 붙들고 말렸지만 보명은 몸부림치며 소릴 질렀다.

"다 죽여버릴 거야! 하나도 남김없이 다 죽일 거야!"

보명의 눈에 시퍼런 불꽃이 이글거렸다.

그들은 내가 죽기를 바랐다. 하지만 나는 살아남았다. 나는 생존자다. 나는 내 남편과 시동생을 죽였다. 그리고 얼굴도 모르고 만난 적도 없는 무수한 사람을 죽였다. 세상은 왜 공주가 추악한 괴물이 됐는지 알아야 한다. 온 세상이 보명공주를 기억하게 하겠다. 미친 공주와 왕실의

318

추잡한 진실을 후대까지 욕하게 하겠다. 난 전무후무한 살인자가 될 것이다.

"내 손으로 조선을 뭉개버릴 것이다! 아무도 날 막지 못해!"

보명의 고함이 어두운 숲속에 울려 퍼졌다.

* * *

세상이 곧 품에 들어온다. 반정은 성공할 것이고 공주가 왕으로 만들어줄 것이다.

"허수아비 왕이면 어떠냐. 연산군 못지않은 방탕한 왕이 되어서 한세상 만끽하다가 죽으면 족하다."

한산군 이환은 공주의 당부도 무시한 채 기방으로 향했다. 그 난리를 겪고도 도성 안의 기방에선 손님을 받고 술을 팔았다. 나라가 어찌 되든 주색잡기 하는 인간은 늘 있기 마련이다.

기루가 모여 있는 골목에 막 들어섰을 때였다. 갑자기 수많은 관군이 뛰어나오더니 이환을 둘러쌌다.

"역적 한산군은 오라를 받아라!"

이환은 도무지 믿기지 않았다. 관군이 왜? 공주 말로는 관군마저 이쪽으로 돌아섰고 며칠 후면 반정이 있을 것이라고 하지 않았는가.

이게 어찌 된 일이야?

그가 우물쭈물하는 동안 관군이 이환을 때려눕히고 몸을 밧줄로 묶었다. 이환은 속절없이 끌려갈 수밖에 없었다.

한편 도성으로 숨어든 또 다른 범인이 잡혔다. 강에 빠져 죽은 줄만 알았던 오필상이다. 그는 공주를 찾아 죽이겠다며 저잣거리를 수소문하고 다니다가 자신을 추적하던 강 도사에게 덜미를 잡혔다. 보명공주의 최측근이었기에 곧바로 의금부로 옮겨져 심문을 받았다.

의군의 수장 한산군이 잡혔다는 소문이 퍼지면서 민심이 들끓던 날이었다. 왕이 전교를 내렸다.

7월 15일 경복궁 근정전 정전에서 삼성추국三省推鞫이 있을 것이다. 조선의 백성이라면 누구라도 와서 볼 수 있으며 추국은 사흘간 계속된다.

도성 곳곳에 붙은 방을 보며 백성들은 당황했다. 삼성추국이란 역모와 강상죄 같은 중죄를 의정부, 의금부, 사헌부와 합좌하여 심리하는 것을 말한다.

백성들이 보는 앞에서 중죄인을 심문하겠다는 것인가? 그것도 경복궁 근정전 뜰에 모아 놓고?

수백 년 조선의 역사를 되짚어보아도 전례가 없는, 청천벽력과도 같은 전교였다. 백성이 술렁인 것은 물론이고 이를 알지 못했던 조정 대신들 또한 길길이 날뛰었다. 대신들은 관복을 펄럭이며 선정전으로 달려갔다가 금군별장에게 제지당했다. 추국이 있기 전까진 상참常參 *과 윤대輪對 **를 하지 않겠다는 것이 왕의 뜻이었다.

중신들이 왕 대신 도승지를 불러서 다그쳤다. 하지만 도승지도 왕명을 그대로 적기만 했을 뿐 무슨 사정인지 알지 못했다. 왕의 심복인 우상은 등청조차 하지 않은 상태였다. 왕은 대신들 모르게 이런 큰일을 벌일 수 있는 배포가 없었다. 분명 누군가가 뒤에서 조종하고 있다. 모두가 엄청

• 의정·중신·시종관 등이 매일 편전에서 임금을 뵙고 정사를 보고하던 일.
•• 문무 관원이 윤번으로 궁중에 들어가서 임금의 질문에 응대하고, 정사의 득실을 아뢰기도 하는 일.

난 일을 벌인 배후를 찾으려고 혈안이 되어 캐고 다닐 무렵이었다.

중궁전에 밀랍으로 봉한 서신 하나가 들어왔다. 왕에게서 아무 말도 듣지 못하고 삼성추국 소식을 접해 심기가 불편한 중전이 서신을 건네받았다. 수안군이 보낸 서신이었다.

《일성록》을 찾지 못했습니다. 하지만 중전마마께서는 원하는 것을 갖게 되실 것입니다. 김문창을 내어주시지요. 추국청에 세울 것입니다.

중전은 그제야 추국의 배후가 수안군임을 깨달았다. 김문창을 내어달라는 건 혹시? 서신을 보는 중전의 입가에 미소가 떠올랐다.

15. 첫째 날

광화문이 열리자마자 종친과 조정 대신이 앞다퉈 들어왔다. 그들은 근정전 뜰에 엎드려 당장 궐문을 닫고 오늘 있기로 한 추국을 없던 일로 하라고 외쳤다.

"전하! 대궐에 천한 백성에게 들이시다니요. 이는 조선 역사에 전례가 없었던 일이옵니다. 명을 거두어주시옵소서."

"신성한 궐에 역도를 들이시면 아니 되옵니다. 짐승 같은 의군 무리가 궐을 더럽힌 지 며칠 지나지 않아 또다시 그들을 들이는 것은 나라와 왕실의 치욕이옵니다."

"역당의 무리가 남았사온데 어찌 이런 황망한 전교를 내리시나이까. 주상 전하의 옥체에 위해를 가할지도 모르옵니다. 부디 명을 거두어주시옵소서."

홍인이 엎드려 마른 울음을 우는 동안 송인은 한쪽에 무리 지어 서서

322

혀만 끌끌 찼다.

신하들이 입궐하는 동안 광화문 앞에는 추국을 보려는 백성이 줄지어 서 있었다. 숙위군은 백성의 몸을 수색하고 이상이 없는 자는 안으로 들여보냈다. 사내는 숙위군이, 여인은 의녀가 숨긴 무기가 있는지 살폈는데 짐은 들일 수 없으나 여인의 쓰개치마는 허용해주었다.

천한 자와 귀한 자, 남녀 구별 없이 모든 이가 경복궁으로 들어왔다. 왕에게 억울함을 호소하려고 온 자도 있고 비난하려고 온 자도 있으며 구경 삼아 온 자도 있었다. 그들 속에는 혹시 모를 사태에 대비해 어영청 군관이 상당수 섞여 있었다. 백성 중에는 의군 소탕을 목적으로 몰살하려는 게 아닐까 의심하여 밖에서 구경만 하는 자도 있었다.

한편 내관들은 월대에 차일을 치고 의자와 탁자를 가져다 놓았다. 왕이 계실 곳이니 월대 주위는 금군이 **빽빽**하게 서서 방비했다. 한편 월대 아래엔 기록을 위해 예문관 사관 여섯 명이 좌우에 나눠 앉았다.

백성을 들이는 데만 두 시진이 넘게 걸렸다. 더위가 그친다는 처서지만 볕은 여전히 뜨거웠다. 정전庭前에 선 백성들은 궁궐이 곳곳에 서린 위세와 엄숙함에 위축되어 있었다. 이곳에 있어도 되는가 황송하고 두렵기도 했다. 그들은 볕에 얼굴이 벌겋게 익어가면서도 자리를 떠나지 않고 추국을 기다렸다. 왕은 모든 준비가 끝나서야 창덕궁에서 경복궁으로 옮겨왔다.

수안군 또한 왕을 따라 움직였다. 그는 홍철릭에 주립을 깊게 눌러 쓰고 뒤에서 조용히 움직였다. 궁인과 신하들은 그가 수안군인 것을 눈치채지 못했다. 왕이 근정전에 모습을 드러내자 웅성거리던 소리가 잠시 그쳤다. 천 명에 가까운 백성과 조정 신하가 월대를 보며 엎드렸다. 엎드려서 고개를 조아리는 척하지만 호기심 가득한 눈동자가 왕 한 사람을 좇았다.

그들이 가장 궁금해하는 것은 왕의 몸집이었다. 소문엔 돼지처럼 피둥피둥 살쪄서 혼자서는 움직이지도 못한다고 했다. 왕이 부순 연輦˙만 수십 개고 40명은 달려들어야 겨우 든다는 이야기도 돌았다. 백성들의 눈이 월대 위에 선 사내로 향했다. 키가 크고 몸집이 장대해서 무인 같은 이가 우뚝 선 채로 백성을 바라보고 있었다.

"날이 뜨겁다. 백성들은 자리에서 일어나서 추국을 지켜보라."

왕의 말에 금군별장이 백성들에게 달려가 손짓을 했다. 모두가 주위 눈치를 보며 쭈뼛쭈뼛 일어났다. 왕이 무사히 월대에 자리를 잡고 앉고서야 자윤은 긴장된 숨을 내쉬며 주위를 둘러보았다.

첫날을 제대로 끝내야 다음이 있다. 모두의 살길이 지금 이 순간에 달렸다.

대전별감이 한쪽에 세워둔 북을 두드렸다. 첫 번째 추국이 시작됐음을 알리는 북소리였다.

"죄인 한산군은 추국청에 드시오!"

우렁찬 외침과 함께 근정문으로 들어서는 한산군을 보며 군중이 동요했다. 금군이 울부짖으며 입구로 몰린 백성을 막아서는 동안 신하들은 역적이라며 저마다 손가락질을 했다. 포박한 한산군을 데려온 이는 형조별제 김재욱이었다. 김재욱이 왕을 향해 예를 올리는 동안 한산군은 박석薄石˙˙ 위에 무릎 꿇려졌다. 초라한 무명옷에 흐트러진 모습을 보고 백성들의 입에서 울음이 새어 나왔다.

• 임금이 타고 다니던 가마.
•• 넓적한 돌.

324

김재욱이 외쳤다.

"주상 전하! 소신은 형조 별제 김재욱이옵니다. 한산군 이환의 범행을 심리할 수 있도록 허락해주옵소서."

수백 명이 한목소리로 소리쳤다.

"한산군 대감은 죄가 없다!"

"한산군은 역적이 아니다! 풀어주시오!"

소란이 커지자 경계하라는 뜻으로 별감이 북을 쳤다. 북소리를 듣고 백성들의 외침이 잦아들자 차일 아래에 앉아 있던 왕이 담담한 표정으로 말했다.

"윤허한다. 심리하라."

백성들 사이에서 야유와 함께 욕설이 터져 나왔다. 조정 대신들은 당황했다. 감히 왕을 비웃고 욕하다니, 상상도 못 할 대역죄였다.

"천한 것들이 주상 전하께 무슨 망발이냐! 전하! 당장 저것들을 잡아 죽여야 하옵니다."

"전하! 추국을 멈추시옵소서. 저들을 대역죄로 처벌하심이 마땅하옵니다."

왕은 엎드려서 우는 신하들 쪽으론 고개도 돌리지 않고 묵묵히 한산군을 보았다. 그 사이 김재욱이 소리쳤다.

"죄인 한산군의 죄목은 살인입니다."

살인죄라는 말에 좌중이 고요해졌다. 모두가 당혹해하는 동안 한산군은 엎드려 고개를 숙이고 표정을 감추었다.

"지금으로부터 5년 전 계축년에 사대부 자제 다섯이 잔인하게 죽었습니다. 세간에는 파락호 5인방 살인 사건이라고 불렀지요. 사헌부 대사헌

조병국의 장남 조경학, 예조 판서 홍응식의 차남 홍원해, 충청도 관찰사 송제의의 장남 송희로, 호조 참판 윤기긍의 장남 윤돈영, 이조 참의 홍인식의 삼남 홍명운이 잔인하게 살해되었습니다."

직위와 이름이 불릴 때마다 대신들이 선 자리에서 웅성거림과 비난이 쏟아져 나왔다. 대신 중 다수가 그들의 일가붙이거나 친분이 있는 자였고, 죽은 자의 아비도 있었다.

"파락호라니! 저자가 미쳤나. 어찌하여 사자를 모욕하는가!"

"네 이놈! 지금 무슨 미친 소리를 하는 게냐!"

살기등등한 욕설이 쏟아졌지만 김재욱은 눈 하나 깜짝하지 않고 엎드린 한산군에게로 걸어갔다.

"어찌하여 지나간 살인 사건을 언급할까요? 이유는 한산군이 그 살옥殺獄*의 피해자이며 죽은 자들과 공모하여 죄 없는 아이들을 죽인 살인자이기 때문입니다."

근정전 한복판에서 일제히 고함이 터져 나왔다. 군중은 말도 안 되는 모함이라고 소리치고 대신들은 김 별제를 향해 욕설과 손가락질을 했다. 사방이 떠들썩한 가운데 한산군이 고개를 들고 흐느끼기 시작했다.

"전하, 어찌 소신을 살인자로 내모실 수가 있나이까. 신은 종묘사직과 왕실을 위해 충심으로 임금에게 간쟁諫爭**했을 뿐이옵니다. 차라리 역모로 추국하여주시옵소서."

한산군이 박석에 머리를 찧으며 울부짖자 백성들도 목 놓아 울었다. 그때 김재욱이 차갑고 단호하게 소리쳤다.

* 살인 사건.
** 임금에게 옳지 못하거나 잘못된 일을 고치도록 간절히 말함

326

"7년 전 서소문 밖에서 계집아이의 시신이 발견됐습니다. 범인은 여덟 살 아이를 욕보이고 난자한 뒤 개천에 던져놓았지요. 아이 이름은 버들이었습니다. 유일하게 이름이 밝혀진 아이지요. 2년 동안 네 명의 아이가 짐승보다 못하게 죽임을 당했습니다. 한산군을 포함한 다섯 명의 파락호에게요."

모두가 그의 말에 항의하고 소리치는 동안에도 김재욱은 멈추지 않았다.

"그들은 자신이 했던 짓 그대로 당했습니다. 온몸이 칼로 난자당하고 낭심이 잘리고 물어 뜯겨 죽었습니다."

"네 이놈! 감히 내 아들을 욕보이다니! 어디서 없는 말을 지어내느냐! 네가 그러고도 살아남을 성싶으냐!"

호조 참판 윤기긍이 목에 핏대를 세우며 소리쳤다. 김재욱이 소리가 들리는 방향을 보며 말했다.

"그들은 종복이 잡아 온 아이를 기생첩의 집에서 희롱했습니다. 수 명의 목격자가 있고 시신을 버린 종복의 증언도 나왔습니다. 하지만 누구도 처벌받지 못했습니다. 왜냐하면 죽은 아이들이 힘없는 백성이었기 때문입니다."

한산군을 동정하던 목소리가 다소 줄어들었다. 한산군이 왕을 향해 목 놓아 울었다.

"전하, 이것은 다 모함이옵니다. 소신은 그자들과 잠시 교류했을 뿐 살인에 가담하지 않았사옵니다."

"한산군에게 묻겠습니다. 파락호 5인방 살인 사건의 범인에게 납치된 적이 있으십니까?"

"납치당한 적은 있으나 범인이 몸값을 노리고 한 짓이었소. 나는 죄가 없소."

"살인하지 않았고 잘못이 없는데 왜 평안도로 추방되었습니까?"

김재욱의 말에 좌중이 동요했다. 한산군이 주위 눈치를 보며 말했다.

"선대왕께서 내 존재를 마땅치 않게 여기셨소. 내가 명문가 자제와 교류 하는 걸 아시고 평안도로 정배한 것이오."

"평안도 의주에 얼마나 계셨습니까?"

"3년 정도 살았소."

"그 무렵 의주에 기이한 일이 일어났습니다. 몇 달에 한 번씩 계집아이들의 시신이 발견되었지요."

김재욱이 탁자에서 서책 한 권을 집어 들었다.

"이 시장은 의주 부윤 이서구의 명으로 작성된 것입니다. 처음엔 천한 아이의 죽음을 눈여겨보지 않았으나 숫자가 늘어나자 아전에 명하여 사자를 검험하고 범인 색출에 나섰지요. 하지만 잡지 못했습니다. 왜냐면 한산군이 의주에서 영변으로 옮겨갔기 때문이지요. 한산군이 의주에 머물던 3년 동안 실종되거나 살해당해 죽은 여아만 열한 명입니다. 무명 여아 살인 사건과 수법이 흡사합니다."

끔찍한 숫자에 놀란 여인들이 작게 비명을 질렀다. 김재욱이 시장을 한산군 앞에 무덤덤하게 놓고 돌아섰다.

"한산군은 영변에서도 살인을 멈추지 않았습니다. 영변에서 셋, 개성에서 둘이 죽었습니다. 얼마 전 한양에서도 계집아이들이 희생되었습니다."

김재욱이 입을 다물자 잠시 근정전에 무거운 침묵이 감돌았다. 사람들이 제가 들은 것을 머릿속으로 되짚는 동안 김재욱이 월대 쪽으로 머리를 조아렸다.

"주상 전하, 죄인 한산군 이환의 죄를 물으셔서 반드시 죗값을 치르게 하시옵소서. 그는 차마 인간이라고 부를 수 없는 만행을 저질렀나이다. 그런 그를 지체 높은 종친이라는 이유로 살려두심은 옳지 못한 일이옵니다."

제 앞에 놓인 시장을 노려보던 한산군이 자리에서 일어나 소리쳤다.

"전하! 이 모든 것은 소신을 역신으로 몰아가기 위한 음모이옵니다. 저자가 나열한 것은 모두 말뿐이지 신이 죽였다는 직접적인 물증을 아니옵니다!"

"주상 전하, 심리는 이제 시작이옵니다. 이제부터 한양에서 발견된 여아의 살인 사건에 대해 아뢰겠나이다."

김재욱이 예를 갖추고 물러나자 의금부 도사 강용주가 근정전 뒤편에서 나왔다. 그는 누가 보아도 잔뜩 얼어 있는 상태로 쭈뼛거리며 월대 아래로 걸어갔다.

"저……언하, 신은 의금부 도사 강웅, 아니 강용주라고 하…… 하옵니다. 도성에서 벌어진 살옥에 대한 심리를 윤허하여주시옵소서."

식은땀을 흘리며 넋이 반쯤 나간 그를 보고 군중 사이에서 웃음이 흘러나왔다. 왕이 그 모습을 보고 딱하다는 표정을 지으며 고개를 끄덕였다. 월대를 등지고 선 그는 연거푸 숨을 몰아쉬다가 한산군에게 다가갔다. 분을 못 이겨서 씩씩대던 한산군이 강용주와 월대 쪽을 노려보다가 다시 엎드려 서럽게 곡을 했다.

"전하, 더는 치욕을 견디지 못하겠나이다. 차라리 이 자리에서 죽여주시옵소서."

강 도사가 입을 떼려고 해도 한산군이 소릴 지르며 우는 통에 비집고 들어갈 틈을 찾지 못했다. 쩔쩔매는 그를 보며 군중이 킥킥거리며 웃었다. 똥 마려운 강아지처럼 주위를 맴돌던 강용주가 겨우 틈을 비집고 들어가 질문을 던졌다.

"한산군 대감, 그림을 그렇게 좋아하신다고요?"

한산군은 엎드려서 서럽게 울뿐 대꾸하지 않았다. 강용주가 목을 긁적이며 말했다.

"묵란을 그리도 잘 그리신다면서요? 별호가 아주 고상하니 멋지던데. 뭐였더라……, 난봉?"

누군가가 큰 소리 웃음을 터트렸다가 황급히 입을 다물었다. 한산군이 인상을 쓰며 고개를 들었다.

"난엽蘭葉이요."

"아하하핫! 맞다, 난엽. 참으로 운치 있는 호가 아닙니까? 풍류를 아는 사대부라면 그림에도 조예가 있어야겠지요. 술 좋아하시지요?"

한산군이 경계하는 표정으로 입을 다무는 동안 강용주가 바짝 다가가 쪼그리고 앉았다. 그가 능글거리는 말투로 말했다.

"아이, 왜 모르는 척하실까. 기방에 한번 가셨다 하면 일주일은 문을 닫아걸고 푸지게 노셨다면서요. 기방에서 불리는 호가 있던데, 뭐라더라……. 오불군! 맞다 맞아, 오불군이라고 불리셨다고. 하하하핫!"

"지금 뭐 하는 거요? 저질스러운 농으로 추국을 망칠 참이오?"

대신 중 누군가가 소리쳤다. 강용주는 들은 척도 하지 않고 말을 이어나갔다.

330

"기방에서 하지 말아야 할 오불五不이 있답니다. 기생과 약속하지 말 것, 꽃 선물을 하지 말 것, 문자 아는 척 말고, 첩 자랑, 열녀 자랑을 하지 말 것. 거꾸로 기생들이 한산군 앞에서 하지 말아야 할 오불이 있었답니다. 싫다고 하지 말 것, 울지 말 것, 그림 재주 자랑 말고 춤 잘 춘다고 으스대지 말 것, 그리고 가장 중요한 하나, 맷집 자랑하지 말 것."

한산군이 자리에서 일어나 고래고래 소릴 질렀다.

"이자가 실성했구나! 어찌 허언으로 종친을 욕보이는가!"

"어허, 허언이라니요? 기방에 소문이 파다하게 났던데요? 우리 오불군 대감께 맞아 죽을 뻔한 기생이 다 말해줬습니다. 사람 패는 솜씨가 아주 찰지시다고."

좌중에서 웃음이 터져 나왔다. 별감 하나가 예를 갖추라고 몇 번이나 소리치고 나서야 웃음이 잦아들었다.

"거짓이 아닙니다. 증언해줄 사람이 있다니까요? 몇 달 전에 오불군 대감이 흠씬 두들겨 패서 코가 부러지고 어금니 하나가 빠진 기생이 여기에 와 있습니다."

말이 끝나자마자 금부나장과 함께 기생 송화가 정전 중앙으로 걸어왔다. 송화는 왕이 있는 쪽을 향해 절을 올리고 바닥에 엎드렸다. 송화를 본 한산군의 얼굴이 허옇게 질리는 가운데 강용주가 물었다.

"자네가 배오개 해월루 기생으로 있었던 송화가 맞는가?"

"예, 나리."

"몇 달 전 봉변을 겪은 뒤로 비 오는 날만 되면 삭신이 쑤신다고 하던데, 무슨 일이 있었는지 설명 좀 해보게."

"저녁 무렵에 손님 한 분이 오셨지요. 보다보다 그렇게 성질 고약한 술

손님은 처음이었습니다. 얼마나 요란하게 사람을 두들겨 팼는지 색주가 거리의 사람이란 사람은 다 뛰어나와 구경하고 순라군에 포도청 포졸까지 달려왔지요."

"그 손님이 누군지 아는가?"

"저기, 저기에 앉아 계신 양반이요."

고개를 든 송화가 한산군을 가리키자 인파가 크게 술렁였다.

"기생으로 살다 보면 손님에게 두들겨 맞는 거야 다반사일 터. 자네가 잘못한 게 있으니 저 점잖으신 분이 매타작을 한 게 아닌가?"

"아무리 천기라도 사람대접은 해줘야지요. 취기가 돌자마자 다짜고짜 옷을 몽땅 벗으라고 하지 뭡니까?"

"저런, 다짜고짜 옷을 몽땅?"

강용주가 의뭉을 떨며 촐싹대자 구경하던 사내들이 웃음을 터트렸다.

"마지못해 저고리를 벗었더니 품에서 칼을 꺼내 달려드는 겁니다. 네 몸에 그림을 그려주마, 하면서요."

구경하는 사람들의 얼굴에서 웃음기가 차츰 사라졌다.

"거참, 해괴하구먼. 사람 몸에 칼로 그림을 그린다?"

"칼을 보고 어찌 가만히 있습니까? 울며불며 싫다고 도망쳤더니 머리채를 잡고 발길질을 하였습니다."

강용주가 성큼성큼 탁자로 걸어가 서책 한 권을 집어 펼쳐 들었다. 조금 전까지도 능글거리며 웃던 얼굴이 싸늘하고 사납게 변해 있었다.

"무오년 5월 28일, 솔내골에서 발견된 사체를 초검한 시장입니다. 겨우 아홉 살 계집아이였습니다. 이름은 섭섭이. 부모가 병으로 죽자 옆집 살던 늙은 백정이 거둬 키우던 아이였지요. 아이는 무수히 매를 맞고 고문당한 끝에 죽어 산 아래에 버려졌습니다. 검험 내용 중에 이런 구절이 있습니다. 사체의 등에 예기로 벤 상처가 길게 나 있다. 내막이 뚫리고 살이 부어오르고 벌어져 오그라든 형태로 보아 살아 있는 때 난 상처이다. 범인은 살아 있는 아이의 등에 칼로 그림을 그렸습니다. 한산군이 기생 송화에게 하려던 짓 말입니다!"

좌중이 경악하는 동시에 한산군이 목이 쉬도록 외쳤다.

"모두 거짓이다. 나를 욕보이고 무고하려고 꾸며낸 거짓말이다!"

"한산군! 어찌하여 뻔뻔하게 거짓말을 일삼으십니까? 자신의 죄를 인정하십시오!"

"전하, 소신이 아무리 불충을 저질렀어도 없는 죄를 뒤집어씌우시면 아니 되옵니다. 종친을 이리 함부로 무고할 순 없사옵니다!"

한산군이 월대를 향해 울부짖었다. 왕은 말이 없고 백성들의 표정은 싸늘하게 식어갔다. 강용주가 검험 내용을 한 자 한 자 또박또박 읽어 내려가는 동안 사내들은 눈을 감고 여인들은 흐느껴 울었다. 그가 읽기를 마치고 뒤돌아서자 모두가 한산군을 짐승 보듯 보았다.

"전하, 억울하옵니다. 이것은 누명이옵니다. 차라리 역모의 죄로 벌하여주시옵소서. 떳떳하게 죽겠나이다."

그때였다. 왕과 지척에 서 있던 겸사복 별감이 월대 아래로 내려왔다. 갑작스러운 움직임에 모두의 시선이 그를 따라 움직였다. 걸을 때마다 출렁이는 붉은 옷자락, 깃털을 빳빳이 세운 주립 아래 창백하리만치 하얀 얼굴과 붉은 입술, 선연한 까만 동공이 그림처럼 아름다운 사내였다.

호기심과 감탄으로 반짝이는 수천 개의 눈빛이 그를 따라 움직였다. 정전이 무덤처럼 고요했다.

"한산군은 진실로 억울하십니까?"

단호하면서 얼음처럼 차디찬 음성이었다. 바닥에 이마를 찧으며 울던 한산군이 고개를 들었다.

"너는…… 수안군?"

수안군이라는 말에 모두가 놀라서 움찔거렸다. 화재가 난 틈을 타서 도망갔다는 살인자가 근정전에 떡하니 서 있다니! 추국이 시작된 이후 가장 큰 혼란으로 정전이 떠들썩해졌다.

"전하! 어찌 살인자를 추국장에 들이셨나이까!"

"저 살인자를 당장 잡아들이셔야 하옵니다."

중신들이 월대 아래로 달려와 엎드리며 읍소했다. 그들을 외면한 채 왕이 말했다.

"수안군은 어명으로 일련의 살옥을 조사해왔소. 오늘의 심리 또한 짐 이 윤허하였으니 경들은 지켜보시오."

"하오나, 전하!"

"추국을 방해하는 자는 잡아들여 엄하게 벌할 것이다! 수안군은 계속 하라!"

중신들이 물러가고 정전 중앙에 멈춰 선 수안군이 다시 움직였다. 그 는 한산군 주위를 느리게 맴돌았다. 마치 먹이를 노리는 포획자처럼 날 이 선 눈빛으로.

"한산군께서 기억하실 줄 알았습니다. 5년 전 범인에게 납치되어 죽을 뻔한 것을 제가 구해드렸지요. 당시 했던 질문을 다시 드리겠습니다. 범 인의 얼굴을 보셨습니까?"

"봤소."

"설명해주실 수 있으십니까?"

주저하던 한산군이 마지못해 대답했다.

"어린아이들이었소."

"왜 아이들이 대감을 납치해 죽이려고 했을까요?"

"거지패 놈들이 돈을 노리고 납치한 것이오."

"그때도 똑같이 대답하셨지요. 당시 대감의 사저를 둘러싼 사병과 병사가 백여 명이었습니다. 칩거 중에 사냥을 떠났을 때 그 인원이 그대로 따라갔지요. 백여 명의 병사가 호위하는 종친을 돈을 노리고 납치했다고요? 왜 그런 위험을 무릅쓰겠습니까? 쉬운 상대가 얼마든지 있었을 텐데요."

"천한 것들의 속을 누가 알겠소?"

성난 얼굴로 노려보는 사내를 침착하게 응시하며 수안군이 말했다.

"아이들은 병사의 시선을 돌리고 대감을 빼내려고 했습니다. 하지만 실패했지요. 그 일이 있고 나서 한산군의 만행이 알려지고 평안도로 추방되었지요. 또다시 납치 시도가 있었습니까?"

한산군은 대답하지 않았다.

"범인은 이후 제 모습을 숨겼습니다. 한산군과 파락호 5인방이 저지른 끔찍한 살인을 세상에 알리려고 했으나 그들의 죄는 감춰지고 희생당한 아이들은 지워졌습니다."

"지금 사대부를 죽인 간악한 범인을 두둔하는 것이오?"

"범인에게서 들은 말을 전한 것뿐입니다. 파락호 5인방 살인 사건의 범인을 끌고 와라!"

모두의 시선이 수안군의 얼굴에서 근정문으로 향했다. 금부 나졸이 몸집이 작은 여인을 끌고 와 정전 중앙에 무릎 꿇렸다. 범인이 등장하자 정전은 순식간에 아수라장이 되었다. 뜻밖의 전개에 모두가 놀라는 가운데 범인의 얼굴을 보려는 군중이 우르르 몰렸다. 금군이 그들을 밀어내며 자리를 지키라고 소리쳤다. 다른 쪽에선 아들을 잃은 아비들이 울부짖으며 달려들고 이를 금군이 막아서며 한바탕 몸싸움이 일었다. 북이 서른 번이나 울리고 나서야 소란이 진정되었다.

정수리로 쏟아지는 볕은 뜨겁고 근정전 안에는 긴장이 감돌았다. 수안군이 작고 초라한 여인에게 말했다.

"네 이름을 말하라."

모두의 시선이 칼로 아무렇게나 자른 듯한 더벅머리에 사내처럼 옷을 입은 여인에게로 향했다.

"성은 없고 마리라고 부릅니다."

"네가 사대부를 죽이고 한산군을 납치하였느냐?"

"그렇습니다."

"어찌하여 그런 짓을 벌였느냐?"

"그들의 손에 동무가 죽고 저 또한 죽을 뻔했습니다. 그래서 복수한 것입니다."

"동무의 이름이 무엇이냐."

"강다리, 접이라고 합니다. 동무들과 물고기를 잡아 돌아가는 길에 한산군의 하인들에게 납치되었습니다. 정신을 차려보니 헛간이었지요. 강다리가 먼저 잡혀갔습니다. 밤새 그 아이의 비명이 들렸습니다. 사흘이 후엔 접이가 잡혀갔습니다. 접이는 하루 동안 살려달라고 울며 빌었습니다. 내 차례가 오는 게 무서워서 치마를 찢어 목을 맸습니다. 하지만 죽지 못했어요."

마리는 아무런 감정 없이 건조한 목소리로 한산군을 보며 말했다.

"그들에게 저는 고깃덩이였습니다. 정신을 잃으면 화로에서 숯을 꺼내 가슴에 문질렀습니다. 돌아가며 욕을 보이고 저희끼리 낄낄거리며 술을 마셨습니다. 빨리 죽이라고 하자 저자가 말했습니다. 저년의 몸에 난을 그려야겠구나."

마리가 말을 멈추고 한산군을 노려보았다. 서슬 퍼런 눈빛에 마리의 근처에 있던 자들이 목을 움츠리며 침을 삼켰다.

"이 천한 년이 누구를 모함하느냐! 네 이년! 얼마를 받았기에 그런 거짓말을 입에 담느냐!"

한산군이 소리치자 마리의 입꼬리가 올라갔다. 하지만 눈은 전혀 웃고 있지 않았다.

"기절했다가 정신을 차려보니 등이 갈가리 찢겨 있었습니다. 저는 죽어가고 있었어요. 저자가 방으로 들어와 하인에게 말했습니다. 죽었느냐? 하인이 다가와 코 밑에 손가락을 가져다 댔습니다. 착각인지, 불쌍해서인지 모르겠지만 하인이 죽었다고 고했지요. 성 밖 숲에 버려진 것을 나무꾼이 구해주었습니다. 살아서 눈을 떴을 때 결심했습니다. 놈들을 죽이겠다고. 내게 한 짓 고대로 갚아주겠다고."

엎드려 있던 마리가 일어나 저고리를 벗고 맨몸을 드러냈다. 사람들 사이에서 탄식이 비명이 터져 나왔다. 등 한복판에 칼로 죽죽 그은 흉터 자국이 있었는데 난초 모양이었다. 마리는 당당하게 월대 아래로 걸어갔다.

"전하, 이 미천한 것이 사람의 탈을 쓴 짐승을 죽였사옵니다. 저를 벌하여주시옵고, 저자 또한 같은 죄로 벌하여주시옵소서."

"무엄하다! 천한 년이 어디서 더러운 몸뚱어리를 드러내느냐!"

별감 하나가 마리를 향해 검을 치켜들었다. 그때 수안군이 마리의 앞을 막아섰다.

"아직 추국이 끝나지 않았소! 살옥의 범인이자 중요한 증인이오!"

별감을 무섭게 노려본 수안군은 마리의 몸에 옷을 덮어주었다. 금부나장이 마리를 끌고 뒤로 물러났다. 수안군은 다시 정전 중앙으로 걸어 갔다.

"한산군, 목격자이자 범인이 나타났습니다. 아직도 무고라고 우기실 겁니까?"

"나는 죄가 없다. 백성들이 날 신망하고 따르는 것이 두려워 너희들이 꾸며낸 거짓임을 모를 줄 아느냐! 백성들은 날 믿고 있다."

그때 근정전 구석에서 한 여인이 소리쳤다.

"이 더러운 살인자!"

그 외침을 시작으로 정전 이곳저곳에서 울분에 찬 고함이 터져 나왔다.

"살인자! 살인자!"

"한산군을 죽여라!"

쏟아지는 비난에 한산군의 얼굴이 하얗게 질려가는 동안 군중의 외침은 근정전 밖 멀리까지 울려 퍼졌다. 소리가 좀처럼 잦아들 기미가 없자 다시 북이 울렸다. 겨우 분노가 진정되자 수안군이 소리쳤다.

"죄인 한산군은 들어라. 너는 자신의 욕망을 위해 어린 생명을 무참히 죽였다. 그뿐만 아니라 보명공주와 결탁해 역모를 꾸미고 백성을 현혹하였다. 살인자가 백성의 영웅 노릇을 자처하다니 통탄할 일이다. 무수한 생명을 유린하고 살해한 죄, 보명공주와 반역을 도모한 죄, 나라를 도탄에 빠뜨린 죄를 물어 극형에 처함이 마땅하다."

수안군이 왕이 있는 쪽이 돌아섰다.

"주상 전하! 부디 오늘 이 자리에서 정의를 바로 세워주시옵소서."

근정전에 있던 백성이 일제히 왕을 올려다보았다. 추국하는 내내 엄숙한 얼굴로 앉아 있던 왕이 일어났다. 긴 해가 서쪽으로 기울고 볕에 얼굴이 벌겋게 익은 백성이 긴장한 얼굴로 왕을 보았다.

"한산군의 죄는 차마 입에 담을 수조차 없을 정도로 참혹하고 참담하다. 저런 자를 어찌 인간이라 부를 수 있으며 종친이라 하여 죄를 감해주겠는가. 한산군의 가산을 몰수하고 참형에 처하라. 살인과 역모의 죄가 헤아릴 수 없이 크니 성 밖에 효수하여 백성이 경계하도록 하라. 죄인 마리는 정의를 구하지 않고 사사로이 복수를 행한 죄가 크니 참형에 처하는 것이 마땅하나, 딱한 사정이 있었으니 죄의 한 등급을 감하여 교형에 처할 것을 명한다. 마리의 손에 죽은 5인은 이미 죽임을 당하였으나 죄 없는 어린 백성을 유린 살인한 죄 너무나도 크다. 자식을 올바르게 가르치지 못하고 죄를 덮기에 급급했던 사헌부 대사헌 조병국, 예조 판서 홍응식, 충청도 관찰사 송제의, 호조 참판 윤기긍, 이조 참의 홍인식을 파직하고 정배하라."

중신들이 화들짝 놀라며 달려오는 와중에도 왕은 표정 하나 변하지 않고 말을 이어나갔다.

"또한 희생된 어린 백성의 묘를 다시 살피고 넋을 위로하는 사당을 지어 제를 지내도록 하라."

근정전에 들어설 때만 해도 비웃음과 경멸 찬 시선으로 왕을 보던 백성의 표정이 변했다. 그들은 똑똑히 보았다. 의인이라고 따랐던 한산군과 식충이라고 욕하던 왕의 진짜 모습을. 백성은 눈으로 보고 귀로 듣고 마음으로 느꼈다. 그리고 왕을 향해 고개를 깊이 숙였다.

엎드린 백성을 보며 내내 굳어 있던 왕의 굳은 표정이 조금 풀어졌다. 왕은 월대 아래에 선 수안군에게 눈길을 한 번 준 뒤 그대로 호위를 거느리고 근정전을 빠져나갔다.

첫째 날 추국을 보고 조정 대신들은 혼란에 빠졌다. 한산군에게 참형을 내리면서 송인과 홍인의 수족이라 부르는 인물이 모두 날아갔다. 한산군의 살인죄를 묻는 형세였지만 실상은 외척을 조정에서 몰아내려는 의도가 너무나도 분명한 추국이었다.

한편 백성들은 추국의 결과를 놓고 환호했다. 믿고 의지하려고 했던 한산군이 추악한 살인마였다. 이 땅에 드디어 정의가 바로 섰다. 어쩌면 나라가 바뀔지도 모른다. 백성들은 실낱같은 희망을 품기 시작했다. 근정전에서 일어났던 일은 입에서 입으로 삽시간에 퍼졌는데 그 뒤엔 소봉이 있었다.

소봉은 근정전으로 입담 좋은 전기수 열 명을 들여보냈다. 추국이 끝나자 그들은 도성 안팎으로 흩어져 본인이 듣고 본 것을 눈앞에 일어나는 것처럼 신명 나게 풀어놓았다.

"주상 전하! 부디 오늘 이 자리에서 정의를 바로 세워주시옵소서 하고 절륜미남이 소리치는데 온몸에 소름이 쫙 돋더라니까! 그동안 종친이라는 것들이 어땠어? 노비는 물론이고 양민까지 죽여도 손끝 하나 대지 못

했잖아. 하지만 이번엔 다르더라니까? 한산군은 물론이고 자식들 치부를 덮은 양반들까지 다 날아간 거 아녀? 드디어 나라가 제대로 돌아가기 시작하는 거지."

전기수 앞에 모인 수십 명의 사람이 넋을 놓고 들으며 일제히 고개를 끄덕였다.

"난 절륜미남이 누명 쓴 줄 알고 있었어. 천것들이 죽어나갈 때 양반 놈들이 눈 하나 깜빡했어? 흉악한 살인자를 모조리 잡아서 백성 목숨 구한 게 누구야? 그런 훌륭한 분이 살인자라니. 말도 안 되는 소리였지."

"그럼! 그럼! 다른 곡절이 있을 줄 알았다니까!"

"말도 마. 가까이서 보니 인물이 어찌나 좋은지 까마귀 떼에 선 고고한 백로더라니까. 아낙들이 넋을 놓고 보더라고."

"나도 내일은 근정전에 가야지!"

"내일은 보명공주를 추국할 거라는 소문이 돌더라고! 꼭 가서 무슨 짓을 벌인 건지 두 눈과 귀로 똑똑히 보고 들을 것이야!"

대로와 공터에서, 나무 그늘, 빨래터와 담벼락 아래서 수십 또는 수백 명의 사람이 추국에 대해 열띤 토론을 했다. 반정으로 왕을 옥좌에서 끌어내려야 한다고 떠들던 민심이 하루아침에 바뀌었다.

모두가 어서 빨리 새날이 오기를 기다렸다.

16. 둘째 날

아직 날이 밝기 전이다. 왕의 부름을 받고 집상전에 든 자윤은 이불을 뒤집어쓰고 떨고 있는 왕을 응시했다.

"수안군, 짐은 두렵다. 백성들이 무능력한 임금을 보고 실망하면 어찌하는가. 이미 왕실의 위엄이 무너졌는데 나약한 자가 용상에 앉아 있는 걸 알면 그들이 나를 임금으로 여기겠는가?"

이명이 한숨을 쉬며 눈물을 질금거렸다. 자윤은 무표정한 얼굴로 자리에 앉았다.

"전하께선 어찌하여 선대왕의《일성록》을 찾아보셨습니까?"

주저하던 이명이 말했다.

"부왕께선 평생 훈신과 척신의 꼭두각시로 사셨다. 나 또한 그 뒤를 밟고 있지. 허약한 임금의 말로가 궁금했다. 그래서 승하하시기 전까지 쓰신 일기를 본 것이다."

"보고 무엇을 느끼셨습니까."

이명은 선뜻 대답하지 못했다. 아무리 같은 피가 섞였다지만 수안군에게 감정을 털어놓는 것이 수치스러웠다.

"인간이 얼마나 어리석고 악한지 보았다. 내게도 일어날 수 있는 일이라고 생각하자 끔찍하고 두려웠다. 그것을 대비께 가져간 것이 패착이었다. 어리석었어."

"대비마마께 뭐라고 하셨습니까?"

떠올리기 고통스러운 기억들이 밀려왔다.

아버지를 독살하셨습니까?

그래, 내가 그리했다.

어머니!

널 위해서 그리했다. 미쳐가는 노인네를 치워야 네가 그 자리에 앉을 게 아니냐.

"태어나 처음으로 대들었다. 부왕처럼 살다가 죽을 순 없었다. 왕다운 왕으로 살다가 죽고 싶었다. 이기지도 못할 싸움을 건 거지. 난 《일성록》을 뺏겼고 아끼는 후궁과 그 배 속에 든 아이를 잃었다. 어머니는 자신에게 고개를 쳐드는 자를 용납하지 않으시는 분이다."

고통스러웠던 시간을 떠오르자 이명은 눈을 질끈 감았다. 《일성록》으로 어머니를 협박하고 홍인을 잘라낼 수 있다고 생각한 것 자체가 어리석었다.

"전하께서는 군주다운 군주가 되기 위해 고군분투하셨습니다. 의지를 보여주십시오. 전하께서 뜻을 펼치실 수 있도록 소신이 길을 열겠습니다."

"날 군주로 만들어주겠다고?"

"신이 기꺼이 검이 되겠습니다. 썩은 뿌리를 잘라내고 새 길을 여는 데 쓰십시오."

이명은 아름다운 얼굴 속에 빛나는 눈을 지그시 바라보았다.

"너는 어찌하여 내게서 희망을 찾는 것이냐. 내가 모든 걸 망칠 수 있다."

"정의를 찾는 군주를 어찌 믿고 따르지 않겠습니까. 전하께서는 능히 해내실 것입니다. 믿고 맡겨주신다면 신의 모든 걸 걸겠습니다."

그 말이 이명에게 용기를 불어넣었다. 삼성추국은 처음이자 마지막 기회다. 때를 놓치면 허수아비 임금으로 살다가 비참하게 죽을 것이다. 혼군으로 역사에 남지 않겠다. 반드시 황폐해진 나라 재건하고 고통받는 백성을 구하겠다.

밤새 잠 못 이루고 떨던 왕은 이불에서 나와 얼굴과 손을 씻었다.

* * *

이미 근정전이 가득 찼음에도 인파는 계속 밀려오고 있었다. 근정전에 못 들어가도 괜찮으니 멀리서 소리라도 듣게 해달라고 애원하는 자들이 수백이었다.

수문장청守門將廳의 수문장이 난색을 보이고 있을 때 근정문을 열어놓으라는 왕명이 내려왔다. 수문장은 대궐로 통하는 다른 문들을 닫아걸고 숙위군을 세워 지키게 한 뒤 백성을 들여보냈다. 근정문, 영제교, 흥례문, 광화문으로 이어지는 일직선로가 사람들로 빽빽이 들어찼다. 이곳도 못 들어가서 광화문 앞을 서성이는 이들이 셀 수 없이 많았다.

어찌 천것들과 섞여 구경할 수 있냐며 혀를 끌끌 차던 양반이 대거 몰린 것이다. 사내뿐 아니라 여인들도 쓰개치마를 뒤집어쓰고 여종을 데리고 구경을 나왔다. 오랜만에 도성에 활기가 돌았다.

왕이 자리에 앉은 걸 확인한 수안군은 월대 앞에 서서 백성들을 바라보았다. 어제는 주립을 쓰고 홍철릭을 입었지만 오늘은 쌍학흉배雙鶴胸背가 수 놓인 흑단령에 사모 차림이었다. 그가 나타나자 떠들썩하던 근정전이 조용해졌다. 왕에게 절을 올린 수안군이 백성 쪽으로 걸어갔다. 먼 하늘에 머물렀던 그의 시선이 백성에게로 내려왔다.

"오늘 이 자리에 지난 육조대로 참변과 대화재로 혈육을 잃은 백성들이 와 있습니다. 모두가 알고자 할 것입니다. 내 부모와 자식이 왜 죽어야 했는지, 누가 그리했는지, 죄인이 어떠한 심판을 받을지 두 눈으로 확인하고자 왔지요. 조선의 조정은 실체 없는 사죄보다 진실을 보여주고자 합니다. 그것이 참회이고 속죄이기 때문입니다."

금방이라도 비가 쏟아질 듯 하늘이 흐리고 흙바람이 거세게 불었다. 먹구름이 근정전 뜰에 그림자를 드리우며 지나갔다. 왕의 시선이 백성에서 월대에 세워놓은 교룡기交龍旗로 옮겨갔다. 교룡기가 금방이라도 찢겨나갈 것처럼 위태롭게 펄럭였다.

"두 눈을 크게 뜨고 죄인의 얼굴을 보십시오. 그들이 하는 말을 되새기고 잊지 마십시오. 백성들이 진실을 알고 잊지 않을 때 누구도 그들을 함부로 하지 못할 것입니다. 죄인 평안 감사 김동필과 군기시 직장 허문탁을 데려오라!"

웅성거리는 소리와 함께 강용주가 죄인들을 데리고 근정문을 넘었다.

죄인들은 이미 몇 차례 고신을 받은 듯 몰골이 처참하고 옷이 온통 피 칠 갑이었다. 그들이 바닥에 꿇어앉자 수안군이 소리쳤다.

"평안 감사 김동필은 평양성 군수창고에 고의로 불을 질러 절미拆米 1만 4백 석, 은자銀子 2만 1천 2백 냥, 연철환鉛鐵丸 34만여 개를 빼돌렸다. 또한 화약 6천 7백 근을 빼돌렸다. 인정하느냐!"

김동필이 바닥에 머리를 조아리며 몸을 떨었다.

"전하! 그저 시키는 대로 했을 뿐이옵니다. 그것이 어떻게 쓰일지는 알지 못했나이다!"

"죄인 김동필은 묻는 말에 답하라!"

"예, 그리하였습니다."

"누구와 짜고 그런 참담한 일을 벌였나."

"화…… 화양궁 보명공주입니다."

군중이 웅성거리는 가운데 수안군이 소리쳤다.

"더 크게 답하라!"

"보명공주입니다!"

백성이 고함치고 욕하는 동안 정전 왼쪽에 모여선 대신들은 일제히 월대를 바라보았다. 왕은 말없이 눈을 감고 있었다.

"빼돌린 절미와 은자의 반은 네가 갖고 나머진 화양궁으로 보냈다고 공초하였다. 사실이냐?"

"사실입니다. 하지만 정말로 몰랐습니다. 그것으로 끔찍한 일을 저지를 줄은 꿈에도……."

울음과 욕이 사방에서 들리는 가운데 근정문 가까이에 있던 사내가 밖으로 뛰어나가 뒤편에 있는 이들에게 이 사실을 전했다. 금정문에서 흥례문, 흥례문에서 광화문으로 이어지는 길에 서 있던 백성은 사람들이 전하는 소릴 들으며 울었다. 소문으로만 떠돌던 사건의 실체가 밝혀지고 있었다.

"군기시 직장 허문탁에게 묻겠다. 네가 평양성에서 가져온 화약으로 배봉골에서 포탄을 제조하였느냐?"

"소인은 그저 시키는 대로 했을 뿐입니다. 그것으로 무엇을 할지는 모르고 주문 대로 포탄을······."

군중 사이에서 짚신과 가죽신이 동필과 허문탁에게 날아왔다. 귀가 얼얼한 고함이 터져 나오는 가운데 북이 울렸다. 중앙으로 몰리는 백성을 금군이 막으며 몸싸움을 했다.

분노 섞인 고함과 울음이 가득한 가운데 근정전 앞엔 수십 명의 죄인이 무릎을 꿇은 채 심문을 받았다. 평안 감사와 군기시 직장, 미곡 파동을 주도한 경강상인, 수안군이 잡아 온 귀때기, 화양궁의 살림을 맡아보던 차지, 포탄을 만든 대장장이와 나른 일꾼들이 울면서 자신의 죄를 고했다. 그들 모두 도성 안팎에서 일어난 참사와 소요의 배후로 보명공주를 지목했다.

* * *

소봉은 근정전에 보낸 전기수에게서 추국에서 벌어진 일을 듣고 눈물을 흘렸다. 수안군이 자랑스럽고 마리가 안타깝기도 했다. 그녀 또한 사람들과 함께 근정전에서 추국을 보고 싶었다. 하지만 도성 밖 돌아가는 상황이 뭔가 심상치 않았다.

한양으로 들어오는 모든 육로가 막혔다. 개성, 회양, 용인, 상주, 과천 육로로 올라오던 상인과 백성의 발길이 뚝 끊겼다. 나가려던 사람들 또한 마찬가지였다. 남태령을 넘던 상단이 도적의 습격을 받아 겨우 몇 명만 목숨을 부지해 도망쳐 오기도 하고 파주 인근에선 전염병이 창궐해 아무도 접근하지 못한다는 풍문이 돌았다.

아직 보명공주가 잡히지 않았기에 벌어지는 모든 일을 공주와 연결해 의심하게 된다. 소봉은 첫 번째 추국이 있던 날 개금과 함께 목멱산에 갔다. 수상한 봉수대 터를 살펴보기 위함이었다.

사람들 설명대로 찾아간 곳엔 조악하게 만든 봉수대가 있었고 그 주위를 지키는 젊은 사내 몇을 발견했다.

공주가 무슨 짓을 꾸미는 걸까.

송파진으로 돌아온 소봉은 종이를 펼쳐놓고 봉수대 위치를 그림으로 그렸다. 뭘 하려는지 감이 오지 않아 인상을 쓰고 있는데 옆에서 구경하던 연재가 말했다.

"부채 같다."

"응? 무슨 말이야?"

소봉이 묻자 연재가 붓을 들더니 점선을 죽 연결했다. 그의 말대로 인왕산과 목멱산이 일직선이고 백악산과 낙타산이 선 중심과 일직선으로 연결된다.

"어? 어!"

그때 소봉이 자리에서 벌떡 일어나 소리쳤다. 선의 중심부가 어디인지 깨달았기 때문이다.

"여기는 경복궁인데!"

경복궁이 한눈에 보이는 곳에 봉수대를 만들었다? 왜?

무슨 일인지 알 수 없지만 몹시 불안했다. 광화문 폭사 사건보다 더 끔찍한 일이 벌어질 것만 같았다.

소봉은 날이 밝자마자 개금과 인왕산으로 향했다. 오늘은 꽃분과 연재도 따라왔다.

"힘들게 뭐 하러 너희까지 따라와."

"너희 둘만 보냈다가 무슨 일이라도 벌어지면 어쩌려고."

"연재도 소봉이 돕는다."

소봉은 어쩔 수 없이 동무들과 함께 인왕산에 올랐다. 상인의 말대로 도성 중심부가 보이는 중턱 공터에 나무와 돌을 쌓아 만든 봉수대가 있었다. 지키는 장정 넷에 골격은 분명 사내지만 치마와 저고리를 입고 화장을 한 이가 하나. 모두가 하나같이 인상이 더러웠다.

"이것들아! 빈둥거리지 말고 마른 낙엽과 나뭇가지 좀 더 모아와."

그들 중 유난히 덩치가 크고 팔뚝이 허벅지만 한 사내가 소리쳤다. 소봉은 그가 누군지 단번에 알아보았다. 강을 건너는 진선에서 오필상에게 칼을 휘두르던 자였다.

역시나 보명공주의 사병이었어. 여기서 뭘 하는 거지?

소봉은 바짝 긴장하며 그들을 감시했다.

"박살아, 이 정도면 되지 않아?"

치마를 입은 사내가 굴뚝을 가리키며 말했다.

"연기가 궁궐에서 보여야 한다잖아. 이거 가지고 되겠어? 꾸물대지 말고 모두 움직여!"

박살이라고 불린 사내가 빈둥거리는 사내들을 채근했다.

연기? 경복궁에서 나무 타는 연기가 보여야 한다고?

사내들에게 들킬 수 있으니 더는 이곳에 숨어 있을 수 없었다. 소봉은 동무들을 데리고 산을 내려갔다.

"공주가 일을 꾸미는 게 분명해. 내려가자마자 수안군에게 알려야겠어."

"그 전에 일이 벌어지면……?"

꽃분이 말했다.

"아니야. 공주는 마지막 날까지 기다릴 거야. 아버지에게 사람을 더 모아달라고 해야겠어. 산에서 무슨 짓을 하는지 알아내야지."

그때였다.

"마님, 몸종들 데리고 꽃놀이라도 오셨소?"

수풀에서 두 사람이 나왔다. 박살과 치마를 입은 사내였다. 소봉은 속으로 몹시 당황했지만 내색 없이 태연하게 대꾸했다.

"절에 다녀오는 길이다. 불편하니 길을 비켜라."

그대로 가려고 하는데 박살이 앞을 가로막았다.

"부처님이 내 얼굴에 달렸나? 아까 나를 유심히 보던데? 그러고 보니 우리 안면이 있는 것 같네?"

"무슨 소리냐? 반가의 부녀자를 희롱하면 경을 칠 터. 비켜라!"

그때 박살이 바지 허리춤에서 손도끼를 꺼내 들었고 치마를 입은 사내도 소매에서 단도를 꺼내 들었다. 소봉은 마른침을 꿀꺽 삼키며 동무들을 보았다. 꽃분과 연재는 잔뜩 겁먹은 표정이고 개금은 코를 벌름거리며 박살을 노려보고 있었다.

"산에서 우리 감시했잖아. 왜 시치미를 떼고 그래? 누가 시켰어? 순순히 불면 빨리 죽여줄게."

"애들아! 도망쳐!"

소봉이 소리치자 꽃분이 연재의 손을 잡고 뛰었다.

"아버지에게 알려! 사람을 모아!"

소봉은 개금과 함께 그들이 간 방향의 반대 방향으로 달렸다. 하지만 얼마 가지 못해 박살에서 목덜미를 잡혔다. 소봉은 그 와중에도 눈으로 아이들을 살폈다. 꽃분과 연재는 숲속으로 사라졌고 개금은 도망치다가 소봉이가 잡힌 걸 보고 달려오고 있었다.

공주가 산에서 일을 꾸미는 걸 알려야 해. 여기서 잡혀 죽을 순 없어!

박살이 도끼를 든 손을 치켜들었다. 소봉은 있는 힘껏 놈의 낭심을 걷어차고 놈의 손아귀에서 빠져나왔다.

"으아아악! 이년을 그냥!"

박살이 고통스러워하며 흙바닥을 뒹구는 동안 단도를 손에 든 사내가 개금의 앞을 가로막았다. 사내보다 머리 하나가 더 큰 개금은 사내가 휘두르는 단도를 가볍게 피하고는 팔을 잡아 꺾고 가슴을 걷어찼다.

사내가 쓰러지자 소봉과 개금은 산 아래로 뛰었다.

* * *

근정전에 빼곡하게 들어찬 백성들은 보명공주의 죄를 낱낱이 전해 들었다. 그들은 분노하고 고통스러워하면서 모든 과정을 빠짐없이 보고 기억했다.

수십 명의 죄인을 심문한 뒤 수안군이 주위를 보며 말했다.

"보명공주는 미곡을 독점하고 살인으로 공포심을 조장한 후 한산군을 내세워 역모를 꾸몄습니다. 그 과정에서 죄 없는 수백의 백성이 죽었습니다. 조선의 역사에 가장 끔찍한 참변이자 역모였습니다. 대역죄인 공주를 추포하라는 왕명이 내려졌으며 반드시 잡아 죄를 물을 것입니다."

근정전이 웅성거릴 때였다. 왕이 자리에서 일어났다. 그는 백성을 한동안 바라보다가 월대 아래로 내려섰다.

"주상 전하! 위험하시옵니다!"

"주상 전하! 저들에게 가까이 가면 아니 되옵니다!"

내금위가 왕의 주위를 둘러싸는 가운데 놀란 신하와 백성이 일제히 엎드렸다. 상선과 금위대장이 만류하는 가운데 왕이 근정전 중앙으로 걸어갔다.

"사람은 사람에게 선하길 기대한다. 짐은 백성이 선할 것이라는 믿음으로 근정전에 추국청을 세웠다. 오늘 이곳에 서서 그 생각이 얼마나 오만하며 어리석었는가는 깨닫는다. 이곳에서 가장 악한 이는 임금이다. 홍인과 송인의 싸움으로 조정이 제구실을 못 하고 민의 상달이 막히고 탐관오리의 억압과 수탈이 심해졌다. 백성들이 피를 흘리며 죽어갈 때 과인은 궁 깊숙한 곳에서 두려움에 떨었다. 오늘날 조선의 비극은 임금이 부덕하고 무능력한 탓이다."

왕의 눈가에 눈물이 고였다.

"과인은 백성의 왕이나 참된 왕은 아니었다. 과인에게 왕좌는 버겁고 무겁기만 한 족쇄였다."

엎드려 있던 이들이 하나둘 고개를 들고 왕을 올려다보았다.

"왕좌를 두려워한 결과 백성이 죽고 다치고 집을 잃고 굶주렸다. 악이 세상을 휘젓고 망치고 부쉈다. 나약한 왕은 재앙과도 같다. 너희가 불행한 것은 모두 과인 탓이니 원망하고 손가락질하라."

비통한 어성에 내관과 신하들이 흐느꼈다. 군중 사이에서도 간간이 울음이 흘러나왔다.

"너희가 더는 왕실과 조정을 존경하고 두려워하지 않는 것을 안다. 대전 깊숙이 숨어 있을 땐 너희가 무서웠다. 한데 지금 보는 눈빛은 하나같이 따뜻하고 선량하구나. 너희에게 사죄한다. 또한 약속한다. 이제 더는 도망치지 않겠다. 왕좌를 두려워하지 않겠다. 백성 위에 군림하지 않고 입을 닫게 하지 않겠다. 언제든 이렇게 가까이서 이야기를 듣고 설명하고 대화하겠다. 교화와 덕으로 백성을 다스리고 바른 정치를 펼치겠다. 지금 당장은 민심을 달래기 위한 말로 들릴 것이다. 하지만 믿어다오. 과인은 이제 진심으로 왕다운 왕이 되고자 한다."

근정전은 기침 소리 하나 없이 고요했다.

끝내 용서받지 못하는 것인가.

이명은 엎드린 백성을 보다가 고개를 떨어뜨렸다. 그때였다. 누더기를 걸친 노인이 몸을 일으키며 소리쳤다.

"주상 전하! 천세! 천세! 천천세!"

그것을 시작으로 모두가 일제히 자리에서 일어났다.

"주상 전하! 천세! 천세! 천천세!"

살려고 발버둥 치는 간절한 목소리, 깊은 절망으로 악에 받친 목소리, 희망을 꿈꾸는 목소리가 한데 얽혀 울려 퍼졌다. 이명은 근정전을 한 바퀴 돌아보며 백성의 표정을 마음에 담았다. 심장이 터질 것처럼 뛰었다.

태어나 처음 느껴보는 전율이었다.

왕은 곧바로 월대 위로 올라왔다. 그리고 근정전이 울리도록 크게 외쳤다.

"광화문 참변과 대화재는 천인공노할 범죄다. 관련된 종범들은 모두 참형에 처하고 효시하라. 또한 이 모든 환란을 뒤에서 조정한 보명공주를 반드시 잡아 대역무도의 죄로 벌하라."

왕의 표정과 목소리는 한 점 두려움이나 떨림 없이 당당했다. 수안군은 그 모습을 조용히 바라보았다.

"도성에서 벌어진 일련의 사건으로 조선의 폐단이 모두 드러났다. 관직을 매관매직하는 자, 매점으로 시장을 교란하는 자, 조세와 군수품을 빼돌려 사익을 취한 자는 역모에 준하는 중형으로 다스려라."

백성과 대신의 표정이 극명하게 대비되는 가운데 왕이 외쳤다.

"도성의 화재와 극심한 가뭄으로 백성들이 고통받고 있다. 이런 때에 조세까지 가중된다면 그 누가 버티겠느냐? 가뭄이 심한 삼남 지방과 도성 백성의 군포를 감면하는 대신 가호家戶 단위로 양반에게도 징포하라. 또한 거짓으로 양반임을 꾸며 탈세한 자들을 엄단하고 조세 부과 대상에서 누락시킨 은결隱結을 찾아내 세를 물리고 이를 방조하거나 주도한 향리를 색출해 엄벌하라."

중신들이 월대 아래로 달려왔다.

"전하! 조정의 논의 없이 독단으로 하실 순 없사옵니다!"

"지주들 또한 피해를 많이 입었사온데 어찌 군포를 물리시나이까?"

"경들은 저 앞에 선 백성들 앞에서 그 소리를 다시 해보라."

왕의 외침에 중신들이 고개를 들고 눈치를 보았다.

"집을 잃고 가족을 잃고 굶주리는 백성들에게 다시 말해보라. 매일 생사를 넘나드는 저들 앞에서 땅과 노비를 줄줄이 거느린 지주의 괴로움에 대해 말해보라! 이곳에 있는 사대부 중 저들에게 떳떳할 수 있는 자가 있기는 한가? 더는 조정의 무의미한 탁상공론을 좌시하지 않겠다. 호조는 당장 호포제戶布制 시행 방안을 강구하라."

"전하! 성은이 망극하옵니다!"

대신들은 더는 입을 열지 못하고 물러가자 백성이 왕 앞에 엎드려 울며 기뻐했다. 근정전에서 시작된 환호는 곧 광화문 앞까지 전해졌다. 백성의 울음과 환호는 날이 저물도록 이어졌다.

추국이 끝난 후 자윤은 김 별제가 주는 물을 마시다 말고 모조리 토해버렸다. 핏기 하나 없이 창백한 얼굴을 보고 김 별제가 걱정하며 말했다.

"종일 끼니도 거르셨는데 물까지 토하시니, 몸 상할까 걱정입니다. 오늘은 일찍 침소에 드시지요."

"이제 하루 남았으니 괜찮소. 보내달라는 군병은 왔소?"

"궁궐 안팎을 방비하느라 남는 인원이 얼마 없다고 합니다. 스무 명 남짓이 다랍니다."

자윤은 찢어지는 것처럼 아픈 명치를 누르며 숨을 천천히 몰아쉬었다. 소봉이 애써서 가져온 정보일 뿐 아니라 그의 관점에서도 상당히 수상한 상황이다. 만약 보명이 뭔가를 꾸미는 거라면 내일 일을 벌일 것이다. 하지만 네 개의 산에 군병을 다 보내기엔 인원이 터무니없이 부족하다.

"혹시 내시부에 손을 빌릴 수 있겠소? 인원을 최대한 모아야 하오."

"상선 영감께 말해두겠습니다. 그러니까 군대감은 이제 쉬세요. 얼굴이 엉망입니다."

아직 쉴 때가 아니다. 마지막 추국이 있기 전 확인해야 할 것이 많다.

밤이 깊었을 때였다. 자경전 상궁이 왔다. 대비가 부른다고 했다. 이미 예상한 일이다. 자윤은 담담하게 자경전으로 들어갔다.

서릿발은 금방이라도 허물어질 토성 같았다. 꿋꿋하게 버티고 있으나 몸은 쇠약하고 얼굴에 산 사람의 생기가 없었다. 퍼석한 얇은 살갗에 주름이 깊고 저고리 흰 동정 속 목이 금방이라도 부러질 듯 가날팠다. 귀가 아프도록 소릴 지르고 욕을 하던 과거의 서릿발과 지금 보는 여인은 전혀 다른 사람이었다. 사람이 이토록 낡고 헤지고 볼품없이 늙을 수도 있는 것인가. 세월이 그녀에게만 빨리 흘러간 듯했다.

"네 어미가 살아 내 앞에 앉아 있는 것 같구나. 어쩜 이리도 닮았을꼬."

한때는 이 말이 조롱으로 들렸다. 광인의 자식이라고 손가락질하는 것만 같았다. 하지만 지금은 아무런 감정도 느껴지지 않는다.

"귀선이라는 여인 또한 제게 그리 말했습니다."

육신은 늙었지만 건너오는 시선이 차갑고 형형했다.

"내일 나를 근정전에 세울 것이냐? 주상이 어미를 버리겠다고 하더냐?"

"대전에서 딸이 유린당하는 동안 무얼 하셨습니까!"

입을 다물고 노려보던 대비가 무겁게 입을 뗐다.

"내 아들 앞길에 오점이 될 거 같아서 숨겼다."

"어찌 그러실 수 있습니까? 대비마마의 자식입니다! 그 불쌍한 아이에게 무슨 짓을 하셨는지 기억은 하십니까?"

"기억하지. 너희가 어찌 붙어먹었는지 똑똑히 기억한다."

"사란이는 지밀에서 무슨 일이 벌어지는지 한마디도 하지 않았습니다. 그저 찾아와 같이 놀고 웃고 제 얘길 들어주었습니다. 마마께선 의지할 곳 없이 외로운 아이의 마음을 짓이기셨습니다!"

여인의 얼굴엔 후회나 회한 따윈 없었다. 그저 날 선 증오만이 남아 있을 뿐이다. 자윤은 화가 나기보다 서글펐다. 서릿발은 평생 증오와 고통 속에서 살다가 죽을 것이다.

대비가 입을 닫아버린 가운데 서늘한 침묵이 흘렀다. 회한 속에 감정을 꾹꾹 누르던 자윤이 말했다.

"어찌하여 송준길을 죽였습니까?"

"중전 측이 《일성록》에 대해 알았다. 내 약점을 틀어쥐려고 했어. 그래서 죽이고 보명에게 덮어씌웠다. 주상의 앞길에 방해가 되는 것들은 치워버려야지. 놈이 고문당하는 것을 지켜보았는데 짐승처럼 우는 게 퍽 즐거웠다. 망할 송인놈들."

서릿발의 미소에서 비릿한 피 냄새가 풍겼다.

"어미가 자기를 위해 무슨 짓을 했는지도 모르고 주상은 철없이 우는 소리나 하고 있으니……. 쯧쯧……. 내가 어찌하여 너와 말을 섞고 있는지 아느냐? 지금은 네가 필요하기 때문이다."

대비가 서안 서랍을 열고 두꺼운 종이 뭉치를 꺼냈다.

"경기 일대 땅이다. 삼대가 놀고먹어도 축나지 않을 재산이다. 추국은 오늘로 마무리 지어라. 이만큼 했으면 백성들도 더는 나대지 않을 것이야. 앞으로 주상을 가까이서 보필하며 성군처럼 보이게 만들어라."

자윤이 웃음을 터트리자 서릿발의 눈초리가 확 치켜 올라갔다.

"지금 나를 비웃느냐?"

"솔직해지시지요. 전하를 위해서 살인한 것이 아니지 않습니까? 대비마마의 복수심과 원한으로 벌인 짓이지요."

"뭐라? 네깟놈이 감히!"

"성군은 만들어지는 것이 아닙니다. 백성의 편에 서서 아파하고 어진 정치를 펼칠 때 백성이 불러주는 것입니다. 전하께선 새로운 세상을 위해 스스로 만든 길을 가고 계십니다. 그 길 어디에도 대비마마의 흔적은 없을 것입니다. 전하께서는 모후를 근정전에 세우겠다고 하셨습니다."

"주상이 그럴 리 없다. 네깟놈이 감히 모자를 이간질하느냐!"

"이제야 아신 것입니다. 어머니가 한 번도 어머니였던 적이 없었다는 것을. 대비마마께서 정녕 전하와 종묘사직을 위하신다면 죄를 세상에 고하고 죽은 영혼에게 용서를 빌어야 할 것입니다."

"네 이노오옴!"

자윤은 자경전을 나와 선전관 숙직소인 무겸직소武兼直所로 향했다. 내일을 위해 준비해야 할 것이 많았다. 막 방문을 열었을 때였다. 전과 다른 공기가 느껴졌다. 그가 뒤로 한 발 물러 방문에서 손을 뗐을 때였다. 책장과 병풍에서 두 명의 사내가 뛰어나왔다.

결국 대비가 이런 짓까지 하는가!

칼날이 자윤의 어깨를 베고 옆구리를 뚫고 들어왔다. 자윤은 고통에 몸을 뒤틀며 칼을 쳐내고 바닥으로 쓰러졌다. 바닥에 붉은 피가 쏟아졌다.

"군대감!"

문으로 겸사복 몇이 뛰어 들어오는 것이 보였다. 자윤은 칼날이 부딪히는 소리를 들으며 가쁜 숨을 몰아쉬었다.

소봉아…….

눈앞에 맑게 웃는 소봉의 얼굴이 떠올랐다가 캄캄한 어둠 속으로 가라앉았다. 손을 뻗어서 붙잡고 싶지만 몸이 움직여지질 않는다.

자윤은 차디찬 마룻바닥에 누워 느리게 눈을 깜빡였다. 생명이 피와 함께 몸에서 빠져나가는 느낌. 문득 공포가 밀려왔다.

살고 싶어. 이렇게 끝내고 싶지 않아.

왼쪽 뺨에 부드럽고 뜨거운 손길이 느껴진다. 늘 겨울이었던 나의 계절에 난데없이 찾아온 첫봄.

우리 낭군님, 죽고 싶은 게 아니었네. 살아야 한다고 말해주는 사람이 없었네.

내가 말해 줄게요. 죽지 말고 살아요. 인간이 만든 세상은 생각보다 좋아요.

왕자님은 자신의 방식으로 세상을 구해왔잖아요. 왕자님 옆에는 나도 있고 강도사님도 있고 많은 사람이 있어요. 혼자가 아니에요.

아무 곳에서 아무에게나 죽임을 당해도 상관없다고 생각하던 때가 있었다. 하지만 지금은 살고 싶다. 장소봉이 보고 싶다.

이젠 세상을 혐오하고 부정적으로 보지 않겠어. 증오로 하루하루를 버티는 것이 아니라 새로운 오늘에 대한 기대로 살겠어. 그러니까 제발 살려줘.

끊어지려는 의식을 붙잡으려고 했지만 손가락 사이로 빠져나가는 모래처럼 사라졌다. 자윤은 눈가에 흐르는 눈물을 느끼며 의식을 놓았다.

17. 셋째 날

수안군은 가까스로 목숨을 건졌으나 겸사복 둘과 자객 다섯이 죽었다. 날이 밝기도 전에 우의정 임유준이 내의원으로 달려왔다. 어깨와 복부에 심한 자상을 입은 수안군은 의식이 없었다.

"살 수 있겠느냐?"

우의정의 물음에 어의가 답했다.

"숨만 겨우 붙어 있는 상태이십니다. 피를 많이 흘리셔서 위중합니다."

수안군은 파루가 되어서도 정신을 차리지 못했다. 그의 곁을 강 도사와 김 별제가 지켰다.

광화문 앞은 추국을 보려고 온 자들로 혼잡했다. 이때쯤이면 열려야 할 궐문이 굳게 닫혀 있자 사람들이 물었다.

"오늘 추국은 열리지 않는 것이오?"

위에서 내려온 말이 없으니 숙위군도 뭐라 해줄 말이 없었다. 모두가 문이 열리기만을 기다릴 때였다.

수안군의 상태를 살핀 우의정이 대전으로 달려갔다. 수안군이 자객에게 피습당했다는 이야기를 듣고 왕은 밤새 한숨도 자지 못했다.

"수안군은 괜찮은가?"

"전하, 아무래도 오늘 추국은 열지 못할 것 같사옵니다."

"그 정도로 심한가?"

"사경을 헤매고 있사옵니다."

"수안군이 없으면 안 된다. 어의에게 꼭 살리라고 일러라. 반드시 살려야 한다."

추국을 열지 못하게 됐다는 소식이 전해지자 광화문에 모인 백성들이 상심했다. 혹여 왕이 화를 입은 건 아닌가 걱정하는 목소리도 나왔다. 군중의 절반은 집으로 돌아갔지만 나머진 궐문을 지켰다.

수안군은 오시午時*가 되어서야 겨우 깨어났다. 성급하게 몸을 일으키다가 고통에 비명을 지르며 옆으로 쓰러졌다. 강 도사가 괴로워하는 그를 끌어안고 소리 내어 엉엉 울어버렸다.

자윤이 당황하며 물었다.

"언제 왔소? 왜 우는 거요?"

"왜 우느냐고요? 죽다 살아나셨단 말입니다!"

"몇 시요? 백성들은 들어왔소?"

"황천길 건너다 돌아왔으면서 추국을 걱정하십니까?"

강 도사가 통곡하는 동안 옆에 앉은 김 별제가 말했다.

• 11시~13시

"상처가 깊습니다. 당분간 정양하셔야 합니다."

"정양은 무슨, 이 정도는 괜찮소. 의복을 가져오라 하시오."

"진짜 죽을 뻔했다고요. 피를 엄청나게 쏟았어요. 당분간은 움직이면 안 됩니다. 추국은 다음에 하시고 누워 계세요."

강 도사의 말에 자윤이 다시 일어나 앉았다.

"오늘 해야 하오. 여기서 멈추면 영영 못 하게 돼."

"하지만 몸이 걸레짝이 됐단 말입니다. 내가 속상해서 참……."

자윤은 거추장스럽게 달라붙는 강 도사를 밀어내고 소리쳤다.

"대전에 알리시오. 오늘 추국을 하겠다고. 한시가 급하오. 어서!"

강 도사와 어의가 말렸지만 자윤은 고집을 부리며 자리에서 일어났다. 그는 고통에 허리를 제대로 펴지 못하면서도 단령을 입고 사모를 썼다. 보다 못한 어의가 고통을 줄여주는 부자를 먹어보라고 권유했지만 자윤은 고개를 저었다.

왕의 허락이 떨어지자마자 광화문이 다시 열렸다. 금세 소문이 돌았는지 순식간에 사람들이 모여 줄을 서기 시작했다. 어제보다 더 많은 인파가 모인 걸 보고 숙위군이 저마다 인상을 써댔다.

"날이 뜨거워 쓰러지는 사람이 속출하니 부녀자와 노인은 줄에서 빠지시오."

수문장이 몇 번이고 소리쳤지만 누구 하나 줄에서 빠지는 법이 없었다.

"종일 물도 못 먹고 뙤약볕에 서 있다가 일 치르고 말지. 아무리 구경이 좋아도 그렇지 이 난리라니."

수문장이 낮게 투덜거리자 낡은 갓에 헤지고 기운 도포를 입은 노인이 말했다.

"이 사람아, 우리가 재미난 구경 하자고 여기에 서 있는 줄 아나? 조선이 어찌 흘러갈지 알기 위해 온 것이네. 우리가 살길을 가는지 죽을 길을 가는지 알려고 온 것이야."

백성들의 비장한 표정을 보고 이기죽거리던 숙위군이 입을 다물었다.

* * *

소봉과 개금은 공주의 사병을 겨우 따돌리고 인왕산에서 내려왔다. 밤새 걸어서 성벽에 닿으니 파루가 울리고 돈의문이 열렸다. 끼니를 거르고 걸어온 두 여인의 모습은 초췌했다. 산에서 나무뿌리에 걸려 몇 번이고 넘어지면서 팔과 다리는 온통 상처투성이였다. 겨우 걸어서 광화문 앞에 도착했더니 문이 열리지 않자 소봉은 망연자실했다.

"왕자님을 만나야 하는데. 어쩌지?"

걱정하며 조바심을 낼 때였다. 광화문 앞 인파 속 어제 본 그들이 있었다. 공주의 사병들이다. 소봉과 개금은 기겁하며 인파 속에 숨었다.

"아씨, 이제 어찌합니까?"

"무슨 일이 있어도 궁에 들어가야 해!"

놈들을 피해 인파 속에 숨어 있을 때였다. 드디어 궐문이 열렸다. 소봉과 개금의 의복이 엉망인 것을 보고 몸수색을 하던 의녀가 의심스럽게 보았지만 별다른 것이 나오지 않아 통과할 수 있었다.

소봉은 근정전으로 들어가자마자 수안군부터 찾았다. 하지만 어디에도 그의 모습은 보이지 않았다. 소봉은 처음 보는 근정전 광경에 압도당해 처마를 올려다보았다.

공주는 왜 산에 봉수대를 만들었지? 왜 그 중심에 경복궁이 있는 거지?

문득 그런 생각이 들었다. 경복궁에 불을 지르면 네 개의 산에서 잘 보이겠구나.

소봉은 자기 생각이 끔찍해서 진저리를 쳤다. 감히 그런 미친 생각을 하다니, 상상도 해선 안 될 일이었다.

하지만…….

보명공주라면…….

부채 같다.

연재가 그린 부채와 함께 공터에 흩어져 있던 낙엽과 마른 나뭇가지들이 떠올랐다.

한양 안팎을 다 덮은 긴 능선들. 만약 그곳에 일제히 불을 지른다면? 그 시작이 경복궁이라면?

심장이 미친 듯이 쿵쾅거리기 시작했다.

공주는 오늘 여기에 왔어. 여기서 모든 걸 끝내버릴 속셈인 거야.

소봉은 겁에 질린 채 근정전 주위를 보았다.

크다 못해 광활하게 느껴지는 근정전 뜰에 사람들이 빽빽이 들어차 있었다. 사내들뿐 아니라 아이를 업은 여염집 부인과 쓰개치마를 쓴 반가의 여인까지 몸종을 대동하고 들어와 있었다. 몇몇 양반들이 코를 움켜쥐며 뒤로 빠지긴 하지만 대다수는 조금이라도 앞에 서려고 밀고 버티며 근정전을 우러러보았다.

북이 울린 후 우의정 임유준이 월대 아래서 큰 소리로 외쳤다.

"금일은 마지막 추국이 있는 날입니다. 볕이 뜨거워 병자가 생길까 염려되니 서둘러 끝내라는 어명이 있으셨습니다. 정전에 모인 백성들은 주상 전하의 어진 뜻을 받들어 시간이 지체되지 않도록 해야 할 것입니다."

임유준은 얼굴에 흐르는 땀방울을 연신 닦아냈다.

"금일 심문할 자는 수안군입니다. 직제학 송준길의 살해 용의자인 수안군은 나오라!"

생각지 못한 이름이 등장하자 군중이 동요했다. 그동안 수안군이 월대 아래로 걸어왔다. 어제까지만 해도 멀쩡했던 수안군은 밤사이 얼굴이 새하얗게 질려 있었다. 금부나장이 양옆에서 그를 붙들고 있었는데 끌고 오는 것이 아니라 병자를 부축하는 것에 가까웠다. 정전에 모인 사람들이 그 모습을 의아하게 볼 때였다. 수안군이 한쪽 어깨를 축 늘어뜨린 채로 박석 위에 엎드렸다.

"종친 수안군은 직제학 송준길을 살해하고 그 노복 막동을 죽인 혐의를 받고 있다. 사저에선 직제학의 것으로 보이는 신체 일부가 발견되었고 막동이 죽은 현장에 흉기를 가지고 있었다. 이래도 자신의 죄를 부인하겠는가."

정전이 고요했다. 모두가 숨죽인 채 엎드린 수안군 볼 때였다. 무릎을 꿇은 수안군이 가까스로 허리를 펴고 왕이 앉은 방향을 보았다.

"추국장에서 어찌 거짓을 고하겠습니까. 오늘 모든 것을 밝히겠습니다. 직제학과 막동 죽인 범인은……."

수안군이 멀리 있는 왕을 올려다보았다. 왕은 눈을 감은 채 두 주먹을 불끈 쥐었다.

"대비전 내관 김문창입니다."

좌중에서 크게 놀라는 소리가 터져 나올 때 강 도사가 김문창을 끌고 근정전 뜰로 걸어나왔다. 한곳에 모인 대신들이 일제히 영의정 송영묵이 있는 곳을 쳐다보았다. 만약 대비가 송영묵의 아들을 고문해 죽였다면 그 순간 홍인과 송인의 전쟁이 시작된다.

"김문창은 들어라. 너는 색주가 기방에 있는 응수에게 돈을 주며 한산군이 세인의 주목을 끌도록 꾸몄다. 인정하느냐?"

수안군의 질문에 박석에 무릎을 꿇은 김문창이 눈을 감고 대꾸했다.

"그런 적 없소."

"기생 송화가 네가 왔었다고 확인해주었다."

"모함이오."

"너는 또한 막동과 백정 억구지에게 직제학의 납치를 사주했다. 그날 네가 궁을 나와 배오개 쪽으로 간 것을 본 내관이 있다."

"모르는 일이오."

"너와 동행한 여인이 있었다. 누구냐!"

김문창의 표정이 일그러지기 시작했다. 그는 이를 악다문 채 소리쳤다.

"수안군은 자신의 죄를 남에게 뒤집어씌우지 마시오. 수안군 집에서 살인 물증이 나오지 않았소!"

"처음은 보명공주를 살인범으로 지목하였고 다음엔 증거를 조작해 내 짓으로 만들었다. 이 모든 걸 내관 혼자서 꾸밀 순 없다. 누구의 명이냐."

김문창은 목이 잘려도 대답하지 않겠다는 표정으로 입을 꾹 다물었다.

"그날 배오개 면포전에 함께 있었던 여인이 누군지 증언할 자가 있다."

김문창이 고개를 번쩍 들었다.

"그럴 리 없소! 수안군은 허언하지 마시오!"

"증인을 데려오라!"

수안군이 소리치자 의금부 도사가 밧줄에 묶인 사내를 끌고 왔다. 송파진 흰족제비 오필상이었다.

"오필상은 직제학이 죽던 날 본 것을 하나도 빠짐없이 고하라!"

"한양에 돌아온 한산군은 하루라도 사고를 치지 않은 날이 없었습니다. 그래서 보명공주의 명으로 한산군을 감시하고 있었습니다. 한산군이 기루에서 소동을 일으키고 돌아갈 때 송준길이 뒤를 쫓고 있었습니다. 그러다가 괴한들에게 습격받고 납치되었지요. 살인이 일어난 배오개 창고에 저자가 있었습니다."

오필상의 손가락이 김문창을 가리켰다.

"저자와 함께 있었던 사람이 누구이냐."

"함께 있었던 여인은……."

오필상이 대답하려고 할 때였다.

"내가 대신 대답하겠다!"

모두의 시선이 근정문 앞으로 쏠렸다. 그곳에 보명공주 서 있었다.

차양 아래 앉아 있던 왕이 두 손으로 탁자를 내리치며 일어섰다. 당혹한 것은 왕뿐만이 아니었다. 모두가 놀란 눈으로 근정문 앞에 선 여인을 응시했다.

"주상 전하, 죄인이 왔습니다."

카랑카랑한 여인의 목소리가 정전 마당에 울려 퍼졌다. 백성들은 아직 그녀가 누군지 몰랐다. 그 사이 종사관과 금군이 일사불란하게 움직이며 여인 주위를 에워싸기 시작했다.

수안군이 뒤를 돌아보았다. 그의 시선이 보명의 얼굴을 지나 근정문 지붕과 좌우에 늘어선 행각 지붕으로 옮겨갔다. 근정전을 둘러싼 행각 지붕 위로 수십 명의 궁수가 일제히 모습 드러냈다. 수십 개의 화살 끝이 한 여인에게 모이자 지켜보는 백성이 동요했다.

"이 자리에서 나를 죽이려고요?"

공주가 코웃음을 쳤다. 그녀는 그 어느 때보다 아름답고 화려하게 차려입고 있었다. 머리에 보석 장신구를 하고 값비싼 노리개도 달았다. 그녀가 정전 마당 중앙으로 걸어갈 때였다. 군중 중에서 외침이 터져 나왔다.

"보명공주다! 저년이 보명공주다!"

순간 사방에서 고함이 터져 나왔다. 분위기가 심상치 않은 것을 눈치챈 금군이 이를 악물고 백성을 밀어내는 방패를 힘주어 잡았다.

"이 살인마!"

"이 악귀 같은 년!"

"죽여라! 공주를 죽여!"

좌우에 나뉘어 선 백성이 일제히 공주가 있는 중앙으로 몰렸다. 금군과 백성이 밀며 대치하는 동안 무장한 금군이 백성과 공주 사이에 몇 겹의 벽을 만들었다. 고함과 욕설, 절규가 경복궁을 흔들었다.

정전 뜰 중앙에 선 공주가 멈춰 섰다. 그녀는 왕과 수안군을 침착하게 바라보았다. 그리고 돌아서서 백성들 쪽을 보았다.

"지금부터 누구도 움직이거나 떠들지 마라! 내가 시키는 대로 하지 않으면 경복궁과 한양은 모조리 불탄다."

그 말에 백성들이 소리쳤다.

"이 살인마! 그 말을 어떻게 믿지!"

"거짓말 마라!"

공주가 웃으며 하늘을 가리켰다. 그러자 모두가 고개를 들어 하늘을 올려다보았다. 백악산, 인왕산, 낙타산, 목멱산 방향에서 연기가 올라오고 있었다.

"저 연기는 나의 부하들이 내 명령만 기다리고 있다는 뜻이다. 내가 신호하면 그들은 저 산에 불을 지를 것이다. 그러면 누구도 한양을 빠져나가지 못하고 불에 타 죽을 것이다."

아름다운 여인이 내뱉는 잔인한 말에 모두가 몸을 떨었다.

"광화문 앞에서 벌어진 일을 기억한다면 내 말이 허언이 아님을 알 것이야. 그러니까 지금부터 다들 그 입을 다물어. 한꺼번에 몰살당하고 싶지 않으면."

공포에 질린 백성들이 일제히 입을 다물었다. 공주는 만족스럽게 미소를 지으며 수안군 쪽으로 걸어갔다. 쨍한 햇빛 아래 그녀의 미소가 환하게 빛났다.

"날 끌어내리려고 이런 수고까지 해주다니, 고마워."

"백성들에게 진실을 들려주겠다. 그러니까 네가 하려는 짓을 멈춰."

"난 진실 따위로 만족하지 않아."

"무고한 생명을 희생시키는 것이 네 목적이냐?"

"나 또한 짐승에게 죄 없이 짓밟혔어. 저들이 그러지 말아야 할 이유가 뭐야?"

"사란아!"

"그렇게 부르지 마. 내가 괴물이 되어 갈 때 너는 아무것도 하지 않았어."

보명이 자윤을 노려보다가 돌아섰다.

"당신들은 오늘 굉장한 구경거리를 하게 될 거야. 조선 왕조에서 처음 보는 광경이지. 목숨을 건 볼거리니 충분히 즐기길."

보명이 근정전 뒤편을 응시하자 모두의 시선이 그리로 옮겨갔다. 근정전 뒤편 군사들 틈에서 키 큰 여인이 걸어 나오고 있었다. 여인은 다른 여인의 목에 칼을 겨누고 있었는데 의복만 보아도 누군지 한눈에 알 수 있었다.

"어마마마!"

왕의 외침에 인파가 술렁였다. 얼굴이 하얗게 질린 대비가 멈춰 서자 수리개가 등을 거칠게 떠밀었다. 수리개를 둘러싼 금군의 창끝이 햇빛 아래 날카롭게 번뜩였다.

"공주! 이게 무슨 짓이냐!"

절규에 가까운 왕의 외침에 보명이 신경질적인 웃음을 터트렸다.

근정전 뜰이 무섭도록 고요했다. 백성들은 입을 다물고 기괴한 광경을 응시했다. 밝은 하늘 아래 당당하게 얼굴을 드러낸 살인마 보명공주, 근정전 뜰에 무릎 꿇려진 대비, 이를 망연히 바라보는 왕과 수안군.

긴장감이 숨을 조이는 동안 사람들 뒤에서 몸을 숨기고 조용히 움직이는 이들이 있었다. 소봉과 개금이었다.

"경복궁이 아니라 창덕궁 쪽 아녀요?"

개금의 말도 일리는 있다. 하지만 공주는 목표물이 눈앞에서 흔들리는 걸 즐긴다. 대상이 고통에 못 이겨 무너지는 걸 눈으로 봐야 직성이 풀리는 사람이다.

"아니야. 경복궁이야. 자기 두 눈으로 직접 보려고 할 거야."

"칼 찬 군사들이 있는데 어떻게 불을 질러요?"

"여기까지 숨어 들어와서 수천 명을 인질로 잡고 있어. 그깟 불 하나 못 지르겠어?"

개금의 말대로 임금님이 계신 경복궁 주위엔 군사들이 몇 겹으로 에워싸고 있다. 그들을 뚫고 들어가 불을 지르기란 불가능해 보인다. 불화살? 무기를 꺼내면 눈에 띌뿐더러 거리가 너무 멀다. 활을 쏘기도 전에 붙잡히고 말 것이다.

장소봉, 생각해. 공주라면 어떻게 하겠어?

근정전 왼편 구석에 선 소봉은 전각을 있는 힘껏 노려보았다. 그때였다. 여인의 끔찍한 비명이 집중을 깨트렸다.

"네가 사람의 자식이냐! 어찌 감히 조선과 왕실을 능멸하느냐!"

박석에 무릎을 꿇은 대비가 소리쳤다. 그 옆에 수리개가 칼로 그녀의 목을 겨누고 있었다.

"조선은 나를 버렸고 부모 또한 나를 버렸는데 능멸한다 한들 무슨 대수인가."

보명이 빙글빙글 웃으며 말했다.

"네 이년! 이러고도 살아남을 성싶으냐!"

"나는 한 번도 살고 싶은 적이 없소. 수안군! 살옥의 범인이 모두 모였으니 추국을 시작하시오."

한동안 정적이 감돌았다. 공주를 매섭게 노려보던 수안군이 마침내 입을 열었다.

"오필상에게 묻겠다. 그날 김문창과 함께 있던 여인이 누구냐."

고개를 든 오필상이 잠시 주저하다가 말했다.

"저기, 저기 계신 대비마마이옵니다."

대신들이 모인 자리에서 깊은 탄식이 흘러나왔다. 홍인과 송인의 운명이 극명하게 바뀌는 순간이었다.

"그날 밤 보고 들은 것을 말하라."

"배오개 면포전 창고에 송준길이 들어가고 이후에 김문창과 대비마마가 들어가셨다가 한 시진 후에 나오셨습니다. 새벽 무렵 사자가 옮겨지는걸 직접 보았습니다."

"이놈! 너는 공주의 수하가 분명하다! 거짓말로 백성을 속이지 마라!"

대비의 외침에 공주가 코웃음을 쳤다.

"거짓말로 속인 건 이 집구석이야. 악취 나는 인간들이 그럴듯한 집에서 그럴듯한 옷을 입고 노예들 속에서 우쭐대며 고고하게 살아왔지. 더럽고 잔인한 본성을 숨긴 채 말이야."

"닥쳐라! 이년!"

"너나 닥쳐! 나는 이날을 위해 평생을 기다려왔으니까. 아비라는 작자가 내 치마를 벗긴 그날부터 말이야!"

그 순간 놀라서 급하게 숨을 들이마시는 소리가 여기저기서 터져 나왔다. 왕은 눈을 질끈 감았고 대비는 얼굴을 구겼다.

소봉은 공주에 말에 놀랄 겨를이 없었다. 박살에게 팔을 붙들렸기 때문이다.

"쥐새끼를 드디어 잡았네?"

붙잡힌 팔이 부러질 것처럼 아팠다. 소봉의 눈이 먼 곳에 있는 수안군에게로 향했다. 그는 작열하는 하얀 빛 아래 고독하게 서 있었다.

"네년에게 맞은 자리가 아직 욱신거려! 고자가 될 뻔했다고! 아주 자근자근 씹어 먹어주겠어."

소봉은 급하게 눈을 굴려 주변을 훑었다. 개금이 또한 다른 사내에게 붙들린 채 소봉의 눈치만 보고 있었다. 이제 어떡하냐는 표정이다.

다 끝났어. 이제 내가 할 수 있는 건 없어.

주저앉아 울고 싶은 것을 버티고 있을 때였다. 멀리서 공주가 악쓰는 소리가 들렸다.

"백성은 들어라! 궁이 불타고 한양이 불타는 것은 한 번도 왕다운 적 없고 한 번도 부모다운 적 없었던 인간들의 죄업 때문이다!"

소봉은 공주의 외침을 들으며 하늘을 올려다보았다. 산봉우리에서 올라오던 연기가 차츰 희미해지고 있었다. 소봉의 입가에 미소가 번지기 시작했다.

꽃분이랑 연재가 살았구나! 살아서 사람들에게 알린 게 분명해! 성 밖에서 불을 지르지 못한다면 경복궁만 지키면 돼!

"너희는 왕실에 속았다. 그들은 이 나라, 백성 따윈 안중에도 없어. 그저 자신의 욕망, 자신의 권력을 지키기에 급급할 뿐이다. 그들은 나를 착취하고 학대하고 결국 학살자로 만들었다! 나는 오늘 조선을 불사를 것이다!"

그 순간 소봉의 머릿속에 생각이 스쳤다.

공주는 조선 왕실을 모욕하는 게 목적이야. 그래서 목숨을 걸고 사람들이 모인 자리에 나온 거야. 모두가 보는 곳에 불을 지를 거야. 그렇다면?

소봉의 눈에 푸른 하늘로 솟은 근정전 처마가 들어왔다.

백성이 선왕의 업적으로 꼽는 곳! 추국에 온 모두가 볼 수 있는 곳! 왕실의 상징! 근정전이야! 하지만 어떻게 불을 지르지? 근정전 주위에 군사들이 저렇게나 많은데?

근정전을 보던 소봉이 눈을 크게 떴다.

그래! 밖에서 못 하면 안에서 불 지르면 돼! 지금 근정전 안을 지키는 사람은 없을 거야. 이때가 기회야!

소봉이 박살에게 속삭였다.

"저길 봐! 산에서 연기가 사라지고 있어. 이게 무슨 뜻인지 알아?"

박살이 인왕산과 백악산을 번갈아 가며 보았다. 소봉이 은근하고 즐거운 말투로 말했다.

"네가 고자가 된다는 뜻이야!"

소봉은 살아오면서 비축한 모든 힘을 써서 다시 한번 놈의 낭심을 걸어찼다. 그리고 배에 힘을 꽉 주고 소리쳤다.

"근정전! 근정전이 불탄다!"

조용한 정전 뜰에 소봉의 외침이 울려 퍼졌다. 순간 차일 아래 월대가 소란스러워지며 군사들이 일제히 왕을 에워쌌다. 박살이 도망치려는 소봉의 팔을 다시 움켜잡았다. 한편 개금은 소봉이 외침이 터져 나오자마자 자신을 붙잡은 사내를 머리로 들이받았다. 그리고 사내가 쓰러진 틈을 타 소봉에게 달려갔다. 박살이 소봉의 목으로 두 손을 가져가는 순간 개금이 그의 다리를 걸어 쓰러뜨렸다.

"어딜 감히 우리 아씨를 건드려! 이놈이 공주와 한패요! 이놈을 잡으시오!"

박살이 쓰러지자 소봉은 그의 손아귀에서 벗어날 수 있었다. 그사이 가까이 있던 금군 몇이 그들에게로 왔다. 박살과 함께 있던 사내가 도망치려고 했지만 몇 발자국도 못 떼고 백성들에게 둘러싸이고 말았다.

내관들이 근정전 문을 열고 안으로 달려갔다. 그 안엔 어린 궁녀가 하나가 횃불을 들고 옥좌에 불을 붙이고 있었다. 내관들이 그녀에게 달려들어 불을 뺏었다.

소봉의 외침이 있기 바로 전, 자윤은 근정전 너머 좌우로 보이는 인왕산과 백악산 능선의 불이 줄어들고 있음을 눈치챘다. 소봉의 이야기를 듣고 아침에 보낸 군사들이 장소를 찾아낸 게 분명했다.

자윤은 멀리 선 강 도사를 보았다. 강 도사는 수리개와 가장 가까이서 있었다. 자윤이 머리에 쓴 사모를 두 번 만졌다. 이를 보고 강 도사가 옆에 찬 검으로 손을 가져갔다. 수리개의 집중이 깨지면 공격할 참이다. 긴장감으로 등줄기에 땀이 흐를 때였다.

"근정전! 근정전이 불탄다!"

소봉의 외침에 머릿속에서 섬광이 터졌다.

근정전을 태우면 네 방향의 산에서 모두 볼 수 있다. 그것을 보고 불을 지르려고 한 거였어. 근데 장소봉은 언제 경복궁에 들어온 거지?

때마침 소봉의 외침에 수리개의 시선이 돌아갔다. 그 틈을 놓치지 않고 강 도사가 수리개에게 달려들고 이를 본 겸사복이 대비를 구하려고 달려왔다.

소봉의 외침에 근정전의 긴장과 고요가 깨지면서 일대 소란이 일었다.

내관과 금군에 둘러싸인 왕이 경복궁을 빠져나가고 수리개에게서 구출된 대비 또한 옮겨졌다. 조선제일살수라는 수리개는 결국 겸사복의 수에 밀려 돌바닥에 쓰러졌다. 군사들은 이 광경을 가까이 보기 위해 몰려드는 백성들을 막느라 안간힘을 쓰고 있었다.

아수라장의 한가운데에 자윤과 보명이 있었다. 보명은 자신의 계획이 틀어진 것이 믿기지 않는 표정으로 근정전 지붕을 노려보고 있었다.

"거의 다 왔는데. 이 더러운 곳을 모조리 태워버릴 수 있었는데."

보명은 손에 든 은장도를 움켜쥐었다. 뙤약볕 아래 서 있건만 몸이 시리고 추웠다.

다신 사람으로 태어나지 않을 거야. 꽃이 될 거야. 풀이 될 거야.

그녀가 목으로 칼을 가져갈 때였다. 달려온 자윤이 팔을 붙잡았다.

"이거 놔!"

"이제 와서 죽음으로 도망치려 하지 마라. 네가 한 짓의 대가를 치러야지!"

금군이 달려와 보명을 에워쌌다. 보명은 원망하는 눈으로 자윤을 노려보다가 그들에게 끌려갔다.

상황이 정리되면서 군사들이 백성을 밖으로 내보내기 시작했다. 자윤은 그제야 아까 들었던 목소리의 주인을 찾아 주위를 두리번거렸다.

분명 장소봉이었는데……

그때였다. 저 멀리서 한 여인이 손을 흔들며 달려오고 있었다.

"왕자님! 왕자님!"

내내 침착한 표정을 유지하던 자윤의 얼굴이 변하기 시작했다. 그는 여인이 있는 방향으로 성큼성큼 걸어갔다. 그리고 소봉이 맞는 걸 확신하자 뛰어갔다.

"왕자님! 내가 해냈어요! 사람들을 구했어요!"

돌바닥에 쏟아지는 볕보다 더 하얗고 눈 부신 빛이 자윤의 눈 속으로 파고들었다. 다신 못 볼 줄 알았던 정인의 미소. 자윤은 소봉을 번쩍 안고 끌어안았다. 심장이 터질 것처럼 뛰었다. 당황한 소봉은 허공에 뜬 두 발을 버둥거리며 주위를 보았다.

"어머, 갑자기 왜 이러세요? 우리 아직 이런 관계 아닌데……."

소봉이 당황할 때였다. 갑자기 자윤의 몸이 푹 고꾸라졌다. 그 바람에 둘 다 바닥에 쓰러졌다.

"왕자님 왜 이래요? 다쳤어요? 으아아악! 이거 뭐야! 피잖아!"

자윤은 돌바닥에 누워 고통에 신음했다. 칼에 베인 곳에서 피가 흘러나오고 있었다. 두 손에 묻은 붉은 피를 보고 기함한 소봉이 비명을 질렀다.

"이 몸으로 지금껏 있었던 거예요? 칼은 어디서 맞았어요? 내가 몸 함부로 던지지 말랬죠!"

자윤의 어깨를 찰싹찰싹 때리던 소봉은 그가 비명을 지르자 황급히 끌어안았다.

"좋아해달라고 안 할게. 그냥 살아만 있어 줘요. 제발요!"

자윤이 뭐라고 중얼거렸지만 들리지 않았다. 소봉은 고개를 숙이고 그의 입가로 귀를 가져갔다.

"좋아해."

소봉은 자신이 잘못 들은 건가 싶어서 귀를 더 가까이 붙였다. 귀에 그의 입술이 닿았다가 떨어졌다.

"널 좋아해서 살고 싶어졌어."

그 말을 듣고 소봉이 으아아앙 울음을 터트렸다. 멀리서 강 도사와 김
별제가 그들을 향해 달려오고 있었다.

18. 인간이 만든 세상

　문 열리는 소리와 함께 인기척이 났다. 벽에 기대 눈을 감고 있던 보명이 고개를 들었다. 눈앞에 장소봉이 서 있었다. 보명이 고개를 돌렸다.

　"비웃으러 왔니?"

　나무 창살 사이로 물그릇이 쑥 들어왔다.

　"살인자를 동정하지 마라. 돌아가."

　"마지막으로 물 한 잔 주고 싶었어요. 내가 동경하고 좋아한 언니니까."

　보명은 가만히 소봉을 쳐다보았다.

　"한심한 연민이야."

　"이게 나인 걸 어떡해요."

　소봉이 힘없이 웃었다.

　"전에 네가 한 말 생각해봤어. 정말로 마음만 먹었다면 누군가를 죽이지 않고 세상을 망가뜨리지 않고 나도 행복할 수 있었을까?"

"언니는 해냈을 거예요."

"너는 널 잃지 마. 지금 모습 그대로 살아."

소봉이 가고 난 뒤 보명은 물그릇으로 손을 뻗었다. 물은 살아오면서 먹은 그 어떤 것보다 달고 시원했다.

"물 한 모금으로도 위로받을 수 있는 게 인생인데……."

보명은 들창 사이로 새벽 푸른빛이 들어오는 것을 응시했다. 삶의 마지막 아침, 하늘이 참으로 맑았다.

죽으러 가는 길, 돌을 던지는 인파 속에서 수안군의 얼굴이 언뜻 스쳐 갔다. 이젠 사랑도 원망도 증오도 없다. 모든 게 다 꿈 같다.

흙바닥에 피가 뿌려지고 나면 모든 게 끝날 테지. 난 이제 죽음이라는 자유로 날아가는 거야.

망나니의 칼이 목에 떨어지기 직전, 보명은 겁에 질려 입술을 깨물었다. 이해할 수 없는 일이었다. 생각이라는 걸 할 수 있을 때부터 죽고만 싶었는데 생의 마지막 순간 살고 싶어졌다. 다시 제대로, 누구도 증오하지 않고 행복하게.

만물이 생장하는 때를 피해 추분 후, 춘분 전에 사형을 집행하던 관례를 깨고 역모와 살변에 관련된 자들에게 형이 집행되었다. 성벽에 역도들의 시신과 목이 걸렸다. 그중에는 보명공주와 한산군, 수리개도 있었다. 길을 지나는 백성들은 시신의 머리가 있는 쪽을 향해 침을 뱉고서야 가던 길을 갔다.

달포가 지나고 성벽에 걸렸던 공주의 목과 시신이 내려졌다. 역도의 시신을 수습하되 관을 쓰지 말고 봉분도 만들지 말라는 어명이 내려왔다. 공주는 낡은 나무 관 하나 없이 목멱산 중턱 양지에 묻혔다. 비석 대신 쓴 작은 돌에는 술 한 잔과 쑥부쟁이 꽃다발이 놓였다.

* * *

요양을 끝내고 솔내골 집으로 돌아왔을 때였다. 길수가 비단에 싼 보따리 하나를 내밀었다. 며칠 전에 어떤 여인이 가져온 것이라고 했다.

보따리를 풀어 서책 겉면을 확인한 자윤은 정주간으로 가 아궁이에 책을 던져 넣었다.

그렇게 《정화록》과 자윤의 과거는 재가 되어 세상에서 사라졌다.

* * *

불에 타서 폐허가 된 육조는 봄이 오자마자 재건립에 들어갔다. 홍인이 모조리 축출되면서 조정엔 일할 사람이 부족했다. 그래서 젊은 관리들이 요직에 대거 등용되었다. 역모의 진상을 밝힌 공으로 형조 별제 김재욱은 정오품 정랑正郎이 되었다. 그는 수시로 왕과 면대하는 등 지극한 총애를 받았다. 의금부 도사 강용주는 종사품 경력經歷으로 승차했다. 그는 이따금 술 한 병을 들고 솔내골로 찾아가 수안군을 붙들고 자기 자랑을 늘어지게 하고 갔다.

무오년 재변을 수습하고 공을 세운 자는 모두 승차해 주상의 신임을 받았다. 오직 수안군만이 전과 같은 생활로 돌아갔을 뿐이다. 왕이 궁방전과 재물을 내렸지만 수안군은 받지 않고 내수사로 돌려보냈다.

영의정이 된 임유준과 영평군이 직접 솔내골까지 찾아와 입궐할 것을 설득했지만 그는 꿈쩍도 하지 않았다. 수안군의 칩거는 오랫동안 계속되었다.

각다귀 서고 책장에서 한 아이가 두루마리 하나를 꺼내왔다. 아이가 건넨 두루마리를 받아든 여인은 탁자에 앉아 조심스러운 손길로 먹을 갈았다. 작은 손이 서릿발이라고 쓰인 두루마리를 펼치고 나무 문진으로 양쪽을 고정한 뒤 글을 썼다.

정신이 맑지 않은 날이 많으시다.

나인들의 머리를 빗겨주고 소꿉놀이를 자주 하신다.

주상 전하를 찾으시며 자주 우시는데 대전으로 사람을 보내봤지만 한 번도 오신 적이 없다.

어의들 말로는 봄을 넘기기 힘들다고 한다.

마리는 두루마리가 마르기를 기다리며 잠시 붓을 놓았다. 아침 햇살이 맑고 공기가 따뜻했다. 손바닥만 한 작은 뜰 한쪽에 매화가 피어 있었다.

"벌써 봄이네."

늘 보던 꽃이지만 올해는 다르게 보인다. 창턱에 기대 꽃냄새를 맡고 있을 때였다. 계집아이가 들어와 작은 쪽지를 놓고 갔다. 쪽지를 읽으며 마리의 입꼬리가 올라갔다.

"필운대弼雲臺라……. 남에게 일을 떠넘기고 한가롭게 꽃놀이라니. 하긴 봄을 좋아했지."

마리는 기지개를 켜다가 답답한 저고리 때문에 인상을 찡그렸다.

"정신 나간 여편네들, 이따위 옷을 비싸게 주고 사 입다니. 장소봉은 왜 이렇게 불편한 옷을 만든 거야? 기지개라도 켤라치면 젖가슴이 다 보이는데."

이런 건 개나 가져다주라고 소리 질렀지만 소봉이 눈을 치뜨며 협박하듯이 옷 보따리를 품에 안겼다.

"네가 사내야? 왜 맨날 누더기 같은 잠방이만 입고 다녀? 머리도 좀 빗고 예쁜 옷도 입어봐."

"내가 왜 그래야 하는데?"

"그건…… 네가 예쁘게 꾸미면 내 마음이 좋으니까."

이상한 단미 아씨. 임금이 나라를 구한 공으로 소원을 들어주겠다고 하자 날 살려달라고 했단다. 고대광실을 지어달라고 할 것이지, 천것 목숨이 무에 그리 귀하다고.

마리는 소봉의 잔소리가 듣기 싫어 매일 머리를 빗고 저고리와 치마를 입었다. 각다귀들이 뒤에서 낄낄거리는 게 짜증 나지만 면전에서 웃는 놈은 없었다. 자꾸 입다 보니 계집들이 왜 이런 옷을 입는지 알겠다. 옷을 입고 면경 앞에 앉으면 오늘의 내가 보인다. 과거의 내가 아니라 현재의 나만 보인다. 마리에겐 무척이나 낯선 일이었다.

"필운대…… 다음엔 나랑 가자고 해야지."

마리는 입가에 미소를 단 채 탁자로 돌아와 붓을 잡았다. 열어놓은 창으로 봄바람이 들어와 어깨까지 내려온 머리칼을 살랑살랑 흔들었다.

세인은 봄날 도성 안팎의 볼거리로 동대문 밖의 버들, 숭신방의 복사꽃, 필운대 부근의 살구꽃으로 꼽곤 했다. 봄꽃이 흐드러지게 핀 날이면 선비들은 시동을 앞세우고 인왕산 육각봉으로 상춘 놀이를 갔다. 완만한 산등성이에 정갈한 소나무와 아랫마을 인가마다 흐드러지게 핀 살구꽃이 담백하면서도 화사했다. 육각봉과 가까운 필운대 둔덕은 자리 펴고 앉아 시를 읊고 술잔을 기울이기에 더없이 좋은 곳이었다.

여섯 명의 젊은 선비가 필운대에 자리를 펴고 시를 읊고 술잔을 기울일 때였다. 젊은 선비 둘이 주위를 지나갔다.

"이보시오, 이리 오셔서 이 술 한 잔 받고 가시오."

무리 중 가장 나이 많은 선비가 둘을 불러 세웠다.

"우리는 괜찮소."

옥색 도포를 우아하게 차려입은 선비가 정중히 거절하며 돌아설 때였다. 옆에 있던 몸집이 자그마한 선비가 휘적휘적 걸어와 사내가 내미는 술잔을 받았다.

"어째 사람이 그러오? 이렇게 날 좋은 날 권하는 술을 마다하다니. 감사히 마시겠습니다."

예쁜 사내가 냉큼 술을 들이켜더니 손등으로 입술을 훔쳤다.

"술 인심 좋은 분께 저도 한 잔 따르겠습니다. 받으시지요."

예쁜 사내를 빤히 보던 선비가 말했다.

"거참, 사내 얼굴이 왜 이리 희멀거니 곱소? 여인이라고 해도 믿겠구려."

"제 미모보다는 저쪽 미모가 더 준수하지 않습니까?"

선비가 뒤에 멀뚱하니 선 사내를 보며 고개를 끄덕였다.

"가히 미남자요. 근데 낯이 익은데. 어디서 봤더라."

불콰하게 취한 선비가 술을 들이켜고 고개를 갸웃하는 동안 자윤이 미간을 찡그리며 고갯짓을 했다. 소봉은 그제야 혀를 쏙 내밀고 자리에서 일어났다. 산에 올라가는 동안 자윤이 툴툴거렸다.

"어째서 외간 사내가 주는 술을 넙죽 받아먹는 게요?"

"산 타니까 목이 말라서요."

"술도 못 하면서. 또 저고리 벗어 던지고 주정하려고."

"그게 언제 일인데 아직도 놀려요?"

두 사람은 앞서거니 뒤서거니 하며 끊임없이 아옹다옹했다. 산길을 걸어 올라가 도성이 한눈에 내려다보이는 호젓한 장소에 다다랐을 무렵이었다. 왕벚나무에서 떨어져나온 진분홍 꽃잎이 바람에 눈처럼 날리고 있었다. 왕벚나무 아래에 선 자윤이 소봉의 손을 꼭 잡았다. 그리고 가볍고 따뜻하게 입을 맞췄다.

* * *

백성이 왕과 나라를 신뢰하지 않는 시대가 왔다. 정전 돌바닥에 엎드린 대비, 공주의 피맺힌 절규는 지금도 사람들 입에 자주 오르내렸다. 왕과 왕실은 이제 존경과 위엄의 대상이 아니다. 그날의 일은 집집마다 흔히 벌어지는 혈육 간 개싸움으로 취급되었고 조롱거리로 전락했다.

왕은 결정해야 했다. 떠드는 입을 억지로 다물게 하거나 변화하거나. 왕은 변화 그 이상을 원했다. 백성의 관심을 왕실이 아니라 더 먼 곳으로 가게 해야 했다.

변화의 첫 시작은 개항이었다.

소봉은 적진에 홀로 들어선 장수처럼 비장한 마음으로 사랑방 방문 앞에 섰다. 길게 심호흡하고 문고리를 잡아당겼을 때였다.

방문을 열고 들어온 딸을 발견한 장종훈은 심각한 표정을 풀고 활짝 웃었다. 요즘 뭘 하고 돌아다니는지 통 얼굴 보기가 힘들어 보고 싶던 참이었다.

"아이고, 울 애기 왔느냐. 바쁘다고 밖으로만 나돈다더니, 이 아비에겐 무슨 일인고?"

종훈은 보던 거래 장부를 치우고 자신의 무릎을 탁탁 쳤다. 다른 집 같으면 아이 두엇을 놓고 마님 소리를 들을 나이지만 아비에겐 고물고물한 손으로 수염을 만지작거리며 놀던 아이 때와 변함없었다. 애 취급하는 걸 질색하던 소봉이 오늘은 무릎 위에 냉큼 앉으며 목을 끌어안았다.

"아버지……. 나 부탁할 게 있는데."

애교 가득한 콧소리에 아비의 표정이 흐뭇하게 풀어졌다.

궁한 게 있어서 온 게로구먼.

종훈은 속으로 웃으면서 딸의 아양을 받아주었다.

"허허, 우리 똥강아지가 무슨 청이 있어서 애교까지 부리는고?"

"아버지, 나 돈 좀 빌려줘."

"돈 좀 모은 줄 알았더니 영 맹탕이었구나. 하긴 어려운 시절이지. 옷감 대금이냐, 금속 대금이냐? 얼마면 되겠니? 백 냥? 2백 냥?"

"쪼금 많은데."

"얼마나?"

"2천 냥."

"2천……, 2천?"

너무 놀란 나머지 사레가 들어 캑캑거리던 아비가 딸내미를 무릎에서

386

밀어냈다.

"요게 장사하더니 배포만 커졌구나. 2천 냥이 집에서 키우는 개 이름이냐? 여덟 칸 자리 기와집이 백오십 냥이다. 지금 집 몇 채 값을 달라는 게야?"

"달라는 거 아니고 빌려달라는 거야."

소봉이 몸을 배배 꼬며 달라붙으려고 하자 종훈이 한쪽 다리를 번쩍 들어 막았다.

"이 철없는 것아, 이번에 삼남 지방에 내린 구휼비가 2천 냥이다. 네가 얼마나 허무맹랑한 돈을 달라는 건지 알아?"

돈이 없다는 말은 안 하는 걸 보면 역시 현금 부자 장종훈이다. 소봉은 눈을 끔뻑끔뻑하며 입술을 뾰로통하게 내밀었다.

"나도 얼마나 큰 돈인진 안다고요. 꼭 필요하니까 달라지 엿 사 먹으려고 달랄까 봐?"

"그 돈으로 무엇을 하려고? 혹시 노름에 손을 댄 게야? 곱상한 놈이 한 재산 떼어달라든? 뭐 하는 놈이냐? 기방 전전하는 한량이야?"

"마음에 드는 놈에게 돈을 왜 써? 그놈이 나에게 쓰면 몰라도."

"그러면?"

"새로운 사업을 구상하고 있어. 아버지, 들어봐. 요즘 한창 서양 물건들이 들어오잖아. 그중에 서양 유황 얘기를 들었는데, 그게 아주 신묘해. 작은 나뭇개비에 돌가루를 반죽해서 바르고 거친 데에 쓱 문지르면 불이 확 일어난다는 거야. 일본에서는 요즘 그거 구하려고 안달이래."

"아, 석류황! 나도 들었다."

"아버지, 조선 아낙네가 꺼질까 봐 안달복달하는 게 뭐야? 불이잖아.

칠거지악을 어겨도 쫓겨나고 불씨 꺼뜨려도 쫓겨나는 게 조선 아낙이야. 석류황이 있다면 꺼져도 다시 붙이기만 하면 되니 얼마나 요긴한 물건이야? 조선 팔도에 노인, 아이, 양반, 기생까지 환장하는 게 뭐야? 바로 담배야. 화로를 들고 다닐 수도 없는 노릇이고 곰방대에 불붙이는 게 번거롭잖아. 근데 석류황으로 불을 착 붙이면 얼마나 편하겠냐고. 그래서 생각했지. 아!! 석류황을 만들어서 팔면 떼돈을 벌겠구나."

"네가 어찌 알고 그걸 팔아? 제조 방법을 감춰두고 안 보여 줄 텐데."

"아버지는……. 똑똑한 연재가 있잖아. 책만 읽고도 어려운 기계를 뚝딱뚝딱 만들어내는 애라고. 처음 본 시계도 분해했다가 온전하게 만들어내는 거 봐. 분명 재료랑 석류황만 가져다주면 제대로 된 것을 만들어낼 거라고. 그러면 공방에서 대량으로 만들어서 내다 파는 거지. 어때요? 딸내미 장사 계획이?"

생각에 잠겨 턱수염을 만지작거리는 아버지를 보고 소봉은 속으로 쾌재를 외쳤다. 시간과 돈이 많이 들어서 그렇지 잘만 하면 큰돈을 만질 수 있는 사업이다. 소봉은 아버지의 표정을 보고 희망이 있겠다 싶어서 달콤한 말로 옆구리를 살살 긁었다.

"초기 비용이 많이 들어서 그렇지 해볼 만하지 않아요? 사람을 일본으로 보내서 재료랑 석류황을 사 올 생각이에요. 어쩌면 만들 수 있는 자가 있을지도 몰라. 데려와서 공방에서 만들어내면 그때부터는 돈방석이야."

"음……. 확실히 오라비들보다는 돈 버는 머리가 있구나."

"그치, 그치……. 괜찮지?"

"하지만 손해 볼 공산이 크다. 돈을 맡기고 먼 곳까지 내려보낼 만큼

믿음직한 사람을 구하기도 힘들거니와, 제대로 된 걸 가져온다는 보장도
없고."

"아버지, 꽃분이요. 꽃분이를 보낼 생각이에요."

"꽃분이?"

"우리 꽃분이가 왜관 상인이랑 몇 번 거래하더니 말을 제법 할 줄 알아
요."

"음, 꽃분이라면 믿을 만하지. 그 애가 한다더냐."

"그럼! 이미 말 공부 중인걸."

장 첨정은 소봉의 눈썰미보다 꽃분의 총명함을 더 신뢰했다. 소봉이
단미로 데려가지 않았다면 큰아들의 상단에서 일을 시켰을 것이다. 소봉
은 장 첨정의 눈빛만 봐도 알았다. 이제 거의 다 넘어왔다.

"아버지, 제발 빌려주세요. 난리만 아니었어도 아버지께 손 안 벌려.
집이랑 땅이랑 꽤 장만한 거 아시잖아요. 요즘 돈이 말라서 잠깐 빌리는
거예요. 나중에 아버지 전포에 물건 납품할게. 이자 꼬박꼬박 드리고."

"2천 냥은 너무 많고, 천 냥으로 하자."

"아버지, 천 냥은 너무 적어요."

"싫으면 관두든가."

"언제 받으러 올까요?"

그렇게 부녀의 계약은 성사됐다. 아버지는 차용증에 수결까지 단단히
받고서야 돈을 융통해주었다. 돈을 받은 뒤 일이 일사천리로 진행됐다.
소봉은 꽃분과 통역관 몇 명을 일본으로 보낼 준비를 시켰다. 지금이야
말로 거상의 꿈을 이룰 수 있는 시기다. 개항의 물결에 올라타 더 큰 세
상을 마음껏 휘젓고 다닐 것이다.

소봉이 바쁜 나날을 보내고 있을 때였다. 해가 저물자마자, 솔내골에서 길수가 왔다.

"어머, 길수야. 네가 웬일이니?"

길수는 얼굴을 보자마자 대뜸 눈물부터 흘렸다.

"아씨! 군대감 나리께서 사흘째 소식이 없어요."

순간 심장이 덜컥 내려앉았다.

"이게 무슨 소리야? 빨리 무슨 일이 있었던 건지 말해봐."

"저도 아부지도 암것도 몰라요. 나리께서 집에 돌아오지 않거든 이 서신을 단미 아씨께 보내라고만 하셨어요."

소봉은 허겁지겁 서신을 받아들고 방으로 뛰어 들어와 촛불 아래 펼쳐보았다.

이 서신을 본다면 내게 변고가 생긴 후일 거요. 미안하오. 이번 일도 쉽지 않구려. 하지만 죽지 않도록 최선을 다해보겠소.

"으아아악! 또 무슨 일에 뛰어든 거야! 내가 미쳐!"

서신을 읽다 말고 소봉이 비명을 질렀다. 그러면서도 눈은 계속 서신 속 문장을 읽어내려가고 있었다.

주상 전하의 안위를 위협하는 무리가 있소. 마리와 강용주에게 각각 맡겨둔 것이 있으니 그것을 찾아 죽산 김평산 대감을 찾아주시오. 그대의 도움이 절실하오.

마지막 문장을 읽자마자 소봉은 자리에서 벌떡 일어났다. 왕자님이 도움이 절실하다는데 일각도 지체할 수 없었다. 소봉은 자는 개금을 깨우고 짐을 쌌다. 인경이 울리기 전에 마리와 강용주를 만나려면 시간이 빠듯했다.

밤길을 달리는데 심장이 두방망이질 쳤다. 새로운 사건이 소봉을 기다리고 있었다.

붉은 봄
조선 왕실 연애 잔혹사

초판 1쇄 발행 2022년 6월 10일
초판 3쇄 발행 2022년 9월 15일

지은이 원주희
발행인 안병현
총괄 이승은 **기획관리** 송기욱 **편집장** 박미영
기획편집 김혜영 정혜림 **디자인** 이선미 **마케팅** 신대섭 **관리** 조화연

발행처 주식회사 교보문고
등록 제406-2008-000090호(2008년 12월 5일)
주소 경기도 파주시 문발로 249
전화 대표전화 1544-1900 **주문** 02)3156-3694 **팩스** 0502)987-5725

ISBN 979-11-5909-772-0 (03810)
책값은 표지에 있습니다.